本书的出版得到山西师范大学学科攀升计划中国语言文学学科点、山西师范大学古代文学研究中心资助,是2018年山西省哲学社会科学规划课题(项目号:2018B052)阶段性成果。

"尧都学堂"青年学者论丛

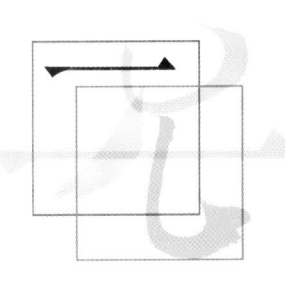

清代咏史诗创作研究

Qingdai Yongshishi Chuangzuo Yanjiu

张海燕 著

中国社会科学出版社

图书在版编目（CIP）数据

清代咏史诗创作研究 / 张海燕著 . —北京：中国社会科学出版社，2020.9
ISBN 978 - 7 - 5203 - 6828 - 5

Ⅰ. ①清… Ⅱ. ①张… Ⅲ. ①咏史诗—诗歌创作—文学研究—中国—清代 Ⅳ. ①I207.21

中国版本图书馆 CIP 数据核字（2020）第 126847 号

出 版 人	赵剑英
责任编辑	刘　艳
责任校对	陈　晨
责任印制	戴　宽

出　　版	中国社会科学出版社
社　　址	北京鼓楼西大街甲 158 号
邮　　编	100720
网　　址	http://www.csspw.cn
发 行 部	010 - 84083685
门 市 部	010 - 84029450
经　　销	新华书店及其他书店

印　　刷	北京明恒达印务有限公司
装　　订	廊坊市广阳区广增装订厂
版　　次	2020 年 9 月第 1 版
印　　次	2020 年 9 月第 1 次印刷

开　　本	710×1000　1/16
印　　张	19
插　　页	2
字　　数	293 千字
定　　价	116.00 元

凡购买中国社会科学出版社图书，如有质量问题请与本社营销中心联系调换
电话：010 - 84083683
版权所有　侵权必究

总　序

亭林先生顾炎武"古人之所未及就，后世之所不可无"已成著述者孜孜以求之境界，虽不能，亦向往之。著述辛劳，非亲历者不能体会，于青年学者、学术后进尤为如是。山西师范大学作为山西省人文学科研究的重要阵地，对弘扬山西文化，推动山西人文学科演进发挥了重要作用，文学院作为山西师范大学最大的文科学院之一，集聚了来自海内多所知名高校、科研院所的优秀博士，特别是最近几年，同师大一道，文学院步入快速发展轨道，一批批青年学者来此执教。师大幸甚、学院幸甚！

作为地方高师院校，教学任务繁重，然教师以教书育人、著文立言为要务，著文立言为教书育人之总结和升华，二者不可偏废。丛书的作者们大多初登杏坛，大部分时间都给予了课堂、学生，教学之余对或在即有研究基础上锐意进取，或于教学之中笔记碰撞、感悟，终有所获。经年累月，终成此中国语言文学系列著作，内容囊括音韵、文字、艺术、小说、文化、诗歌等领域，为文学院学科建设一大功效。观其书，皆以已精力成之，虽小有舛漏，但不碍达其言，读之"足以长才"，足矣！

文学院向以鼓励、资助教师学术研究、学术出版为任，2018年适逢山西师范大学、山西师范大学文学院六十周年庆典，在学校的大力支持下，学院前后奔走，幸蒙中国社会科学出版社大力支持，促成此系列著作的出版。该丛书不仅是学院教师学术研究的一次总结和集中呈现，也是学院学科建设的阶段性成果，更是学院教师们送给学校、学院六十周年庆典的一份不腆之仪。

山西师范大学地处临汾，为上古尧王建都之所，董仲舒注《周礼》

"掌成均之法，以治建国之学政，而合国之子弟焉"条，曰：成均，五帝之学。可知尧时已有学堂。文学院追慕上古先贤，设"尧都大讲堂"为学院系列学术讲座、学术活动之共名，"'尧都学堂'青年学者论丛"亦由是得名。书成，为小序，以继往而开来。

赵变亲

2018 年 5 月 16 日

目　　录

第一章　绪论 ………………………………………………（1）
　第一节　清代诗歌研究现状 …………………………………（1）
　第二节　咏史概念的界定 ……………………………………（4）
　第三节　新世纪咏史诗研究现状与前瞻 ……………………（6）
　第四节　研究价值意义 ………………………………………（18）

第二章　清代咏史创作概论 ………………………………（22）
　第一节　清前期的咏史创作 …………………………………（28）
　第二节　清中期的咏史创作 …………………………………（54）
　第三节　清后期的咏史创作 …………………………………（107）

第三章　明遗民诗人的咏史创作 …………………………（137）
　第一节　顾炎武的咏史创作 …………………………………（137）
　第二节　王夫之的咏史创作 …………………………………（146）
　第三节　孙枝蔚的咏史创作 …………………………………（151）
　第四节　戴名世咏史诗创作研究 ……………………………（158）
　第五节　其他遗民诗人的咏史创作 …………………………（169）

第四章　论清代皇室的咏史创作 …………………………（180）
　第一节　清前皇帝的咏史创作 ………………………………（181）
　第二节　清代皇帝的咏史创作 ………………………………（199）
　第三节　清代宗室的咏史创作 ………………………………（221）

第四节　清代皇室咏史创作兴盛现象解析 ………………………（244）

第五章　论罗惇衍及其《集义轩咏史诗抄》………………………（248）
第一节　生平考述 ……………………………………………………（248）
第二节　《集义轩咏史诗抄》的思想内容 …………………………（251）
第三节　罗惇衍的社会历史观探析 …………………………………（271）

总结 ………………………………………………………………………（281）

参考文献 …………………………………………………………………（282）

后记 ………………………………………………………………………（295）

第一章

绪 论

第一节 清代诗歌研究现状

王国维在1912年发表的《宋元戏曲史》序言中曾说："凡一代有一代之文学：楚之骚，汉之赋，六代之骈语，唐之诗，宋之词，元之曲，皆所谓一代之文学，而后世莫能继焉者也。"[①] 此后在五四新文化运动的影响之下，鲁迅也曾倡言"好诗被唐人做尽"，闻一多也说到"诗的发展到北宋实际上也就完了"，学术界对明清诗文的研究便日渐冷淡，以致陆侃如、冯沅君合著的《中国诗史》将狭义的诗歌历史截止于唐末，并且断言"词盛行以后的诗，及散曲盛行以后的词，则概在劣作之列而删去"。足以反映出此一时期，一代人对清代诗歌的鄙夷轻视、不屑一顾的态度。

但是清代作为中国古代文学发展的终结时期，是一个集大成的时代，各体文学创作都取得了极为辉煌的成就。正如郭绍虞先生在《中国文学批评史》绪论中所言："清代学风又恰恰与明代相反，不是偏胜而是集大成。清代学术有一特殊的现象，即是没有它自己一代的特点，而能兼有以前各代的特点。它没有汉人的经学而能有汉学之长，它也没有宋人的理学而能撷宋学之精。它如天算、地理、历史、金石、目录诸学都能在昔人成功的领域以内，自有它的成就。就拿文学来讲，周秦以子称，楚人以骚称，汉人以赋称，魏晋六朝以骈文称，唐人以诗称，宋人以词称，元人以曲称，明人以小说、戏曲或制艺称，至于清代的文学

[①] 王国维：《宋元戏曲史》，百花文艺出版社2002年版，第1页。

则于上述各种中间，或于上述各种以外，没有一种比较特殊的足以称为清代的文学，却也没有一种不成为清代的文学。盖由清代文学而言，也是包罗万象兼有以前各代的特点的。"① 清代作家在诗歌方面取得的成就，恰如今人蒋寅等反思清代诗歌研究状况时所言："文学史的整体观，在今天已是古典文学研究者的基本学术理念，理论上大家都知道，但一进入实际研究，往往就有厚古薄今之分，概视唐宋以后的诗文是每下愈况。其实有多少人认真读过明清诗呢？唐诗是经过几百年淘汰的，清诗尚未经过筛选，如果把清诗汰剩五万首，那会是什么感觉？退一步说，即使以绝对标准来衡量，从清诗中选五十家也不会输于唐人的。如果选十家，比如钱牧斋、吴梅村、施愚山、屈翁山、王渔洋、袁简斋、赵瓯北、黄仲则、黎二樵、龚定庵，那就不仅能与唐人分庭抗礼，尚有唐人未到之境。"② 在强势的厚古薄今传统观念影响之下，清代诗歌研究在二十世纪被冷落了八十余年。直到二十世纪八十年代，在郭绍虞先生等人的大力号召之下，清代诗歌研究才逐渐得到研究者们的关注。钱仲联先生的种种力作如《梦苕庵诗话》《梦苕庵清代文学论集》《梦苕庵专著二种》及主编"采录五千余家诗人，奠定了这个研究领域文献基础"的《清诗纪事》，已经成为研究清代诗歌的必读参考书。另外，钱先生还带动一批研究清诗的生力军，产出了一批研究成果，如王英志的《清人诗论研究》、裴世俊的《钱谦益诗歌研究》等。当然，在二十世纪的最后二十年间，相对于整个古代文学研究如火如荼，成就斐然的情状，清代诗歌研究，无论是研究队伍还是研究成果，都只能说是处于冷清的状态。以致吴承学先生在1999年的时候说："明清诗文研究的总体水平也相对落后，假如与唐诗研究等领域相比，只能说是'第三世界'。即使在明清文学史中，诗文研究也是最薄弱的，举个极端的例子，研究诗文的论著总数还不够《红楼梦》研究的三分之一。明清诗文比起明清经济史、政治史、思想史研究也显得落后，以晚明为例，像谢国桢《晚明史籍考》和《明清之际党社运动考》《明末清初的学风》

---

① 郭绍虞：《中国文学批评史》，上海古籍出版社1979年版，第6页。
② 吴承学、曹虹、蒋寅：《一个期待关注的学术领域——明清诗文研究三人谈》，《文学遗产》1999年第4期。

这样杰出的著作,在诗文研究中还少见。"①

进入二十一世纪以来,清代诗歌研究逐步进入了发展的快车道。经过十余年的挺进,周明初在 2011 年发表了《走出冷落的明清诗文研究——近十年来明清诗文研究述评》一文,以生动详尽的数据展示了二十一世纪十年来明清诗文研究所取得的巨大成就,并且分析了其中的原因,就是明清以前诗文研究领域的日渐饱和,可供开拓的研究空间已经比较有限。在此种情况之下,明清诗文研究领域尚有许多空白需要探究,自然吸引了大批学者投身其中,从而产生的研究成果斐然可观。②

纵然如此,据柯愈春《清人诗文集总目提要》:"本书收清代有诗文别集传世者一万九千七百余家,四万余种。"并且是"诸集皆以全国各大中型图书馆所藏为主"③。因此书中著录绝大部分是真实可靠存于世的。另据李灵年、杨忠主编《清人别集总目》:"本书著录了清人现存的近二万名作者的约四万种作品,超过了前此任何著录的数字。清代究竟存有多少诗文别集作品,一直是个未知数。"④ 而 2010 年上海古籍出版社出版的大型丛书《清代诗文集汇编》(800 册),收录清人 4058 种诗文集,仅为前二书著录诗文集的十分之一。由此可见,清代诗文集还有众多的作品集深藏各大图书馆中,尚待影印整理出版。更别说各省市的地方文献中所留存而未著录的诗文集。因而,清代诗文集丰厚的存量与刚步入正轨的研究状况相比,这是一座有待深入开采的丰富矿藏,并且伴随着《四库全书》《续修四库全书》《清代诗文集汇编》(800 册)、《清代家集丛刊》(全 201 册)、《清代闺阁诗集萃编》(全 10 册)、《江南女性别集初编、二编、三编、四编》《清代闺秀集丛刊》(全 66 册)及全国各地地方文献集成、丛编的整理影印出版,为学者研究提供了极大资料便利,清代诗歌研究必将产出更丰硕的学术成果。

---

① 吴承学、曹虹、蒋寅:《一个期待关注的学术领域——明清诗文研究三人谈》,《文学遗产》1999 年第 4 期。
② 周明初:《走出冷落的明清诗文研究——近十年来明清诗文研究述评》,《文学遗产》2011 年第 6 期。
③ 柯愈春:《清人诗文集总目提要》,北京古籍出版社 2001 年版,凡例。
④ 李灵年、杨忠:《清人别集总目》,安徽教育出版社 2000 年版,前言第 8 页。

第二节 咏史概念的界定

古人对咏史诗的概念实际上已经做出比较清晰的界定，如唐人吕向有关王粲《咏史诗》的解题说："谓览史书，咏其行事得失，或自寄情焉。"① 对"咏史"作出释义，而且还把咏史诗分为两种体式：一是隐括史传、以史为诗的正体或称传体；二是感慨寄兴、以史咏怀的变体或称论体。清人何焯《义门读书记》评论"张景阳咏史诗"时说："咏史者，不过美其事而咏叹之，隐括本传，不加藻饰，此正体也。太冲多抒胸意，乃又其变，叙致本事，能不冗不晦，以此为难。"② 指出咏史正体与变体二者之间的差别与分野。袁枚在《随园诗话》中说："咏史有三体：一借古人往事，抒自己之怀抱：左太冲之《咏史》是也。一为隐括其事，而以咏叹出之：张景阳之《咏二疏》，卢子谅之《咏兰生》是也。一取对仗之巧：义山之'牵牛'对'驻马'，韦庄之'无忌'对'莫愁'是也。"③ 则把咏史诗体分为三种情况：前两种实际上毫无创新，就是通常学者对咏史诗正体与变体的界分，而袁枚所说的第三种诗体，应该是指诗歌中用历史史事作对仗的用典，可以说是用历史知识作为诗歌创作中的一种艺术技巧，应用于诗歌创作，因此不能算作咏史诗划分标准之下的一种体类。由此不难发现，清人对咏史诗体的讨论已经非常深入细致了。但是还有不够完善的地方：以历史事件和人物作为描写或吟咏内容，与咏史诗紧密联系的"怀古诗"。与咏史诗相比，在引发诗兴的时空方式上，二者略有差别。古人对此也早有解释。如李善在为谢瞻《张子房诗》所作的解题说："沈约《宋书》曰：姚泓新立，关中乱。义熙十三年正月，公（刘裕）以舟师进讨，军顿留项城，经张良庙也。"刘良所作解题说："晋末，宋高祖北伐，见张良庙毁，乃修之，并命诸人为诗。"④ 指明

---

① （南朝梁）萧统：《文选》卷二一"咏史"类，人民文学出版社 2008 年影印宋刊明州本，第 317 页。

② （清）何焯：《义门读书记》卷四六，中华书局 1987 年版，第 893 页。

③ （清）袁枚著，王英志批注：《随园诗话》卷十四，凤凰出版社 2009 年版，第 255 页。

④ （南朝梁）萧统：《文选》卷二一"咏史"类，人民文学出版社 2008 年，影印宋刊明州本，第 322 页。

诗兴的触媒点是历史遗迹。而《诗格》定义说"诗有览古者，经古人之成败咏之是也"①就更加明确了。元人方回解释"怀古"时说："怀古者，见古迹，思古人，其事无他，兴亡贤愚而已。"②怀古诗的概念内涵外延已经十分明确。同时在唐以后又有"览史""史咏""咏古""览古"等字样的单篇诗题或联章诗题，从题材内容到体裁形式来看，与咏史怀古两类并无二致，有的是读史书有感而咏，有的是经过古迹起兴而吟，只是咏史之另名，怀古之别题，故在具体的行文论述中，统一称为咏史，不再细分，以免名目繁冗。

此外还有一些特殊体类的咏史诗，例如：题画咏史诗与历史人物幻化为花草的咏史诗，这类诗作可以看作是咏物诗与咏史诗的合体，二者合二为一。还有观剧咏史诗（咏史剧诗）、观历史小说咏史诗、读文人集咏史诗。这几类诗歌，之所以归类为咏史诗，其本质仍然是发表对于历史的观点看法，只是传播的媒介有所变化，添加一些附加物而已。怀古诗中的历史遗迹，应该说是融合了传说、正史、野史等因素在里面的，如露筋庙、蠙矶夫人庙、孟姜女庙、西施故事、杨贵妃墓等，即便是亭台楼阁、战场遗址，有很多只是一个模糊的概念而已，但是因为后世人的祭奠瞻拜，即成为名胜古迹，引发文人墨客的诗情歌意。总之，以上几类边缘化的咏史诗，从本质上讲，仍然是以评论历史为核心，在下文中涉及时，仍然把它们纳入咏史诗的范畴中加以研究。

综而论之，古人对咏史、怀古诗的定义，主要标准就是从引动诗兴、触发诗思媒介的差异性上加以区别而分其异同，很清晰明了，并不复杂。今人的界说倒是纷纭复杂，一主张二者相同说③，一主张二者不同说④，

---

① 张伯伟：《全唐五代诗格汇考》，江苏古籍出版社2002年版，第167页。据卢盛江《文镜秘府论汇校汇考》附《文笔眼心抄》，"有览古者"之"诗"上有"凡"字，第1957页。

② （元）方回编、李庆甲集评：《瀛奎律髓汇评》卷三《怀古类》小序，上海古籍出版社1986年版，第78页。

③ 陈文华：《论中晚唐咏史诗的三大体式》，《文学遗产》1989年第5期；黄筠：《中国咏史诗的发展与评价》，《中国文化研究》1994年第6期；李士龙：《试论古代咏史诗》，《学习与探索》1996年第6期等。

④ 施蛰存：《唐诗百话》，上海古籍出版社1987年版；降大任：《咏史诗与怀古诗有别》，《社会科学战线》1984年第4期等。

还有二者同中有异说等①，相对来说，后一种比较切合古代咏史诗创作发展的实际情状，目前学界也普遍认同，故而此书在论述中采用第三种观点作为标准，选择区分咏史怀古与其他诗歌体类的差别，来作为研究对象。

第三节 新世纪咏史诗研究现状与前瞻

前文已经论列了清代诗歌研究和古代咏史诗研究的整体状况，为避免重复，在此仅就二十一世纪以来的咏史怀古诗研究情况作一概观和前瞻性论述。

在二十世纪古代咏史怀古诗研究持续升温的基础上，二十一世纪以来的研究更呈蔚为壮观之势。据不完全统计，二十一世纪以来咏史怀古诗研究学术论文有413篇、学术专著9部、咏史诗选注2部、咏史赏析随笔3部，还有32篇硕士研究论文、8篇博士研究论文，相比赵望秦、李艳梅《中国古代咏史诗百年研究回顾》（《淮阴师范学院学报》2007年第1期）所统计的二十世纪百年间的研究论文数量229篇，已经大大超出。具体研究情况如下表所列：

二十一世纪以来咏史诗研究成果统计表

内容 年代	先唐	唐	宋	辽金元	明	清	其他	合计
2000	2	6						8
2001	5	7					2	14
2002	6	10	1	1			3	21
2003	3	6			1		2	12
2004	6	7	3		1	1	2	20
2005	2	11	2		1		7	23
2006	2	11		1	1	3	3	22

---

① 刘学锴：《汴河曲》赏析，《唐诗鉴赏辞典》，上海古籍出版社1983年版，第709页；袁行霈：《中国文学史》，高等教育出版社1999年版，第421页。

续表

年代\内容	先唐	唐	宋	辽金元	明	清	其他	合计
2007	4	15	1		1	1	4	26
2008	9	8			1	4	3	25
2009	10	16	2			1	8	37
2010	6	21	7	1		1	5	41
2011	6	20	2	2	1	6	7	44
2012	5	8	1	1		3	8	26
2013	1	7	6			4		18
2014	2	12	4			5	4	27
2015	4	11	1			3	4	23
2016	2	3	2	2	2	1	1	13
2017	1	1	7	1	1	2		13
合计	76	180	40	9	10	35	63	413

（1）2017年的统计数据以现在出版发表的论文为准，所有数据以公开发表的刊物为准。

（2）"其他"一栏所指为论文内容不在以朝代为界的分类当中，包括通论历代、鉴赏分析、总结研究现状的综述文章、归类研究、咏史怀古诗概念界定等。

一 论文

二十一世纪以来关于作家个案研究论文，在继续关注大家、名家咏史创作的基础上，研究对象更加广泛，二、三流诗人的咏史创作也渐次受到关注。魏晋时期的研究重点仍然是左思和陶渊明，研究左思的专题论文27篇、陶渊明的9篇。如韦春喜的《左思〈咏史〉诗创作时间新论》（《四川师范大学学报》2004年第2期）、《咏史诗成熟的标志之作——左思的〈咏史〉诗》（《戏剧文学》2006年第7期），潘江艳和王祖基的《略论左思〈咏史〉八首》（《社科纵横》2007年第4期）等文对左思咏史诗的创作时间、历史地位、思想内容等方面进行深入探讨。还有赵红的《古代文献对左思咏史诗的接受》（《哈尔滨师范大学学报》2015年第1期）、张莹洁的《文学地理学视域下的左思〈咏史〉诗》（《广东第二师范学院学报》2015年第3期）、李捷鹏的《左思咏史诗创作年代考》（《邢台学院学报》2015年第3期）等文。韦春喜的《陶渊明咏史诗试论》(《乐山师范学院学报》2001年第5期)和《试论陶渊明〈咏贫士〉七首》(《楚雄师范学院学报》2004年第4期)、张学君的《陶渊明怀古的二元性对其诗歌创作的影响》(《南京师范大学文学院学报》2004年第4期)等文对陶渊明咏史诗的思想内容、艺术手法、人物形象及所反映出的个人情怀、人生轨迹等方面进行了细致研究。

关于初盛唐的咏史大家李白、杜甫的研究也各有8篇论文，颇有新意。如韦春喜、张影的《论李白的乐府咏史诗》(《北京工业大学学报》2009年第1期)认为李白处理好了复古与革新的关系，拓展了乐府咏史的题材。史遇春的《略论杜甫晚年的"诸葛亮情结"》(《杜甫研究学刊》2005年第3期)、钟树梁的《一往情深，千秋论定——读杜甫咏诸葛亮的诗》(《杜甫研究学刊》2008年第3期)、姜朝晖的《杜甫与诸葛亮：历史歌咏中的现实意蕴》(《社科纵横》2006年第10期)等文从多方面解读杜甫晚年的"诸葛亮情结"。这些文章立论新颖，从不同视角探讨了李杜咏史诗的特色。

中晚唐正是咏史怀古诗走向成熟繁荣的创作高峰阶段，这种局面的形成得力于时代因素，更是以刘禹锡、杜牧、李商隐等大家为主的一大批天才诗人辛勤创作的结果，更涌现出一批咏史诗创作专家如赵嘏、胡曾、周昙、汪遵等。研究刘禹锡的专题论文有22篇，数量可观。主要有尚永亮的《刘禹锡咏史怀古诗的类型和特点》(《东南大学学报》2000年第3期)、江枰的《论刘禹锡咏史诗前后期内容上的差异及成因》(《兰州学刊》2004年第4期)、王拴紧的《解读刘禹锡的怀古咏史诗》(《广西社会科学》2006年第2期)等对刘禹锡的咏史、怀古之作进行分类研究。关于李商隐的专题论文有23篇，主要有文明刚的《论李商隐咏史诗对杜甫咏史诗的突破创新》(《广州大学学报》2003年第6期)、方坚铭的《空间文化场域的转化与李商隐的咏史诗创作》(《求索》2008年第3期)总结了李商隐咏史诗在咏史诗发展中的传承、创新及影响。研究与李商隐并称"小李杜"的杜牧之专题论文有赵云长的《独出机杼 反说其事——试谈杜牧的三首咏史七绝及其哲学理念》(《黑龙江社会科学》2002年第4期)、张润静的《气俊思活 意足锋锐——杜牧咏史怀古诗中的议论》(《学术交流》2002年第6期)、谭淑娟和陈全明的《诗意与哲理的新境界——杜牧咏史诗解读》(《贵阳金筑大学学报》2003年第4

期)等分析解读了杜牧咏史怀古诗中的诗意与哲理交融的艺术美感及其议论化倾向。张梅的《杜牧、李商隐咏史诗比较浅谈》(《黑龙江教育学院学报》2004年第3期)、晏天丽的《杜牧与李商隐的咏史诗比较》(《湖南广播电视大学学报》2005年第2期)等文对杜牧与李商隐的咏史诗进行了比较研究。

此外,关于柳宗元、温庭筠、许浑、罗隐等人的咏史怀古诗也有研究。如宗晓丽的《议罗隐的咏史怀古诗》(《社科纵横》2005年第6期)、汪艳菊的《论温庭筠的咏史乐府——兼论中晚唐诗人革新乐府诗的努力》(《唐都学刊》2007年第1期)、陈建华的《许浑咏史怀古诗得失探》(《顺德职业技术学院学报》2004年第1期)等文皆说理严密,持论公允。

宋代咏史怀古诗个案研究主要集中于一些大家,一些二流作家也渐受关注。如闵泽平的《王安石〈明妃曲〉辩证》(《天中学刊》2004年第1期)、罗家坤的《王安石的咏史怀古诗》(《晋阳学刊》2005年第3期)、王春庭的《论李觏的咏史诗》(《江西社会科学》2003年第1期)、张红花和张小丽的《论刘克庄的咏史组诗》(《广西社会科学》2010年第2期)、王德保和杨晓斌的《以史为鉴与道德评判——论司马光的咏史诗》(《南昌大学学报》2004年第5期)、王飞燕的《李清照咏史诗的史学意义》(《安徽文学》2009年第8期)等文。元明咏史诗研究主要有张琼的《也说杨维桢的咏史诗》(《内蒙古社会科学》2002年第5期)、司马周的《若无新变,不能代雄——论李东阳〈拟古乐府〉诗的艺术创新》(《苏州大学学报》2004年第2期)等文分析了杨维桢、李东阳等作家的咏史诗创作。

清代咏史诗研究主要有:李鹏的《赵翼的咏史诗》(《古典文学知识》2008年第3期)、李健的《论朱彝尊的咏史诗》(《邯郸职业技术学院学报》2011年第4期),认为:"朱彝尊借咏史创作来抒发感时忧国的历史情怀。"张绍华的《郁郁怀古心 浩歌寄惆怅——由袁枚咏史怀古及人际交游诗作看其诗意个性》(《北京工业大学学报》2012年第6期)认为:"袁枚的咏史创作体现着个体生命的诗意感慨、诗意选择与真情归宿。"王辉斌的《论清代的咏史乐府诗》(《南都学坛》2011年第1期)梳理了元至清代咏史乐府的发展线索。陈桂娟的《纳兰性德咏史诗论浅探》(《承德民族师专学报》2006年第4期)对"纳兰性德《渌水亭杂识》卷四中两则咏史诗论"进行了详尽的分析。邱睿的《别裁诗史补心史——论清代雍乾咏史诗集〈南宋杂事诗〉、〈明史杂咏〉》(《浙江学刊》2009年第4期)。李鹏的《论乾嘉时期的咏史组诗热——兼论清诗中的组诗现象》(《山西师大学报》2011年第5期)。乔治忠和崔岩的《韵文述史　审视百代——论清高宗的咏史〈全韵诗〉》(《文史哲》2006年第6期)认为："乾隆皇帝通过《全韵诗》的创作来评述历代君主事迹,反映了清高宗的历史政治观,体现了他意欲通过评论帝王政治和通论历史演变,为清朝后代统治者提供保守基业的经验与教训。《全韵诗》实际上是一部韵文史籍,在清高宗进行的文化总结、思想建设中居于重要地位,值得予以重视和研究。"上述论文就清代咏史诗进行了初步探究,进一步拓展了研究领域。

对咏史诗进行综合宏观研究的论文主要有：韦春喜的系列文章如《汉魏六朝咏史诗探论》(《中国韵文学刊》2004年第2期)、《汉代乐府咏史诗探论》(《石油大学学报》2004年第3期)、《〈文选〉咏史诗的类型与选录标准探讨》(《宁夏大学学报》2004年第2期)、《南朝咏史诗试论》(《中南民族大学学报》2002年第3期)、《乐府咏史诗的发展与演变——以〈乐府诗集〉为文本对象》(《山东师范大学学报》2004年第3期)。另外,还有金昌庆的《论咏史诗在汉魏六朝的出现与发展》(《广西大学学报》2001年第2期)、张子刚和赵维森的《魏晋南北朝咏史诗简论》(《延安大学学报》2002年第2期)、刘曙初的《论汉魏六朝咏史诗的演变》(《贵州社会科学》2002年第5期)等也从不同的角度论证、勾勒了汉魏六朝咏史诗的发展演变过程。莫砺锋的《论晚唐的咏史组诗》(《社会科学战线》2000年第4期)拉开了新世纪唐代咏史怀古诗研究热潮的序幕。而关四平和陈默的《三国历史的诗意化——唐代咏三国诗与士人心态》(《天津大学学报》2002年第1期)、杨晓霭的《唐代怀古诗之文化解读》(《西北师大学报》2002年第6期)、韦春喜的《试论中晚唐咏史诗繁盛的历史文化原因》(《贵州社会科学》2007年第5期)等文则从士人心态和文化等角度论述了唐代咏史诗的发展状况及繁盛的原因。此外,田耕宇的《诗心·哲理·史论——论晚唐咏史诗的现实关怀及艺术表现》(《西南民族学院学报》2000年第12期)指出晚唐咏史诗中充满了诗人的历史使命感和现实责任感,亦可谓"一塌糊涂的泥塘里的光彩和锋芒"。郑正平的《浅论唐代怀古诗不同时期的主题倾向》(《浙江师大学报》2000年第4期)、邓乔彬和陈建穰的《唐诗的咏史与观政》(《中国文学研究》2011年第4期)、罗时进的《晚唐咏史诗的修辞策略》(《山西大学学报》2007年第1期)等文对唐代咏史诗的主题倾向、政治功用及修辞艺术等方面进行研究。

关于咏史诗和怀古诗的概念界定及相互关系研究也是二十一世纪以来的一大热点,纪倩倩和王栋梁的《"咏史"界说述论》(《齐鲁学刊》2009年第3期)、李翰的《试论咏史、怀古之关系及其诗学精神》(《上海大学学报》2006年第6期)、周淑芳的《咏史诗:对被理性精神关怀领域的触探与拓展》(《社会科学辑刊》2002年第2期)、柯素莉的《试论怀古诗中山水审美的纵向拓展及其时空转换》(《江汉大学学报》2001年第1期)等文对此进行了研究。

二 著述

如果说学术论文是侧重于某一问题的深刻剖析,那么研究专著则是从更宏阔的视野细化研究对象。二十一世纪以来,咏史诗研究最突出的成就就是研究专著的不断涌现。例如,李翰的《汉魏盛唐咏史诗研究》(广西师范大学出版社2006年版)勾勒出汉唐间咏史诗发展演变的大致轮廓。韦春喜的《宋前咏史诗史》(中国社会科学出版社2010年版)则结合各个历史阶段的思想文化背景对宋前的咏史名家作品进行分析,进一步细化了宋前咏史诗由萌芽、发展到成熟、繁盛的过程。赵望秦、张焕玲的《古代咏史诗通论》(中国社会科学出版社2010年版)在总结前人研究成果的基础上进一步开拓,研究范围更为宏阔:着眼于整个古代咏史诗的发展历程,认为先秦两汉为咏史诗创作的孕育发轫期,魏晋南北朝为成长发展期,唐五代为成熟繁荣期,宋辽金为深化新变期,元明为持续发展期,清及近代为集大成期。至此,经过众多学者的辛勤努力,初步勾勒出中国古代咏史诗发展的整体脉络,各阶段的咏史诗创作成就基本显现,为今后咏史诗深入细致研究奠定根基。

如果说上面三部专著侧重于咏史诗发展脉络的宏观研究,那么下文三部专著则具体研究了唐宋两代的咏史诗创作。陈建华的《唐代咏史怀古诗论稿》(华中科技大学出版社2008年版)上编突出咏史诗体由史料附庸到独立,终归诗心的发展历程,下编汇集了作者的唐代咏史诗研究专题论文。张润静的《唐代咏史怀古诗研究》（上海三联书店2009年版）则以民族文化背景、士人心态等方面为切入点，对唐代咏史怀古诗的思想艺术进行多角度研究。尽管两部专著的研究对象相同，但是研究的切入点和视角相异，从而从不同的角度审视，深化了唐代咏史诗研究。张小丽的《宋代咏史诗研究》（光明日报出版社2009年版）以专著的形式从宏观上对宋代咏史诗与时代思潮文化间的关系进行论述，并考论了一些宋代大型咏史组诗。

黄益庸的《历代咏史诗》（大众文艺出版社2000年版）、李青山的《咏史诗闲话》（山西人民出版社2004年版）、汪荣祖的《诗情史意》（江苏教育出版社2006年版）等普及性的咏史选注、随笔的出现，既是咏史诗研究深入的表现，又将进一步扩大影响，引发更多的人关注并投入到咏史诗研究之中，进一步促进研究的繁荣。

三 硕博论文

研究专著可以说是学者学术研究走向成熟的结晶，而硕博论文可谓学者学术研究走向成熟的阶梯。二十一世纪以来较多的硕士博士生力军加入咏史诗的学术研究，不但壮大了研究队伍，也是咏史诗学术研究走向繁荣的基本保证，同时也说明咏史诗学术研究影响的扩大，咏史诗研究的广度和深度有了进一步发展。其中最具代表性的就是博士论文。例如，李翰的《汉魏盛唐咏史诗研究》（复旦大学2005年）以汉魏至盛唐咏史诗为研究对象，勾勒此期咏史诗创作的大致轮廓。韦春喜的《宋前咏史诗史》（山东大学2005年）则主要勾勒出宋前咏史诗发展脉络，结合时代论析作家作品，品论其历史地位。陈建华的《唐代咏史诗研究》（华中师范大学2000年）通过咏史诗涉及人们社会生活和精神生活的各个方面的研究，揭示其中蕴含着的大量社会历史文化宝藏。赵望秦的《唐代咏史组诗研究》（南京师范大学2002年）考论结合，侧重对唐代创作大型咏史组诗的吴筠、赵嘏、胡曾与周昙等人的生平、作品及版本流传情况进行考证论析。张小丽的《宋代咏史诗研究》（陕西师范大学2006年）以宋代咏史诗为研究对象，侧重探讨其发展进程、艺术特质及文化内涵。张焕玲的《宋代咏史组诗研究》（陕西师范大学2011年）则以宋代咏史组诗为切入点，综论其传承与接受，梳理其发展概貌，深入考察其与宋代社会政治、科举考试、训蒙教育、史官文化以及其他文体、艺术之间密切而微妙的互动关系，并探讨其所具有的文献价值。尽管上述六篇博士论文两两之间在选题上相近，但是在具体研究中则各具特色，都从不同的侧面深化研究，扩大了咏史诗研究的社会影响。潘晓玲的《咏史诗与历史小说关系论——以唐宋咏史诗与元明清历史小说为探讨中心》（陕西师范大学 2010 年）以咏史诗与历史小说（以唐宋咏史诗与元明清历史小说为探讨中心）为研究对象，探讨雅俗文体之间的双向涵摄，对咏史诗与历史小说互动关系研究有所拓展、深化。

二十一世纪以来研究咏史诗的硕士论文快速增长，多达 32 篇，可谓硕果累累，但是我们不得不正视硕士论文存在选题扎堆，严重重复，创新度不高的问题。如霍海娇的《魏晋南北朝咏史诗研究》（山东大学 2011 年）、刘杰的《汉魏六朝咏史诗研究》（西南师范大学 2004 年）、张艳的《晚唐咏史诗》（河北大学 2000 年）、李伟的《晚唐咏史诗研究》（山东大学 2008 年）、毛德胜的《论中晚唐咏史诗》（华中师范大学 2003 年）、张宇的《论中晚唐咏史诗》（内蒙古大学 2006 年）、叶楚炎的《唐代咏史诗研究》（南京师范大学 2004 年）、潘东晓的《唐代怀古诗研究》（漳州师范学院 2011 年）。同时也有另辟蹊径、角度新颖、成功创新的研究成果。如李霞的《评唐代咏史诗人的历史观》（陕西师范大学 2002 年）、冷纪平的《论唐代咏史诗艺术新变》（青岛大学 2005 年）就从唐代咏史诗人的历史观、咏史诗艺术新变等不同的角度分析了唐代的咏史诗，可以说是开辟出唐代咏史诗研究的一条新路。

对具体作家进行专题研究的硕士论文虽然也有重复，如陈检英的《胡曾咏史诗研究》（华中师范大学 2008 年）、蔡文健的《胡曾咏史诗研究》（上海社会科学院 2010 年），但大多能自成一说，如任艳丽的《左思〈咏史〉研究》（河北师范大学 2011 年）、李培培的《李白咏史诗研究》（河北大学 2011 年）、王娟的《李商隐咏史诗研究》（陕西师范大学 2003 年）、张子清的《罗隐咏史诗研究》（湘潭大学 2005 年）、黄懿的《许浑咏史怀古诗研究》（华中科技大学 2006 年）、刘玲玲的《杨维桢咏史诗研究》（辽宁大学 2011 年）。同时研究领域由唐代向宋元明清发展，研究方式多样化。结合时代背景研究如许慧君的《论晚唐背景下的许浑咏史怀古诗》（福建师范大学 2010 年）、王丽芳的《刘禹锡咏史诗的生成及影响》（东北师范大学2006年）、朱亚兰的《王安石咏史诗与北宋中期政治》（江西师范大学2010年）。采用比较研究方法的如王雪晴的《胡曾、周昙〈咏史诗〉比较研究》（扬州大学2008年）、张亚祥的《白居易与苏轼怀古诗比较研究》（西南大学2009年）、张舒的《李白、杜牧、李商隐怀古诗之比较》（西北师范大学2010年）。曾志东的《谢启昆〈树经堂咏史诗〉校注》（广西大学2005年）以校注的方式进行整理研究。

四 团队研究

二十一世纪以来，以赵望秦先生对咏史诗研究用力最勤，成果显著，并且形成了一支老中青结合、搭配合理的研究队伍，研究视野开阔，成果填补了相关领域的许多研究空白，这是二十一世纪以来咏史怀古诗研究的最大亮点。赵望秦先生在博士论文《唐代咏史组诗研究》（南京师范大学2002年）研究的基础上，相继出版《唐代咏史组诗考论》（三秦出版社2003年版）、《宋本周昙〈咏史诗〉研究》（中国社会科学出版社2005年版）、《胡曾〈咏史诗〉研究》（中国社会科学出版社2008年版）等专著以考论结合的方式，深入研究了赵嘏、胡曾、周昙等人的咏史诗创作、版本流传、后世影响等情况。相关论文如《周昙〈咏史诗〉宋本发覆》（《中国典籍与文化》2003年第2期）、《汪遵咏史诗考论》（《南京师范大学文学院学报》2003年第3期）、《赵嘏〈读史编年诗〉论》（《陕西师范大学学报》2004年第4期）、《〈四库全书〉本胡曾〈咏史诗〉的文献价值》（《古籍整理研究学刊》2008年第6期）等文能从文史结合的角度立论，文献考证功底深厚，值得称道。赵望秦先生对中晚唐咏史诗进行专门的开拓性研究，引领风气，不仅在中晚唐咏史诗研究领域独树一帜，在整个唐代咏史组诗研究方面也影响深远，甚至在整个古代咏史诗研究领域也堪称大家。同时还以导师身份带动扩大古代咏史诗研究队伍，而且成果丰硕。博士论文如张焕玲的《宋代咏史组诗研究》（陕西师范大学2011年）、潘晓玲的《咏史诗与历史小说关系论——以唐宋咏史诗与元明清历史小说为探讨中心》（陕西师范大学2010年）等。

硕士论文如李艳梅的《赵翼咏史诗研究》（陕西师范大学2007年）、付晓剑的《辽金咏史怀古诗研究》（陕西师范大学2008年）、张焕玲的《宋代咏史组诗考论》（陕西师范大学2008年）、马丽的《李东阳拟古乐府研究》（陕西师范大学2009年）、高荆梅的《〈南宋杂事诗〉研究》（陕西师范大学2009年）、王彪的《杨维桢咏史诗研究》（陕西师范大学2011年）、刘小荣的《〈树经堂咏史诗〉研究》（陕西师范大学2011年）、李婵的《顾炎武咏史诗研究》（陕西师范大学2012年）、贾君的《袁枚咏史诗研究》（陕西师范大学2012年）等，在宋、辽、金、元、明、清多个朝代的咏史怀古诗研究方面都进行了开拓，拓展了咏史诗研究的视域。更有一系列相关论文的发表，如孙亚萍的《从元白咏四皓诗看其仕隐观》（《陕西师范大学继续教育学报》2007年第1期）认为元稹、白居易的唱和诗——《四皓庙》和《答〈四皓庙〉》对四皓的仕隐行为一贬一褒，一抑一扬，针锋相对，态度迥异，鲜明地体现了二人截然相反的仕隐观。马丽的《李东阳〈拟古乐府〉题材及内容分析》（《河西学院学报》2008年第4期）、张焕玲的《〈全宋诗〉、〈全宋诗订补〉补遗辨正》（《南京师范大学文学院学报》2010年第4期）和《以诗论史，史论独到——论刘克庄〈杂咏〉二百首》（《民办教育研究》2010年第6期）、赵望秦和王彪的《论杨维桢乐府体咏史》（《商洛学院学报》2011年第2期）、蔡丹和张焕玲的《宋本方昕〈集事诗鉴〉考论》（《南京师范大学文学院学报》2012年第1期）、潘晓玲的《胡曾〈咏史诗〉的通俗艺术》（《长安大学学报》2009年第2期）主要分析了胡曾咏史诗本身通俗艺术特点及与通俗小说间的互动关系，而潘晓玲的《马致远〈汉宫秋〉与咏史诗》（《西北农林科技大学学报》2010年第5期）则研究了咏史诗与戏剧《汉宫秋》的关系，认为马致远在创作《汉宫秋》时，对古今诗人的咏史诗有所袭用、借用、化用，从而受到咏史诗创作技巧、创作思路的影响。《汉宫秋》将诗歌与戏剧两种文体打通，使之互融，故《汉宫秋》可视为以戏剧之框架写就的长篇咏史诗。还有相关研究综述文章如赵望秦和潘晓玲的《唐代咏史怀古诗百年研究回顾》（《南京师范大学文学院学报》2007年第4期）、赵望秦和李艳梅的《中国古代咏史诗百年研究回顾》（《淮阴师范学院学报》2007年第1期）、赵望秦和张焕玲的《宋代咏史怀古诗百年研究综述》（《盐城师范学院学报》2008年第2期）、张焕玲的《新世纪十年咏史怀古诗研究综论》等。总之，在赵望秦先生身边已经形成了一支老中青结合的咏史怀古诗研究队伍，同时不难看出正是由于师生传承，研究队伍扩大，才极快促进产出咏史怀古诗研究丰硕的成果。

五 二十一世纪咏史诗研究存在的不足与前瞻

如前表所列不难看出：与宋前咏史诗研究的繁荣热闹局面相比，宋后的咏史诗研究尚显得冷清，二十一世纪以来总计 84 篇研究论文，高于先唐的 76 篇，但是仅及唐代的二分之一左右。但在宋前咏史诗研究繁荣热闹局面的背后也不可避免地存在研究选题严重重复，研究成果缺少创新度的弊端，这一点是很明显的。由后表不难发现，明清的博士研究论文、专著尚未实现零的突破，硕士论文也远远低于先唐，更不及唐代的八分之一。

这与古来诗文迷崇汉唐的诗学观念关系极大，更是与近人"一代有一代之文学"的片面理解有关。但人们研究尊崇唐诗的热情是能够理解的，毕竟唐诗代表了古代诗歌的发展顶峰，同时唐诗选本及《全唐诗》的普及流传，历代丰硕的研究成果积淀都为研究者们提供了极大便利，要对唐诗溯源，就必然要研究先秦汉魏晋南北朝诗，更有《先秦汉魏晋南北朝诗》的整理出版，这些都是宋前咏史诗研究繁荣的重要原因。但我们通过下表不难发现这种研究状况与咏史怀古诗的发展实际情况是不平衡，不协调的。

二十一世纪咏史研究成果与现存咏史资料对照表

题材 论著	先唐	唐	宋	辽金元	明	清	其他	合计
论文	67	153	26	6	7	24	54	337
硕士论文	4	25	7	3	1	3		43
博士论文	0	2	2	0	0	0	5	9
研究专著	1	7	1	0	0	0	6	15
合计	72	187	36	9	8	27	65	404
现存咏史诗及诗集数量	约 240 首	约 1000 首	31 部约 7390 首	约 9 部	约 30 部	约 430 部		共计约 500 部

（1）"其他"一栏所指为论文内容不在以朝代为界的分类中，包括通论历代、鉴赏分析、咏史诗选注、普及性的咏史诗随笔所感等。

（2）先唐、唐的咏史诗数量依据韦春喜的《宋前咏史诗史》（中国社会科学出版社 2010 年版），宋代咏史诗数量依据张焕玲的博士学位论文《宋代咏史组诗研究》（陕西师范大学 2011 年），辽金元、明、清咏史诗集部数量依据现存别集、总集、丛书、地方志等统计。

这些研究成果与明清众多咏史诗专集相比显得微不足道。可能由于明清去今未远，保留下来的大量作品未经时间汰选，显得菁芜杂存，但这些丰富的资料正是我们的研究可靠深入进行的保证。现存的清代咏史诗集数量众多，尤其是乾隆中期以后，咏史诗创作大盛，大型的咏史组诗大量涌现，上至皇帝王公大臣，下至文人学子、庶民百姓，甚至大批女诗人都投入到咏史诗创作的热潮中，可以说这是咏史诗研究的一块宝地，但门面冷清，鲜有人关注投入研究。乾隆皇帝名声显扬，已有人探究其创作的咏史《全韵诗》，可是嘉庆皇帝的咏史诗创作远远超过其父，但尚未有论文涉及。清代臣子的咏史创作、评论数量更多，但研究寥寥。更别说探究这种咏史诗创作繁荣的背后原因，如清代文字狱与咏史诗的主题转移及兴盛关系，乾嘉朴学与咏史诗创作间的关系及对咏史诗风格的影响，晚清咏史诗的新特色等方面的研究都亟待开拓。展望未来，随着前宋咏史诗研究空间的日益狭窄，明清文人别集、全集整理的加速进行，《四库全书》《续修四库全书》《清代诗文集汇编》等大型资料书籍的出版，为今后研究提供了更加坚实的基础，必将有更多的学者转向宋后咏史诗的研究。元明清咏史诗与特定的时代、文化氛围如宋明理学、八股取士等诸种因素间的关系，诗人自身不同人生阶段的发展、思想变化的影响等都是需要加以关注和研究的，随着更多的硕士、博士等青年生力军的加入，研究队伍的壮大，咏史诗研究的辉煌前景让人拭目以待。

女性咏史诗研究逐步受到重视，这是一个引人注目的好现象，代表性成果是周淑舫的《现实与历史间冲撞的别样体味——女性咏史诗创作探索》(《社会科学战线》2012年第12期)。此文从宏观上勾勒出唐至明代女作家咏史诗创作发展的轨迹，以此揭示古代女性意识的觉醒，切入点很好，但缺少对清代女作家咏史诗研究。鄙人小文《清代女作家咏史诗创作考论》(《云南社会科学》2013年第3期)虽有所突破，但还显得单薄。而苏芸的《论历代妇女咏古抒怀诗》(《昌吉学院学报》2005年第1期)、珊丹的《清代女诗人沈善宝咏史诗探析》(《名作欣赏》2011年第23期)、张小丽的《论宋代女诗人的咏史诗》(《宜春学院学报》2007年第3期)、尹玲玲的《汪端咏史诗的内涵及其逆传统性》(《内江师范学院学报》2015年第3期)、刘璇的《汪端咏史诗微探》(《佳木斯职业学院学报》2015年第3期)等,则是为数不多的几篇研究清代女作家咏史诗的论文,质量明显不高,而且观点也有待商榷。迄今,古代女作家咏史诗研究专著为零,仅有10余篇论文的现状,与古代女作家一千余人五千余首丰厚的咏史诗存量相比显得十分单薄,可开拓的研究空间十分广阔。

第四节 研究价值意义

明清诗歌研究逐渐走出了冷落的境地,可作为明清诗歌有机组成部分的咏史诗研究,仍然处于较冷落的状态中。咏史诗是中国古代诗歌百花园地中的一朵奇葩,其创作是随着整个诗歌创作历程的发展而不断兴盛繁荣的。但在研究领域,如果仔细分析一下,便能够明确地发现,当下诗歌研究是随着朝代的不同,研究处于冷热两重天的情况。赵望秦教授在《中国古代咏史诗百年研究回顾》一文中写道:"在广泛搜集和充分占有文献资料的基础上,对20世纪中国古代咏史诗的研究历程进行了全面的梳理,对其重要成果与不足进行了系统的总结与概括。"[①] 通读此文不难发现,与宋前咏史诗研究的繁荣相比,元明清时期的咏史诗还处在研究的荒漠区。对比赵望秦、潘晓玲的《唐代咏史怀古诗百年研究回顾》(《南京师范大学文学院学报》2007年第4期)和赵望秦、张焕玲的《宋代咏史怀古诗百年研究综述》(《盐城师范学院学报》2008年第2期)两文更能够获得一种唐宋咏史诗研究现状的立体感。清代咏史诗研究还没有多少可以总结的研究成果,对此进行综述性的文章自然也不会产生了。

张焕玲在《新世纪十年咏史怀古诗研究综论》一文中指出:"新世纪十年的咏史怀古诗研究取得了多方面的成果,主要表现为对历代名家名篇的研究更加深入,一些中小诗人的咏史作品也有了拓荒性的研究,元以上咏史诗创作发展演变的轨迹从宏观上得到一定的梳理,对咏史诗与

[①] 赵望秦:《中国古代咏史诗百年研究回顾》,《淮阴师范学院学报》(人文社会科学版) 2007年第1期。

其他文体创作关系的比较研究更加细致深入，并涌现出多部咏史诗研究的专著。"① 研究的热点还是在元以上，元以下的明清咏史诗即使是随着研究热潮的到来，还是处于比较冷清的状况。本书研究本着宋人姜夔所说"人所易言，我寡言之；人所难言，我易言之"的态度，避免"今人著书乃是人所易言，我详言之；人所难言，我忽略之。所以空白老也填补不起来"②的研究尴尬境况，选择清代咏史创作为研究对象。其意义如下：一、据不完全统计，清代作家创作的咏史诗集有730余种，现存咏史诗集430余种，而关于清代咏史诗集的研究专著至今尚未有一部面世，本书将弥补这方面的缺憾。二、清代咏史诗集只有少量通过丛书的方式影印或者通过个人全集的形式被整理出版，仍有数量庞大的咏史诗集深藏于图书馆，不为研究者所知，面临着因天灾人祸、风化虫蠹而遗失的风险，亟待整理为可靠准确的文本而公布于世，来挽救这重要的濒临遗失的清代诗歌文化遗产，从而保护和传承祖国重要的优秀文化遗产。三、清代有代表性的咏史诗集的整理和出版，既可以方便学者及广大读者的研究、阅读利用，也有助于理清古代咏史创作的整体发展线索和脉络，推动咏史诗全面深化研究，也为全面深入认识清代诗歌发展的面貌及规律，系统研究清代学术文化奠定文献基础。

清人法式善在《春雪初霁谢苏潭方伯过访归寄新诗次韵》其二中曾说："自古诗推咏史难，茶陵乐府播骚坛。如公能更开生面，此调何尝肯不弹。秦汉文章延坠绪，东南财赋挽狂澜。他年赐第西涯上，鰕菜香清忍独餐。"③潘德舆的《养一斋诗话》卷一零也说："予尝谓常读诗者，既长识力，亦养性情；常作诗者，既妨正业，亦蹈浮滑。古来诗之脱口而成者，当无逾靖节先生，然观其田舍诗题纪年，一年只一首，合之他作，一生不过一百十余首耳。今人好作诗，一年可抵渊明一生，自以为求益，不知不苟作乃有益，常作转有损也。世之好作者多，必不得已，

---

① 张焕玲：《新世纪十年咏史怀古诗研究综论》，《盐城师范学院学报》（人文社会科学版）2011年第1期。
② 吴承学、曹虹、蒋寅：《一个期待关注的学术领域——明清诗文研究三人谈》，《文学遗产》1999年第4期。
③ （清）法式善：《存素堂诗初集录存》卷八，清嘉庆十二年王埔刻本，《清代诗文集汇编》第435册，上海古籍出版社2010年影印本，第64页。

余请进一策焉：只取咏古迹及咏史两种题目为之，此非读书而有识力者不敢操管，即成亦不敢轻易示人，如此虽日作一诗，亦能为学识助。舍此而常为之，必为气体累也。然此惟学子则可，一行作吏，即足觇学识之诗，亦可不作。"[1] 咏史创作如此之难，而要知人论世，准确解读前人的咏史创作，自然又会更难上一层了。因此，本书采用如下研究方法：一、考论结合的研究法，在全面普查和占有清代咏史诗文本资料的基础上，结合作家生平的历史记载和文本阅读，注重实证，内、外证相结合，考证作家生卒、籍贯及诗集版本流传等情况，在研读文本文献的基础上，结合作家个体的生活阅历及作品风格知人论世，抽绎出诗人的史学、史才、史识，具体到咏史诗个案的文本分析，深入论述作品思想艺术价值及存在的历史文化意义。二、从文化生态学的视角出发，采用接受理论研究清代咏史诗的发展脉络，既有宏观概述，又有个案分析，重点在于解读明末清初的遗民咏史诗创作，贰臣咏史诗创作等。又以清代皇室咏史诗创作为研究核心，梳理古代帝王的咏史诗发展状况，探究清代皇室咏史诗创作的特色及兴盛的原因。三、采用宏观描述与微观细读相结合的方法，进行专题个案研究。主要以清代咏史诗创作大家罗惇衍的《集义轩咏史诗抄》为核心探究对象，分析其咏史诗创作的主旨、历史观念等方面内容。

本书将遵循"文献—文本—文化—理论"的研究思路展开：在文献上，下大力气全面搜集存世的清代咏史诗集，从宏观上把握现存清代咏史诗集的概况。结合清代不同发展阶段的文化特点进行研究，分析作家咏史创作的动机、目的、效果及社会影响。主要以专题研究的方式进行：如明遗民咏史创作、清代皇帝咏史创作、罗惇衍《集义轩咏史诗抄》咏史创作研究等。最后从宏观上总结分析清代咏史创作中带有规律性的文学文化现象，如清代皇帝及皇室成员的咏史创作目的及繁盛的原因等。最终构成"点—线—面"的研究逻辑和结构层次。由于前人对此尚未进行过深入研究，所以以上所论均具有开拓意义，在一定程度上弥补清代诗歌研究的空白和不足。

因此，本书首先通论清代咏史诗创作概况，从总体上把握清代咏史

---

[1] （清）潘德舆著，朱德慈辑校：《养一斋诗话》卷一〇，中华书局2010年版，第162页。

诗不同阶段的创作情况,以及主题思想的演进与时代关系。进而论述清代作家群体创作咏史诗的共性,通过系统性的综合研究以寻求其咏史创作在内容表现和艺术描写上的一般规律性。其次,论证清代作家创作咏史诗的个性特色,通过专题性的个案研究,以梳理其咏史创作在思想表达和形象塑造上的特殊鲜明性。

第二章

清代咏史创作概论

郭绍虞先生在《中国文学批评史》绪论中说:"清代学风又恰恰与明代相反,不是偏胜而是集大成。清代学术有一特殊的现象,即是没有它自己一代的特点,而能兼有以前各代的特点。它没有汉人的经学而能有汉学之长,它也没有宋人的理学而能撷宋学之精。它如天算、地理、历史、金石、目录诸学都能在昔人成功的领域以内,自有它的成就。就拿文学来讲,周秦以子称,楚人以骚称,汉人以赋称,魏晋六朝以骈文称,唐人以诗称,宋人以词称,元人以曲称,明人以小说、戏曲或制艺称,至于清代的文学则于上述各种中间,或于上述各种以外,没有一种比较特殊的足以称为清代的文学,却也没有一种不成为清代的文学。盖由清代文学而言,也是包罗万象兼有以前各代的特点的。"[1] 清代文学以集大成为其特色,作为中国古代诗歌百花园地中一朵奇葩的咏史创作,经过先秦两汉的孕育发轫,魏晋南北朝的成长发展,唐五代的成熟繁荣,宋辽金的进一步深化新变,元明的持续发展,在清及近代发展为集大成时期。[2]

"文变染乎世情,兴废系乎时序。"[3] 清代咏史诗的创作发展随着整个社会政治、经济文化的发展变化,在不同的历史阶段呈现出不同的时代特色。清代咏史创作的发展依其生态发展的自然状况,大致可以划分为三个时期:顺治、康熙、雍正三朝百余年为清前期,是汉文化与以满族

---

[1] 郭绍虞:《中国文学批评史》,上海古籍出版社1979年版,第6页。
[2] 赵望秦:《古代咏史诗通论》,中国社会科学出版社2010年版,第35页。
[3] (南朝梁)刘勰撰,范文澜注:《文心雕龙注》卷九《时序》,人民文学出版社2006年版,第675页。

文化为主的少数民族文化碰撞、规训、融合、统一的发展过程，由各个不同群体中的诗人吟唱着自己的曲调，随时代发展而不断整合，走向整体比较统一的和声，这是清代咏史创作发展的奠基起步阶段；乾隆、嘉庆、道光（1840年以前）三朝百余年为清中期，经过前一阶段的统一、积累、整合、发展，文化的认同向心力极大强化，文字狱祸发展至顶峰后逐步松懈、解体，整体社会繁荣稳定，文化教育水平普遍提高，男女作家的咏史创作进入整体爆发阶段，此一时期堪称清代乃至整个古代社会咏史创作的高潮繁荣时期，作家众多，作品车载斗量，汗牛充栋，尤其是大型咏史专集创作极盛；道光（1840年以后）、咸丰以后的七十余年为清后期，盛世不再，内忧外患，纷乱频起，面临"千古未有之变局"，咏史创作也在东西文化的碰撞中出现新特色。最终伴随着整个社会的彻底革新，新文化运动的兴起，传统诗文创作的衰竭，古代咏史诗的创作和研究也就此画上句号。

　　清代是中国古代文化最发达，文学创作进入全面总结的时期。郭绍虞先生评论："盖由清代文学而言，也是包罗万象而兼有以前各代的特点的。"① 清代文学是以往各类文体的总汇，呈现出一种蔚为大观的集大成景象。古代咏史诗创作在清代也进入了集大成期，女性文学创作同时进入高峰，清前女作家虽然也有咏史诗创作，如唐代刘瑶的《阊间城怀古》、宋代朱淑真的《项羽二首》、李清照的《夏日绝句》、明代黄幼藻的《题明妃出塞图》等，但只是孤立个别的才女型创作。清代女作家咏史诗创作则走向了普遍化、群体化，达到了全面成熟繁荣，作者众多，体裁多样，见解精到，这是女性文学创作走向自觉甚至独立的重要一步。而对这一重要的文学现象，少有学术论著进行专门研究。

　　清代女性作家自觉意识的觉醒，促成她们十分重视自己的作品得到刊刻而流传于世。如葛徵奇在《竹笑轩吟草·序略》中申明了李因的愿望："道经宿州，哗兵变起仓卒，同舟者皆鸟兽散。是庵独徘徊迹余所在，鸣镝攒体，相见犹且讯且慰。手抱一编，曰：'簪珥罄矣。犹幸青毡亡恙，（中略）于是趋授之剞劂，惧一旦投诸水火，则呕心枯血，不又为

---

① 郭绍虞：《中国文学批评史》，商务印书馆2002年版，第11页。

巾帼儿女子所笑耶？'"① 李因就希望自己的作品流传不朽，即使是在战争纷乱的岁月里，在钱财一空的境遇下，仍然"手抱一编"，在性命尚且危在旦夕的情形之下，对自己的心血如此执着地坚守，足见女作家内心的成名欲望，留名青史之心是多么的强烈。

陈芸《小戴轩论诗诗》自序："芸非能诗者，安能知诗？安能论各家诗？只以少时得承母教，微闻声韵之学。因念宫闱之诗，自《三百篇》《十九首》而后，代有作者，惟我朝为尤盛。拟尽罗诸家遗集比附之。家大人以爱故，不加斥责，且代寻觅。或以高价征求，或嘱抄胥传写，数年来，计得六百余种。然考之《类抄》《诗话》所载，有集可名者，实不止此数。是其余者强半付诸荒烟蔓草，湮没而已。嗟夫！妇女有才，原非易事，以幽闲贞静之忱，写温柔敦厚之语，苾经以"二南"为首，所以重《国风》也。惜后世选诗诸家，不知圣人删《诗》体例，往往弗录闺秀之作。即有之，常附列卷末，与释、道相先后，岂不怪哉？且有搜择未精，约略纂取百数十家，一家存录一二首，敷衍塞责，即谓已尽其能，与付诸荒烟蔓草湮没者何异乎？妇女之集多致弗克流传，正出于此。方今世异，有识者咸言兴女学。夫女学所尚，蚕绩、针黹，井臼、烹饪诸艺，是为妇功，皆妇女应有之事。若妇德、妇言，舍诗文词外未由见，不于此是求，而求之幽渺夸诞之说，殆将并妇女柔顺之质。皆付诸荒烟蔓草而湮没，微特黩女学，坏女教，其弊诚有不堪设想者矣！家慈因是幽忧成疾，芸所滋惧也。不揣固陋，爰取诸集，又参以各家征载可名者，杂比成章，谓为《论诗诗》。"② 则更进一步，在搜集研究女性作家作品的基础之上，"参以各家征载可名者，杂比成章，谓为《论诗诗》"，借助诗话的形式来保留女性的作品，可谓在更高的文学创作上显示出女性作家的非同凡响之处，意义重大。论诗诗创作自身的难度，即是一般男性作家也不愿涉足此域，而陈芸却敢涉足其中，并且成果斐然，二百余首论诗诗，足以说明清代女性作家文学批评的理论知识与实践能力堪与男性作家相媲美，可谓巾帼英雄。

赵棻则公开声明"不避好名之谤"而自己出版自己的著作。她说：

---

① 胡文楷：《历代妇女著作考》，上海古籍出版社1985年版，第109页。
② 王英志主编：《清代闺秀诗话丛刊》，凤凰出版社2010年版，第1519页。

"文章吟咏诚非女子事，予之诗不能工，亦不求工也。世有自知其短而反暴之以求名者乎？予盖疾夫世之讳匿而托于夫若子以传者，故不避好名之谤，刊之于木。"① 在此，我们认为清代女作家作出此种宣言，有一些不可忽视的原因。夏伊兰的《偶成》诗："人生德与才，兼备方为善。"已经说明，在当时，女性要求自己做到德才兼备的观念已经形成，进而自觉追求知识学问，清代中期的女性作家们已经大大突破明末清初的"女子无才便是德"② 的礼教束缚，畅言"妇言与妇功"，"名媛亦不免"有"好名心"③。

俞樾为包兰瑛《锦霞阁诗词集》作序赞赏道："余披吟一过，觉清丽之中，独饶逸气。至登览、咏古、读史诸篇，精思约旨，风格不凡。其尤警拔者，则枕胙经史，挥斥百家，或老师宿儒终身有未解，而钗笄人得之，洵为奇观。"④ 也从一个侧面反映了清代女作家的过人才华，她们的名山事业在互帮互助中取得了极大的成功。如张藻就曾帮助过长安女诗人王筠刊印传奇《繁华梦》，金逸（字纤纤）死后，杨蕊渊、李纫兰、陈雪兰三人为其捐金刊刻《瘦银楼诗稿》。自然还有上文论述过的沈善宝、陈芸等。由此可以发现，清代女性对文学作品传播的重视，恰如陈文述所述："娥眉都有千秋意，肯使遗编付劫尘。"清代女性作家们也希望自己的创作能够刊刻、广泛传播、流芳后世。这种观念正说明清代知识女性自觉意识的初步成长，在整个女性文学史上具有重要意义，这也为建构完善的中国文学史提供了更丰富的资料。正是在这样的大背景中，清代女作家的咏史诗创作走向繁荣鼎盛。

现在清代女性文集整理影印出版的速度越来越快，出现了一系列的重量级成果。如胡晓明、彭国忠主编的《江南女性别集》先后出版了四编八册，方秀洁、伊维德主编的《美国哈佛大学哈佛燕京图书馆藏明清妇女著述汇刊》五卷，方秀洁等主持的明清妇女著作网站，总计收录二

---

① 《清代诗文集汇编》561册，上海古籍出版社2010年版，第275—276页。
② 参考张宏生《才名焦虑与性别意识》一文，认为此种说法大约产生在明代末年。张宏生编：《明清文学与性别研究》，江苏古籍出版社2002年版，第838页。
③ 黄秩模编辑，付琼校补：《国朝闺秀诗柳絮集》，人民文学出版社2011年版，第1868页。
④ 胡晓明、彭国忠主编：《江南女性别集初编》，黄山书社2008年版，第1431页。

百六十九种作品集，其中包括总集、别集、诗话类著述，其中咏史诗创作者有一百零七人之多。李雷主编《清代闺阁诗集萃编》遴选出清代最具代表性的女诗人八十位，几乎每位女诗人都有咏史诗创作，并且书末附有《现存清代女性诗词集知见录》，包含清代女诗人八百七十多人。肖亚男主编《清代闺秀集丛刊（全66册）》收录清代（含部分清末民初）女作家四百零一位，包括诗、文、词别集及其附录四百零三种。据现存文献资料记载，明清期间刻印的妇女诗歌集及其他文学创作达五千余种。遗憾的是存世女性作品集仅仅约有总量的四分之一。

清代女作家咏史诗创作从其历史生成的自然形态大致可划分三段：明末清初至雍正朝为酝酿发展期，以商景兰、方维仪、王端淑、吴绡、葛宜、柴静仪、倪瑞璇、毛秀惠、吴永和等为代表，一登场即以女性的细腻心思刻画出清代女性咏史诗的时代特点。乾隆、嘉庆、道光百余年为繁荣期，涌现出一大批咏史创作大家：徐德音、李含章、钱孟钿、方芳佩、季兰韵、王采薇、鲍氏三姐妹之兰、之蕙、之芬、沈纕等，而以随园女弟子们杰出的创作成就为一大标志，其中席佩兰、潘素心、陈长生、归懋仪、赵棻、骆绮兰等都有大量杰作传世。才女汪端的创作成就尤为突出，量大质优，堪称有清一代女作家咏史诗创作第一人。此期以可与汪端比肩的咏史诗创作大家季兰韵的逝世而谢幕。从咸丰至清亡为第三阶段，伴随国势江河日下而走向衰落，仍有回音，但盛世不再，人才凋零，主要作家有严永华、包兰瑛、徐熙珍、万梦丹、扈斯哈里氏等，其中以包兰瑛为代表，尽管唱出了最后的时代强音，但已是回光返照，余音虽袅袅，颓势已难挽。

清代有咏史诗创作的女作家，今以收录清代女诗人最多的黄秩模《国朝闺秀诗柳絮集》咸丰年间刻本为主考查，共计一百二十六人。以方秀洁等主持明清妇女著作网站所收录女作家作品集统计，总计有咏史诗创作者一百零七人，参勘胡晓明、彭国忠主编《江南女性别集初编》《江南女性别集二编》《江南女性别集三编》《江南女性别集四编》共计五十人，徐世昌辑《晚晴簃诗汇》共计六十三人，沈德潜编《清诗别裁集》共计九人，《清代诗文集汇编》共计十二人，李雷《清代闺阁诗集萃编》共计五十六人，肖亚男《清代闺秀集丛刊（全66册）》共计二百三十二人，去其重复，共计五百一十八人。据现有文献资料统计：古代女作家咏史诗创作唐前共计三人十四首，唐代共计十一人十三首，宋代共计五人三十七首，辽代为二人二首，元代为一人十首，明代为五十人六十余首，清代女作家咏史诗创作相比前代远远超出。少数民族女作家咏史诗创作，前代仅见辽萧瑟瑟有咏史诗作品。清代就有尚书铁梅庵室宁古塔氏《书天宝遗事》，长白纳兰氏《咏四皓》《孟尝君》，满洲瓜尔佳氏《读〈汉书〉偶题》①，喜塔腊氏多敏《露筋祠》，百保友兰、那逊兰保、龄文等，其中扈斯哈里氏咏史诗作多达数十首，顾太清创作了十多首咏史诗和三首咏史词，还有蒙古族女诗人玉井等。足见清代女性作家咏史诗创作队伍之大，民族分布之广。

清代女作家还创作了众多咏史组诗，这在前代是十分罕见的。宋代朱淑真曾创作《项羽二首》《刘向二首》②等咏史组诗，但是相比归懋仪《戏集古来美人韵事偶得三十二题》，汪端《读史杂咏》十二首、《读晋书杂咏并序》四十首、《张吴纪事诗》二十五首，戴珊《咏史》十六首，季兰韵《题美人画册十首》《读前汉书杂咏》十六首、《晋书杂咏》五十二首，赵棻《读史杂咏》三十首、《南宋宫闱杂咏一百首》，李淑仪《疏影楼名花百咏》等，自不可同日而语。这些咏史组诗创作即便相较男性作家也毫不逊色。

清代女作家创作咏史诗体裁多样，主要以五言、七言绝句为主，五言、七言律诗为次，还有长篇五言排律如徐德音《王明君辞》、钱孟钿《始皇冢》等，七言排律如刘荫《昭君叹》、陈蕴莲《赤壁怀古》等，还有歌行体如钱希《曹吉利》《龙在井》等。

在清代，由于文化世家、豪门大族对教育、科举、文学、藏书等方面的强烈追求，致使家庭文化教育氛围空前浓厚，尤其是各地望族和书香门第家庭之中，男女平等接受初级教育，成为一种时代风尚。正是由于这样的社会风尚和家庭氛围，才促进了清代女诗人的迅猛增长，达六千余位，其诗文集"超轶前代，数逾三千"，形成了中国女性诗歌史上最繁盛的时期，也是古代女作家咏史诗创作的鼎盛时期。

因而在论述清代各个阶段咏史诗创作发展状况时，将把女作家咏史

---

① 王英志主编：《清代闺秀诗话丛刊》，凤凰出版社2010年版，第417页。
② 傅璇琮主编：《全宋诗》第28册，北京大学出版社1998年版，第17994页。

诗创作的情况一并融入，进而分析女作家咏史诗创作的时代氛围影响，辨析男女作家咏史诗创作的共性与交流互动。

第一节 清前期的咏史创作

明崇祯皇帝的最后一年甲申年，注定是一个不同寻常的年份。随着李自成农民军攻入北京城，崇祯皇帝煤山自缢，宣告了明朝灭亡。明朝旧将吴三桂与关外满清贵族联合对李自成农民军追击剿杀，大清铁骑旋即挥师入关，定鼎北京，完成了明清统治者间的改朝换代。这次换代改朝带来的不仅仅是持久的战乱、家破人亡颠沛流离，而且更是两种不同文明间的对峙与对话。而长时间的征战、杀戮，消灭的不仅是肉体，征服的不仅是土地，更要命的是要收获民心，遂使三百年间积聚起来的文化传统、民族意识、审美习惯等，诸多方面随着两种不同文化碰撞而发生裂变，分化为众多不同的文化群体，保持着抑或不断变化他们自己的信仰，创造出多样化的文学作品。

从整体上来看，在这一阶段的发展过程中，社会由长时间动乱逐步恢复稳定。政治上经过长久的征战平乱，完成国家统一，稳定下来，经济得到恢复，迈向繁荣，奠定康乾盛世的基础。清朝统治者在即将完成平定战乱，实现国家统一（统一台湾战争，在康熙二十二年完成。）的时候，就开始腾出手来，谋划文化统治，开始加强思想言论控制。尤其是以康熙十八年的博学鸿儒科考试为标志，从全国各地征得学者文士一百四十三人，取一等二十人，二等三十二人，名儒才士网罗殆尽，而连坚持遗民立场，称病不肯参加考试的傅山也被抬到北京。这种威逼利诱的手段和政策，较为有效地化解了清初尖锐的满汉民族矛盾对立。另外，清朝统治者自入关时就表示，他们尊崇孔孟文化。康熙推崇自明初以来占统治地位的程朱理学。他为《四书解义》作的《序》中说："'万世道统之传，即万世治统之所系也。'这对于重视文化认同的文人士大夫更具有诱惑力。"[①] 清朝统治者采用胡萝卜加大棒的两面手法，威逼利诱，笼络遗民，开明史馆，修《明史》，编纂图书。如《佩文韵府》《康熙字

---

① 王学泰：《论清代文学与政治》，《浙江社会科学》2005年第1期。

典》《骈字类编》《渊鉴类函》《全唐诗》《历代题画诗》《历代咏物诗》，后来编成《古今图书集成》，编刻《通典》《通志》《文献通考》等所谓"三通"和续"三通"等。引诱大批学人"尽入吾彀"之中；同时发动了大规模的延续百余年、影响极坏的"文字狱"事件，逐步实行文化专制。咏史创作在此种社会文化风气的转变之中，也随之而变。伴随社会文化舆论的主导权由明末遗民逐渐转入清朝新贵，咏史创作的主体队伍性质也随之而改变，咏史创作的主题也由"故国之思"而演化为"借古鉴今"，咏史创作体制由零散到规整，由小型组诗向大中型组诗过渡。同时清初咏史创作所开创的宏大局面在乾嘉时期进一步发扬光大，也可谓在此基础上踵事增华、锦上添花。

　　清初成立史馆，召集一批著名学者修撰《明史》，耆旧名流，会聚一堂，在完成修史任务的同时，也产生了一批吟咏明史的诗歌作品。如著名学者万斯同以布衣身份任职史局，并与友人李邺嗣相约仿元、白新题乐府，以明朝大事和"士大夫风节有关名教"的逸事为吟咏对象和描写内容，创作明史新乐府。一代名儒尤侗在史局修撰明史时，采集明代遗事而可备鉴戒者，断为韵语，创作《拟明史乐府》百首。还有一批明遗民在私修明史的同时，也创作了吟咏明代史事的诗歌。如吴炎、潘柽章二人深感明代没有成史，而当时撰写明史者多为才短识浅，且互相抄袭，以讹传讹，于是仿太史公体，在合力撰写《明史记》的同时，还联手创作了《今乐府》两卷。上卷为吴炎诗，每诗后附潘柽章评语，下卷则为潘柽章诗，每诗后附吴炎评语，用意在于补《明史记》义例之不足。吴、潘二人诗名虽不高，且受庄廷鑨明史案的牵连而被害，但其《今乐府》却得以流传不灭。影响所及，乾隆年间陈梓和郑世元有意识地仿效吴、潘之作而共同创作《今乐府》八十一首，内容皆咏明代史事。

　　此一时期的咏史创作队伍大体上可以划分为三大类别：第一类就是以黄宗羲、顾炎武、王夫之三大儒等为代表的坚定抗清志士、坚决不与清政府合作的铮铮遗民作家。他们构成遗民文化的中坚力量，坚守政治道德节操，成为真正的文化遗民。这部分作家的咏史创作主要在明遗民咏史创作研究一章中加以分析，在此需要补充的是一些此章没有分析却有代表性的作家。第二类就是在明清改朝换代之时，由于各种原因，或出于自愿，或出于被逼无奈，或者是其他原因，以明朝旧臣的身份投降或投靠清朝的贰臣诗人群体，这里以江左三大家钱谦益、吴伟业、龚鼎孳为主要研究对象，分析他们的咏史创作特色。第三类就是清朝的忠臣孝民新贵诗人，如尤侗、王士禛、朱彝尊等。遗民、贰臣和新贵三类诗人群体之间存在交叉变化的因素。尤其是康熙十八年的博学鸿儒科考试，使遗民而清臣，更多的还是再由清臣还原为遗民。其中在遗民诗人和清朝新贵诗人之间还存在着随时代的发展变化，文化主导权更替、发展演变过程。尤其是被学界大体认同的文学盟主变化。主掌明末清初文学盟主的钱谦益（也有人认为是吴伟业，总之都代表着一种文化的转向。）向清朝新生代文学盟主王士禛之间的文学权力交接的完成，意味着清朝文化统治权的全面确立。如《四库全书总目提要》说："当我朝开国之初，人皆厌明代王、李之肤廓，钟、谭之纤仄，于是谈诗者竞尚宋、元。既而宋诗质直，流为有韵之语录，元诗缛艳，流为对句之小词。于是士禛等以清新俊逸之才，范水模山，批风抹月，倡天下以'不著一字，尽得风流'之说，天下遂翕然应之。然所称者盛唐，而古体惟宗王、孟，上及于谢朓而止，较以《十九首》之惊心动魄，一字千金，则有天工、人巧之分矣。近体多近钱、郎，上及乎李颀而止，律以杜甫之忠厚缠绵，沉郁顿挫，则有浮声切响之异矣。故国朝之有士禛，亦如宋有苏轼，元有虞集，明有高启。而尊之者必跻诸古人之上。"[①]这标志着清代文化逐步走向统一。此一时期的女性作家主要是明末入清的女作家，已经在《清代女作家咏史诗创作考论》中论述，不再赘述。咏史创作也在如此复杂的状态中奠基发展，开始走向昌盛繁荣之路。

从清初咏史创作的体式上来说，如乐府诗，已经取得了重大成就。

王辉斌《论清代的咏史乐府诗》一文认为："清代是乐府诗发展史上的最后一个高峰期。这一时期的乐府诗创作，由于现实与历史的多方面原因，咏史怀古类的题材乃成为了诗人们的最爱，因之，各种类型的咏史乐府诗即因此而产生。其中，以尤侗《明史乐府》与洪亮吉《晋南北朝史乐府》最具代表性。尤侗与洪亮吉与元末杨维桢、明初李东阳又被

---

① （清）永瑢等：《四库全书总目》集部二六·别集类二六，中华书局1997年版，第2343页。

合称为'咏史乐府四大家'。四人的咏史乐府诗,在长达600年的历史长河里,既前后相续、一脉相承,又各具个性与风采,代表着咏史乐府诗史上的四座高标。"① 基本上理清了元明清三代咏史乐府的发展脉络,但是其中还有许多值得深入探讨的地方。

元代杨维桢、张宪等人创作咏史乐府诗集之后,明代李东阳又创作了《拟古乐府》百首,随后王世贞对李东阳《拟古乐府》的评价就有一个反复的过程:开始的时候,大加贬抑,全盘否定,老年却颇有悔意,一反前论,认为李东阳《拟古乐府》颇有值得肯定的地方。王世贞在《读书后》卷四《书李西涯古乐府后》写道:"吾向者妄谓乐府发自性情,规沿风雅,大篇贵朴,天然浑成,小语虽巧,勿离本色。以故于李宾之《拟古乐府》病其太涉论议过尔,抑剪以为十不得一。自今观之亦何可少。夫其奇旨创造,名语叠出,纵不可被之管弦,自是天地间一种文字。若使字字求谐于房中、铙吹之调,取其声语断烂者而模仿之,以为乐府,在是毋亦西子之颦、邯郸之步而已。"② 这种评价变化的过程,实际上就是人们对于咏史乐府认识深入的过程。同时还有胡缵宗创作的《拟西涯古乐府》、黄淳耀的《咏史乐府》、狄冲的《拟李东阳乐府一百二首》等著作,把杨维桢的咏史乐府发扬光大,更多的则是李东阳咏史乐府对明人咏史创作产生重大影响。而明代人陈建曾有《李西涯拟古乐府通考》两卷,对其思想内容、主旨大意进行考证笺释,以利于初学者学习。杨维桢、李东阳咏史乐府创作受到了清人的厚爱,仿效者甚多。如陶汝鼐的《广西涯乐府》、尤侗的《拟明史乐府》、申涵盼的《拟西涯拟古乐府》、夏熙臣的《拟李东阳乐府》、张笃庆弱冠之年亦作古乐府二百首,胡亦堂(康熙时人)的《和李西涯先生拟古乐府》、陆以诚的《广李西涯拟古乐府》《咏史小乐府》等。还有万斯同等人能在继承中有所创新。如万斯同的《新乐府》、胡介祉的《明季新乐府》、张鹏翀的《经史法戒诗》、舒位的《春秋咏史乐府》、洪亮吉的《魏晋南北史乐府》《唐宋小乐府》、汤思孝的《和西涯乐府》、陈仁言的《拟西涯咏史乐

---

① 王辉斌:《论清代的咏史乐府诗》,《南都学坛》2011年第1期。
② (明)王世贞:《读书后》卷四,影印清文渊阁《四库全书》第1285册,上海古籍出版社1987年版,第54页。

府》、董元宪的《历代咏史乐府》等。当然也有模仿杨维桢咏史小乐府进行创作者，如王士禛就曾仿杨维桢以小乐府体创作咏史组诗三十首，徐夔还曾作笺注，编为一卷单行。当然还有许多自创乐府诗，以弥补杨维桢、李东阳等人咏史乐府创作之不足者。其中明末清初的屈复即是其中的代表之一。

沈德潜曾在《清诗别裁集》中评价屈复说："悔翁以布衣遨游公侯间，不屈志节，固有守士也。诗虽未纯，亦时露奇气，惟过自矜许，好为大言，而一二标榜之人，至欲以一悔翁抹倒古今诗家，于是学者毛举疵瘢而苛责之，悔翁无完肤矣。"① 足见屈复民族气节之高洁。

屈复（1668—1745）初名北雄，后改复，字见心，号晦翁，晚号逋翁、金粟老人，世称"关西夫子"。一生创作2217首诗歌，集中咏史诗甚多。《弱水集》卷二十一为乐府体咏古诗七十九首，或长或短，形式不一，吟咏人物从汉代直到明代。其在《乐府体咏古诗》序言中写道："三百篇无乐府名，天子诸侯用之朝觐宴享，乐府之源也。流而为汉魏，为六朝，为唐，代不一人，人各为体，皆有知音。传后而行世，或简古雄丽，悲哀振荡，互有得失，要不离美恶抑扬，一唱三叹者。近是宋元几熄矣。明人往往规画体貌，怪诞至不可句读，惟一李东阳《今乐府》，抚事陈词，犹得少陵遗意，然颇少比兴。今天下学者，一段真精神性命，方习举子业，以求富贵利禄，固不能为此不急切事。志既得，复不暇为，即为亦不能攻苦，又无真士硕儒为斯文领袖。故人人自谓握赤木之珠，遍地皆凌颜轹谢，方驾曹刘，可胜叹哉。余流寓沂土，贫居多闲，偶取古人往迹，有合于心者，次为歌行，取彼音节，纬我性情，候虫鸣秋，有不能自已者，非敢索知音于名山也。"② 对乐府诗的发展历程进行梳理，并且指出李东阳咏史乐府优劣得失，进而通过对当时社会风气的批判，用自己的乐府创作抒发真性情，抗击世俗，成就斐然。如《文天祥（十七史）》："愿为黄冠归故乡，不愿垂绅正笏朝玉堂。柴市西头鬼昼哭，柴市东头日无光。一部十七史，前有汉晋后有唐，今古之天破天荒，杜鹃

---

① （清）沈德潜编：《清诗别裁集》，上海古籍出版社1984年版，第1157页。
② （清）屈复：《弱水集》卷二十一，清乾隆七年贺克章刻本，《清代诗文集汇编》第223册，上海古籍出版社2010年影印本，第265页。

血流无用处，何如缄口留余香，香亦不可灭，血亦化为碧，问君又从何处说。"① 这种观念和诗作自是在李东阳咏史乐府创作成就上的创新。而清人梁绍壬《两般秋雨盦随笔》卷五中评价道光壬午进士张南山维屏时还说道："其《咏史乐府》另为一卷，直登西涯之堂，而入铁崖之室。"② 足见杨维桢、李东阳等人开创、发展的咏史乐府对清人影响之深。一直到光绪年间，曾国荃编辑的《（光绪）湖南通志》卷二百五十六《艺文志》十二还记载周在炽在《咏史乐府》二集中引用钱大昕序说："有明李西涯氏创为咏史乐府，迩来仿其体者甚多而才力有限未克方驾，周子而昌笃学洽闻，于古今成败得失，可喜可愕之事，辄见之吟咏以备法戒，议论不屑从人步趋，而音节之长短繁促惟变所适，以之嗣响茶陵，殆不愧也。"③ 阮元的《淮海英灵集》甲集卷四，还记载程盛修进奉《咏史乐府十二篇》而受到乾隆皇帝褒奖之事，曰："程盛修，字风沂，泰州人。康熙庚子举人，雍正庚戌进士，改庶吉士授编修，寻迁御史。乾隆四年据《咏史乐府十二篇》恭进奉，上谕：轮进经史讲义之御史程盛修，所进咏史乐府十二章，指事寓规，词意婉挚，得献纳之意，与泛论经史者不同，甚属可嘉，着赏内用缎二匹，笔墨二种，以示嘉奖。嗣视通漕潞河晋大京兆以终养归籍。晚年自定义所著诗稿为《夕阳书屋初编》四卷，而冠所进乐章于首，又次其归养后诸诗为《南陔松菊集》一卷。"足见君臣相得之欢，无疑乾隆皇帝的褒奖进一步提高了咏史乐府的规谏功能。而程盛修也自然是以此为殊荣，在编集之时把《咏史乐府十二篇》列在第一位。这里以其集中的《撤屏悟》为例，来一窥斑豹。诗曰："臣按，防色荒也。汉光武御帝座新施屏风，画列女，帝数顾视之。宋宏燕见，正容言曰：'未见好德如好色者，上即为撤之。'其诗：屏风新，画美人，美人颜色倾国姿，君王顾之情可移，情可移，即可误贤臣献规，君顿悟，不见精勤纳谏唐太宗，不画蛾眉书奏疏。"④ 诗前作者按语，直接表明创

---

① （清）屈复：《弱水集》卷二十一，清乾隆七年贺克章刻本，《清代诗文集汇编》第223册，上海古籍出版社2010年版，第265—274页。
② （清）梁绍壬：《两般秋雨盦随笔》卷五"张南山条"，清道光振绮堂刻本。
③ （清）曾国荃：《（光绪）湖南通志》卷二百五十六《艺文志》十二，清光绪十一年刻本。
④ （清）阮元：《淮海英灵集》甲集卷四，清嘉庆三年小琅嬛仙馆刻本。

作目的及创作内容，采用对比的方法来规谏君王，很是切合乾隆心意，自然也就成了褒奖对象。

在这些咏史创作之中，明末清初的情况，尤其需要加以说明，有数种复杂情况的影响。伴随着明朝灭亡，关注有明一代历史文献，成为许多遗民文人自觉的历史责任。他们积极参与到明史的修撰活动中。如钱谦益、吴伟业等名儒硕士严肃编修正史，也有野史风传，纷繁复杂。此事体大，事关历史人物、民族文化的评价，因此清政府也积极招揽人才修撰明史，为此还发生了文字狱的惨祸。其中最有名的就是清顺治时，庄廷鑨私修《明史辑略》而引发的惨案，牵连人数甚多，其中就有吴炎和潘柽章，他们二人也曾力修明史，并且在此过程中创作了《今乐府》咏史诗。

吴炎字赤溟，号赤民，江苏吴江人，明朝生员。同潘柽章等结"惊隐诗社"于溪上，与顾炎武交谊颇笃。明亡后，改号赤民，隐居授业。潘柽章明末清初史学家，字圣木，号力田，江苏吴江平望镇溪港人，潘耒之兄。明亡后，隐居故里，用功读书，尤精于史学。吴炎、潘柽章等人参与庄廷鑨的私修《明史辑略》。吴炎在其创作《今乐府序》中曾指出："尤可恨者，东南鲰生辈，以传奇小说之伎俩，自诩董狐，或窃得故人枕秘，从而敷衍。成其立言之旨，不过为目前一二有力之人雪谤地，不惮丑诋故君，移易日月以迁就之，纵能昧心，独不畏鬼瞰乎？"[①]从而为了辨明历史真相，参与其中。潘柽章颇有遗民情结，在明亡之后，不忘故国，经常到南京谒瞻明孝陵，赞颂明太祖功绩，并且用诗文来歌颂宋末名将陆秀夫、谢翱等人誓死不仕元朝的崇高民族气节，用以自励。他曾想作《通鉴后纪》来记载宋元史事，更想撰写一部明史，来寄托自己的家国之思。他和吴炎在撰写《明史记》的时候，就想通过搜集明代遗闻逸事以及当世赫然在目足堪激励后人的资料，进而采用咏史诗的形式加以整理编辑，题为《今乐府》。潘柽章在《今乐府》的序言中曾谈到二人创作的宗旨："《明史记》草创且半，或谓余两人固无因循失实之病，然所褒贬多王侯将相有权力者，且草创之始，见闻多隘，子其慎诸。两人谢不敢。私念是书义例出入，必欲法之当今，取信来世，故不得已而

[①]（清）吴炎：《今乐府序》，清抄本。

托之于诗,则《今乐府》所为作矣。"① 收入此书中的诗作极力仿效白居易的新乐府体,作品多以三字为题,并且在各诗题之下标出创作此诗的旨意。例如:"《雅鹘关》,讥李宁远弃地也。""《红阁诏》,纪甲申之变。""《客夫人》,纪乳媪乱政也。""《仙霞关》,悲失守也。"此书共上下两卷,标目相同,卷上为吴炎所撰,每篇后附有潘柽章所作评语;卷下则为潘柽章所撰,附有吴炎所作评语,从而表现出两人互相标榜的宗旨。顾炎武曾写《汾州祭吴炎潘柽章二节士》纪念二位义士:"露下空林百草残,临风有恸奠椒兰。韭溪血化幽泉碧,蒿里魂归白日寒。一代文章亡左马,千秋仁义在吴潘。巫招虞殡俱零落,欲访遗书远道难。"② 康熙末年余姚陈梓和郑世元在读《今乐府》书后,有意识地仿效吴、潘二人而各作《今乐府》(又名《九九乐府》)八十一首,在内容上也是全咏明代史事,足见《今乐府》的影响及价值所在了。

此时,为了争夺文化统治上的主导权,清政府成立明史馆,召集一大批著名学者来共同修撰《明史》。其中就有著名学者万斯同,以布衣身份,受黄宗羲之托而参与明史编修。因为他明白一代历史人物的功过评判,是扬名千秋,还是遗臭万年,官修史书成为最重要的传播渠道。万斯同也不负恩师重望,对于撰修明史,出力甚多。在修史之暇,万斯同还与友人李邺嗣约定仿照白居易《新乐府》体式,将明朝大事及"士大夫风节有关名教"的逸事奇闻作为素材,来创作明史新乐府。可见个人咏史乐府创作的生发机制和创作目的因为身份的差异而呈现出多样化的状态。

尤侗明末清初著名诗人、戏曲家,曾被顺治誉为"真才子",康熙誉为"老名士"。其创作《拟明史乐府》一百首,吟咏明代史事,吸收了乐府民歌的表现手法,诗文清新风趣,别具一格。王士禛评论其诗"如万斛泉,随地涌出,时出世间,辩才无碍,要为称其心之所欲言"(《西堂全集序》)。沈德潜说:"先生所著《西堂杂俎》传入禁中,章皇帝称为真才子。后入翰林时,圣祖称为老名士。位虽不尊,天下羡其荣遇,比

---

① (清)潘柽章:《今乐府序》,清抄本。
② (清)顾炎武著,王蘧常辑注,吴丕绩标校:《顾亭林诗集汇注》,上海古籍出版社2006年版,第835页。

于李青莲云。西堂少岁时，专尚才情，诗近温、李。归田以后，仿白乐天，流于太易，虽街谈巷议入韵语中，远近或以游戏视之，比于王凤洲之评唐伯虎。不知四十至六十时诗，开阖动荡，轩昂顿挫，实从盛唐诸公中出也。《咏明史乐府》一卷，尤为神来之作。今选中所收，皆铮铮有声者，使艺苑人见之，共识西堂面目。"《胡蓝狱》一诗写道："去年杀韩信，今年醢彭越。徐常幸前死，诸公宁望活？丞相戮，将军诛，缺望恣肆固有迹，坐以谋反疑有无，罪止及身或收孥。杀胡党，杀蓝党，数十万人保无枉？文武军民打一网。一斗粟，一座城，一条龙，一连鹰，革左塌回何纷纷，得非此辈之冤魂！（缺望，恣肆二语，胡、蓝之定案也。罪宜及身，连坐者至万数，毋乃滥刑乎？一斗粟以下，皆流贼名。城鹰，庚蒸通韵，纷魂，文元通韵，四韵各自通不相通也。）"① 足见沈德潜对于尤侗《拟明史乐府》的认同和赞赏了。因而明末清初咏史创作的繁荣局面也就不难理解了。而王士禛在读《三国志》时创作的《咏史小乐府三十首》，尽管模仿杨维桢咏史小乐府而作，但是所受当时咏史乐府创作热烈的文化氛围感染还是能够看出的。黄钊所著《读白华草堂诗初集》卷四《效阮亭咏史小乐府读元史》写道："慕义来诸郡，银成没奈何。（蒙古二字国言银也）九斿初尚白，称帝斡难河。"② 这种创作则又是模仿之模仿了。后世还有许多仿作尤侗咏史乐府之作，如李于阳（嘉庆年间）《拟尤西堂明史乐府》、张晋《续尤西堂拟明史乐府》等。当然从上文所胪列的咏史乐府创作情形还能够看出，乾嘉时期咏史乐府创作继续走向繁荣，进入高潮阶段，尤其是咏史乐府创作的最后一位丰碑——洪亮吉咏史乐府创作，成为集大成之作。其他咏史乐府仿作如沈起元所著《敬亭诗文》诗草卷一《集抱观堂拟咏史乐府分得李天下》中："夹寨锦囊负三矢，生子当如李亚子。宫中少小傅粉郎，天纵圣智调宫商。优名自名李天下，生长本是歌舞场。冥冥昼雾，烁烁欋枪，当时置酒今时战，戮尸横积三垂冈。百战破梁，先封者谁，伶人刺史，心念旧私。批颊何怒，彼能挝鼓，镜铜新磨，光与帝伍。卫侯好鹤，夏侯好龙，君以此始，

---

① （清）沈德潜编：《清诗别裁集》，上海古籍出版社1984年版，第438页。
② （清）黄钊：《读白华草堂诗初集》卷四，清道光刻本，《清代诗文集汇编》第555册，上海古籍出版社2010年版，第581页。

必以此终。嗟嗟李天下，为乐死亦可。绛霄一炬散俳场，骸骨犹将丝竹裹。"① 此时咏史乐府创作已经成为文人骚客、诗酒文宴中信手拈来的创作主题之一了。沈兆澐所著《织帘书屋诗抄》卷八《拟咏史新乐府录二十》序言中写道："李西涯创为乐府新声，咏前史所列行事，流布当时，脍炙人口。兹拟为之，虽不敢比踪怀麓，庶几得十一于千百，讽诵之余，藉资考镜云尔。"其《细柳营》诗曰："周亚夫，细柳营，天子来，按辔行，持节诏使壁门开，将士无哗刁斗鸣。却怪韩信多多善，夺军视若儿童轻。"② 咏史乐府足资考镜，进一步发挥了咏史乐府的以诗证史，诗史互补之功。舒位所著《瓶水斋诗集》卷一《春秋咏史乐府》序言中说："撰春秋咏史长短句诗，强名之曰乐府。大旨以左氏内传为经，而以国语公谷为纬，并杂采诸他书之论春秋时事者，凡一百四十首。昔人之为咏史乐府也，惟杨抱遗、李畏吾为最著，近尤西堂则有明史乐府，顾皆详于后代而略于春秋。今兹所咏若补其阙，或褒焉，或讥焉，或存而不论焉，长言不足则他事相形，庄论易倦则诙谐间出，虽其音节未必有合乎古，抑亦征南之一癖欤。盖尝论春秋人物于君，许楚共晋悼于臣，则魏绛、羊舌肸、公孙侨三人而已。迨至共悼既殁，侨不能相大国，绛与肸皆不得为正卿，灌而往桧以下，读史者索索然矣。故咏史诗止于此也，非仿伯恭博议之例也。"③ 辨明其《春秋咏史乐府》创作则是为了弥补前人创作的缺失，并且说明创作的褒贬之间，庄谐互出，不拘一格，自成一体，颇有气概。清人乐钧《青芝山馆诗集》卷二之《消寒第八集取古人快事效铁厓咏史乐府十首》中就有《朱亥椎》《斩醉尉》《除三害》《章台柳》《太白靴》《钱唐弩》等，其中《投大巫》诗曰："河伯妇，少颜色，使君烦，大巫入水报河伯，河伯留大巫，大巫归不得，弟子三老相继来，皆无消息何为哉，河中之水清且浏，河伯今年不娶妇。④" 咏史

---

① （清）沈起元：《敬亭诗文》诗草卷一，清乾隆刻增修本，《清代诗文集汇编》第257册，上海古籍出版社2010年版，第5页。

② （清）沈兆澐：《织帘书屋诗抄》卷八，清咸丰二年刻本，《清代诗文集汇编》第546册，上海古籍出版社2010年版，第67页。

③ （清）舒位著，曹光甫点校：《瓶水斋诗集》卷一，上海古籍出版社2009年版，第726页。

④ （清）乐钧：《青芝山馆诗集》卷二，清嘉庆二十二年刻后印本，《清代诗文集汇编》第481册，上海古籍出版社2010年版，第89页。

乐府创作则又是文人闲暇之时，消遣娱乐、逞才使能的重要消费素材。由此也可以表明，乾嘉时代，咏史乐府已经是喜闻乐见的文人游戏制作。乐钧还创作有《消寒第四集咏都中古迹八首》，可见当时诗人以咏史诗创作来消闲解闷的兴盛状况。

四言咏史自唐代李瀚《蒙求》、崔道融《申唐集》十卷面世以来，很受欢迎，成为历代编纂历史童蒙读物的主要形式。清人葛震撰、曹荃注《四言史征》十二卷可谓四言咏史诗的集大成之作。宋荦序曰："上自鸿蒙，下迄明季，皆隐括正史而举其要，约以四言韵语，凡治乱兴亡之迹，忠孝名节之重，以及佞幸谗邪之人皆著之。所以定褒贬而示劝惩，非特有裨蒙训，亦学士家博综全史之阶梯也！第其文简而事迹多略，句约而文弗该，于是乎，长白曹君芷园为之注，取诸本纪世家列传之文，而又书帝王统系纪年于前，备采野史之可传信者于后。正统则标其名，僭国则书其附，文约而事备，法严而义精，盖仿紫阳纲目之遗意。所谓大书以提要，分注以备言者，几几乎近之矣！语云：莫为之后，虽盛弗传。葛氏史征，虽佳得芷园注乃益明，今夫史乘之多，汗牛充栋，黄吻呀唔，白首不能罄其词，于是畏难而阻者，反借口宋儒玩物丧志之说，高束不观，往往不知自古至今帝王几统南北，几朝制度文章，蒙然云雾，学问日入于荒陋，岂若于毁齿就传时，即授以此编读之有韵之言，寻行朗诵，既易于成熟而先入之，所睹记又可历久而弗忘，其有功蒙养不小也。况芷园之注又复精详乃尔乎！昔裴松之注三国，刘孝标注世说，郦道元注水经，世称三奇注，今得芷园而四矣！遂序之以应其请。"[①] 曹荃《四言史征》序："且此诚便家塾幼学，俾于摹字之初，即令写此，不二三岁，可熟正文，再为讲解，古今全史，咸贮腹笥，庸下恣谭论，廊庙资政事，润色柔翰，鼓吹诗歌，学士案头，岂可少此一书乎？其中短注古韵音切皆本考究，间抒己意，览者自知，录成命梓，用契葛君！"[②] 足见其创作的意义与价值。清代还有胡一桂《四言咏古》等创作。

通过以上的分析足可看出，清初诗人在咏史体式上的重大创新，影响深远，同时在乾嘉时期进入辉煌，意义重大。

[①] （清）葛震撰，曹荃注：《四言史征》序言，辽宁大学图书馆藏清雍正曹氏芷园刻本。
[②] 同上。

从内容上来看，历史上的逸民及南宋末年的遗民成为重点讴歌的对象。此外还有对汉代君王的吟咏，借以表达对故国君主的怀念之情。其中顾炎武对明代皇帝的拜祭，堪称此一时期思念故国最为深刻的代表诗作，这将在后文中用一章专门探究。再如黄宗羲所著《南雷诗历》卷四就有《宋六陵》："一片荒烟地，云是昔攒宫。秋坟已罢唱，燧火不吹红。古迹今何处，落落几株松。历代祭告文，顽石堆西东。千年龙穴移，此地原荒丛。鬓发萦香烟，孟后发枯木。唶寒徽宗柩，唯有顶骨碑。哀怨诉苍穹，唐林义士祠。久矣委蒿蓬。亡国何代无，此恨真无穷。青天白日淡，幽谷多悲风。更无杂鸟来，杜宇哭朦胧。"① 对南宋六陵不幸遭遇的叙写，就是对当下故国所经历苦难的一种祭奠。宋末亡国于异族的历史悲剧又一次上演，"亡国何代无，此恨真无穷"一声一泣血，哀泪涟涟，荒烟枯草的宋代帝王陵也就是今日明帝陵的明天，想到此怎能让人不痛感流涕呢？

如顾炎武作于清顺治四年《大汉行》："大汉传世十二叶，祚移王莽由居摄。黎元愁苦盗贼生，次第诸刘兴宛叶。一时并起实仓皇，国计人心多未协。新市将军惮伯升，遂令三辅重焚劫。指挥百二归萧王，一统山河成帝业。吁嗟帝王不可图，长安天子今东都。隗王白帝何为乎？扶风马生真丈夫。"② 全诗借史喻今，通体咏汉。明末崇祯皇帝死后，诸王争立，历史上有"五王、三帝"之称，福王朱由崧，鲁王朱以海，唐王朱聿键，后唐朱聿粤，桂王朱由榔是为五王；安宗简皇帝（年号弘光）、绍宗襄皇帝（年号隆武）、亡国无谥的永历帝是为三帝。这些情状，与西汉末历史极为相似，而作者迫切希望当今能有一位像刘秀的明君出现，实现明朝复兴。而这些皇子王孙们却都不争气，最终在你争我斗和清王朝的严厉追击之下一个个走向覆亡。清人沈德潜曾评价顾炎武诗曰："韵语其余事也，然词必己出，事必精当，风霜之气，松柏之姿，两者兼有。就诗品论，亦不肯作第二流人。"③ 顾炎武作为明代遗民的典型代表，咏

---

① （清）黄宗羲：《南雷诗历》卷四，清郑大节刻本，《清代诗文集汇编》第33册，上海古籍出版社2010年版，第411页。

② （清）顾炎武著，王蘧常辑注，吴丕绩标校：《顾亭林诗集汇注》，上海古籍出版社2006年版，第140页。

③ （清）沈德潜编：《明诗别裁集》卷十一，上海古籍出版社1979年版，第300页。

史以抒怀,借古而鉴今,具有鲜明的时代特色。家国之痛和故国之悲交织在一起,诗歌中充满慷慨悲壮之音。

屈复所著《弱水集》卷八《金陵古迹二十四首》序言中说:"六朝故都,城郭宫室,如结骑临春,芳乐华林,尤丽绝于时。己酉寻游,问所谓遗迹者,断瓦残石,烟消雨寂矣。予四海飘零,吟情有在,听断岸之春流,览江南之草色,山川如故,千里凄然,目所未极,心已极焉,岂为彼泉下人,一置喙哉。"① 通过战前金陵的繁华与战后破败零落的对比,突出故国家园之思。再如其《咏古十首》中有《鲁仲连》《留侯》《武侯》《谢有道》《邵康节》等,其中《夷齐》一诗曰:"仁义无羽翼,夷齐非圣贤。薄海尽归周,叩马独逆天。能及首阳饿,花开陆地莲。命由白云毕,志与西山悬。同时得尚父,曾居仲尼先。薇蕨岂殊味,芝桂难比肩。"还有《郑所南》诗曰:"精气烛碧空,石函沉古井。萧条金仙域,馘顽银床绠。心史出尘氛,炎宇忽清冷。哭比皋羽秘,恨与文山永。元代既漠漠,明时宜炯炯。无天不阐幽,赍志难长冥。"② 这些诗歌都极力称赏历史上的忠贞节义之士,并以之为榜样来砥砺品格。

遗民诗人傅山《咏史感兴杂诗三十四首》之一曰:"高士薄珪组,蹈海心如归。贤豪喜功名,快其得指挥。周公勤吐握,不为荣谦挥。施施捐笾豆,谓可遇渴饥。但虞灵辄饿,岂识朱亥椎。雄才自瞻远,卓荦亦知微。徐州慕声名,平舆龙已飞。"③ 高度赞赏了义士朱亥的壮举。纪映钟《戆叟诗抄》中《真州谒文山先生祠》一诗写道:"落木荒祠野水滨,重过辍食拜阶尘。状元宰相完名是,取义成仁识字真。隔浦秋山为俎豆,扫门村妪辨君臣。雅言口(按:原书为墨丁。)尽惟心史,却讶黄冠语不驯。"④ 表达了作者对文天祥宁死不降敌国高洁品格的崇敬赞扬之情。

谈迁《明妃怨》:"少小如大内,绮疏极天工。玉阶平似水,阑盾错云龙。承遣出秘殿,历览与初同。欻忽宣尺一,赤帜扬边风。阁泪不敢

---

① (清)屈复:《弱水集》卷八,清乾隆七年贺克章刻本,《清代诗文集汇编》第223册,上海古籍出版社2010年版,第95页。
② 同上书,第23—24页。
③ (清)傅山著,陈监先批注:《陈批霜红龛集》,山西古籍出版社2007年版,第49页。
④ (清)纪映钟:《戆叟诗抄》卷一,清光绪三十一年江宁傅氏刻本,《清代诗文集汇编》第30册,上海古籍出版社2010年版,第10页。

啼，天子云和戎。家族距南越，去去谁与通？掖庭诸下陈，地下才相逢。北出长安门，阴山何巃嵸！驱车戒汉马，缓策勿遽攻。有貌虽如花，此身竟飞蓬。非不念大汉，所恨红颜穷。膻胡一辱体，宿志等愚聋。流闻诛画师，移怨累彼童。生女颇娟好，生男狎轻弓。汉语失听久，筘吹夜未终。尝梦度绝塞，幕南尘一空。谁能画此策？娄敬当首功。"① 通过对王昭君不幸命运的描述，来表达作者的故国家园之悲，进而批判一帮无耻的投降主义者。再如《明妃曲》："长安柳色春风恼，锦幕香车泣年少。筚篥齐吹出塞声，藁街西去横门道。汉语未讫胡语哗，玉关处处开风沙。单于知听不知曲，徒看毕拨鸣琵琶。琵琶之声何凄咽，绝塞还同汉宫月。啼呜哑哑断南枝，哀雁嗷嗷夜将歇。"② 还是采用了王昭君的意象来表达内心愁苦，汉胡之间难以逾越的鸿沟，始终是作者的心头之痛。作者还有《题苏李泣别图》："携手河梁泪不干，孤臣万里上征鞍。他年地下才相见，犹恐重泉隔汉关。"③ 通过苏武与李陵的对比描写，显示二者之间的身份差异，一为汉家的忠贞守节之士，一为汉家的叛逆之臣，他们之间的心灵鸿沟即使在黄泉路上也不可能沟通，汉胡不两立，华夷之间的民族隔阂就如此生动地展现在我们面前；两个汉族人，因为立场的差异，尚且如此老死不相往来。更别说在现实严酷的环境之中，满清统治者对汉族人民的残酷镇压，二者间的敌对仇恨更是深如海、高比山，此生此世难以调和。这也表明作者的民族气节和政治立场。

再如归庄在长诗《读心史七十韵》（宋末隐士郑所南著。崇祯戊寅冬，苏州承天寺浚井得之，今张中丞梓以行世。）中写道："昔人亦有言：板荡识忠臣。臣节固其宜，所难在逸民。哀哉宋之季，天造逢厄屯。快意歼世仇，亦自亡其唇。西京既丧败，胡骑扼江津。守将多跋扈，王师利逡巡。险阻数百里，所在豺狼蹲。冲城百雉催，野战万井堙；丘山封白骨，原隰荧青磷。金瓯半残缺，铜驼剩荆薪。虎噬越江表，蚕食抵瓯闽。三宫遂北驾，仲子窜海濒。时危更短祚，中路埋龙輴。法章鄙在莒，勃苏空赴秦。蛟龙助其虐，乘舆问水滨。妖氛蚀三光，血腥荡八夤。常

---

① （清）谈迁撰，罗仲辉校点：《谈迁诗文集》，辽宁教育出版社1998年版，第5页。
② 同上书，第19页。
③ 同上书，第33页。

令百代下，烈士双瞳瞋！在昔都汴京，政清风俗醇，朝士尽国器，文学何彬彬。偏安在东南，国步日以频，世为奸臣误，天王非癸辛。一朝蒻为夷，上帝何不仁！养士三百祀，人思奋其身，天定不可胜，捐生扶大伦。烈哉陆与张，先后从灵均。信公矢忠孝，后死良有因。其时殉国难，累累多荐绅，为君固首阳，乃有公其人。（中略）晋代实始祸，延祚江之湄，鲜卑有中原，正统归梁陈。靖康罹大艰，宋鼎尚未沦。痛极祥兴后，溥天扬胡尘！世祀纵当绝，国史不可泯。亦有儒者流，去作新国宾，其余或临难，托志秋风尊。当时无记载，后将失其真。正朔沿德祐，著述始咸淳，中兴致其意，大义凤所遵，盟檄孤愤激，诵之涕沾巾！（中略）神物久不灭，下逮岁戊寅，出之重泉下，铁函色如银。苦节古罕俦，良史世所珍。上下数百载，皇天诚无亲，历数递相嬗，昭格在明禋。当今岂末造，海内何断断！边城烽火炽，中邦骤车辚，军府募矿骑，司农算钱缗。安得举斯世，措之于重茵，百川归大海，众星拱紫宸。钦哉复钦哉，景命自天申。"①以长篇诗歌的形式全面总结了中国历史上历代王朝与少数民族政权之间的关系，尤其是宋朝灭亡于金元，成为作者深刻反思的对象。作者由宋朝往上追溯直接指出西晋开启先河——灭亡于少数民族政权的民族悲剧。不难发现，作者缅怀历史实际即是感慨当下的民族灾难，痛哭流涕的身影似乎萦绕在字里行间。因而作者创作名传千古的《万古愁》也是顺理成章的了。作者在诗中对王朝倾覆之际各类人物的立场抉择也进行了深入分析，"昔人亦有言：板荡识忠臣。臣节固其宜，所难在逸民"。以此为标准，作者来评判各类人物，这也是明清之际士族庶民现实抉择的一种呈现，"留发"还是"留头"恰恰成为品节高下的标尺。遗民、逸民、新贵等，称谓不是士人们自封的名号，而是公众认可的结果，不可避免造就了许多的人生悲剧。人们口中的贰臣可谓最为人所不齿的一类了，而他们自己内心的创痛和压力也较少向人坦露。我们通过探析他们吟咏的相关历史人物事件的诗歌，可以找到一把解开他们心锁的有效钥匙。在这里主要探究"江左三大家"为代表的相关诗人咏史诗作，一斑窥豹，来了解这一群体的特定思想心态。

与遗民诗人相对应的就是贰臣诗人了，他们由于种种原因，投降新

---

① （清）归庄：《归庄集》，上海古籍出版社2010年版，第2页。

朝，在人格上有所缺失，沉重的心理负担使他们在此后的人生之中，悔恨连连，哀怨不断，忏悔不已。其中著名的就有"江左三大家"，即当时文坛盟主钱谦益、文学泰斗吴伟业及龚鼎孳。

钱谦益（1582—1664）字受之，一字牧斋，晚号蒙叟，自称绛云老人、东涧遗老，学者称虞山先生，江南常熟人。清人入关，迎风而降，曾为清朝礼部侍郎。

钱谦益的诗歌创作丰厚，其中咏史之作，独具特色。如《陆宣公墓道行》："延英重门昼不开，白麻黄阁飞尘埃。中条山人叫阍哭，金吾老将声如雷。苏州宰相忠州死，天道宁论乃如此。千年遗榇归不归？两地孤坟竟谁是？人言藁葬留忠州，又云征还返故丘。图经聚讼故老哄，争此朽骨如天球。齐女门前六里路，荞麦茫茫少封树。下马犹寻董相陵，飞凫孰辨孙王墓。青草黄茅万死乡，蝇头细字写巾箱。起草尚传哀痛诏，闭门自验活人方。永贞求旧空黄土，元祐青编照千古。人生忠佞看到头，至竟延龄在何许？君不见华山山下草如薰，石阙丰碑野火焚。樵夫踞坐行人唾，传是崖州丁相坟。"① 这是一首七言古体咏史诗，诗歌从墓及人，运用衬托手法，通过宋代奸相丁谓坟墓遭人唾弃来烘托唐代贤相陆贽青史留名，能在追怀忠臣的叙写中寄寓敬慕之情。再如《婺州怀古》："炮车犹并日车红，当道空传一老熊。野鸟凄凉啼废垒，纤儿嚅唏笑行宫。中天赤字开皇祖，午夜朱旗闪越公。独有鸲鹆如夙昔，双溪省识钓鱼翁。"② 故国繁华不再，在荒郊野垒之中，这凄凉情景让人心伤，遥想当年明太祖创建的大明王朝三百年基业，自己作了逆臣贼子，真的是愧对祖先。不过钱谦益并非真正的忘恩负义，只是一时糊涂，等到幡然醒悟时，对故国的怀念之情就油然而生，又怎能不予以回报呢？因而钱谦益在晚年尽管年老体衰但是仍然积极奔走在抗清复明的战场上，以此赎救自己的内心苦恨。他在《题宋徽宗杏花村图》诗中写道："宜春小苑春风香，宣和閟殿春昼长。帝所神霄换新诰，江南花石催头纲。至尊盘礴自游艺，宛是前身画师制。岁时婚嫁杏花村，桑麻鸡犬桃源世。杏花

---

① （清）钱谦益著，钱曾笺注，钱仲联标校：《牧斋初学集》，上海古籍出版社1996年版，第337页。

② 同上书，第85页。

村中花冥冥,纥干山雀群飞鸣。巾车挈箧去何所?无乃负担趋青城。君不见杏花寒食钱塘路,鬼磷灯檠风雨暮。麦饭何人浇一盂,孤臣哭断冬青树!"① 这首诗能由图及人,委婉含蓄却又入木三分地描绘宋徽宗因沉溺声色技艺而疏于国事,倒置本末,最终酿成国破家亡的悲剧。这既是哀叹宋徽宗的不争气,更是痛悼故明的亡国悲剧,沉痛之情,溢于言表。钱谦益《题淮阴侯庙》诗曰:"淮水城南寄食徒,真王大将在斯须。岂知隆准如长颈,终见鹰扬死雌呴。落日井陉旗尚赤,春风钟室草常朱。东西冢墓今安在?好为英雄奠一盂。"② 通过悼念古人,既感慨韩信成就功业的幸运,又慨叹其不幸的悲惨下场,充满了人生命运大起大落的无奈。这种感喟又何尝不是作者自己人生的一种真实经历和真情实感的流露呢?沧海桑田的巨变,改变了钱谦益的人生命运。钱谦益由巅峰到低谷的戏剧性人生转换,也正可借韩信这样的悲情英雄来抒发内心之惆怅。这种情感在《丙申春就医秦淮寓丁家水阁浃两月临行作绝句三十首留别留题不复论次》之二:"秦淮城下即淮阴,流水悠悠知我心。可似王孙轻一饭,他时报母只千金?"③ 进一步强化这种悔恨之情。因而借咏历史以抒怀成为钱谦益晚年诗歌的重要主题之一。还有《戊寅元日偶读〈史记〉戏书纸尾》其四云:"汉家争道孝文明,左右临朝问亦轻。绛灌但知谗贾谊,可思流汗愧陈平?"④ 只用短短二十八字,就将汉文帝一朝的重大史事与主要人物概括写出,艺术地再现了当年场景,且语含讥讽而不着议论,意味深长而隽永。

吴伟业(1609—1671)字骏公,号梅村,又号鹿樵生、大云道人,江南太仓州人。明崇祯四年一甲二名进士,此后任翰林院编修、东宫讲读官、南京国子监司业等官。清人入关,曾任新朝秘书院侍讲、国子监祭酒。

吴伟业创作咏史诗甚多,据《吴伟业全集》统计有四十九题,一百五十四首。由于做了两截人,吴伟业在咏史创作中,经常叹百年功罪,

---

① (清)钱谦益著,钱曾笺注,钱仲联标校:《牧斋初学集》,上海古籍出版社1996年版,第479页。
② 同上书,第252页。
③ 同上书,第280页。
④ 同上书,第455页。

论千秋是非,从而寄寓自怨自艾的情感,佳作甚多。如《伍员》一诗曰:"投金濑畔敢安居,覆楚奔吴数上书。手把属镂思往事,九原归去遇包胥。"[1] 作者艺术化地概括出伍子胥一生事业和悲剧。作者认为伍子胥为报私仇而助吴灭楚,背叛了祖国,与包胥求秦救楚的爱国精神相比,人格上有着天壤之别。吴伟业对伍子胥的感情极为复杂矛盾,既有同情又有批判,曲折隐晦地反映出仕清的悔愧心态。《过朱买臣墓》一诗曰:"翁子穷经自不贫,会稽连守拜为真。是非难免三长史,富贵徒夸一妇人。小吏张汤看倨傲,故交庄助叹沉沦。行年五十功名晚,何似空山长负薪。"[2] 论说朱买臣一生功业,观点新颖,不落俗套。《台城》:"形胜当年百战收,子孙容易失神州。金川事去家还在,《玉树》歌残恨怎休。徐邓功勋谁甲第,方黄骸骨总荒丘。可怜一片秦淮月,曾照降幡出石头。"[3] 借咏台城故事来论明末南渡事,感慨故国兴亡成败,构思极为精巧而语气沉郁。其他如《过韩蕲王墓》《功臣庙》《过淮阴有感》《采石矶》《萧何》等,或借古写心曲,或翻新见史识,都能做到别具一格。吴伟业还创作了小型题画咏史组诗,如《戏题仕女图十二首》,其《一舸》诗云:"霸越亡吴计已行,论功何物赏倾城?西施亦有弓藏惧,不独鸱夷变姓名。"又《出塞》诗云:"玉关秋尽雁连天,碛里明驼路几千。夜半李陵台上月,可能还似汉宫圆?"[4] 虽选材不新,但能发人所未发。清代女作家也创作了较多的吟咏女性图画之作,如陈蕴莲《题仕女图》五首、季兰韵《题美人画册十首》、俞绣孙《题仕女图》(十首)、归懋仪《戏集古来美人韵事偶得三十二题》等,反映出清代女性文化生活的丰富多彩。

吴伟业还创作有大型组诗《读史偶述四十首》,一诗一事,借咏史来暗喻时事。他善于在咏史创作中借古讽今,不露痕迹,手法高明,如《读史杂感十六首》其一:"吴越黄星见,园陵紫气浮。六师屯鹊尾,双阙表牛头。镇静资安石,艰危仗武侯。新开都护府,宰相领扬州。"[5] 表

---

[1] (清)吴伟业著,李学颖集评标校:《吴梅村全集》,上海古籍出版社1999年版,第506页。

[2] 同上书,第171页。

[3] 同上书,第177页。

[4] 同上书,第520页。

[5] 同上书,第96页。

面在写读史的所思所感，实际上是隐指当时时事，在南明小王朝政权中史可法遭到马士英、阮大铖等佞臣排挤，失势之后，被迫前往扬州统筹刘泽清、刘良佐等江北四镇军事机宜，最终受困扬州，坚守城池，不屈而死。其二曰："莫定三分计，先求五等封。国中惟指马，阃外尽从龙。朝事归诸将，军输仰大农。淮南数州地，幕府但歌钟。"①借咏史事指出南明王朝的形势，朝权为马士英、阮大铖等阉党余孽把持，江北四镇军事将领则飞扬跋扈，各自据地自雄，表功邀宠，史可法与朝廷都无力管束，家国败亡，自是不可避免。其三曰："北寺谗成狱，西园贿拜官。上书休讨贼，进爵在迎銮。相国争开第，将军罢筑坛。空馀苏武节，流涕向长安。"②则是指桑骂槐，怒斥南明小王朝腐败黑暗，朝中大臣为谋取私利而卖官鬻爵，竟置国家安危于不顾，国将不国之时，这种行为只能加速南明小朝廷的覆亡。其六曰："贵戚张公子，奄人王宝孙。入陪宣室宴，出典羽林屯。狗马来西苑，俳优侍北门。不时中旨召，著籍并承恩。"③运用讽刺手法指出南明君主的荒淫奢侈行为，在国家倾覆危难时刻竟还沉溺于声色，遍选宫女，醉生梦死，君王的这种奢靡腐朽生活最终加速南明王朝的覆灭，令人叹息。此组咏史诗能借古喻今，艺术手法含蓄蕴藉而旨意明确，南明小朝廷迅速灭亡的原因在奢靡腐朽生活和朝臣纷争的诗歌刻画中得到揭示，必然覆亡的结局已昭然在目，历史和现实的反思极为深刻。

  吴伟业在明之世深得崇祯宠幸，所获得的宠誉是其他人难以比拟的，入清之后，又被迫应征博学鸿儒科，封为国子监祭酒，旋即辞职南返，但自此踏上了终生悔恨之路。他在诗歌中以自怨自艾的深情救赎这段惨痛而又无可挽回的耻辱。这在此后的咏史诗创作中有着极为明显的体现。尤其是吴伟业创作的咏史怀古组诗如《梅村家藏稿》卷一《咏史十二首》、卷四《读史杂感十六首》、卷十九《读史偶述四十首》、卷二十《读史有感八首》《戏题仕女图十二首》等。在这些诗中，吴伟业通过评

---

  ① （清）吴伟业著，李学颖集评标校：《吴梅村全集》，上海古籍出版社1999年版，第96页。

  ② 同上。

  ③ 同上书，第98页。

议古人的方式一吐心中之块垒。如《过淮阴有感二首》："落木淮南雁影高，孤城残日乱蓬蒿。天边故旧愁闻笛，市上儿童笑带刀。世事真成《反招隐》，吾徒何处续《离骚》。昔人一饭犹思报，廿载恩深感二毛。"其二："登高怅望八公山，琪树丹崖未可攀。莫想《阴符》遇黄石，好将《鸿宝》驻朱颜。浮生所欠止一死，尘世无繇识九还。我本淮王旧鸡犬，不随仙去落人间。"① 吴伟业通过韩信功业人生的悲剧叙写，真情倾诉自己血泪人生，背负着逆子贰臣的罪名，此生此世，这是再也洗刷不掉的悲剧耻辱了，进而成为吴伟业一生的心理阴影，挥之不去。因而在《临终诗四首》写道："忍死偷生廿载余，而今罪孽怎消除。受恩欠债应填补，总比鸿毛也不如。"② 苟且于人世，忍辱偷生，可谓一字一泪都是滴血之语，读之令人动容，潸然泪下。吴伟业这种生得比鸿毛还轻，此生罪孽死也难赎的虔诚心态，获得后世人的原谅和极大同情，每每为其人生的不幸而哀叹不已。相较于钱谦益半遮半掩的赎罪行动和龚鼎孳不知悔愧且光明正大做上清朝高官行为，吴伟业可以说是在救赎自己的道路上最成功的一位。如此之人，如此之诗，读来怎能不让人感慨万分而掬一捧之泪呢？吴伟业更是在《戏题仕女图十二首》《虞兮》中写道："千夫辟易楚重瞳，仁谨居然百战中。博得美人心肯死，项王此处是英雄。"③ 项羽虽一世英雄，功名震铄古今，但最后落得个乌江自刎，也是让人唏嘘不已。幸运的是，临终还有虞姬这样的红颜知己，生死相随，共赴黄泉，这又是项羽的幸福烦恼。正视人生，"虞姬虞姬奈若何"的喟叹，就穿越时空，成为千百人的情感共鸣。吴伟业与卞玉京的凄美故事，只能无可奈何烟消云散了。

相较于钱谦益和吴伟业的诗歌创作成就，龚鼎孳只能说是"江左三大家"中叨陪末座者，勉为其难充当大家。而在人格上，前两人的浓重悔愧心态，在龚鼎孳的人生决断中体现得很不明显，甚而不以为然，因而可以欣然坐上新贵宝座。

---

① （清）吴伟业著，李学颖集评标校：《吴梅村全集》，上海古籍出版社1990年版，第398页。

② 同上书，第531页。

③ 同上书，第520页。

龚鼎孳咏史诗创作不是很多,如《定山堂诗集》卷二《韩侯钓台二首》写道:"长淮卷阴风,秋草何历历。韩侯起布衣,一饿奋天策。蒯生诚善谋,胯下讵非德。失着在依人,徘徊项刘奕。"其二:"井陉建旗鼓,凭轼摧齐城。诸侯尽惴恐,宁羡真王荣。功成身葅醢,祸福莫与京。至今千金饭,遗恨五鼎烹。"① 韩信在人生之始能够忍受胯下之辱,能奋发建功,龚鼎孳对此是赞扬的。而韩信始终在刘邦和项羽之间摇摆不定的政治立场,在关键时刻,最终得到萧何、蒯通等人引导,依附刘邦而建立了不世功业。这种认识和形象的刻画塑造,正可谓龚鼎孳自身人生经历的鲜明映照。在李自成农民军攻占北京城时,龚鼎孳被胁迫做官,到了清军入关定都北京,就又投靠清朝,做了新贵。这种摇摆不定的人生和政治立场,恰恰通过刻画韩信前半段的政治人生表现出来,可谓其真实人生的一面镜子,警照鉴戒,如出一辙。龚鼎孳却又悲叹韩信不知道及时隐退而招来杀身之祸,还算有一点自知之明吧。他还在卷三十六《乌江怀古》其四中写道:"一增不用岂天亡,倾国何当罪艳妆。试看八千齐解甲,虞兮曾不负君王。"② 大胆反驳了中国传统红颜祸国俗论,对虞姬一身不侍二主的高贵品质高度赞扬。这种情感也是他和顾媚之间恩深情重的一种写照和期待吧!人生知己,得一足矣之叹,似乎跃然眼前!我们借此也可一窥龚鼎孳不能为故国尽忠的无奈。

陈名夏的人生经历与龚鼎孳相同,在明朝考科举做官,投靠进京李自成农民军,进而降清做官,一生都在官场行走,政治立场值得商榷。他们难免经历了太多的宦海风波,因而在缅怀历史人物事件,借以抒发一己之情时,也就别有一番滋味,或隐微,或直白,值得一窥其心。

陈名夏(1601—1654)字百史,江南溧阳人。崇祯十六年廷试第三名,官翰林修撰,兼户兵二科都给事中。福王时,投靠入京的李自成。清顺治二年降清,以王文奎荐,复原官,旋擢吏部左侍郎兼翰林侍读学士。累官秘书院大学士。后因徇私植党,滥用匪人等罪名被劾论死。

陈名夏《石云居诗集》卷五《史诗》中,所吟咏者自西汉申屠嘉、

---

① (清)龚鼎孳撰:《定山堂诗集》卷二,清康熙十五年吴兴祚刻本,《清代诗文集汇编》第50册,上海古籍出版社2010年版,第271—272页。

② 同上书,第51册,第48页。

公孙弘至宋代王曾、杜祁公、范文正公等人，均以名讳为题，以七言绝句赋写，共计三十一题四十六首。如《公孙弘》一诗云："牧豕家贫四十余，老来对策岁超除。自开东阁招贤后，再似公孙脱粟无。"① 赞扬公孙弘老年发迹之事，是否也含有自己一生辛酸在里面呢？又《范仲淹》云："龙图老子实知兵，通市营田青涧城。二府条封疏十事，西边何待相君行。"② 对范仲淹的文才武略充满敬仰之情。

殷岳（1603—1670）字伯岩，一字宗山，鸡泽（今河北鸡泽）人。崇祯三年举人，清顺治初，知睢宁县，申涵光移书让之，遂辞归。

殷岳用五言古体创作组诗《读史三十首》，取材多集中于秦汉帝王，褒贬议论人物，实为一家之言。如其一："冒顿纵鸣镝，何有乎妇翁。齐房穷计画，和亲苟弥缝。白登帝胆落，事急聊相从。官家屈体貌，四国少颜容。贻谟累风俗，边鄙讵偃兵。若淮阴而在，不当歌《大风》。"评汉初与匈奴的关系，面对兵强马壮。号令森严的匈奴骑兵，刘邦毫无招架之力，只能以和亲来暂时缓和矛盾，然后慨叹安得猛士守四方，语言凝练，叙事严整。其二："人言父子亲，安知不为虎，猛兽惜其雏，步步生噢咻。汉武好神仙，方士正旁午。志虑既回惘，逸夫偶二五。齿牙之为猾，荼毒于楛矢。隶臣衔尊命，两官无靖士。以子盗父兵，苟图脱罪罟。九服无逃命，望思亦何补。"叹汉武帝晚年沉溺于神仙方术，听信谗言，诛杀太子，悔之晚矣，总结历史经验，以古鉴今。其三："霜雪何将将，日月较光明。钩弋不可活，奉车托微诚。以是貌诸孤，一旦寄阿衡。朝旧擢纯笃，揽辔见澄清。帝星惊流电，桐宫覆典刑。公孙病已立，草木亦知名。世运惟砱轲，幸济以忠贞。妻孥怙烜赫，得失苦纵横。祸福有何常，操存舍则亡。"③ 咏汉武帝立幼子而杀其生母钩弋夫人，以防发生主少母壮而外戚用事的恶果，感叹人生祸福之无常。其七："礼者国之维，民者载舟水。暴秦虎狼威，流血被九轨。侈功盖泰皇，一家天下始。猛气陨沙丘，难从一夫起。七庙堕飞烟，旦暮殄宗祀。亡秦楚三户，弧

---

① （清）陈名夏撰：《石云居诗集》卷五，清顺治刻本，《清代诗文集汇编》第15册，上海古籍出版社2010年版，第774页。

② 同上书，第777页。

③ 徐世昌辑：《晚晴簃诗汇》卷二一，北京出版社1995年版，第247页。

矢安足恃。"批评秦始皇以暴理国，严刑苛法，用钳制百姓的法家霸术而最终不能长治久安。民可载舟，也可覆舟，因此要鉴古警今，以礼治国。其八："欻云驾飞龙，真人屈群力。扶义西入秦，始定三章约。众争走金宝，何独收图籍。一军惊大将，关东可传檄。箸借请前筹，宁复有遗策。宽大帝王模，要在识人杰。一增不能用，叱咤徒虚喝。"①咏赞刘邦应运而生，宽厚待民，善用人才，一统天下的辉煌业绩。其十三："周公负成王，弗陵践天子。高卑既已陈，且分遵涂轨。小人追丧躯，截趾而适履。刺侯生衅隙，上书恣诋毁。将军谢免冠，少帝烛奸诡。墙茨不可扫，妇人定足恃。"②咏汉武帝托孤、霍光辅佐汉昭帝之事，赞美霍光安于本分，勤勉尽心，以及昭帝明察秋毫之圣明。其十五："伏波天下士，遨游而择主。真人崛东方，阔达符高祖。既见一乃心，披帷筹二虏。聚米为山谷，指画同目睹。八区寻大定，奇功勒铜柱。后世讼神人，谭言中绳矩。古道不可期，宵人哗市虎。"③赞美马援与光武帝之君臣遇合，如鱼得水，同心协力，大展宏图，建立不朽功绩。也批评光武帝听信谗言、冤枉忠臣的失察之过。

在朝代更易的纷乱时期，每个人都有自己的抉择，不忘故国的遗民，顺势而为的新贵，都在书写自己的历史。而"云间六子"的情况也是纷纭复杂。陈子龙殉国，李雯仕清，成为鲜明对比。

李雯（1608—1647）字舒章，江南华亭人。明崇祯十五年举人，入清，官至中书舍人。早岁倡立几社，与夏彝仲、陈子龙、周立勋、徐孚远、彭宾相唱和，时称"云间六子"。李雯所创作的咏史诗，或赞美历史上的英雄人物，或借古以抒发怀才不遇的苦闷。如《谒孟庙》："吁嗟孟夫子，空抱王佐才。岩岩泰山像，肃肃松风回。笃生岂天意，哲士无良媒。齐梁竟失志，怀古心悠哉。一朝车从没，千秋俎豆来。要之豪杰人，视此如尘埃。余亦徒步士，下马登殿台。拂衣复再拜，三叹长徘徊。"④拜谒孟庙，感慨孟子空有王佐之才却终身不遇，惜古便是自怜，借史以

---

① 徐世昌辑：《晚晴簃诗汇》卷二一，北京出版社1995年版，第247页。
② 同上书，第248页。
③ 同上。
④ （明）陈子龙、（清）李雯、（清）宋征舆撰，陈立校点：《云间三子新诗合稿》卷一，辽宁教育出版社2000年版，第16页。

抒怀。《淮阴城下作》："忆昔淮阴侯，功名有所待。龙跃楚汉间，七尺付时宰。饥饿生王侯，王侯生菹醢。藉令学道深，岂得履危殆。至今漂母祠，犹对川流在。一日识英雄，千秋动光彩。淮水祠下深，楚浆城上暧。我欲奠椒浆，自惜无芳芷。"① 惜韩信虽建丰功伟绩，却因不知韬光养晦而被诛杀，赞漂母在其穷困时能够慧眼识英雄。《咏史十首》其九："昔日燕太子，仰首忧秦氛。愿言出奇计，一往立国勋。太傅荐田光，乃以荆轲闻。匕首未深入，国士先驱分。惜哉秦武阳，枉杀樊将军。"② 议论荆轲刺秦之事，为樊於期的无谓牺牲而叹息。其十："汉帝游武垣，望气得钩弋。万乘一朝顾，红颜生羽翼。苍龙成抱中，翠凤去君侧。宛转求一言，叱呵不能得。弃置不复陈，歇绝自夙昔。"③ 叙述汉武帝立幼子而杀其生母钩弋夫人，以防主少母壮，外戚用事，批评汉武帝残酷无情，刻薄寡恩。《经东阿怀曹子建》："昔时曹子建，封邑在东阿。旷代无祠庙，空山对女萝。角弓愁势险，玉食恨才多。《小雅》斯人志，因风发浩歌。"④ 从怀才不遇的角度对曹植表示深深的同情，既是怜惜古人，也是哀怜自己，寄寓了社会现实的内容。《河间怀古》："献王招客处，亦在日华宫。雅乐今终阕，荒台自昔空。黄鹂交北树，白马骤南风。去国怜游子，含凄古道中。"⑤ 回顾昔日献王雅文好客之盛事，叹息今日其宫阙之荒凉萧瑟，流露出强烈的怀古思乡之情。李雯还关注女性的不幸命运，予以深切的同情。《班婕妤》："夙昔承雕辇，君恩不敢当。春风移碧草，秋月换金床。玉甃随霜白，宫鸦带日黄。登楼闻凤吹，歌舞在昭阳。"⑥ 为班婕妤惠而被疏的命运鸣不平。

宋征舆（1618—1667）字辕文，号直方，别号佩月主人、佩月骚人，江南华亭（今上海松江）人。顺治四年进士，官至都察院副都察御史，又与李雯合撰《幽兰草》。宋征舆颇负诗名与陈子龙、李雯齐名，人称"陈宋"，或曰"宋李"，是云间诗派主要作家之一。宋征舆创作了不少咏

---

① 《云间三子新诗合稿》卷一，第16页。
② 《云间三子新诗合稿》卷二，第43页。
③ 同上书，第44页。
④ 《云间三子新诗合稿》卷六，第105页。
⑤ 《云间三子新诗合稿》卷五，第87页。
⑥ 《云间三子新诗合稿》卷六，第118页。

史诗。如《登要离墓》："我来阖庐城，踏尽吴阊路。手携轻薄儿，长揖要离墓。要离墓草野火烧，一抔黄土孤堞高。前临青山后对水，白云来往风萧萧。"① 登高凭览，吊祭古人，发思古之幽情。《扬州》其二："大禹分天地，维扬自一州。海门秋树远，江水碧云流。郡国通吴楚，星辰直斗牛。异时曾割据，王气未全收。"②《扬州》其三："隋帝遗宫尽，荒丘落日残。玉钩香粉澹，碧瓦暮萤干。已作兴亡叹，仍从离乱看。邗沟流水在，芳草至今寒。"《扬州》其四："乍得将军令，高城跃马过。立营悬大纛，僦舍拥雕戈。白羽催飞繻，红颜学细歌。可怜南渡客，中夜说风波。"③ 以组诗形式叙写扬州历史往事，由大禹治水、炀帝东游，到明廷南渡，情景交融，慷慨悲凉，古今兴亡之叹弥漫于字里行间。《昭君怨》："君王征画史，贱妾出宫闱。朔雪天山满，春风汉苑归。红颜迎白草，黛色上金微。独有琵琶曲，空惊秋雁飞。"④《班婕妤怨》："离宫长信秋，别殿婕妤愁。纨扇金风起，珠帘碧月流。画眉思奉帚，捣素问更筹。遥忆笙歌处，昭阳步辇留。"⑤ 这两首咏史诗则叙写王昭君与班婕妤的不幸遭遇，无声地谴责了帝王的无能与薄幸。《禹陵》："大禹东巡竟不还，万年祠庙锁空山。陵前江海朝宗地，殿侧皋夔侍从班。溪水自流青嶂口，乱峰遥拱白云间。乔松翠柏风萧瑟，犹拜冠裳识圣颜。"⑥ 热情地赞颂了大禹的丰功伟绩，表达对圣人的仰慕之情。

此外，还有阎尔梅、李雍熙、邓汉仪等人的咏史诗创作，在此不一一分析。随后就是清初诗人占据诗坛，开启新风，这一时期诗人众多，尤以王士禛为典型代表。同时满族诗人也逐步崛起，以康熙为代表的皇室诗人创作咏史诗逐渐兴盛。

王士禛（1634—1711）字子真，又字贻上，号阮亭，晚号渔洋山人。殁后避清世宗胤禛名讳，改名为士正，高宗命改书士祯。新城（今山东桓台）人。顺治十五年考中进士，历任扬州府推官、礼部主事、户部郎

---

① 《云间三子新诗合稿》卷三，第53页。
② 《云间三子新诗合稿》卷六，第110页。
③ 同上书，第111页。
④ 同上书，第117页。
⑤ 同上。
⑥ 《云间三子新诗合稿》卷七，第137页。

中、翰林院侍讲等职。官至刑部尚书。乾隆间，追赠谥号文简。

王士禛创作咏史诗甚多，仅《渔洋山人精华录》所收就有一百九十九题，二百九十四首。王士禛的足迹遍及大江南北，感古慨今之作尤多，如《陈思王墓下作》："昔诵君王赋，微波感洛神。今过埋玉地，重忆建安人。名岂齐公干，谗宁杀灌均。可怜才八斗，终古绝音尘。"再如《雪中发东阿望鱼山怀古》："山郭雪萧萧，鱼山望转遥。洛灵悲子建，神女降弦超。即事成今古，寒岩闭寂寥。唯馀清梵在，一遣旅魂消。"① 这两首诗是在经过东阿时追怀曹植而作，感伤叹惜曹植文采出众而怀才不遇，表达惺惺相惜之情。

纳兰性德（1655—1685）原名成德，字容若，号楞伽山人，满洲正黄旗人。康熙十二年考中举人，十五年考中进士，官至一等侍卫。

纳兰性德以词名家，但诗作也不逊色，吊古、拟古之类的咏史诗约有四十九首。吊古多赋兴亡之感，拟古多抒一己之襟怀。如《王明君》："椒庭充选后，玉辇未曾迎。图画君偏弃，和亲妾请行。不辞边徼远，只受汉恩轻。颜色黄尘老，空留青冢名。"② 为王昭君写心，委婉含蓄地谴责汉元帝的刻薄寡恩，曲折地表达出昭君的哀怨之情。由于人数众多，这里不再一一分析。

清初女作家经历战乱到和平，人生大多颠沛流离，诗歌创作较少顾忌，多能自述心意，语词真挚，同时又为乾嘉盛世开辟道路，积淀经验。如拜师学艺，吴绡拜冯班为师，清初学者毛奇龄指点徐昭华学诗，首开名士招收女弟子的先例。如江南文学世家中家庭内部诗词联吟，有商景兰家族等，但总体较少。清中期发展壮大，成为普遍现象。如结社习气，明人喜结社，男性社群比比皆是，清初禁社，一度萧条，但是却有林以宁等人的蕉园诗社，随后有袁枚、陈文述等大型诗社。随着太平盛世的奠定，女诗人更加自信，不断发掘历史上的才女英雄，强调作诗是女性权利，渴望自己的诗文集能够刊刻流传，进而也要留名青史，再加上男性文人的帮助提携、搜集整理刊印作品，现在所见

---

① （清）王士禛著，李毓芙、牟通、李茂肃整理：《渔洋精华录集释》卷十，上海古籍出版社1999年版，第1589—1590页。

② （清）纳兰性德：《通志堂集》卷二，上海古籍出版社1979年版，第65页。

到的女作家诗集要比清初多得多。

在明末清初的乱世之中，大部分女诗人缺少读书积累，怀疑精神较少，历史考证辨析乃至为历史女性正名的作品较少，大型的咏史组诗几乎没有作诗方式比较单一。盛世之时女作家多随夫游宦南北，经历见识更为丰富，触发吟咏的媒质较多：阅读史书、考辨历史浏览古迹缅怀先贤，吟咏历史人物画，相互唱和都可以成为咏史诗创作的诱发媒介。

清初女作家队伍逐渐壮大，诗作数量逐渐增多，诗歌内容广泛，诗艺逐步提高，为清代女性文学的进一步发展奠定了基础。随着乾嘉盛世的到来，孕育出更多有才华的女诗人，诗作数量和质量更上一层楼，而且女性诗社活动的规模和人数更加宏大，成为古代女作家咏史诗创作中的巅峰时期。

总之，在明末清初复杂的历史发展场景中，在遗民与贰臣等不同的群体中，他们都用自己手中笔墨书写出一曲曲动人的咏史之调，来倾诉自己心中的感受，进而形成了色彩斑斓的创作特色。同时也可发现，此一时期的诗人也有一些咏史组诗之作，只是小型组诗，开始向大中型咏史组诗过渡。在整个文学史发展的过程中承继明末开启盛清，迎来了咏史创作史上最灿烂的辉煌时期。只是在这一过程中，由于乾隆皇帝文字狱的影响，一些敏感的题材在乾隆中期的二十余年被列为禁区，但是从总体上来说，各题咏史创作都达到了繁荣状态。

第二节　清中期的咏史创作

乾隆、嘉庆、道光三朝是清代发展的第二阶段，成为整个咏史创作历史上最为繁荣的时期，诗人众多，灿若繁星，作品繁复，汗牛充栋，各体咏史创作都达到了巅峰阶段，尤其是大型咏史组诗，量大质优，引人注目。

在"十全老人"乾隆皇帝的"十全武功"——"十功者，平准噶尔为二，定回部为一，扫金川为二，靖台湾为一，降缅甸、安南各一，即今二次受廓尔喀降，合为十"的全力开拓之下，清朝进入最为繁荣的盛世时期，但在繁花似锦的鼎盛局面之下已是暗潮涌动，社会危机四伏。相对于强大的"武功"勋业，乾隆皇帝的"文治"盛绩，也可谓"千古一帝",独步古今。清代的文字狱持续时间之长,文网之密,案件之多,打击面之广,罗织罪名之阴毒,手段之狠,都是超越前代的。① 雍正一朝有25起文字狱,乾隆朝135起,而康熙一朝仅有11起。"文字狱"打击的对象应该是对清朝不满的人士或是触犯皇帝威仪和忌讳的人物,可是如果我们对遭遇文字狱惨祸的各个案子稍加分析,就可以看到绝大多数案子是冤案。那些被凌迟、杀头、被抄家、被发配人不知凡几。而真正利用文字或文学作品进行反清活动的不能说没有,但是很少。

清沈家本《历代刑法考》明律目笺一中记载:

> 曹一士请宽妖言禁诬告疏:窃闻古者太史采诗以观民风,藉以知列邦政治之得失、俗尚之美恶,即虞书在治忽以出纳五言之意,使下情之上达也,降及周季,郑之子产尚能不禁乡校之议。惟是行伪而坚,言伪而辩,学非而博,顺非而泽者,虽属闻人,圣人有两观之诛,诚恶其惑众也。至于造作语言,显有悖逆之迹,如戴名世、汪景祺等,圣祖仁皇帝,暨世宗宪皇帝,因其自蹈大逆而诛之,非得已也。若夫赋诗作文,语涉疑似如陈鹏年任苏州知府游虎邱作诗,有密奏其大逆不道者。圣祖仁皇帝明示九卿:以为诬陷善类,如神之哲,洞察隐微,可为万世法则。比年以来,闾巷细人,不识两朝所以诛殛大憝之故,往往挟睚眦之怨,借影响之词,攻讦私书,指摘字句,有司见事生风,多方穷鞫,或致波累师生株连,亲族破家亡命,甚可悯也!臣愚以为:井田封建,不过迂儒之常谈,不可以为生今反古,述怀咏史,不过词人之习态,不可以为援古刺今,即有序跋,偶遗纪年,亦或草茅一时失检,非必果怀悖逆,敢于明布篇章,若此类悉附妖言,罪当不赦,将使天下告讦不休,士子以文为戒,殊非国家义以正法,仁以包蒙之至意也。臣伏读皇上谕旨,凡奏疏制义中,从前避忌之事,一概扫除,仰见圣聪,廓然大度,即古敷奏采风之盛事。窃谓大廷之章奏,尚捐忌讳,则在野之笔札,焉用吹求,伏请敕下直省大吏,查从前有无此等狱案,现在不准援赦者,条列上请,候旨钦定,嗣后凡有举首诗文书札悖逆讥刺者,

---

① 胡寄光:《中国文祸史》,上海人民出版社1993年版,第117页。

审无的确形迹，即以所告本人之罪，依律反坐，以为挟仇妄告者戒，庶文章之株累悉蠲，告讦之习风可息，似于风俗人心，稍有裨益。

按本朝文字之祸，大多在乾隆以前，其中出于素挟仇怨者半，出于藉端诈索者半，匪独奸人群相告讦，即大臣之中，亦有因睚眦小隙，图快己私者。律例既无，正条遂不得不以他律比附，事本微细，动以大逆为言给谏，此疏所言，比附之害，可谓痛切，此疏系上于乾隆元年，经刑部纂入条例，告讦之风亦渐息矣。仁人之言，其造福为何如哉！①

可见清代前期所谓文字之祸，大都是相互攻击而引发的。清廷对于文化上的控制并不是十分严格，而曹一士认为："述怀咏史，不过词人之习态，不可以为援古刺今。"以此来为文士咏史创作寻求正当理由，从而降低了创作咏史诗获罪的概率，可谓有理有据。当然，曹一士这种认识，若从咏史创作的目的来讲，只是其中的一个方面，即咏史诗创作中的借史咏怀。而文人咏史创作的另一重要功用就是借古鉴今。因而对咏史诗所发挥社会功能的认识还是不够全面的。由此而言，曹一士或许是出于保护文人而有此说，这也是维护社会稳定的一种需要吧！但恰恰是这一点说明了一个重要问题，在当时，咏史创作逐步发展起来，从而走向了兴盛，才引起这些朝廷大员的关注，也才会在奏折当中提及此事，并且发表一己之见。因此可以说正是朝臣的这样评价定位咏史创作，才使得咏史创作快速走向繁荣。

乾隆皇帝采纳了曹一士的建议，放宽文字管制。乾隆初期被告发的全祖望，因此也才得以侥幸逃祸。在乾隆治下的前十五年里，文字狱相对来说比较少，但是这样的状况并没有持续很久。从乾隆十六年到四十八年，随着乾隆皇帝思想认识的转变，又开始大兴文字狱，甚至比康雍时更过之。"胡中藻因朋党之争，乾隆帝认为其诗文以南北喻指明清，又有诗'一把心肠论浊清'，将'浊'字加在国号之前，故将其斩决。"② 如此之类的文祸还有很多。如"乾隆二十二年彭家屏刻《大彭

---

① （清）沈家本：《历代刑法考》明律目笺一，民国沈寄簃先生遗书本。
② 张兵、张毓洲：《清代文字狱研究述评》，《西北师大学报》2010年第3期。

统记》，因直书御名不缺笔，乾隆即赐其自尽；三十二年，齐周华诗文集公然不避庙讳、御名，被凌迟处死；沈德潜与乾隆帝以诗唱和，乾隆深喜德潜之德，但在其死后乾隆阅其诗，有'夺朱非正色，异种也称王'句，大怒，认为朱为明朝，异种即代指本朝，故削其官爵谥号，毁其祭葬碑文，撤其乡贤祠牌位"①。足可看出乾隆皇帝文化思想上的禁忌之深，对于触犯文字禁忌之涉案者处罚之残忍。这是此前任何一个朝代都不曾有过的。随着国家政权对思想文化控制的严格，社会上诬告风气又起，往往有仇家因嫌隙而将对方所作诗文检翻，挑出违碍字眼而大做文章，直至逼迫致死。这种严格的思想文化控制，造成整个社会弥漫着"杯弓蛇影"的恐惧情绪，难怪后世的龚自珍作诗："避席畏闻文字狱，著书都为稻粱谋。"这也道出乾隆中期"文字狱"对文人思想控制的真相。

另外《四库全书》的编纂也是乾隆皇帝进行严格文化控制的重要举措，从而也引发了一系列的文字之祸。《四库全书》的编纂始于乾隆三十八年，至四十六年编成，在五十二年全部抄毕。为了编成此书，乾隆下诏要求各省督抚和学政"加意访购"，并且说明如果私人藏书是钞本，"不妨缮录副本，仍将原书给还"，对"各家进到之书，俟校办完竣日，仍行给还原献之家"。而当各省书籍呈上以后，乾隆皇帝的思想却突然转弯，最初宣扬编辑《四库全书》目的是"稽古右文""彰千古同文之盛"。但乾隆三十九年八月的"上谕"却开始强调："要借这次征集书籍，对有'抵触本朝'内容的书"予以"查办，尽行销毁，杜遏邪言，以正人心厚风俗，断不宜置之不办"②。在编纂《四库全书》时，与清朝统治者利益密切相关之明末清初文人的文学或历史作品就变得敏感起来，进而被大力剿灭。又殃及南宋，对于那一时期的许多文学和历史作品也进行了大量的销毁和删改。这两者之间紧密相连的历史渊源关系极为明确，宋明都亡于少数民族政权。宋末遗民的故国之思和抗争精神就成为明末遗民的楷模和榜样，因而在明末遗民的作品中大力歌颂他们。四库馆臣

---

① 张兵、张毓洲：《清代文字狱研究述评》，《西北师大学报》2010年第3期。
② 见《清实录·高宗实录》，转引自安平秋、章培恒主编《中国禁书大观》，上海文化出版社1990年版，第117页。

们查剿明末清初文人集子中的违碍作品，必然会延伸到宋末元初作家创作的作品。

清代文字狱从乾隆五十年以后逐渐开始放松，当时乾隆年近八十，精力日渐衰朽，此后不见有主动出击型之文字狱。此后又过了二三十年，敏感的诗人龚自珍在《咏史》一诗中才敢吟出他的名句："避席畏闻文字狱，著书都为稻粱谋。"实际上，这个时期已经没有震撼性的文字狱了，龚自珍之所以敢于写下如此诗句，正是因为文字狱事实上的消退。此外，龚自珍对它念念不忘，是因为它的余威尚在，悬置在文人头顶的达摩克利斯之剑，始终是文人的一块心病，文字狱的阴影久久难以散去！

而此一时期谢启昆与其老师翁方纲关于咏史创作观念的一段言论，足以让我们深入了解这个时候进行文学创作，尤其是进行以讽谏为目的的咏史创作是多么揪心的一件事情。翁方纲《复初斋外集》文卷中记载了三篇与谢启昆咏史创作有关的文字，今录如下：

谢蕴山诗序

　　昔渔洋先生与海内士大夫论诗，独于莲洋、丹壑二人发代兴之叹。而先生平日拈取唐贤三昧，所谓羚羊挂角不著一字者，遂以二子当之耶。夫渔洋论诗上下千古之秘，盖不得已而寄之于严沧浪。其于时辈也，盖又不得已而属之莲洋丹壑耳。予束发为诗，辄思与吾学侣共证斯义，尝为浮山张氏论次莲洋集矣，丹壑集则欲删存其什一而未暇。盖丹壑清词秀韵，几欲超莲洋而上之，而其通集芜弱者，正复不少，不能无待于后人之重订也。予自己卯于役江西，得杨钝夫、谢蕴山二子，于诗才尤赡，时则意以钝夫拟莲洋，而尚未敢遽以蕴山拟丹壑也。三十年来钝夫以老病，远客数千里外，不获时通，唱酬其于莲洋之诣，未知何如。而蕴山以讲筵侍直出守数大郡，又家居博综者十年，既而由河库道擢按察使，政务懋勤之际，不忘旧业，岁时书问必以诗相质，其诗亦屡变屡进，而清词秀韵，视向昔精华初发时，有过之无不及。予乃至今欲举其诗与丹壑相次比矣。夫诗合性情卷轴而一之者也。每叹丹壑早陟词场，笃承家学师友深且厚，又经渔洋为之手定，而其所存仅仅若此，造物生才之难，天挺之才而能自立者尤难，才既成矣，而师友洗伐之功深挚而完粹者，难之又难也。蕴山诗钞存者已千余首，既自删之矣。予今又为删存财三百首而已，试举以较丹壑集，其分刊节度究何如也。予于江西诗人钝夫之外，窃许姚雪门，而雪门身瘁于职业，不克竟其志，其后又得吴兰雪，则能追吾昔日所目莲洋之逸品矣。若丹壑之清词秀韵，则蕴山而后，今竟无继声者，往者蕴山出守镇江，予诫其十年勿为诗，今蕴山荷圣主知遇，扬历于外方，冀其壹乃心以慎刑察吏，岂暇言诗，而蕴山日夜悾悾见属删存之意，则有不得不质言者，故书之以为序。①

与谢蕴山论咏史诗

贤友示我新刻咏史七律一部，欲为作序此咏史诗。昨岁已于夏韵亭凡上论之，以愚意原可不必作也，既作矣则存之亦可不必即刻也，既刻矣已有吴谷人序则愚序可以不作，盖愚之序非谷人可比，不可涉一字华饰也。愚与吾贤非外间泛常之交也，每遇一事必真切言之，所谓论交无假之中见吾心不欺之学，此二语愚凡论文皆然，而况于我二人尤非待他人所可比耶。古人已往，谁无应誉应指之处，若作史则不得已，不能曲为讳矣。若非身当史局而偶作诗以论之，则不必矣，且勿论其词之工与否矣，唐人胡曾有咏史诗颇为论者所不许，后来更何庸践其迹邪？今吾贤之作则较胡曾之作更精工矣，愈精工则所指摘愈甚矣，所以愚于文学从来不为史题史论之作。尝与钱辛楣言之，又与邓生传安言之，此钱公邓生皆能知愚意者，况于我二人之心知心而贤可不知我乎？愚于作文必取其真切，不取藻饰，如前所作尊诗序，前一首尚嫌其空，必如后一首方不空，然尚望吾贤更有进境而再序之，则更真切矣。所以此咏史诗序于理不当作，期欲子之知我也。若在他人虽心实不愿作亦必塞白以应之，我二人则岂可乎。凡随事随时皆学问真境耳。咏史诗一函，既已装潢，愚虽不序而儿辈已把爱登于架矣，盖渠欲作事类赋看耳。②

---

① （清）翁方纲：《复初斋集外文》卷一，民国六年吴兴刘氏嘉业堂刻本，《清代诗文集汇编》第382册，上海古籍出版社2010年版，第634页。
② （清）翁方纲：《复初斋集外文》卷二，民国六年吴兴刘氏嘉业堂刻本，《清代诗文集汇编》第382册，上海古籍出版社2010年版，第640—641页。

谢蕴山咏史诗序

　　有才人之诗，有学人之诗，二者不能兼也。山谷云：以古人为师，以质厚为本。然吾尝见山谷手迹，荟萃史事，巨细不遗，自后山以下得其隶事之法，而所以学其学者，知者盖罕矣。昔与南康谢子极论黄诗之所以然，谢子尝以予所合校任史注三集，锓于南昌，然吾观谢子所以学其学者，不尽于此也。既而谢子殚前后十年之力，补魏收、魏澹之书，此非诗中所得力乎。然吾观谢子所以学其学者，抑仍不尽乎此也。今又积数年而成咏史诗八卷，其于唐人不袭胡曾之格调，其于山谷后山以下隶事之法，亦不沿其面目，可谓勤且博矣。吾尝与谢子研精七律之选取刘考功之言，名以志彀。今谢子之诗尚未全以付锓而先举此以质诸学侣，吾知其必有得也。回忆三十年前，城南风雪翦烛细论者半皆才藻中事耳，必合诸学之所得，则学即才矣。谢子方敬承圣主知遇，膺方面封圻之任，慎持经术以壹，乃心力将必合知能而一之，又岂特合才与学而一之也哉！[①]

　　翁方纲（1733—1818）字正三，一字忠叙，号覃溪，晚号苏斋。直隶大兴（今属北京）人，乾隆十七年进士，授编修。谢启昆字蕴山号苏潭。三篇文字的顺序如上，此处甲寅年只能是在乾隆五十九年了，此处丁巳年，也只能是嘉庆二年。此时，乾隆皇帝作为太上皇，仍然掌握着生杀大权。嘉庆皇帝仍处在乃父训政时期。谢启昆在编《树经堂咏史诗》之前，已经历过一柱楼诗案，所以在《与谢蕴山论咏史诗》中，他的老师翁方纲劝其不要作咏史诗，"愈精工则所指摘愈甚矣，所以愚于文学从来不为史题史论之作"。足见翁方纲对乾隆一朝文字狱惨祸的恐惧。"指摘"就是规谏，逆耳之言，此种言论稍有不慎，就会被别人抓住把柄，置之于死地。这一点身为朝廷要员，翁方纲在朝中的经历，是十分清楚的。所以他从来不为史题史论之作，以规避文字之祸，这也是十分合情合理的为官之道。同时他也不愿意为别人的此类著作作序，害怕被牵连，这种意思在文中已经表达得十分清楚了。作为彼此心心相通的师生，"所

[①]（清）翁方纲：《复初斋集外文》卷一，民国六年吴兴刘氏嘉业堂刻本，《清代诗文集汇编》第382册，上海古籍出版社2010年版，第635页。

以此咏史诗序于理不当作，期欲子之知我也。"此前，翁方纲曾经劝导说"往者蕴山出守镇江，予诫其十年勿为诗"，应该就是劝导谢启昆不要写咏史诗了。因为"既而谢子殚前后十年之力，补魏收、魏澹之书，此非诗中所得力乎。然吾观谢子所以学其学者，抑仍不尽乎此也。今又积数年而成咏史诗八卷"。"回忆三十年前，城南风雪剪烛细论者半皆才藻中事耳，必合诸学之所得，则学即才矣。"前后数十年间，翁方纲与谢启昆师生之间灵气相通，研讨诗文，情同父子，况且翁方纲认为："盖愚之序非谷人可比，不可涉一字华饰也，愚与吾贤非外间泛常之交也，每遇一事必真切言之，所谓论交无假之中见吾心不欺之学。"因此要为心爱弟子的诗集作序，自是真心肺腑之言。那么，其在《与谢蕴山论咏史诗》中一再推托，不愿秉笔作序，内在的缘由，就十分清楚了。即使乾隆皇帝仍然活着，并且距离因《四库全书》修撰而牵连出的文字之祸，时间并不长久，不过数年间而已。应该说，乾隆皇帝宠臣沈德潜死后因文字而罹祸的悲惨遭遇，是最能震慑文人心魄的了！文字狱之祸随时还会发生，自己不得不慎重。由此来说，文字狱的阴影所影响的就不仅是一代亲身经历过的朝野大臣，民夫民妇，甚而是前后数代人了。但是翁方纲碍于师生情面还是作了《谢蕴山咏史诗序》一文，内中之意，还是要劝勉弟子最好不要再涉及咏史诗这类敏感话题。从表面上来说是认为谢之才学、见识、学力不足，实际上则是一种保护，害怕文字狱伤及爱徒。因而最终谢启昆的咏史诗集不涉及明代史事，也与此大有关联。

除此重大的社会政治力量会影响到咏史诗创作中特定朝代敏感问题之外，还有咏史诗自身创作要克服的困难。如上文《谢蕴山咏史诗序丁巳》中所说"有才人之诗，有学人之诗"，咏史要"荟萃史事，巨细不遗"才能写出好诗。关于这一点，下文再详细论述，此举两例，概而论之。

法式善《存素堂诗初集录存》卷八《春雪初霁谢苏潭方伯过访归寄新诗次韵》曾说："苏潭健笔接苏斋，格调虽殊旨趣谐。何待琴樽携栗里，早寻鸥鹭过松街。湖边山影绿初泻，雪外桃花红半埋。难得使君爱幽僻，东坡访后又西涯。"其二："自古诗推咏史难，茶陵乐府播骚坛。如公能更开生面，此调何尝肯不弹。秦汉文章延坠绪，东南财赋挽狂澜。

他年赐第西涯上，虾菜香清忍独餐。"①

潘德舆《养一斋诗话》卷十："予尝谓常读诗者，既长识力亦养性情，常作诗者，既妨正业亦蹈浮滑。古来诗之脱口而成者当无逾靖节先生，然观其田舍诗题纪年，一年只一首，合之他作，一生不过一百十余首耳。今人好作诗，一年可抵渊明一生，自以为求益，不知不苟作乃有益，常作转有损也。世之好作者多，必不得已，余请进一策焉，只取咏古迹及咏史两种题目为之，此非读书而有识力者不敢操管，即成亦不敢轻易示人，如此虽日作一诗，亦能为学识助。舍此而常为之，必为气体累也。然此惟学子则可一行，作吏即足觇学识之诗，亦可不作，退之诗云：吏人休报事，公作送春诗。究属戏论耳。"②

二论都指出咏史创作之难，潘德舆甚而指出咏史创作可以作为评判诗人才力高下的重要标准，从而避免在大众化了的作诗氛围中出现轻狂浮滑的创作态度。因为咏史怀古创作"非读书而有识力者不敢操管，即成亦不敢轻易示人"，难度之高是超越一般脱口而出的油滑之诗的。同时也指出了"如此虽日作一诗，亦能为学识助"，创作咏史诗具有较快地增长史学知识的好处，能更好地提高文学修养。也就是说，通过诗情与史识在咏史创作中的熔铸增长，有益于历史学习和诗歌创作。不然的话，"舍此而常为之，必为气体累也"，必然会出现诗才为心气所累的恶果。

当然咏史创作也能培养高尚人格，助养浩然之气。如顾景星《白茅堂集》卷十四《留别五子·董阆石含》一诗中写道："磊落尚书后，人间说长公。策收身见放，遇啬道尤丰。侪辈行多贵，文章老独工。吟君咏史作，浩气吐长虹。"③ 诗人的人格，史学、诗学修养通过创作咏史诗表现出来，别人"以意逆志"，自可了解其人的人格道德理想追求。

综合来说，咏史诗发展到乾隆、嘉庆、道光时期，已经进入黄金时代，进入顶峰时期，具体表现在各个方面，此处清代咏史创作总论所探讨的现象，问题主要是指此一时期。

---

① （清）法式善：《存素堂诗初集录存》卷八，清嘉庆十二年王埔刻本，《清代诗文集汇编》第435册，上海古籍出版社2010年版，第64页。
② （清）潘德舆撰，朱德慈辑校：《养一斋诗话》卷十，中华书局2010年版，第162页。
③ （清）顾景星：《白茅堂集》卷十四，清康熙四十三年刻本，《清代诗文集汇编》第76册，上海古籍出版社2010年版，第239—240页。

清代咏史创作进入鼎盛时期，主要体现在：

（一）咏史创作队伍的空前壮大。蒋寅先生曾经估计，清代诗人不下十万，这是多么庞大的一个数字啊！那么清代传世的文学作品总量至今仍无一个确切的定论，有咏史创作的作家总数自然也就难以最终确定，未有一个准确的数目。但是仅以现存各种书目、总集、别集所著录的情况来看，清代咏史创作的队伍也是远迈前代，超过以前各代咏史创作数量总和，无论是作家人数，还是留存在世的作品数量，可谓空前而绝后。这一点自然与清代人口的激增有莫大关系。康熙五十年，皇帝推行惠民"仁政"，决定自此年之后，滋生人丁永不加赋，这项看来"惠民"的政策，却一下子打开了人口泛滥的闸门，人口总量达到封建社会的顶峰。到十九世纪中叶人口已经增加到四亿（一百多年间翻了四番）。人口基数的突增，为清代各项文化事业的发展繁荣提供了前所未有的人力便利条件。经过一百余年"康乾盛世"发展，为书香门第、文学世家的培植养成提供了难得的际遇，促成家庭文化教育的繁兴，惠及女性文学创作队伍的空前壮大，咏史创作总量超越以前各代数量总和。官学、私塾、蒙学教育的发展也得益于此良好环境，幼童亦能创作出优秀的咏史之作。在各民族文化融合认同的大环境中，少数民族诗人中，也创作出为数不少的咏史诗，尤其是占统治地位的爱新觉罗家族，诗人众多，数量庞大，精品叠出。当然还有蒙古族、回族等少数民族诗人的咏史创作，并且不乏女性作家。总之，在清代特定的文化氛围中，形成了一支上至皇帝朝臣、下至布衣孺子，涵盖了汉满等族，男女作家共同取得辉煌的庞大咏史创作队伍。

（二）从咏史创作的内容上看：仅就现存咏史材料来说，清代作家的咏史创作相比前代而言，更加注重利用时代提供的便利条件，进行高屋建瓴式的宏观历史叙写，鸟瞰式的通代综览，数量众多，繁简不一。少则几十首，中则数百首，更有多达一千六百余首的鸿篇巨制——罗惇衍《集义轩咏史诗抄》。当然还有努力于一代的断代史扫描，明朝成为这一时期诗人咏史创作的宠儿，创作数量繁多。当然还有前代人忽视或无暇顾及的对少数民族政权历史的吟咏，如《金源纪事诗》。而对专题历史人物的吟咏也达到高峰阶段，如专门吟咏名将的，只选择儒士的，独赞隐逸的，还有只欣赏女性的诗——百美咏。在正史之外，还有咏经子之作、单述一方人文胜迹的史地杂咏，自然还有崇尚先祖家族史之作——述祖德诗。以前各代宫廷秘闻，包括清代宫廷生活，清代作家也很感兴趣，创作了大量的宫词作品。咏史诗从唐代胡曾开始，在历代的蒙学教育中扮演了极为重要的角色，发展到清代，出现了集大成之作——葛震著、曹荃注的《四言史征》，言简意赅，极利诵记，颇宜于童蒙在轻松愉悦的诵读中了解、掌握二十一史的大事概况。

（三）从激发诗人进行咏史创作的情景机制来看，不仅有以前常规的阅读史书、隐括史事，叙述为诗的正体。以及由读史、登临古迹引发的历史兴亡感慨，寄寓个人情怀的别体。还有由历史画图引发的题画咏史诗。这在清代女作家的咏史创作中表现得尤为突出，构成清代女作家咏史创作的一大特色。伴随清代考据学的兴盛，诗人由发现、考证古代器物，激起对往古一人一事、一世一代人文精神的回忆与思考，而引发思古幽情，进而用韵语表达出来，构成古物咏史诗。在集社活动中，相互酬唱、同题分咏、分题联咏、步韵奉和等即时起兴的诗歌创作生发机制，在清代作家的咏史创作中也很兴盛，咏史创作已经变成文人雅士，墨客骚人日常生活中不可缺少的调味品，甚而可以说咏史创作发展到清代已经完全生活化了。幼儿的咏史蒙求教育，书塾考课的咏史命题，可以说清代文人士子从少年时代就已经开始了咏史创作的初步训练与准备，在成长过程中不断强化，咏史创作几乎伴随一生。

（四）从咏史创作的体制上来看，常规的七言五言律绝，还有五言七言排律在清代都有所发扬光大，继踵前武，而三言诗、四言诗、六言诗在清代也很兴盛。乐府体杂言咏史组诗，继元杨维桢创体、明李东阳的发展，到了清代也得以壮大，人数众多，杰作频出，成为清代咏史创作中的一支劲旅，独树一帜。咏史诗虽以简洁、凝练、概括史事为能事，但是由于作者的社会人生经历、接受教育程度、社会处境的不同，对于同一历史事件，其创作主旨也会是千差万异。还有在吟咏史事时个人主观情态也会因时因地、因情因境而差异万千。自带注释的咏史诗创作，既注明史事原貌，又便于读者接受理解，也可从一个侧面反映作者的创作情态，便于后人知人论世，准确评价，咏史加上史注，就变成了黄金镶嵌美玉，相得益彰，异彩纷呈。清代这类著作既有便于童蒙学习的咏史蒙求之作，也有俯仰千古纵论百代的咏史巨著，成就非凡。

(五）从咏史创作的功用上来说，总结历史经验，借古鉴今，本是儒家"兴观群怨"诗教功能在咏史诗这一诗歌体类上的自然延展，也是历代咏史创作发挥出的最大社会功用，并且成为创作的主流。咏史创作在此主功能之外，还发挥了重大的教育功能。如胡曾咏史诗就成为宋代童蒙教科书，并且在此基础上，不断扩充至十七史蒙求咏史创作，乃至发展到清代吟咏二十一史的蒙求咏史诗集大成之作——《四言史征》。同时，咏史创作还充当了书院考课，父母课儿的重要工具，乃至科举试帖——科举考试的练兵场。咏史创作在清代还发挥了另一项重要功能就是补正史之缺，考证历史，还原真相，功莫大焉！

（六）从对咏史创作的评价上来看，四库馆臣对唐代胡曾的咏史之作从思想艺术的角度审视，总体评价不高。而大部分清代诗人、学者更能以开阔的视野，全面审视咏史之作，给予公正客观的评价，进行多角度、多层次、全面化的论述，从而使人们能更准确地把握咏史诗的特性，更富有开拓性地进行创作。以上种种因素相互交叉、组合、互融共同促成了清代咏史创作的繁荣鼎盛局面，呈现出清代咏史创作集大成特色，形成了咏史创作最后的也是最灿烂的辉煌成果，也给我们留下了一份极其重要而宝贵的文化遗产财富。

下面具体阐述以上所列各方面因素，并加以具体分析。首先是对清代帝王的文学创作情况作一概观，在对比中来显示乾隆、嘉庆、道光三朝咏史创作壮观景象。

朱赛虹在《清代御制诗文概析》一文中指出："中国帝王喜作诗属文者不少，但是像清帝那样几乎人人书怀成习、编刻成集并成为系列，则属罕见。……一、清代御制诗文集的连续性：清代共有12位皇帝，入关前2位（一汗一帝），入关后10位。自第3位顺治始有诗集问世，从第4位康熙开始编纂正规的诗文集，至第11位光绪止，代代相续，共有9位。有的是一次编就，有的则是分时段陆续纂成。"[①] 因而可以说清代皇帝是历代皇帝中，最积极进行文学创作的，同时也是最善于创作咏史诗的。清代皇帝极为重视皇子们的教育，因而在皇帝周边形成了极为可观的皇室文学创作团体，咏史创作数量庞大，这将在后面的专题中专门加以

---

① 朱赛虹：《清代御制诗文概析》，《国家图书馆学刊》1999年第2期。

分析。

在此将清代皇帝创作文集单列出来,以便窥探清代政治经济社会文化的发展盛衰与清代皇帝文学创作之间关系的整体面貌。同时在对比中,说明乾隆、嘉庆、道光三朝在自上而下文学创作的盛况中咏史诗创作进入繁盛的原因。

一 清代十朝皇帝诗文专集概览

1. 顺治皇帝《万寿诗》一卷。
2. 康熙皇帝《圣祖仁皇帝御制文》四集:
一集四十卷,目录五卷。
二集五十卷,目录六卷。
三集五十卷,目录六卷。
四集三十六卷,目录四卷。
3. 雍正皇帝《世宗宪皇帝御制文》全集:三十卷,目录四卷。
4. 乾隆皇帝《高宗纯皇帝御制诗》五集:
御制诗初集四十四卷,目录四卷。
御制诗二集九十卷,目录十卷。
御制诗三集一百卷,目录十二卷。
御制诗四集一百卷,目录十二卷。
御制诗五集一百卷,目录十二卷。
御制诗馀集二十卷,目录三卷。
御制文三集:
御制文初集三十卷,目录二卷。
御制文二集四十四卷,目录二卷。
御制文三集十六卷,目录一卷。
御制文馀集二卷,目录一卷。
《乐善堂诗文全集》三十卷,目录一卷,序一卷。
5. 嘉庆皇帝《仁宗睿皇帝御制诗》三集:
御制诗初集四十八卷,目录六卷。
御制诗二集六十四卷,目录八卷。
御制诗三集六十四卷,目录八卷。

御制诗馀集六卷，目录一卷。

御制文二集：

御制文初集十卷，目录一卷。

御制文二集十四卷，目录一卷。

御制文馀集二卷，目录一卷。

《味馀书室全集》四十卷，目录四卷，附随笔二卷。

6. 道光皇帝《宣宗成皇帝御制诗》：

初集二十四卷，目录四卷。

御制诗馀集十二卷，目录二卷。

御制文初集十卷，目录一卷。

御制文馀集六卷，目录一卷。

7. 咸丰皇帝《文宗显皇帝御制诗文》全集：十卷，目录二卷。

8. 同治皇帝《御制诗集》六卷，文集十卷。

9. 光绪皇帝《德宗御制诗集》不分卷。

10. 宣统皇帝 无诗文集。

由此不难发现，清代中期的乾隆、嘉庆、道光三朝皇帝诗文集的创作数量是整个清代皇帝文学创作中是最多产的。他们正是生活在相对太平的盛世，接受了良好教育，各方面创作条件都好，因此才有如此丰富的文学创作。各位皇帝咏史创作的具体情况将在《清代皇帝咏史创作研究》一章具体论述。在这里只概说明清朝咏史创作最多的嘉庆皇帝《御制全史诗》的创作情况。

今以《清代诗文集汇编》第 462 册中嘉庆御制诗文集为例对其咏史诗创作略作分析。嘉庆皇帝即位前的文学创作主要收集在《味馀书室全集》，继位之后采用把每八年文学创作编为一集的方式编纂成册，其一生创作的咏史诗主要有：

1. 皇子时代《味馀书室全集》定本中的咏史创作有《读大学衍义》《咏孟明》《书王安石卷后》等属于零星创作，目的性不强。

2. 训政三年中的咏史创作是发展期，创作了《读大学衍义》等，注重帝王之道的学习。

3. 亲政后编纂的御制诗初集中咏史内容出现转变，有意识地选择帝王之学进行吟咏，创作了咏《尚书》《左传》等大型咏史组诗。

4. 御制诗二集序言曰："即合六艺群籍之旨，无以拟大篇之苞蕴。殆所谓圣性得之又加圣心焉者，以是制作定符。上下今古登咸乎三皇五帝，绌乎《尚书》，孕乎《左氏》，贯串乎通鉴诸编而沿逮乎？"于是就有《读〈史记三皇五帝本纪〉》《咏左传诗》一百首、《读尚书》、五言古诗五十八首、《读通鉴纪事本末》五言古诗四十首、《读通鉴纪事本末》五言古诗六十首。

5. 御制诗三集序言曰："尤非管蠡之微所能窥测于万一，至于包罗古今，考镜得失，旁采前代名臣疏奏，垂诸翰藻，宏纳无遗，则诗也，而兼乎史矣，郁郁乎盛哉！于以见圣治之隆，皆圣德之茂，圣学之精致，之而诗之教，于是为极至也。"创作了《嗣统述》古今体诗三十五首（卷之五）、《嗣统述》古今体诗三十二首（卷之六）、《续读通鉴纪事本末并序》古今体诗五十首（卷之二十一），并在序言中说明创作主旨："夫史有纲有目，读史之法，务综乎全史之源流，先致意于时代、世次，以知治统所系与运会相循，而其否泰之机，善败之故，散见于朝野上下者，虽一时一事，无不有关劝惩。故揭其纲领，又必详其节目焉。予前制百首，皆以明治法之大端，于历朝统绪，观其兴替所由，间或标举事类，义取隐括。今此百首，多盱衡往事，别以论断，所拈各题，与前题参互错综，治忽所见，相证愈明，统归于垂世立教云尔。"鉴戒的目的十分明确。于是创作有《续读通鉴纪事本末》（卷之二十六）古今体诗五十首、《读朱子宋名臣言行录并序》古今体诗三十四首（卷之二十八）、《读朱子宋名臣言行录》古今体诗三十三首（卷之二十九）、《读朱子宋名臣言行录》古今体诗三十三首（卷之三十）、《题明臣奏议》古今体诗二十九首（卷之四十四）、《题明臣奏议》古今体诗二十七首（卷之四十五）、《题明臣奏议》古今体诗二十四首（卷之四十六）、《题前汉名臣奏议》古今体诗十一首（卷之六十一）、《题前汉名臣奏议》古今体诗二十九首（卷之六十二）。此一时期，正是嘉庆帝守成思想进一步坚定，大清帝国危机凸显之时，其大规模创作咏史组诗，也是积极寻求治国良策的方法之一。而在《读通鉴纪事本末》《续读通鉴纪事本末》《读明臣奏议》等诗中采用诗注的创作形式，诗歌内容与诗注中的感慨相结合，抒发作为国君的不易，还有名利之辨，以及对王安石变法的认识与批判，正是现实中各种社会矛盾无法解决的苦恼反映。嘉庆《述祖统》是仿乾隆的述祖《全韵诗》而创作的，是希冀在总结先祖的统治经验中获得启益，确保大清王朝长治久安。《御制诗三集》卷之二十八《读朱子宋名臣言行录并序》中说："予前作《读通鉴纪事本末》诗二百首，于史册之纪载，反复寻绎，形诸咏歌，诚以古今成败之迹皆在于史，览兴替之所由，穷臧否之异辙，惟此可为鉴戒也。……爰取朱子《宋名臣言行录》读之，意将挹彼旧闻，用资启沃。……兼采正史以资论断，或综全体，以辨其醇疵，或就一节以详其失得，非欲评骘古人，亦将以是考镜当世云。尔既属稿并撮其大旨为之序。"足见嘉庆皇帝此一时期读史作诗以鉴今的重要目的。

6. 御制诗馀集的创作在内容借鉴范围上进一步扩展，如读《前汉名臣奏议》《后汉名臣奏议》《唐名臣奏议》《北宋名臣奏议》《南宋名臣奏议》读《评鉴阐要》等，通过大规模吟咏历代大臣奏议来总结历史经验教训。而在《御制诗（馀集）》卷二中还创作有《谒明陵作》《题后汉名臣奏议》二十六首、《题三国两晋名臣奏议》三十首、《题唐名臣奏议》《题北宋名臣奏议》《题南宋名臣奏议》共古今体诗一百二十首、《恭读评鉴阐要》古今体诗七十四首。

由以上分析不难发现，嘉庆皇帝创作的阶段性特征，在皇子和乾隆训政时期，咏史诗创作不是很多，总结历史经验教训的意识一般。嘉庆在亲政以后，总结历史经验教训的意识特别强烈，从治国大道理到历代君臣奏议一一吟咏，可谓目的明确，用心良苦。而这一时期也正是国家剧变的前夜，积聚的各种矛盾逐次爆发，西方国家的发展更是一日千里，中西对比之下，古老的中国最终落在了世界前进的脚步之后，数十年后即面临被侵略和挨打的屈辱。因而也可以说嘉庆皇帝一生相当幸运，生活在相对和平环境之中，从而可以通览历史，创作咏史诗，成为历代帝王中创作咏史诗最多者。这既是他的幸运，又可以说是他的不幸，治国的弱者却成为咏史诗创作的杰出者。

随着时代的变迁，清朝各代皇子们所接受的教育情况也不尽相同。大致来讲，道光以前各代皇子的教育都比较全面而严格。但是在道光之后，国家江河日下，皇子们的教育就逐渐松懈了。如《清稗类抄》《贾桢课恭王》条记载："大学士贾文端公桢，宣宗时傅恭王，甚严密，尝课读《通鉴》三过。及主试江南，宣宗手书与之曰：'自汝出京，六阿哥在书房，又胡闹矣．'后恭王翼辅穆宗，成中兴之美，皆由此也。"① 这表明咸丰帝以后皇子们读书已经不如前代那么认真，自然文学创作的质量和数量也就大幅度下滑了。上面所列各位皇帝的文集即是明证。当然也有如《孙诒经授德宗读》条记载："钱塘孙子授侍郎诒经尝入毓庆宫授德宗读。语人曰：'上之天亶聪明，真非常人所及，读书不三遍即成诵，能熟背；授之讲解，未尝或忘；其或有所疑而垂询者，则皆讲义之所未及，或与他篇有抵牾同异者也．'时圣龄才十四五耳。"② 个人的资质不一样，学习的兴趣也不尽相同，文学创作的情况也就因人而异了。光绪皇帝较多的咏史创作与其聪明善读是有着密切关系的。

"鉴前世之兴衰，考当今之得失"是咏史创作的重要目的之一，历代统治者都极为重视借鉴历史，为当朝服务，下文将详细论及历代皇帝的咏史创作情况。那么此一时期，清代臣子们的咏史创作状况如何呢？尤其是乾隆、嘉庆、道光时期，咏史创作盛况空前，主要表现即是广大的朝臣或布衣创作了数量庞大的咏史诗集。据现有资料统计，清代诗人曾创作有七百四十余种咏史专集，现存总计四百三十余种，大部分作品集即是这一时期创作的，更别说零章散什之作了。在这里择其要者，采用陈列的方式展现这一时期各体咏史创作的状况。这里咏史诗的分类标准可能不是十分严格，但足够说明我们所要研究的问题。

清代咏史诗集走向繁荣的重要标志是创作题材趋向专一，分类更加精细严密，创作了许多专题类咏史诗。如顾斗光的《列女乐府》、许敦彝的《历代闺媛小乐府》、杨淮的《古艳乐府》、苏宗经的《名臣百咏》、荆行举的《题名臣言行录诗》七绝百首、张嘉言的《历代贞淫百美咏正续编》等，因此在分类的时候会各尽其宜，来展示各种咏史创作的盛况，特殊之处会在专集后面加以说明。

二 文人士大夫咏史专集概览

(一) 历代史吟咏专集

李宣（1676—?）《东皋诗史》六十卷，又名《咏史诗集》，亦名

---

① （清）徐珂编：《清稗类钞》第二册，中华书局1984年版，第573页。
② 同上。

《诗史》。

徐公修《读史千咏》六卷。

谢启昆《树经堂咏史诗》八卷。

曹振镛《话云轩咏史诗》二卷。

蒋玉棱《南北史宫闱杂事诗》六卷。

鲍桂星《咏史诗抄》三卷。

鲍瑞骏《桐华舸明季咏史诗抄》,《桐华舸诗抄》八卷末一卷附《明季咏史诗》一卷,《褒忠诗》一卷。

王宗耀《原学堂诗抄》二十八卷,卷一至七名《涉猎集》,从《史记》诸史书拾取典故,成咏史诗近八百首。

冯继聪《易泉诗抄》内《咏史诗》二卷,自秦汉迄元明,共一百九十八首;《咏唐诗绝句》二卷,自唐太宗至僧齐己,共二百六十三家,五百七十三首。张序称:"以诗名可,以史名可,即以咏史名亦无不可。"

罗惇衍《集义轩咏史诗抄》六十卷搜辑史传典故,论春秋至明人物一千六百人,人各七律一首,所咏人物突出个性,较史论尤有趣味。

汪元慎《咏史集》八卷,自唐虞迄于南宋,凡七百余首。

汪鋆《知不可翁遗稿》不分卷,又名《知不可斋咏史诗》,自周迄元,凡二百二十九首。

汪博《青史吟谈》四卷,举二十二史前代君臣事迹,分别吟咏。

雪窗《廿二史咏史诗注》二卷。

蒋棓《读史》诗一卷,颇显特殊,以唐人司马贞《史记索隐》中的本纪部分如三皇本纪、五帝本纪第一、夏本纪第二、殷本纪第三、周本纪第四、秦本纪第五、项羽本纪第七、汉高祖本纪第八、吕后本纪第九、孝文本纪第十、孝景本纪第十一等为题材吟咏,创作有二十三题,六十五首诗。体式主要是七绝,间有五绝。其诗集序曰:"一篇之中,反复探玩,会心佳处,系以小诗。体裁不拘,兴亦随意,聊以咏歌自乐,庶几怀允不忘,或贤乎幼时泛涉云尔。兹编命意,无过长夏消闲,寄托居多,诙谐不少,直对古人谈笑耳。非同命世大儒,引绳循矩之作也。善《易》者,不言《易》解,此可与言诗。"[①]

---

① (清)蒋棓:《天涯诗抄》,《四库未收书辑刊》,北京出版社2000年版,第575页。

(二) 断代史吟咏专集

蔡绍江《咏左诗笺》四卷。

檀玑《左传杂吟》一卷。

蒋廷黻《读左杂咏》一卷。

陈春晓《读汉书随咏》一卷。

张祥龄（1853—1903）《前后蜀杂事诗》二卷。

张友桐（1868—?）《晋书纪事杂咏》不分卷。

赵炳藜《隋朝杂咏》一卷。

张镛《天宝新咏》。

孙榕《南唐杂事诗》一卷。

顾宗泰《南唐杂事诗》一卷。

胡渼《南唐杂咏》一卷。

汤运泰《金源纪事诗》八卷。

(三) 明史吟咏

张笃庆《明季咏史百一诗》，凡七言近体百一首。

王延年《读明史诗》一卷。

严遂成《明史杂咏》四卷，凡诗一百八十余首，以事论人，多非明史所记。

柴文杰《明史杂咏》二卷。

严可均《明史杂咏笺注》四卷（严兆元笺注）。

孙福庆《明史百咏》不分卷。

毛遇顺《明宫杂咏》四卷。

饶智元《明宫杂咏》二十卷，《十国杂事诗》十七卷，叙目二卷。

邱鸿举《明代杂事诗》一卷。

丁传靖《明事杂咏》一卷。

王廷楷《青箱阁诗草》六卷，内附《咏东林诸子诗》一卷。

郭程先《明儒咏》二卷。自序曰："咏明儒，意不在明儒也。以当世学术不一，窃欲从而一之，故即明儒以示之端也。夫有明三百年中，时有升降，派有分殊，今欲齐其不齐，良亦匪易。要之，时虽易，道则同。人虽易，心则同；入手虽易，归宿则同。分观之，则相抵相牾，而异者异矣；会通之，则相资相救，而异者同矣。"何耿绳序谓："此编之作，其大旨主于正学术,别真伪,继往开来,厥功甚伟。"李廉泉序则称:"其大旨总归于融同异之见,以归于一"。全编以诗论学,较史论则异趣多彩。

张其淦《明代千遗民诗咏》三编。

(四)其他类型咏史专集

张树模《历代帝王歌》六卷。

汪元慎《咏史集》八卷。

胡兴仁《咏史诗》一卷。

崔际唐《咏史别调》不分卷。

章步瀛《咏史续编》。

蒋鸣庆《咏史百绝句》。

沈兆沄《咏史诗抄》。

蔡绍洛《思无邪斋咏史诗》一卷。

黄昌麟《岳麓堂咏史》一卷。

汪銮《知不可斋咏史诗》一卷。

罗珊《味灯阁咏史》。

金梁《息庐咏史》。

张蓥《咏史纪事》一卷。

汪道镕《寒鸥馆读史百韵》一卷,《读史偶存》一卷。

张廷珏《绍铭堂读史杂咏》不分卷。

范澍《读史百咏》。

周绍昌《读史杂咏》。

王薇《咏古诗》一卷。

樊增祥《咏古诗》不分卷。

周大烈《桂堂清故宫诗一百首》一卷。

(五)咏史乐府创作专集

周在炽《咏史乐府初二集》二卷。

程燮《咏史新乐府》一卷。

李天垣《鸣秋阁咏古乐府》二卷。

陈启畴《咏史拟古乐府》二卷。

周怀绶《耕道猎德斋诗文集》十卷,内有《咏史小乐府》二卷,乃效王士禛咏史小乐府体而作,共二百六十余首。

董元宪《董白乡全集》三十四卷，内有《咏史乐府》二十卷。

程燮《咏史新乐府》一卷，一百九十七首，所咏人物自秦迄明末。

瞿应麒《前汉乐府》一卷。

宋慈褒《三国志乐府》。

熊宝泰《藕颐类稿》二十卷，《外集》七卷，卷五为《三国志小乐府笺注》。

洪亮吉《拟魏晋南北史乐府》二卷，《两晋南北史乐府》二卷。

方元鹍《铁船诗抄》二十一卷，《乐府》四卷，《乐府》中有《读史绝句》《咏南史》《读唐宋史绝句》《读宋史绝句》《咏明史》等咏史之作，多达数十首，皆独具眼力。

张晋《续尤西堂拟明史乐府》一卷。

舒位《春秋咏史乐府》一卷。

邵廷烈《唐史乐府》一卷。

王润生《五代史乐府》一卷。

徐宝善《五代新乐府》一卷。

柴文杰《悔初庐诗稿》十一卷，内附《南北宋乐府》一卷。

章季英《南宋乐府》一卷。

袁景澜《春秋乐府》一卷、《十国宫词》一卷。

周文禾《南宋百一乐府》一卷。

章宝箴《南宋乐府》一卷，孙桐生《国朝全蜀诗抄》卷四十五录章宝箴乐府诗三十五篇，注云："鼎香诗才雄健新颖，其全稿未得见。兹就友人所抄《南宋乐府》数十篇，奥博恢奇，迥不犹人。中间独抒己见，不主故常，尤征卓识巨眼，较之顾回澜史论更为雄快。以诗论其位置，亦在李西涯、尤西堂二家乐府之间，即谓史家之别调可已。"

龙文彬《明纪事乐府》四卷。

李寿蓉《天影盦集》三卷，附《榆图读史草》一卷，《榆图读史草》乃乐府诗，专咏汉代人物。

凌启鸿《明十三陵小乐府》。

（六）咏史宫词创作

吴殳《古宫词》一卷。

屈大均《崇祯宫词》。

王誉昌《崇祯宫词》二卷。

徐昂发《宫词》一卷。

程嗣章《明宫词》一卷。

查嗣瑮《查浦诗抄》十二卷，卷五有《燕京杂咏》，即明宫词，凡诗一百四十七首。诗纪明末史事甚详。

吴阆《十国宫词》五卷。

吴省兰《五代宫词一百首》，《十国宫词》一卷。

王式金《梦竹斋宫词》一卷。

史梦兰《全史宫词》二十卷。

陆长春《辽金元宫词》三卷。

蒋坦《六朝南北宫词》《五代十国宫词》各一卷。

吴养原《东周宫词》五卷。

陈翰《三国宫词》七十首。

刘家谋《开元宫词》一卷。

孟彬《十国宫词》一卷，共一百首。

孙海《十国宫词》。

秦兰征《天启宫词》一卷。

周絜《天启宫词》一卷，共一百首。

刘城《启祯宫词》一卷。

李瀚昌《清季宫词》。

蒋如洵《宫词荟录》三卷，内《十六国宫词》一卷、《五代宫词》一卷、《十国宫词》一卷。

冯登瀛《历代宫词》三卷。

（七）咏经咏子专集

范荃《论语诗》一卷。

尤侗《论语诗》一卷。

尤侗《论语诗》三卷，《学庸孟子诗》一卷。

尤侗《四书诗》一卷。

唐信采《读易吟》一卷。

黄尚毅《兵家百贤咏》。

程履坦《名将百咏》二卷。

怡云山人《名将选咏》一卷。

黄爵滋《读汉魏六朝人文集诗》一卷。

程朝仪《抑斋手稿》一卷、《逸士吟》一卷、《尚友吟》一卷，取正史隐逸之士而咏以为诗。

吕熊飞《经史分咏》一卷。

王龙勋《百孝吟》。

（八）史地杂咏专集

龚策《晋诗抄》，明亡，作金陵、燕台怀古绝句各一百首，文词隐约，借古寄慨，为时所重。

汤濂《金陵百咏》一卷。

袁树《金陵百咏》一卷。

徐淳《金陵杂咏》一卷。

余宾硕《金陵览古诗》四卷。

靳治荆《金陵览古诗》不分卷。

杨象济《钱塘百咏》。

查继佐《杭郡诗辑》，内有《彭城咏古集》。

潘挹奎《燕京百咏》二卷、《燕京杂咏》二卷。

查嗣瑮《燕京杂诗》一卷。

刘梅先《扬州杂咏》。

苏镜潭《东宁百咏》。

李光汉《燕台杂咏》八卷。

吴鸾《江西咏古诗》一卷、《都昌咏古诗》一卷。

沙曾达《澄江咏古录》三卷。

汪巽东《天马山房诗别录云间百咏》一卷。

张茂炯《吴门百咏》。

张官倬《亦园诗续抄》一卷，附《堂邑古迹百咏》一卷。

陈文述《西泠怀古集》十卷。

周晋镳《越中百咏》一卷。

施于民《虎丘百咏》不分卷。

黄绍第《瑞安百咏》不分卷。

崔旭《津门百咏》。

董清峻《西湖百咏》不分卷。

（九）吟咏历代名媛诗专集

邵飘《历代名媛杂咏》三卷，自皇娥至明末秦良玉，各赋七绝一首，冠以小序。

潘镇《历代名人》一百六十六首，《后妃列女》九十三首。

顾斗光《列女乐府》五卷，补遗二卷。

李步青《春秋后妃本事诗》一卷、《南朝评咏》一卷、《春秋列女本事诗》一卷。

江叡《梓园诗抄》六卷，附《古今列女题辞》一卷。

王景先《百美新咏》一卷、《宫闺百咏》一卷。

赵廷玉《新美人百咏》二卷。

姚元粲《百美诗》。

悟证子《百美新咏》一卷。

滕冰魂《百美人诗》。

颜希原《百美新咏》不分卷，《历代百美新咏》一卷、《图传》一卷。①

咏史诗的发展状况，在研究概论中已谈及，咏史乐府已在前文做了探究，不再赘述。此外，在这里探究一下咏史宫词的历史发展状况。

余集在《周少霞历代宫词序》一文说：

> 七言绝句为近体诗之一体，而其用浸广，李白应制三诗自目为清平调，其后支分派别曰竹枝，曰柳枝，曰宫词，曰游仙，曰棹歌，各从其类，皆绝句也。宫词之作，昉于王建及花蕊夫人，连篇累牍，自成一集，不杂入群诗中。其后作者由宋泊明，备极形容，杂见于集中者，不一而足。他如《天启宫词》《崇祯宫词》之类，则又为专集云，然其所歌咏不过一朝一君宫中之事而已，未有上下古今统贯全史而荟萃于歌咏之中，流连于字句之表者。虞山周少霞先生，以名孝廉为学博，生平以著述自娱，尝注《十国春秋》及《中州韵谱》行世，虞山之学者推为祭酒，又以其暇为宫词不下千首，上自成周

---

① 以上所列咏史诗集及序言皆从《清人诗文集总目提要》《清人别集总目》《四库全书》《续修四库全书》《清代诗文集汇编》等清代诗文文献资料中摘录，不再一一标注出处。

下讫胜国,采史传之遗闻,胪宫闱之轶事,贞淫并列,邪正互陈,其中摘藻之华,远追温李,组织之巧,突过杨刘,虽曰宫词,不过敷扬宫禁,斧藻掖庭,以自托美人香草香奁玉台之遗,而一时其君之为令辟,为荒淫,其国之为治为乱,其风俗之为淳为漓,靡不于言外见之,足以广见闻而资惩劝。虽谓之咏史可也,虽比于国风亦无不可也,又岂王建花蕊诸家所可同日语哉。或者曰诗缘情之作也,流连光景,抒写怀抱,登临寄托,刻画物情,皆足以志而何沾沾于是。余应之曰:子不见夫三百篇乎,二南为诗之首,而《关雎》《葛覃》皆房中之咏,以至国风雅颂,其咏宫掖之事独详,少霞此诗,当作如是观可也,又何疑于少霞也哉。吾乡厉樊榭先生尝赋游仙诗凡几百首,所言皆方壶员峤骖鸾驾鹤,虚无缥缈之事,颇自矜其渊博,比之昔人之小游仙诸作,蔚然大国。已然方之此编,则又有凭虚征实之别矣。既卒读,为书其首云。①

余集概括地叙述了宫词的发展历程及宫词的重要作用。"谓之咏史可也"实际上就是强调宫词创作所起到的历史讽谏功效。清代诗人突破了宫词纪实的传统写作手法,以咏历代史的方式创作出争奇斗艳、琳琅满目的咏史宫词,数量之多远超前代。东周、秦汉、三国两晋南北朝、隋唐五代十国、宋辽金元明一直到清代,清代咏史宫词内容涉及如王辉斌《论清代的宫词创作》所说:"清代宫词类乐府高度繁荣发达。清代的宫词创作主要表现出两大特点:一是参与创作的诗人多,一是大型联章体多。约 6000 首的清代宫词主要由'历代宫词'与'本朝宫词'两大类构成。'历代宫词'的史鉴特质是以古鉴今,讽谕意旨则为'本朝宫词'的重点所在,二者交相辉映,蔚为壮观。"② 同时,咏史宫词创作繁荣的另一个重要标志就是评论的增多。如吴绮在《黄庭表古宫词序》中写道:"夫宫闱之制,易近哀淫;禁御之篇,多伤靡丽。此则述忧勤之实事,可

---

① (清)余集:《秋室学古录》卷五,清道光刻本,《清代诗文集汇编》第 395 册,上海古籍出版社 2010 年版,第 60 页。
② 王辉斌:《论清代的宫词创作》,《四川文理学院学报》2012 年第 1 期。

补国史之遗忘。记典礼于当年，足备兴朝之考订。"① 吴士鉴评康熙以后尤其清遗老的宫词云："始考诸外纪，访诸稗官，因事纂言，义取法戒，风人之旨、野史之编，其用意盖有进矣。"② 强调咏史宫词的补史之功。

总体而言，清代是中国古代妇女文学发展史上的黄金时期，作家如繁星般灿烂，同样咏史创作也走向了高度的繁荣，关于清代女性的咏史创作盛况，在后面有详细论述，在此不再赘述。

另一个需要注意的现象是，少数民族诗人也创作出了咏史诗集。如喜麟姓瓜尔佳氏，满洲镶黄旗人，创作《试帖掂撙集稿》，又名《掂撙集稿》共四卷，录咏史诗四百首，颇具子弟书韵味。来秀，蒙古正黄旗人，官曹州知府，创作了《扫叶亭咏史诗》四卷。这足可说明咏史创作在此一时期走向了全面繁荣。

宋人郑思肖曾经创作有《一百二十图题画诗》，鲜有后继者。清人却在题画咏史诗上再次创造了辉煌，尤其是女作家的题画咏史诗，数量众多，观点新颖。既有徐德音的《题投笔图》、陈长生的《题捧心图》、金树彩的《题昭君图》、陆易迁的《题漂母图》、畲五娘的《题苏武牧羊图》和《题明皇春宴图》、汪端的《题秦良玉画像》《红拂图》《题宋徽宗双燕图》、鲍之兰和鲍之蕙姐妹的同题题画咏史诗的《题二乔观兵书图》等单篇题画咏史之作，还有季兰韵的《题美人画册十首》、江峰青的《和吴梅邨十美图》、曹贞秀的《题画杂诗十六首》、席佩兰的《题美人册子》十一首、俞绣孙的《题仕女图》十首等，连章题画咏史组诗，足见清代女作家咏史创作繁荣之一端。还有如金射堂创作的《南陵无双谱》，选取汉至宋代忠孝才节与妖妄奸佞等古今罕匹者四十人，绘之以图，以歌咏之，右图左诗，诗图并茂，所配之咏史乐府，朗朗可诵，所绘的历史人物生动传神，让人过目不忘。

晚唐以来，诗人极喜欢作翻案诗，如杜牧、王安石等大家的翻案咏史诗，别具风味。发展到清代，正如赵翼《论诗》其二所说："李杜诗篇万口传，至今已觉不新鲜。江山代有才人出，各领风骚数百年。"咏史观

---

① （清）吴绮：《林蕙堂全集》卷五，文渊阁《四库全书》第1314册，上海古籍出版社1987年版，第303页。

② （清）吴士鉴等：《清宫词》，北京古籍出版社1986年版，第1页。

点的别出心裁也是清代咏史创作的重要特点之一，如谢元淮《养默山房诗稿》卷十三《咏史一篇寄黄荆山大令庭琮》："吾爱秦皇帝，英睿振千古。郡县壹宙合，斯之谓共主。揖逊首唐虞，征伐继汤武。时局使之然，岂得法舜禹。文武道既消，诸侯互攻拒。末祀等县斾，无救战争苦。何如揽乾纲，万国咸拜舞。天地大转关，实赖帝翻举。陋儒见拘墟，讥讪肆簧鼓。讪其变封建，封建诚何补。强斯恣凭陵，弱不足夹辅。讪其坏井田，天下此疆土。长养日滋繁，户焉授园圃。讪其焚诗书，所焚百家语。讪其坑儒生，所坑亦腐竖。长城限中外，万世资守御。巡狩踵古圣，翠华周寰宇。销兵示不用，聚粟富天庾。刊石纪功德，功德良可数。虽病政烦苛，乱民难为抚。六国旧公卿，子弟多失所。私仇与私恩，指斥成怨府。后人蒙不察，竟谓癸辛伍。所嗟亥也庸，致为炎刘取。天祚倘延传，颂美将溢普。君子持公论，贵能刷陈腐。蚍蜉处壤垤，天外非所睹。持问圮上公，知言其我许。"① 见解新颖，一反千古俗论，振聋发聩，醒人耳目。从春秋战国时期，诸侯纷争，带给人民深重苦难的角度立论，肯定秦始皇统一天下，实在是千古未有之功业。进而一一批驳历史上的种种偏颇之论：如焚书，正是为了统一思想；如废井田，废封建，正是为了加强中央集权力量等。同时作者并不饰美秦始皇，而是客观公正地指出，秦朝的严酷刑法、苛政暴政，以及胡亥的糊涂颠顶，导致强大一时的秦帝国瞬间土崩瓦解，持论基本公正，评判恰切，实为咏史绝调。这也是近代以来重新评价秦始皇历史功过的先声，实在可以说是一篇不朽之作。

清代评论家对咏史诗的评论也丰富多彩，从各个方面阐释自己的见解。

张九钺《紫岘山人全集》文集卷四《游鹤洲太守咏史诗序代》曰："咏史自陈思王以后人每为之，余以为非易工，在于好学而积理。好学不深则于礼乐政刑之源委，成败得失之事故，山川草木之祥妖，未能洞悉无遗；而积理不厚，是非邪正更淆然莫辨，而徒以私见攻古人之瑕，索古人之瘢，稿未脱手，而已如朽株败蠹之不可近。况七言绝句，有声韵

---

① （清）谢元淮：《养默山房诗稿》卷十三，清光绪元年养默山房刻本，《清代诗文集汇编》第546册，上海古籍出版社2010年版，第462页。

束缚其间，传世行远所以难也。鹤洲与余同举辛丑进士，知其学于经，尤贯于史，凡涑水紫阳，深心奥义，皆能举其要而通之，以已见历中外，手不释卷，合于卜氏仕优则学之旨。故其咏史议论醇而夺予正，不为刻核，不为蹖驳，典雅丰腴，风华掩映，视秀水朱氏西河毛氏有过之无不及也。"① 张之洞《（光绪）顺天府志》卷一二六《艺文志》在介绍《王廷绍澹香斋咏史诗》一卷时说："咏史诗起庄周迄倪瓒共二百二十三首，沈郁顿挫，议论所到，笔力崭然。其自序云：昔人谓作史宜兼才学识三长，易而为咏则有不能径遂者矣。乐府五七古可以己意为驰骤，束之于七律，又有不能径遂者矣。或雪夜篝镫，或冰晨呵管，或发豪情于酒盏淋漓之下，或寄苦调于五更布被之中，是非惧谬于圣人，歌泣欲通乎千载，观此可知其搜抉之苦心也。"②

观此二文，诗人咏史创作确是"搜抉之苦心"的艰苦劳动，咏史创作首先要有"通乎千载"的丰厚历史知识积累，才能"视通万里，思接千载"，同时还要有卓识独见，方能超越千古，独占上游，才能自出新意。因此，诗人首先要是优秀的史学家，但是仅仅具备史学知识还不足以创作出优秀的咏史诗，还要有诗学的形象思维，将历史事实转化为优美的形象性文字，并且要在五十六字中展现出来，可以说是戴着镣铐跳舞，其难度也就可想而知了。曾燠在《题受笙读汉书诗后》中也提到这个问题："从来作史非易事，读史亦复需三长，太冲诚卓荦，斐然咏史作，但为穷儒嗟落落，两汉成败尽此诗，可与二苏名论同观之。"③ 作史不易，读史也难，而创作咏史诗则是难上加难。汪学金在《井福堂文稿》中为曹振庸《咏史诗跋》写道："宫詹曹俪笙同年，裁制雅轮，发挥史轴，守文章为职业，达忠孝于性情，韵语阳秋纪言月旦，其取材也富，其比事也精，篇体在大历、长庆之间，评断掩铁崖、茶陵而上，衮褒钺贬，鉴空衡平，盖由擅美三长，导源六义，淘景行于尚友，岂争席于前

---

① （清）张九钺：《紫岘山人全集》文集卷四，清咸丰元年张氏赐锦楼刻本，《续修四库全书》第 1443 册，上海古籍出版社 2002 年版，第 508 页。

② （清）张之洞：《（光绪）顺天府志》卷一百二十六《艺文志》，清光绪十二年刻十五年重印本，《续修四库全书》第 686 册，上海古籍出版社 2002 年版，第 647 页。

③ （清）曾燠：《赏雨茅屋诗集》卷十七，清咸丰十一年重刻本，《清代诗文集汇编》第 456 册，上海古籍出版社 2010 年版，第 249 页。

贤已哉，且夫欲歌欲泣，发天地之至文，谁毁谁誉，存古今之直道。诗者，持也，必主持名教，可与言诗；史者，使也，非驱使典坟，难言作史，兼斯二者，君庶几焉。"① 创作咏史诗可谓是一种综合知识的全面考验，兼备诗才与史才，方可进行咏史写作。

即使具备诗与史两方面的才华，而要创作出成功的咏史诗，还是不够的。吴乔《围炉诗话》说："古人咏史，但叙事而不出己意，则史也，非诗也，出己意发议论而斧凿铮铮，又落宋人之病，如牧之《息妫诗》云：'细腰宫里露桃新，脉脉无言度几春。毕竟息亡缘底事，可怜金谷堕楼人。'《赤壁》云：'折戟沉沙铁未消，自将磨洗认前朝。东风不与周郎便，铜雀春深锁二乔。'用意隐然，最为得体。息妫庙，唐时称为桃花夫人庙。故诗用露桃，赤壁谓天意三分也。许彦周乃曰：'此战系社稷存亡，只恐捉了二乔，措大不识好恶，宋人之不足与言诗如此。'"② 在咏史诗创作中还不能全发议论，要把叙事、抒情、议论有机结合起来，否则就是犯了宋人以议论为诗的弊病。类似的言论还有舒位所说的："咏史诗不着议论，有似弹词；太着议论，又如史断。余最爱蔡蒿林《金陵》一联云：同室干戈称靖难，先王宫殿号陪京。十四字中，斧钺衮冕都有，而于向者二病，则皆无之。近人咏古诗之罕见者。"③ 在咏史诗中议论不能太过明显，但是又要有自己的主见，只是需要通过诗歌本身来表达。薛雪《一瓢诗话》进一步解释说："咏史以不着议论为工，咏物以托物寄兴为上，一经刻画，遂落蹊径。"④ 徐时栋《烟屿楼诗集》中，时人评其《诂经精舍分赋汉史十一章》咏史诗曰："乌曰酝酿深厚，断制精严，有此识方可论古，有此才方可咏史。王曰咏史诸作，才雄识卓，学人词人，均无从望其肩背。童曰咏史诗识力超卓，笔力雄健，必传无疑。刘曰申凫盟氏评杜诗云：'今人作七律，堆砌排偶，全无生气，而矫之者又单弱无体裁。读杜诸律可悟不整为整之妙。'吾师咏史诸作节奏自然，纯乎化境，知导源有自矣。陆曰咏史诸作，卓识不磨，名论不刊，迥非人云亦

---

① （清）汪学金：《井福堂文稿》卷五，清嘉庆十年汪彦博刻本，《清代诗文集汇编》第422册，上海古籍出版社2010年版，第770页。
② 郭绍虞编选，富寿荪校点：《清诗话续编》，上海古籍出版社1983年版，第558页。
③ （清）舒位著，曹光甫点校：《瓶水斋诗集》，上海古籍出版社2009年版，第822页。
④ （清）王夫之等撰：《清诗话》，上海古籍出版社1963年版，第704页。

云，至其格律之谨严，音节之宏亮，自是三唐嫡派。"① 虽有谀美成分，但是他们对咏史创作者自身素养提出了严格的要求，并且指出咏史创作在语言上要推陈出新。李重华《贞一斋诗说》曰："咏史诗不必凿凿指事实，看古人名作可见。咏史记实事者，即史中赞论体。"② 则指出咏史诗创作中，史事不必具体化一，可以统而观之。

沈德潜《说诗晬语》云："咏古诗未经阐发者，宜援据本传，见微显阐幽之意. 若前人久经论定，不须人云亦云。王摩诘《西施咏》，李东川《谒夷齐庙》，或别寓兴意，或淡淡写景，以避雷同剿说，此别行一路法也。太冲咏史，不必专咏一人，专咏一事，己有怀抱；借古人事以抒写之，斯为千秋绝唱。后人粘着一事，明白断案，此史论，非诗格也。至胡曾绝句百篇，尤为堕入恶道。怀古必切时地，老杜《公安县怀古》中云：'洒落君臣契，飞腾战伐名。'简而能该，真史笔也。刘沧《咸阳》《邺都》《长洲》诸咏，设色写景，可互相统易，是以酬应为怀古矣。许浑稍可观，然落句往往入套。"③ 对咏史怀古诗各方面的情况作了较为详细的说明。毛先舒《诗辩坻》曰："近体咏史自不能佳，胡曾百首，竟坠尘溷，《平城》《望夫石》二诗，结句尤恶。茂秦顾独称之，何邪？又云'咏史宜明白断案'，非徒不解近体法。是目未经见晋以前咏史诗者。"④ 写景、抒情、议论与史事融为一体，才是咏史佳作。

咏史诗创作较难，并且经过千余年的发展，方法技巧似乎已经被用尽了。但是清人认为还是有方法可以创新的。黄培芳认为："咏史诗须识解超悟，乃能自出新意。"丁宿章编《湖北诗征传略》卷十三评价夏熙臣《紫玉箫乐府》时说："咏史每能推陈出新，固由才笔两隽，亦缘识力俱超。"⑤ 两人的言论恰好提供了一种解决咏史创作中创新难题的办法，就是见识高深，超越常人之论。沈兆沄认为："咏史诗以组织工稳，比拟熨

---

① （清）徐时栋：《烟屿楼诗集》卷十六，清同治六年虎胛山房叶氏刻本，《清代诗文集汇编》第656册，上海古籍出版社2010年版，第157页。
② （清）王夫之等撰：《清诗话》，上海古籍出版社1963年版，第930—931页。
③ （清）沈德潜著，孙之梅，周芳批注：《说诗晬语》卷下，凤凰出版传媒集团2010年版，第123页。
④ 郭绍虞编选，富寿荪校点：《清诗话续编》，上海古籍出版社1983年版，第65页。
⑤ （清）丁宿章：《湖北诗征传略》卷十三，清光绪七年孝感丁氏泾北草堂刻本。

贴为上。"① 这也是咏史创作创新的一种方法。宋长白《柳亭诗话》说："咏史始于班孟坚，前人多用古体，至杜牧、汪遵、胡曾、孙元宴、元好问、宋无辈以绝句行之，每每翻案见奇，亦一法也。刘后村咏史诗有三百首，游清献爱之，携入都堂，故全帙不行于世。孟郊赠郑的诗：天地入胸臆，吁嗟生风霜。文章得其徽，物象由我裁。会得此语，方可咏物咏史。"② 吴仰贤《小匏庵诗话》曰："后人咏史，原可褒贬自如，然亦施之贵得其当。尝见时贤诗集中有谒岳鄂王庙而题咏者，大抵责备高宗，嬉笑怒骂兼而有之。夫既入庙展谒，则有如在之，诚对臣子而讪其君父，此岂鄂王所忍闻，抑失诗人忠厚之旨矣。余昔道经汤阴，见驿壁有无名子题云：韩王痛哭张王笑，一样中兴大将才。此却隽快。"③ 总之，诗人自己心中有所得方可进行咏史创作，也才能避免雷同，写出佳作。

关于咏史诗体的讨论主要有：何焯《义门读书记》评论张景阳《咏史诗》时说："咏史者，不过美其事而咏叹之，隐括本传，不加藻饰，此正体也。太冲多抒胸臆，乃又其变，叙致本事，能不冗不晦，以此为难。"④ 指出咏史二体的区分。袁枚在《随园诗话》中说："咏史有三体：一借古人往事抒自己之怀抱：左太冲之咏史是也。一为隐括其事，而以咏叹出之：张景阳之《咏二疏》，卢子谅之《咏兰生》是也。一取对仗之巧：义山之'牵牛'对'驻马'，韦庄之'无忌'对'莫愁'是也。"⑤ 则把咏史诗分为三种情况，前两种与通常对咏史诗正体与别体的界分相同，而第三种诗体，应该是诗歌中的对仗用典，只可以说是历史知识作为诗歌创作中的一种素材，应用于诗歌，不能算是咏史诗的一种体类。

那么，此一时期咏史诗创作繁荣背后的原因又有哪些呢？

傅山《霜红龛集》卷十四记载："傅眉者，傅山之子也。五岁失母张，祖母贞髦君抚养之。七岁能小诗小赋，读《左氏传》，日试一题，为

---

① （清）沈兆沄：《篷窗附录》卷上，清咸丰刻本。
② （清）宋长白：《柳亭诗话》卷二十二，影印清康熙天茁园刻本，《续修四库全书》第1700册，上海古籍出版社2002年版，第328页。
③ （清）吴仰贤：《小匏庵诗话》卷十，影印清光绪刻本，《续修四库全书》第1707册，上海古籍出版社2002年版，第89页。
④ （清）何焯：《义门读书记》卷四十六，中华书局1987年版，第893页。
⑤ （清）袁枚著，王英志批注：《随园诗话》卷十四，凤凰传媒集团2009年版，第255页。

《咏史》五言一首。至十一、二岁，诗赋日丽，十七、八则为大赋。十七岁遭乱，东西驰逐，十年无家。"又在《哭子诗》十一写道："十岁读《左传》，兼抄《十五风》。咏史日一题，小纸雅雏丛。"① 傅山如此反复叙说，正好说明咏史创作是一件难事，而自己的儿子在七岁时就能作咏史诗，实在是可喜可贺啊！

随着清代乾嘉学派考据之学大盛，咏史创作也受到影响，从而使咏史之别体，吟咏——字画、碑版、金石、藏书等古物诗创作兴盛。考古、考据之学人的咏史创作集也蔚为大观。如叶德辉《消夏百一诗》《观画百咏》《古泉百咏》、叶昌炽《藏书纪事诗》、宗彝《汉碑杂咏》、许增庆《考古百咏》等纷纷问世，炫人耳目。又有吟咏一地之古迹诗大盛，诗中多参以考证。如石湘筠《楚咏》四卷、周调梅《越咏》二卷、张官倬《堂邑古迹百咏》一卷、杜唐《惠安古迹新咏》、习家柱《彝陵名迹七绝百首》一卷等，继往开来，大有发展。随着史学教育的普及和科举制艺的精益求精，以历史事件和人物为吟咏对象的试帖诗也在清代逐渐增多。如沈冰壶《抗言在昔集》、沈镶《咏古试帖诗》一卷、樊增祥、张之洞《二家咏古诗》、贺元衡《咏古试律》、张国华《春秋试律》等均为备战举业而作。清代咏史诗的表现形式在承袭中又有所变化。如吴伟业《读史偶述》、孙星衍《租船咏史集》一卷等善于借古讽今，字面是吟咏史事实则暗讽时事，妙合今情。清代奋笔创作咏史诗者还不限于文人骚客，连行伍之人也不甘居后，染指咏史。如武人张保官历经十五个寒暑，七易其稿，创作了《清晖堂咏史诗》一卷，务去陈言，论断严谨。

早在唐代，胡曾为方便蒙童掌握基本历史知识就创作了《咏史诗》，语词通俗，韵律流畅，概括而形象地描写了众多史事，比起史传原文，显然易于诵记。更有晚唐人陈盖、米崇吉以浅白的语言为之作注作评。宋人陈振孙曾在《直斋书录解题》卷十四著录李翰《蒙求》时说："取其韵语，易于训诵而已。遂至举世诵之，以为小学发蒙之首，事有甚不可晓者。"尽管是讥评其作"本无义例，信手肆意，杂袭成章"，但这并不妨碍胡曾《咏史诗》在后世的广泛传播，尤其是在童蒙历史教育中所

---

① （清）傅山：《霜红龛集》卷十四，清宣统三年山阳丁氏刻本，《清代诗文集汇编》第25册，上海古籍出版社2010年版，第333页。

发挥的重要作用。胡曾《咏史诗》在唐末五代已成为少儿读物。在元明时期的童蒙教育中，胡曾《咏史诗》所起的作用更是有增无减，课上课下必学，校内校外必读，广为传诵，盛况空前。

如前所述，清代曾出现更为详实的童蒙咏史读物。如葛震《四言史征》，极大促进了孩童了解历史，创作咏史诗的兴趣。因而可以说咏史诗发挥了重要的教育功能。如徐乾学在《咏史示讼岩》二首中写道："世态恋禄利，物情易暄凉。田蚡肺腑戚，甲第郁相望。骄气凌魏其，诏辨东朝堂。盈庭但碌碌，谁敢婴祸芒。首鼠持两端，依违鲜木强。昂藏汲都尉，挺论何不臧。谅哉此一时，毒螫岂可当。武安危赤族，追往徒慨慷。"其二："太行何巉岩，孟门突然起。青松表岁寒，事迫见君子。吁嗟夸毘徒，随波汩靡靡。我爱张燕公，千年照青史。诡承卒正对，焉忍贸天理。虽蒙诸贤助，直道终流美。论事厌刻深，蓬麻匪兴比。展卷怀古情，异代犹色喜。"① 本诗开门见山，提出论点，然后采用历史事件和人物论述证明观点，形象生动，理由充足，最后表明自己态度和人生选择，从而有异代知音的喜悦。这首诗歌兼有议论、叙事、抒怀，融合为一，技巧高明。作者采用这样的示例教育，既是艺术形式上的示范，同时又是思想品德节操上的高标引导，切合中国传统文化中德艺双馨的教育目的，收到了良好的教育效果。而徐时栋记述有《罗萝村师课士诂经精舍分赋晋宋书隐逸传十章》吟咏了《会稽夏统》《陈留范粲》《河内郭文》《武昌郭翻》《会稽朱百年》等十人。时人评曰："吾师五律逼真开宝诸子，咏史诗气体高妙，亦在近人五研斋之上。"② 在这里，咏史诗又成为学堂考察学子知识学识的重要题材，而选取隐逸题材作为考课吟诗对象，难度上自是增加了不少。况且要对十位人物进行吟咏评价，自然要熟悉相关历史，而且才情要高妙，才能规避烂熟之词之思，特颖独出。由此也能看出老师的用意所在：面对可能不太熟悉的知识，怎样才能自如应对进而创新？这种创作也能显示出学子们的才情见识。这样的测评

---

① （清）徐乾学：《憺园文集》卷八，清康熙三十三年冠山堂刻本，《清代诗文集汇编》第124册，上海古籍出版社2010年版，第359页。

② （清）徐时栋：《烟屿楼诗集》卷十三，清同治六年虎胛山房叶氏刻本，《清代诗文集汇编》第656册，上海古籍出版社2010年版，第139页。

方式也是别具一格，令人侧目。冯云鹏《壬午春日示东鲁书院诸生二首》："少陵登眺此勾留，古意亭前万象收。旷代忠魂依北阁（北阁中祀岳忠武等忠孝神像），极天诗思入南楼。谭经岂为虚名设，咏史还将实学谋。漫道东山小东鲁，英才辈出起奎娄。"① 通过现身说法，具体创作咏史诗的方式向学子们示范咏史创作，同时即景取材，巧妙运用，加深思想教育，可谓生动形象。而诗中所咏"谭经岂为虚名设，咏史还将实学谋。"又借助咏史创作告诫学生学习要注重真才实学，应用于生活实际中。陈文述《题王铁缸课儿图》则说："拟开讲塾仿明湖，咏史谈经亦足娱。龙潭西头好花竹，丹青昨写课孙图。"② 咏史创作是父母课儿的重要内容，但恰恰也是父母子女之间娱乐的一种良好方式。

清代家族创作也颇为兴盛，在学术研究和文学创作上都有传承，出现父子、叔侄、兄弟等一门喜史、读史、论史并咏史的现象。陶汝鼐创作《广西涯乐府》，其子陶之典也受熏陶而写作《咏史诗盈》一卷。余怀有《金陵怀古诗》，其子余宾硕传承家学而创作《金陵览古诗》四卷，青出于蓝而胜于蓝。赵文鸣撰写《咏史诗》二卷，其侄女赵棻也受家族读史、议史的影响，创作《南宋宫闱杂咏》一卷。鲍桂星有《觉生咏史诗抄》三卷，其侄鲍瑞骏沾灌嘉惠，而后创作《明季咏史诗》一卷。唱和咏史集的出现，也从一个侧面反映了清人在咏史创作上试图创新的努力。如张之洞在作《读史绝句》二十一首、《咏古诗》十四首之后，其门生樊增祥随后就写《咏古诗》六十首以唱和。嗣后，樊增祥友人易顺鼎又作《咏古诗六十首同樊山作》以唱和。再如张树自京返陕时携带友人王楷堂咏史诗稿，在路上每日依次和数首咏史，回到家里，写成唱和诗一百二十首。另有周乐、李肇庆、庆禄，三人共同唱酬咏史集《消夏同咏》，所题咏者为《史记》本纪、列传中帝王重臣，自汉高祖到东方朔等人。

清前虽有咏及家史的咏史之作。如宋人罗杞《咏家史》一诗即追怀先祖，寻根溯源，但还限于单篇零章。清人张笃庆《述祖德诗》则规模

---

① （清）冯云鹏：《扫红亭吟稿》卷六，清道光十年自刻本，《清代诗文集汇编》第479册，上海古籍出版社2010年版，第637页。

② （清）陈文述：《颐道堂诗外集》卷十，清嘉庆二十二年刻道光增修本，《清代诗文集汇编》第504册，上海古籍出版社2010年版，第725页。

庞大，篇章繁多，分上、下卷。上卷有《述始祖》《述三世祖至六世祖》及述高祖张敬伯、曾祖张中发等人的咏史诗二十四首；下卷主要述相国公张至发的生平事迹而咏成四十六首，其中又述少保公事而吟为三十七首，字里行间充满对先祖的敬仰、眷恋、颂赞、爱戴的感情，以及决意仿效先祖而要励志有为。

在这一时期，随着整体社会经济文化的发展，女性文化教育也有了极大提高，吟诗作画成为常态，更有一门之内比屋联吟的创作盛况。这样女作家咏史创作也就随之兴盛起来。女作家兼职母亲的角色，使她们承担了更多育儿教女的家庭教育职责，她们创作咏史诗在发挥历史鉴戒作用的同时，更是母亲教育子女为他们树立榜样楷模的重要素材。

女作家葛远《家大人命咏史见志勉呈》诗曰："几人代父走征鞍，远戍远城胜克汗。一骑明驼辞火伴，木兰犹是女儿还。"[1] 父母对于子女的教育，在葛远的诗中表现为一种平等的地位，咏史诗作是男女孩子共同课考题目。而女诗人的咏史诗作也确实有"巾帼不让须眉"的豪气，借用花木兰从军历史故事，表达自己见解和志向，吟咏史事，切合身份，非同一般。

徐德音在《咏史》一诗中写道："生女欲如鼠，斯言未足观。当熊汉殿上，智勇胜男儿。恶犬啮行路，刘览噬家人。快意攫名利，宁论疏与亲。籴贱与贩贵，要是驵侩徒。儒生谋货殖，难免鬼揶揄。生儿勿姑息，出则教之忠。不见陀侯母，图画甘泉宫。"[2] 女诗人对中国传统社会中重男轻女的观念甚为不满。"当熊汉殿上，智勇胜男儿。"女诗人极力表彰女英雄的壮举，对于生男生女持平等态度，进而论述男性世界中义利价值观念，对"儒生谋货殖"持批判态度，即使是生了男孩也要好好教育，不能姑息纵容。女诗人的性别观念在那个时代可以说是超越流俗，迥异俗世俗论，独具一格。

梁兰漪在《读史》四首中对楚汉争霸中的人物进行详细分析。如其一："军前分我一杯羹，宝帐心伤羽翼臣。父子天亲薄如纸，私恩不及戚

---

[1] （清）徐世昌辑：《晚晴簃诗汇》卷一百九十一，上海书店1989年版，第774页。
[2] 胡晓明、彭国忠主编：《江南女性别集初编》，黄山书社2008年版，第89页。

夫人。"① 对刘邦贪图功名天下而抛弃父子亲情的行为很是不耻,甚至拿刘邦对待父亲与戚姬态度的比较,认为这更是违背忠孝之道。这是梁兰漪极为痛恨的,其在《课端儿夜读》一诗中写道:"钗梳典尽购书篇,风雨声中夜不眠。茕独可知孤六尺,辛勤莫负教三迁。茹荼矢操吾何恨,励志登龙尔奋先。须记寒窗灯影下,金针和泪伴年年。"② 梁兰漪如此艰辛抚养教导儿子,渴望成才,怎能容忍一个将父母之恩弃之不顾的不孝之人呢?因而其二:"无辜义帝弑江中,三月咸阳一炬红。不是天心眷炎汉,忍教残暴霸江东。"对于残暴的项羽更是极力批判。女诗人认为项羽违背忠孝伦理道德,且又残忍凶暴,这样的霸王怎能统治天下呢?其三:"钓台淮水空自流,不见主人下钓钩。未央一剑千年恨,悔不身从麋鹿游。"其四:"万古英雄继阿谁,大夫忍视国家危。圯桥纵不逢黄石,豪气千秋博浪椎。"③ 女诗人在这两首诗中又将韩信和张良进行鲜明对比描绘,极其赞赏张良豪侠壮志和及时隐退的行为,而对韩信只能报以满腹遗憾。梁兰漪在人世经历了太多辛酸,因而对社会的认识极为深刻。如其《勉子》:"休羡豪华子,布衣足暖身。虀盐堪供粥,花鸟自亲人。税少方知福,书多莫厌贫。吾期尔上达,立志免酸辛。"④ 因而会在《午日读〈离骚〉》中写道:"沅湘之水日滔滔,凛凛孤忠自千古。波心鼓振蛟龙舍,渺矣不接飞凫下。世人皆浊我独清,劳劳谁是怜君者。"⑤ 为屈原的忠贞所感动,也才有如此真真切切的同心相连之痛。毕竟"人生总戏场,大抵悲欢易"⑥ 吧。因而纲常伦理始终是梁兰漪看待处理人事的标准。她在教育女儿的《课女》诗中说:"多少薄命人,尝尽诗书苦。四德与三从,殷殷勤教汝。婉顺习坤仪,其馀皆不取。"⑦ 既然身为女儿,只能遵守三从与四德了。其中包含的辛酸也只有梁兰漪这位刚强独立的女英雄能够体会了。

---

① 胡晓明、彭国忠主编:《江南女性别集二编》,黄山书社2010年版,第88页。
② 同上书,第98页。
③ 同上书,第88页。
④ 同上书,第99页。
⑤ 同上书,第130页。
⑥ 同上书,第134页。
⑦ 同上书,第99页。

张藻成长于书香之家，幼承母教，才学出众，嫁人后，相夫教子，卓有成效。其咏史诗创作思想主要是维护纲常伦理、忠贞节孝。如其《颍上怀古二首》："当年郑伯忘天伦，城颍誓语何不仁。""厥惟孝子为忠臣。"其二："题诗为示轻薄儿，盟心试与临清颍。"① 赞扬仁义道德，贯穿忠孝观念，也可以看出张藻的育儿理念。王德徽，乾隆间广东平舆人，幼随外祖父读书，通经史诗词，廪生陈毅斋室。抚三子皆成名，著有《彤规素言》《读史感言》等。其《论西施示二儿》诗曰："自解芳心自解娱，妖娆不识霸王图。十年颦态非愁越，几次捧心岂计吴。犹忆浣纱逢凤媾，谁知响屦竟全躯。扁舟偕隐存疑案，何处烟波问五湖。"② 由此可以知道咏史诗创作在清代母教中的重要作用。

庆凤晖在《和慈亲咏史二绝》写道："婕妤诗笔班昭史，一代文章女丈夫。"其二："长弓大箭靖边陲，十二年来事鼓鼙。翘首烽烟飞未定，木兰悔不作男儿。"③ 诗作高度赞扬了班昭续史的贡献和木兰从军的不朽功勋，因而称赏她们，应该都是"女丈夫"。同时这组诗作为家庭内部的唱和之作，说明良好的家庭文化极大地促进了女性咏史诗创作的兴盛。

这一时期社会的安定，经济繁荣，促进了文化、教育的发达，明清诗坛大家多在江浙一带。士林观念发生了一定变化，江南一些大家世族，或为子孙求仕，或为追求风雅，而进行家庭教育投资，父母子女，乃至婆媳，皆以读书作诗为荣、为乐，形成书香门第，促生文化家族的兴起。

郭延礼在《明清女性文学的繁荣及其主要特征》中说："女性从闺内吟咏走向闺外结社，这是女性文学创作由个体走向群体活动的重要一步，也标志着中国古代女性创作进入了一个新阶段。"④ 此一时期女作家拜师交友联吟活动十分广泛而丰富，师友、家族、联姻、结社等各种关系交织错杂，她们交往名士才女，拜师学艺、切磋技艺。如骆绮兰曾拜袁枚、王文治、王昶为师，这些文学才士的指导点拨提携极大地鼓舞着女诗人们突破批驳"妇人不宜作诗"及"女子无才便是德"的谬论，激发了她

---

① 李雷主编：《清代闺阁诗集萃编》，中华书局2015年版，第1242页。
② 杜珣编：《闺海吟·下册》，华龄出版社2012年版，第194页。
③ （清）庆凤晖：《桐华阁诗草》，私人收藏，卷一2a。
④ 郭延礼：《明清女性文学的繁荣及其主要特征》，《文学遗产》2002年第6期。

们创作的欲望，有力推动传统女性文学创作走向鼎盛巅峰。很多女诗人还联系多个文学社群，如潘素心与钱孟钿、陈长生等随园女弟子相唱和，还与梁德绳、恽珠、沈善宝、张䌌英、陈蕴莲等交往酬唱作序，而张䌌英又是碧城仙馆女弟子。归懋仪与汪端亦是如此。而沈善宝的交际更广，还组织秋红吟社，编辑《名媛诗话》，才华卓著。这种景象既得益于安定兴盛的社会环境，也是女性自我意识觉醒的重要表现，极大推动了传统女性文学的发展。注重搜集刊刻女性作品集即是重要表现之一，也是留到今天的一笔巨大财富。

康熙年间著名的"蕉园诗社"，已开好结社风气之先。乾隆年间，出现在苏州地区的"吴中十子"规模更加壮大。"吴中十子"即吴江张允滋联合当地女诗人张允滋、张芬、席蕙文、沈孙缵、陆瑛、李兮嫩、沈持玉、尤澹仙、朱宗淑、江珠结成"清溪吟社"，出版有《吴中女士诗抄》，后称此一诗社成员为"吴中十子"。此后出现规模更加庞大的随园女弟子诗社和碧城仙馆女弟子诗社，这些诗社把女性诗社活动推向高潮。

袁枚随园女弟子文化群体能够成为古代最大的女性诗人群体，与江南经济文学的繁荣密切相关，袁枚随园女弟子诗群据考证不下五六十人，可以划分为以下几个层次：首先是袁枚家族文化圈中才女们如袁棠、袁绶等。其次是袁枚所收的随园女弟子中出身文化世家者。她们大多出身名门，有书香传统，学习环境优越，经济生活优裕，闲暇较多，可安心作诗。这一层次的女作家们往往先在家族内部或者因联姻关系形成家族亲族诗文创作圈，再向外拜师学习。例如，席佩兰，其夫孙原湘为乾隆举人。归懋仪，巡道归朝煦之女。吴琼仙，嫁待诏徐山民。屈秉筠，嫁文学赵子梁。鲍之蕙，嫁同知张铉。再次是出生于小知识分子家庭的女才子们，她们依赖父子兄妹夫妻之间学习指教。如金逸、王倩先后嫁秀才陈竹士，骆绮兰嫁士子龚世治等。最后是贫寒人家，生活拮据。最典型的是汪玉轸，数量虽少，但是她坚持追求读书上进的精神值得肯定赞扬。

碧城仙馆女弟子是与袁枚随园女弟子遥相呼应的女诗人文学创作群体。碧城仙馆是钱塘文人陈文述的居所名称，他的第一部诗集《碧城仙馆诗抄》即以此命名。他仿效袁枚广招女弟子，相互传授诗艺，切磋交流。后人就把围绕在他身边的女弟子们称为碧城仙馆女弟子。碧城仙馆女诗人群体成员，主要有辛丝、吴藻、张襄、吴规臣等四十余人，还包括了他的妻妾龚玉晨、管筠、文静玉、薛纤等人，还有他的儿媳汪端，可谓一代才女，与众多的才女名媛都有交往。这些女诗人从而组成了一个家庭式与社会公众团体结合的文艺团体。

陈文述著述丰富，有较多的咏史诗创作，所作《西泠闺咏》十六卷，计五百首七言律诗。《西泠闺咏》以组诗的方式概括了从娥皇女英开始，至陈文述小妾湘霞终止曾生活于杭州地区古今女子的才能技艺及命运遭际，称颂推美，感发叹惋，洋溢纸上。诗作采择的宽容，题咏的用心，不但彰显了杭州人杰地灵，也为后世保存了大量女性文学资料。陈文述女弟子中吴藻、辛丝，家族中管筠、汪端都有大量咏史诗创作。汪端才名早著，既有姨母梁德绳的培养，也有众多闺秀的支持。当时闺秀中前辈才媛诗人如李佩金、归懋仪、王琼等都折节交往。仅从《自然好学斋诗抄》的酬赠题挽所见，与她交往的闺秀名媛就有恽珠、曹贞秀、席慧文、吴苹香等六十余人，其中多数人都有咏史诗创作。

宋清秀在《清代女性文学群体及其地域性特征分析》一文中说："清代女性文学具有家族性、群体性、地域性特征，三者互为因果、相互依存。地域性在三者中更处于中心位置，因为地域是家族与群体活动所依赖的空间。空间内家族与群体分布的广狭决定了女性文学发展的荣衰。"[①] 江南家族文化世家的形成与绵延，直接促进了家族内女性文化水准的提升，极大地推动了女性文学创作活动走向繁荣。家族之中，兄弟姊妹之间在学习中也时常同题联吟，相互评判以提升技巧。这在江南世家大族中比较盛行。这里以著名的张琦一家三代女性咏史创作为例进行分析。

张琦一门三代才女，在当时可谓名扬天下。第一代才女汤瑶卿出身名门，自幼在祖父和姑母的熏陶下工于诗词。她十五岁时许配给张家次子张琦。第二代才女便是张琦四女：长女张糯英，次女糊英（早死），三女纶英，小女纨英。小女纨英是最幸运的一个，作为家中的小女儿，做家事最少，而读书时间最多。母亲也为她招纳了上门女婿王曦，不用担心离开娘家的优渥环境。第三代才女是张纨英的四个女儿：长女王采萍，

[①] 宋清秀：《清代女性文学群体及其地域性特征分析》，《文学评论》2013年第5期。

次女王采蘩，三女王采藻，幼女王采蓝。幼女王采蓝过继给姨母张纶英因而改名孙嗣徽。还有张琦孙女张曜孙之女张祥珍，及其侍女李娈，都是善诗能文的才女。张门才女中，二代、三代除去早逝的缃英，都有咏史诗创作，并且秉承家风，都有豪壮之气，品格奇伟，见解独特。

张曜孙的表妹、女画家汤嘉名（汤贻汾之女）曾作《比屋联吟图》画卷，描绘了张曜孙、包孟仪夫妇、张纶英、孙颉夫妇、张纨英、王曦夫妇在常州张宅共同居住、一起吟诗的欢乐场景。他们共同教育后辈子女，促成一门文雅兴盛的文化大家族。不仅如此，就连张曜孙的侍女李娈也受此影响，参与到王采萍、张祥珍姐妹同题联吟的唱和活动中。其中张曜孙能够继承父志，替姐妹们收集和刊刻诗集，并且鼓励外甥女们写诗。而在王采萍远嫁时，张曜孙就发动儿子张晋礼搜集整理刊刻她们姐妹的诗作编成《棣华馆诗课》，作为礼物，送给她。

王采萍创作《消寒分咏》，其母张纨英有和作。张纨英作乐府体《读诗杂拟十七首》，王采萍、王采蘩即作乐府体《读诗杂拟五十首》规模更加庞大。其中如《李白咏昭君》这类诗作又可以看作别体咏史诗。再如王采萍、王采蘩所作五言古诗《拟古诗三十首》中的《李陵与苏武》《阮瑀咏史》也都是标准的咏史诗。

王采萍、王采蘩、王采蓝、张祥珍、陶怀诚同题吟咏之作《武昌咏古六首》（《吴大帝》《陆伯言》《诸葛元逊》《陶士行》《庾元规》《苏子瞻》）则是标准的咏史怀古之作。如王采萍《武昌咏古六首》之《吴大帝》："武昌城郭楚江横，遗迹犹传大帝名。一炬良谋摧劲敌，三分霸业仗书生。故宫今日余荒草，形胜当时扼重兵。回首秣陵烟树远，兴亡都付后人评。"当时人评曰："诸作雄深稳洽，大见进境。"[①]诗作既赞扬孙权在赤壁之战中的伟大功绩，又有了历史苍茫之感，"兴亡都付后人评"识见不凡。再如王采萍、王采蘩、张祥珍、王采蓝同题联吟七言律诗《楚中怀古八首》（《屈原宅》《宋玉墓》《贾傅祠》《庞德公故居》《诸葛

---

① （清）张晋礼辑：《棣华馆诗课》，道光三十年武昌官署棣华馆刻本，中山大学图书馆藏，卷二1a。

武侯故里》《鹦鹉洲》《黄鹤楼》《潇湘》)。①张祥珍、王采蓝、王采藻、李变还有同题联吟的七言律诗《武昌古迹》(《芦洲》《龙蟠石》《剑池》《南楼》《九曲亭》)等诗作。可见她们姐妹之间在日常生活中进行咏史怀古诗创作的频繁以及才气所在。她们同题联吟采用组诗的形式,既要避免重复,又要彰显个性,动辄四五人参与,并且采用最难把握的咏史进行创作。这就说明了张氏家族内部深厚的文化素养。

王采萍还有《读秦良玉传》:"鲁女忧时悲漆室,木兰代父为戍卒。古来女子负奇才,不独闺帏著芳烈。秦氏将军世无匹,武略文词兼峻节。万里穷边拜总戎,一时勋望推人杰。白杆频年事远征,红妆一队作干城。挥毫玉帐多奇策,突骑中原有劲兵。百战功名成马上,端严想见天人相。象服珠冠一笑空,锦袍剑佩千秋壮。遍地崔苻战血秋,连天烽火逼皇州。勤王慷慨趋金阙,谒帝雍容接冕旒。转眼西川寇氛恶,江山甘作鲸鲵窟。全蜀图成有老谋,庸才措置终成错。石柱堂堂大节存,萧萧白发恸斜曛。残军归去成高隐,一镇能全亦苦辛。读史苍茫发遐想,遭逢幸际生平世。姓字谁能汗简留,筓环消尽英雄气。一寸陈编万古心,百年身世漫浮沈。乾坤间气宁消歇?放眼江山深复深。"②通过赞扬鲁女、木兰这样的奇才豪杰女子,引出赞扬主角秦良玉,对其英雄事业作了全面描述,更是从中生发种种人生感慨。"姓字谁能汗简留"把女诗人渴望留名青史的内心愿望直接呈现出来,女诗人身世浮沉,更是女子之身,"筓环消尽英雄气"留名自然是难上加难。其妹王采蘩也有同题之作,可能是这对姐妹在学习切磋时的扬才显能之作也未可知。总之,她们为我们留下的这些精彩诗篇,今日读之,依然感怀至深。王采蘩《读秦良玉传》诗曰:"传文特辟兰台例,女子从戎殊伟异。百战勋名大将风,一门忠孝尤无二。隋之洗氏宋梁氏,婍婳雍容亦可喜。河山奇气蓄千年,石柱将军拂衣起。巍然白杆势莫当,挥斥妖孛驱天狼。峨眉月冷飞兵气,云栈天寒拂剑霜。万里勤王赴京国,桃花马上春无色。鼓角森严夜寂寥,都城烽火警宫掖。

---

① (清)张晋礼辑:《棣华馆诗课》,道光三十年武昌官署棣华馆刻本,中山大学图书馆藏,卷二8b。

② 黄秩模编辑,付琼校补:《国朝闺秀诗柳絮集》,人民文学出版社2011年版,第1134页。

慷慨峨眉独请缨,平台召对拜殊荣。锦袍帘外亲颁赐,御笔新诗顷刻成。全蜀纵横遍豺虎,建瓴铁骑谁能御。驱贼西川慨督师,移军重庆嗟开府。扼险良谋竟未行,坐看千里陷坚城。残军痛洒英雄泪,誓死难移烈士情。我为将军重叹息,遭逢末世良堪惜。未尽登坛仗钺才,空余转日挥戈力。一代红妆文武才,母仪臣节两无亏。千秋闺阁生光彩,彤管何烦纪玉台。"① 在此不避烦琐,全篇引录,以便分析二人的写作特色。此诗也是从题外入手,通过"隋之洗氏宋梁氏"引入叙写主角,然后运用铺叙手法描绘主人公波澜壮阔的战斗旅程,其中的辛酸甘苦,引发女诗人浓重的叹息之情。女诗人极力表彰女英雄"一代红妆文武才,母仪臣节两无亏"成为女性楷模,从而使"千秋闺阁生光彩"。从二诗能够看出,姐妹二人有意识进行这种创作交流训练,进而提升见识水平写作技巧。自然这可能是其母亲在教育中使用的一种方法。毕竟张门才女们生活在一个文化氛围浓厚的大家族之中,名流辈出,耳濡目染,见识才具,非寻常人可比。

张纨英在张晋礼辑《棣华馆诗课》书后写道:"诸女所为诗,各肖其人,未尝相袭。采萍性柔和,诗之佳者深细熨帖而不能浑厚;采蘩性朴素,诗沉着淳质而不能精微;祥珍宅心厚重,诗多安闲之致而未臻警拔;嗣徽当机英敏,诗有高朗之概而未至和平;采藻宽闲而少骨力,紫畦(张曜孙侍女李姕,字紫畦)柔婉而乏精深,知其所短而务去之,以全其性之所近。学虽浅小,未尝不可底于成,诸女勉之矣。且吾闻之,女子之学其入也易其成也难。故班左诸贤,数百年而一见。"因而告诫诸女:"今诸女既得师矣,而又无从而间之者,其可不益致其力以求其成乎?"② 在这里,张纨英不仅能高屋建瓴地分析诸女的性情在诗歌创作中的利弊,还能指出个人诗歌创作的个性所在,并且借助历史上的才女班昭左芬来勉励诸女要认真学习,取得成功,也是为今后的人生发展奠定基础,即读书明理,成为独立自主之人。通过前面的分析,能够看出张氏诸女们

---

① 黄秩模编辑,付琼校补:《国朝闺秀诗柳絮集》,人民文学出版社2011年版,第1143页。

② (清)张晋礼辑:《棣华馆诗课》,道光三十年武昌官署棣华馆刻本,中山大学图书馆藏,张纨英书后2b。

咏史诗创作的重要成就。而王采蓝《题画杂诗·虞美人》："玉帐歌残旧恨长，断肠芳草艳斜阳。千年碧血吴钩冷，犹倚春风斗靓妆。"① 王采藻《题画杂诗·虞美人》："千载芳魂恋楚王，舞衣恐是故宫妆。花天小劫何时了，化作胭脂也断肠。"② 还有王采萍《二乔观画图为秋晖三妹题》等诗作则更能够说明张氏家族内部文化活动的丰富性。题画咏史诗创作至少说明在张氏一门文化活动中是有书画活动的，并且此类活动内容也是相当丰富。王采藻、王采蓝的同题之作，恰能反映二人旨趣、性情的差异。而王采萍诗作则能看出性格和才气之别。其诗曰："江东二乔擅国色，画里丰神犹可识。流传艳迹几千年，窈窕芳魂招不得。想见璇闺毓秀时，娇鸟比翼花骈枝。出水红蕖描倩影，当窗碧月写清姿。烽烟流转伤憔悴，牵萝采柏愁无地。悲啸应传漆室吟，韬铃定擅阴符秘。伯符公瑾皆英雄，三分霸业开江东。天生佳丽获嘉偶，红闺玉帐相雍容。大星堕地悲风悄，可惜吹箫人去早。黄鹤歌翻变徵音，柏舟诗有伤心稿。懿行清才史莫征，惟余逸事写丹青。一编相对有余态，只向人间播艳名。青灯穗帐人如玉，春风铜雀伤轻薄。列传何因佚后妃，松筠晚节无人录。自古红颜薄命多，空江斑竹泣湘娥。良缘苦短欢惊少，日仄春残可奈何。我读斯图三叹息，萧萧鬓髻飘霜白。脂粉全抛明镜尘，简篇雅抱书帷癖。问字随肩有小姑，知音犹幸结笙竽。绣床共惜余阴好，虚幌休嗟吊影孤。百城坐拥资搜讨，闭户别无尘世扰。鲈鲙常萦故国思，烽烟扰攘伤怀抱。投笔何当效请缨，中原豺虎正纵横。九京痛洒忧时泪，枉忆秦家白杆兵。风雨寒檠对遥夕，吊古苍茫各沾臆。说与图中绝代人，英雄儿女皆浮迹。吴楚风云几度新，大江飘尽古来春。挥戈顾曲人何在，蔓草难寻玉匣坟。"③ 如此长篇诗作，不是一般人所能驾驭的。王采萍通过对画面的描绘，遥想历史画卷真实场景，更多是感慨女性命运，一句"自古红颜薄命多"融入了多少人生感慨在里面。在张氏第三代才女中，只有王采萍远嫁，而她恰恰是才华最为突出的那一个。当然这句不是低徊，反是激

---

① （清）张晋礼辑：《棣华馆诗课》，道光三十年武昌官署棣华馆刻本，中山大学图书馆藏，卷四 6b。
② 同上书，卷四 10a。
③ 李雷主编：《清代闺阁诗集萃编》，中华书局 2015 年版，第 4690 页。

发了作者的英雄气象,想到了秦良玉英姿飒爽和绝世功勋,浩然之气油然而生,只是历史的烟云早已遮掩了一切,只能在烟雨苍茫中遥怀古今了。也许正是应了张纨英读书明理的教导吧。王采萍的《望卧龙岗》也是很能展现其才气之作,其诗曰:"鸡鸣戒严装,出郭天初曙。日华破云霞,晓色开烟树。远望卧龙岗,苍茫动遐慕。遗迹独千秋,草庐果何处。清时苦用兵,蛇虎各盘踞。弧矢暗井里,疮痍遍中路。何当扣灵旗,为我扫烟雾。人才本无常,治乱宁有数。即今岩穴间,岂乏栋梁具。英雄独使君,草庐卒三顾。所以成大业,豪俊望风附。后世困科目,求贤渺难遇。谁参幕内筹,孰假席前箸。微霜致坚冰,原燎吁可惧。茫茫战血腥,何日罢征戍。浮生际时危,漂泊如孤鹜。劳劳处中闉,役役纷俗务。安得访桃源,栖迟觏真趣。斯民嗟何及,尘海莽无渡。俯仰百感生,沄沄慨朝露。"[1] 王采萍生活的时代已经是天下动荡的时代了,远望卧龙岗,遥想历史上刘备与诸葛亮君臣相得之欢,回顾当下科举取士,多少人才困居考屋,不能一展抱负才华,而天下国家又正处在纷乱不断的状态当中,真需要能够一平天下的英雄才士出山扫荡山贼,赢得和平生活,而这些只能是可想而不可即的了。可供逃避的世外桃源,又到哪里去寻找呢?浮想联翩,感慨良多,这也是女诗人真实的生活体验,流露出的真感慨。

由此分析,此一时期安定社会生活环境,使众多女性投身文学创作,咏史创作成就突出,同时也在教儿育女的家庭日常中,培养了子女们咏史创作兴趣,家庭内部联吟互评,盛况空前。

陈瑚《顽潭诗话》中《咏史诗》条写道:"'潭行课诗,以细柳军命题,从所讲论也。'其诗曰:'匈奴入云中,汉将军三道。士情贵鼓舞,皇帝躬慰劳。独有细柳营,节制得其妙。确,严肃如雷霆,逊,坚壁阻前导,确,但闻将军令,游,不闻天子诏。圭,皇帝徐徐行,墀,按辔不敢挠。遬,介胄行军礼,长揖非为傲。墀,此是真将军,确,出师必有效。逊,霸上与棘门,儿戏何足道。确。'"[2] 通过创作联句体咏

---

[1] 李雷主编:《清代闺阁诗集萃编》,中华书局2015年版,第4693页。
[2] (清)陈瑚:《顽潭诗话》卷上,民国峭帆楼丛书本,《续修四库全书》第1697册,上海古籍出版社2002年版,第521页。

史诗,来考课学生,却又是一种别出心裁的考察方法,也可说明咏史创作在平时的教学活动中占据着重要地位,成为书院教学的重要内容之一。

顾家相在《五馀读书廛随笔》中说:"前人咏史诗率系论断体,乾隆后用试帖课士,咏古体亦多,却未尝入口气也。嘉庆癸亥,阮文达述职滦阳,南旋过山东境,马秋药先生以诗册呈阅,乃秋药与其子弟门生所作,其中皆以史传及裨乘事为题,颇新颖,却系代古人补作,近于八股之人口气。文达以示先祖郑乡公,并拟《桃花源》三题,命先祖同作。《渔人误入桃花源赠隐者》《隐者答赠渔人》《渔人重访桃花源不遇》,阮诗载本集,先祖诗载《玉笥山房本集》。阮公回浙后,又以此三题课士,见《诂经精舍本集》。"① 受当时科举时文的影响,此一时期咏史创作竟然带上了八股文的口气,这也是一种新现象。同时,这段记述还能说明原本是文人雅士之间的吟诗酬唱活动,随后就成了先贤考察后学的创作素材。杨钟义《雪桥诗话续集》说:"清瑞读书强记,诗文祖祢齐梁,出入四杰。庚子,暨阳书院诸士朋试于树人堂,学使刘文清命十二题分咏吴中古迹,不数刻交卷,文清诵之击节。"② 咏史创作已经成为学子们练笔的重要题材之一了。林佶《题汪无已读书图》其二:"咏史眼光明十丈,游仙笔力迈千人。读书旷世如君少,那许虞翻步后尘。"③ 读书内容也为咏史诗所占据了,这也就保证了清代学子从小开始就接受咏史创作训练,甚而在求学途中变成一种常规状态,时时以咏史创作作为提升诗才的一种重要手段。

在青少年学习成长的道路上,咏史诗受到如此重视,那么是不是在长大成人以后的人生中就可以弃之不顾了呢?事实上并非如此,在许多场合之中,比如诗酒文宴,朝臣把酒言欢,亲朋聚会,迎来送别,闲坐无聊,读友人咏史著作而追和等,他们都有咏史创作。咏史创作在文人日常生活中发挥了更加重要的作用,成为他们应酬,扬才使能,扬才露

---

① 钱仲联主编:《清诗纪事》乾隆朝卷,江苏古籍出版社1987年版,第6574页。
② 同上书,第6579页。
③ (清)林佶:《朴学斋诗稿》卷九,清乾隆九年家刻本,《清代诗文集汇编》第205册,上海古籍出版社2010年版,第576页。

己,展现才华的极好途径。和诗是清人常常进行的文学活动,而咏史创作也经常出现在此种高雅的文学盛宴中。如冯志沂《咏史呈霞举研秋》:"明允论辨奸,荆舒匪其仇。哲人虑未然,惟恐言之售。国忠激禄山,哀哉诚拙谋。操纵苟自己,已贻宗社羞。何况覆悚材,一发不可收。桓桓陈将军,裂眦念主忧。马前诛佞贼,忠义垂千秋。"[1] 方浚颐《咏史五首同芗溪作》:"朱虚两高士,龙头胜龙腹。辽东廿载居,潜德斯人独。"[2] 再如董文涣《咏史二首呈鲁川》《次韵和鲁川咏史》等。以同作、呈作等方式进行的咏史创作活动就构成文人间,交流互动的一种重要渠道,借此可以相互切磋诗艺,从而提高技巧水平,也可以倾诉心声,获得安慰理解支持等。

此处以清人的和诗为例来分析咏史创作的盛况。

古人和诗大致有这几种方式:

1. 和诗,只是作诗酬和,不用和原诗韵相同;

2. 依韵,也称同韵,作者和诗要与被和诗同属一韵,但是又不必用其原字;

3. 用韵,即是用原诗韵的字而不必按照原诗的次序进行;

4. 次韵,就是要依次用原诗韵、原字按照原诗次序依次相和,又叫"步韵",是和诗中限制最严格的一种。

这一时期和韵诗创作的方式多种多样。朋友间互赠往答之和韵如王庆勋《咏史和听翁》。孙原湘《和道华咏史文君》《诸葛武侯石琴歌和汪少海》《淮阴将台石歌和张紫岘》等。陈文述与其妻妾以及女弟子相互唱和之作特别突出,在此加以分析。

管筠在正室龚玉晨死后,就被陈文述扶正,二人相互酬和,创作了一系列诗作。管筠在《蜻矶灵泽夫人祠和碧城主人》中,既称赏孙夫人:"侍女如云森画戟,玉颜小妹是英雄。"也为她感到悲伤,"猇亭一炬最伤心,千秋此怨天难补。鱼腹遥连白帝城,归魂无路恨难平"[3]。在残酷的

---

[1] (清)冯志沂:《微尚斋诗集初编》卷四,清同治九刻西隃山房集本,《清代诗文集汇编》第639册,上海古籍出版社2010年版,第615页。

[2] (清)方浚颐:《二知轩诗续抄》卷五,清同治刻本,《清代诗文集汇编》第660册,上海古籍出版社2010年版,第615页。

[3] 李雷主编:《清代闺阁诗集萃编》,中华书局2015年版,第3502页。

政治斗争中，爱情一旦穿上政治的外衣，注定是悲惨的结局。在《咏古四首和碧城主人》中，女诗人既吟咏"毕竟玉颜谁第一，五湖何处问陶公"的西子，又吟咏"八千已散楚歌声，一曲虞兮恨不平。儿女从来能殉节，英雄于此见多情"的虞姬，还吟咏"未肯娥眉老后庭，请行慷慨愧诸臣。画师枉自诛延寿，奇计曾闻出奉春"的王昭君，还吟咏"蜀道西行天万里，苍梧先已殉重华"①的杨贵妃。在《红拂小影为碧城主人作》中，更是赞扬"广座能识真英雄"的红拂，不仅能慧眼识英雄，还"紫衣乌帽结束工，如此婵娟岂巾帼"。善于乔装打扮，主动追求爱情，自然"东醑扶桑酒一杯，娥眉同是不凡才"，能够与李靖识时务，另创新天地。后注"主人有《李靖舞剑台》诗"②。可见虽是应和之作，但是毫无痕迹可寻，自然得体。

　　嘉庆间，陈文述出任常熟县知县，重修柳如是墓，并且由孙原湘撰墓记，由查揆撰墓碣，而此时距柳如是之死已经一百五十年。此种文化盛事，自然在闺秀中引起极大反响，纷纷写诗记述善举，更是深沉吊悼女杰柳如是，彰显个性才华。尽管各家观念不同，但也都能自抒慧心。如席佩兰《钱塘陈云伯使君重修河东君墓纪事诗（琴河女史席佩兰道华）》其二："我闻戒律悟真如，引决从容礼佛余。终许柳枝随白传，谁云燕子负尚书。画楼寂寂空云蠹，渴土匆匆葬玉鱼。毕竟人间芳烈好，棠梨一树护邱墟。"赞扬柳如是的贞洁刚烈，不曾亏负钱谦益。鲍印《同作琴河女史鲍印尊古》其二："气节分明士不如，从容就义智犹余。寸心已了三生愿，众口纷争一纸书。"与席佩兰诗作主旨相同，其三："美玉长埋土亦香，清才本异杜韦娘。绿珠名重原因石，红拂心坚却恋杨。春草凄迷塘上路，芙蓉零落昔时庄。须眉毕竟惭巾帼，未肯捐生作国殇。"更是列举典故，贬斥钱谦益贪生怕死、不肯殉国的投降丑行。其四："晚节难终名裂瓦，初心竟就气凌云。"赞扬柳如是凌云壮怀。此外，还有《同作琴河女史屈秉均宛仙》《同作鸳湖女史谢翠霞穆如》，因此管筠作《碧城主人摄篆琴河访河东君遗墓于尚湖之滨既修复之立碑石焉诸女士赋诗纪事奉和四首》。在这些女诗人中，席佩兰和屈秉筠是随园女弟子中的

---

① 李雷主编：《清代闺阁诗集萃编》，中华书局2015年版，第3515—3516页。
② 同上。

佼佼者，又参与陈文述举行的这种文艺活动，可见此一时期，女性诗人之间的交往多么频繁，联系多么密切。而管筠又把相关诗作搜集整理，此举具有保存传播女性诗作之功。管筠在此种文化雅事活动中已是陈文述的左膀右臂了。其在《碧城主人摄篆琴河访河东君遗墓于尚湖之滨既修复之立碑石焉诸女士赋诗纪事奉和四首》其一中写道："绝代娥眉冠旧都，云霞意气雪肌肤。艳情花月题三阁，归计烟波泛五湖。宰相无心归赤帝，丽华有血殉黄奴。可怜江令重来日，东涧荒凉剩绿芜。"称赏柳如是深明大义，及早归隐，乃至为国殉身的光辉人格，无奈钱谦益临水退缩，酿成贰臣的人格悲剧。其二："绛云楼阁问何如，红豆花残劫火余。小传列朝诗世界，大名高隐女尚书。"表彰柳如是在协助钱谦益编纂《列朝诗集·闰集》中的重要贡献。其三："使君别有题碑意，为惜贞魂似国殇。"紧扣此次活动的主题，沉痛悼念柳如是。其四："蕊宫花史意殷勤，幼妇新词绝妙文。"这次活动也将如"争似尚湖湖畔路，蘼芜香土表孤坟"① 一样，成为不朽盛事。

　　管筠博学多才，考证的时代风气，对她也产生了一些影响。在一些诗作中，女诗人善于读书考证特点就很明显。这正是清代女性文化教育水准提升，知识迅速增长的体现。如《骆宾王墓和碧城》："明正德九年，东佃民曹姓于黄泥口凿地，得一冢，题曰：'唐骆宾王墓'，取石归，随封以土。闻者欲白当事，曹惧，乃碎其石。按唐史，骆宾王于大足中，与李敬业起义兵于广陵，讨武氏，不捷而遁，时州地属广陵。又海门李氏家乘云：'敬业自江都败后，子綱偕宾王匿邗之白水，宾王死，綱为之殡。'则事非无据也。国朝乾隆十三年，刺史董权文于琅山东为坟树碑，见《通州志》。孤臣心事肯忘唐，遗冢何年傍紫琅。四杰才名难伯仲，一篇檄草擅文章。风多露重诗情澹，海日江潮旧梦荒。埋骨不知何处所，一尊空与酹斜阳。"② 通过按语形式，引用正史进行考证说明，同时借助家谱进行旁证，还运用地方志进行补充说明，把骆宾王生平尤其是兵败隐没的地点详细考证出来，能够自圆其说，所举证据也很有说服力。从题目上看，这是和诗，是丈夫陈文述先有诗作在前，

---

① 李雷主编：《清代闺阁诗集萃编》，中华书局2015年版，第3507—3509页。
② 同上书，第3518页。

管筠依韵而和之作，但是增加的相关考证则说明女诗人的知识才华比肩丈夫了。当然这一时期，女诗人们吟咏古物，诗中考证之作较多。在这里不再一一辨析，而这些也足以说明女诗人们的咏史诗创作与时代之间的紧密联系。

在咏史乐府创作中作家也有相和之作。张符升《绥舆山房分和李茶陵咏史乐府》与朋友分别对李东阳的咏史乐府进行和诗创作。朱珪《咏史小乐府四十八首次吴桐村学使韵》①，使用了和诗中最严格的步韵和诗，并且是咏史乐府创作，一共创作了四十八首，这既有很大难度，却又很有特色。张澍《咏史集》序言写道："癸未八月，自京返陕舆中，携有王楷堂同年咏史诗稿，每日依次和数首，抵家共得诗一百二十首，至晋而止，人事屑屑，梁陈以下，未暇为也，异日当续成之。"②则是在旅途中携带着友人咏史诗稿依次相和，颇有以此作为消遣，来消解路途遥远，寂寞难耐之苦的功用，并且是要在以后完成全部和韵诗任务。足见诗人因读友人咏史之作而引起的极大创作兴趣，也能表明这种大型咏史组诗创作活动在当时是很普遍的。吴锡麒《消夏第四集分得咏史乐府四首》③，咏史创作目的十分明确，就是消磨夏天难耐酷暑。王汝璧《分拟左太冲咏史消寒第五集》④则是与朋友们在冬天进行创作，来消解酷寒。王昶《湖海诗传》记载："吴企晋泰来邀李丈客山果、王凤喈鸣盛、钱晓征大昕、赵损之文哲、王兰泉昶、曹来殷仁虎，集听雨篷小饮，即席有作。"其诗曰："寂寂园林夜，开尊石阁西。风池摇月碎，露竹带禽低。独罚输棋酒，重分咏史题。豪情殊未已，无奈五更鸡。"⑤描述了一幅朋友聚会，分题咏史创作的生动画面。这种分赋创作咏史的方式，更是这一时期文人活动的主要内容。还有胡承珙《咏史分赋》吟咏阮籍诗曰："谁解穷途

---

① （清）朱珪：《知足斋诗集》卷五，清嘉庆九年阮元刻增修本，《清代诗文集汇编》第376册，上海古籍出版社2010年版，第365页。

② （清）张澍：《养素堂诗集》卷二十五咏史集，清道光二十二年枣华书屋刻本，《清代诗文集汇编》第536册，上海古籍出版社2010年版，第268页。

③ （清）吴锡麒：《有正味斋诗集》卷十五《吴船集》，清嘉庆有正味斋全集本，《清代诗文集汇编》第415册，上海古籍出版社2010年版，第134页。

④ （清）王汝璧：《铜梁山人诗集》卷二十，清光绪二十年京师刻本，《清代诗文集汇编》第412册，上海古籍出版社2010年版，第143页。

⑤ （清）王昶：《湖海诗传》卷二十二，清嘉庆刻本。

哭未休，非关作达故沈浮。永嘉南渡须臾事，早卜新亭泣楚囚。"① 沈起元《集抱观堂拟咏史乐府分得李天下》："夹寨锦囊负三矢，生子当如李亚子。宫中少小傅粉郎，天纵圣智调宫商。优名自名李天下，生长本是歌舞场。冥冥昼雾，烁烁欃枪，当时置酒今时战，戮尸横积三垂冈。百战破梁，先封者谁，伶人刺史，心念旧私。批颊何怒，彼能挝鼓，镜铜新磨，光与帝伍。卫侯好鹤，夏侯好龙，君以此始，必以此终。嗟嗟李天下，为乐死亦可。绛霄一炬散俳场，骸骨犹将丝竹裹。"② 等等。诗人创作体式多样，可见此一时期分韵咏史创作的盛况。

当然还有一叠二叠前韵甚至三叠前韵的高难度步韵咏史创作。程恩泽《咏史仍叠前韵》："出奇休恃阵堂堂，银鹘虚奔底事忙。未见两骭皆脱肉，却疑左肘屡生杨。老谋已竭哥舒翰，将种新除斛律光。料得祁连无雪阻，西风万里战袍香。"③ 陈夔龙《咏史三叠前韵》："大度深沈邓仲华，苦心翊赞汉皇家。即今贤儁为时出，犹是当年手种花。"④ 总计创作多达十首，而且全部以花为末字。陈瑚《和瞿有仲读史咏》："有仲咏史诸作，捃摭妇人，揶揄男子，寄托遥深，风人之指也，然讽一劝百，毋乃蹈相如之失，篝灯风雨，佗傺不怿，因发其意以和之。"其诗曰："苎罗山下浣纱人，断送勾吴锦绣春。不是扁舟五湖去，越王空卧廿年薪。"⑤ 和韵咏史创作的鉴戒目的十分明确。此类咏史步韵创作在这一时期非常普遍，呈现出男女创作共同兴盛的繁荣局面，这也正是安定社会中，文学文化繁荣发展的一种呈现。

上文已经对这一时期部分女作家咏史创作的独特现象进行了举例分析，在这里从总体上概括一下此一时期女作家咏史创作的主要特色，便于与男作家咏史创作进行比较。

---

① （清）胡承珙：《求是堂诗集》卷一《悔存集》，清道光十三年刻本，《清代诗文集汇编》第518册，上海古籍出版社2010年版，第5页。
② （清）沈起元：《敬亭诗文》诗草卷一，清乾隆刻增修本，《清代诗文集汇编》第257册，上海古籍出版社2010年版，第5页。
③ （清）程恩泽：《程侍郎遗集》卷二，清咸丰五年伍氏刻粤雅堂丛书本，《清代诗文集汇编》第548册，上海古籍出版社2010年版，第113页。
④ （清）陈夔龙：《松寿堂诗抄》卷十《偕园集》，清宣统三年京师刻本，《续修四库全书》第1577册，上海古籍出版社2002年版，第157页。
⑤ （清）陈瑚：《确庵文稿》卷二，清康熙毛氏汲古阁刻本。

此一时期社会安定、经济发展，江南家族文化世家的形成与绵延，直接促进了家族内女性文化水准的提升，极大地推动了女性文学创作活动走向繁荣，而女作家的咏史诗创作也达到了古代女性咏史诗创作的巅峰。主要表现在以下几个方面：

一、家庭内部良好的文化教育、促成女诗人大量涌现和文化水准的大幅提升。文化型家庭的根基是教育，他们所提倡的是全家族对诗礼的研习和遵守，这当然不会忽略家中的女性。良好教育是女诗人诗歌创作的必备条件，这则是毫无疑义的。尤其是历史知识获得和诗歌艺术技巧提升。这也促使乾嘉盛世女诗人们能够平心静气审视历史，潜心诗艺，创作出大量咏史诗。而一家之中，姐妹之间关系更是亲密，尽管性情有所差异，但是基本相同的文化教育、成长环境则促使她们相互之间吟咏同题之作，或者参与诸如赛诗性质的诗社活动，这也激发了她们的创作热情。同时，一家之中，姐妹若有接受外在诗界大佬指点，必然会在姐妹间传授。这也在一定程度上提升她们的诗艺和认知水平。如鲍氏三姐妹，鲍之蕙曾拜师袁枚，而鲍之蕙又带动姐妹鲍之兰和鲍之芬经行咏史诗创作。女作家们在内外环境的相互激荡中，形成了咏史创作大繁荣局面，甚至可以说是达到古代女性文学创作的鼎盛巅峰。家庭内部联吟是有效提升女作家诗艺的最佳途径。这在文化世家型家庭中极为普遍。如张曜孙表妹、女画家汤嘉名（汤贻汾之女）曾作《比屋联吟图》画卷，描绘了张曜孙与包孟仪夫妇、张纶英、孙颉夫妇、张纨英与王曦夫妇在常州张宅共同居住、一起吟诗的欢乐场景。他们共同教育后辈子女，促成一门文雅兴盛的文化大家族。不仅如此，就连张曜孙的侍女李娈也受此影响，参与到王采萍、王采蘩、王采蓝、张祥珍姐妹同题联吟的唱和活动中。张曜孙能继承父志，替姐妹们收集和刊刻诗集，并且鼓励外甥女们写诗。而在王采萍远嫁时，张曜孙就发动儿子张晋礼搜集、整理、刊刻她们姐妹的诗作，编成《棣华馆诗课》，作为礼物送给她。王采萍、王采蘩、王采蓝、张祥珍、陶怀诚姐妹们同题咏史之作就有《武昌咏古六首》（《吴大帝》《陆伯言》《诸葛元逊》《陶士行》《庾元规》《苏子瞻》）。张祥珍、王采蓝、王采藻、李娈还有同题联吟七言律诗《武昌古迹》（《芦洲》《龙蟠石》《剑池》《南楼》《九曲亭》）咏史怀古诗作。可见，她们姐妹之间在日常生活中进行咏史怀古诗创作的频繁以及才气所在，表明张氏家族内部深厚的文化素养。

二、逐渐走出闺门，拜师交友风气浓厚。此一时期男性诗人更乐意提携指导女诗人。如袁枚、陈文述、王文治、赵翼等。这些文学才士的指导、点拨、提携极大鼓舞了女诗人们突破批驳"妇人不宜作诗"及"女子无才便是德"的谬论，激发了她们的创作欲望，有力推动传统女性文学创作走向鼎盛巅峰。女作家们也乐意拜师交友，切磋技艺，诗社联吟活动十分广泛而丰富，组成师友、家族、联姻、结社等各种错综复杂的关系，形成文学史上极为著名的两大女性文学团体——随园女弟子诗人群和碧城仙馆女弟子诗人群。同时女诗人参与不同诗人群体中的现象比较多，如潘素心与钱孟钿、陈长生等随园女弟子之间相互唱和，还与梁德绳、恽珠、沈善宝、张𬘡英、陈蕴莲等交往酬唱，而张𬘡英又是碧城仙馆女弟子。归懋仪与汪端亦是如此。而沈善宝的交际更广，还组织秋红吟社，编辑《名媛诗话》，才华卓著。女作家更乐意走出闺门，参与当时文人雅士举办的文化活动。如嘉庆间陈文述带领女弟子们重修柳如是墓，并由孙原湘撰墓记，在闺秀中引起极大反响，纷纷写诗记述善举，如席佩兰《钱塘陈云伯使君重修河东君墓纪事诗（琴河女史席佩兰道华）》、鲍印《同作琴河女史鲍印尊古》《同作琴河女史屈秉筠宛仙》《同作鸳湖女史谢翠霞穆如》、管筠作《碧城主人摄篆琴河访河东君遗墓于尚湖之滨既修复之立碑石焉诸女士赋诗纪事奉和四首》。在这些女诗人中，席佩兰和屈秉筠是随园女弟子中的佼佼者，又参与陈文述举行的这种文艺活动，可见此一时期，女性诗人之间的交往多么频繁，联系多么密切。而管筠又把相关诗作搜集整理，有保存传播之功。

三、咏史诗创作队伍庞大，出现了一大批咏史创作顶尖女诗人。如汪端、季兰韵、赵棻、归懋仪、管筠等。她们的诗作数量和质量都堪称一流。尤其是大型咏史组诗，可谓古代女作家咏史创作中的巅峰。如汪端创作《读晋书杂咏并序》四十首、《秣陵古迹分赋同小云作》三十二首、《读史杂咏》十二首、《谕宫闺诗十三首和高湘筠女史》《元遗臣诗》十三首、《张吴纪事诗》二十五首等。季兰韵《长夏无聊杂忆史事得十二首》《读前汉书杂咏》十六首、《晋书杂咏》五十二首、《宋史杂咏》四十首。赵棻创作《读史杂咏三十首》《南宋宫闱杂咏一百首》，还在《列女传补颂》中补作二十一首颂赞，另外在《后汉列女颂》补作十七首颂赞。这些大型咏史组诗创作即使放在当时男性作家队伍中也毫不逊色。从某种意义上讲，女诗人们观察思考问题视角因女性视角的独特性而具有特殊的价值。

四、女作家咏史创作类型更加丰富。女作家咏史创作既有一般读史吟咏、缅怀古迹之作，更是伴随着画艺提升，创作了大量题画咏史诗，构成了女性咏史创作中的一道独特风景线。如席佩兰《题美人册子》十二首、屈秉筠《题美人画册十二》、归懋仪《戏集古来美人韵事偶得三十二题》、季兰韵《题仕女图十二首》和《题美人画册十首》、曹贞秀《题画杂诗十六首》等。

五、女作家编选女性作品集成就突出。如恽珠的最杰出贡献就是耗费数十年编选出版了《国朝闺秀正始集》。这是由女性编撰较早的清代闺秀诗歌总集，在女性文学发展史上具有独一无二的地位。沈善宝编撰《名媛诗话》，广结各方才女名媛，奠定了她在道咸年间女性文坛上的领袖地位。当然，这一时期女作家咏史创作成就最突出的表现，就是在思想观念上有了巨大进步，即扬名青史之愿急剧提升。

乾嘉时期女作家咏史创作队伍虽然以江南、北京为主，但是全国各省几乎都有，甚至是边远云南也有李含章，岭南有凌净真、凌洁真姐妹等也创作了较多咏史诗。少数民族女作家队伍中，以顾太清为典型代表，不仅有咏史诗创作，也有咏史词创作。这正是满汉文化交融所取得的丰硕成果。还有恽珠、瓜尔佳氏等，她们在咏史创作上取得的成就，更能说明咏史诗这一诗体虽然号称最难创作，但是女诗人们经过辛勤努力，也能轻松驾驭，这也是此一时期女诗人们在咏史诗创作上处于巅峰的重要体现。

这一时期，女作家咏史创作成就即便如此辉煌，她们所面临的社会生活文化环境依然十分严峻。如章学诚曾指责袁枚和随园女弟子说："近有无耻妄人，以风流自命，困惑士女；大率以优伶杂剧所演才子佳人惑人。大江以南，名门大家闺阁多为所诱。征刻诗稿，标榜声名，无复男女之嫌，殆忘其身之雌矣。此等闺娃，妇学不修，岂有真才可取？一而为邪人所播弄，浸成风俗。人心世道，大可忧也。"[①] 这也是女作家们所

---

① （清）章学诚：《章氏遗书》，上海古籍出版社1986年版，第178页。

面临的创作压力所在，好在她们经受住考验，在为历史女性正名扬名之时，也使自己扬名青史。

小结：这一时期，由于社会太平，家庭生活中普遍重视教育，女性接受教育的机会很多，女性总体文化程度较高，女作家数量大大超越其他时期，咏史创作数量和质量都呈现出鼎盛状态。此外，众多诗社活动，推动女性走出闺门，走向社会，交际范围扩大了很多。她们也有意识地通过赞扬历史上的才女英雄，为她们正名，让她们名扬青史。这也是她们自身赢得社会认可的一种体现。她们编纂女性诗文集，以及诗话评论著作，并且刊刻出版。这更是她们要求书写历史的重要实践活动。上文所述，只是这一时期女作家中有较多咏史创作的代表，还有很多女诗人也创作过咏史诗，但由于各种原因未能一一列举，仅以此来概括吧！总体而言，这些女作家丰富的文学创作进一步扩大了女性文学的名气，提升了女性文学的历史地位，成为辉煌的清代女性文学中最绚烂的篇章。她们在咏史创作上取得空前成就，即使把她们放在男性作家队伍中来评判她们的诗艺成就，也毫不逊色。在这里，也仅以这些微不足道的文字来纪念她们，怀悼她们，让她们在中国文学史上获得一点地位吧！

总体而言，乾嘉道时期的作家们安享太平盛世，拥有较好的文化素养和充裕的时间从事文化文学事业活动，善于进行历史总结和反思，因而促成了咏史创作取得辉煌成就。男女作家在这一时期的良好互动最终结出文学创作的丰硕果实，也成为咏史诗发展史上最为辉煌的时期。

第三节 清后期的咏史创作

从通常意义上讲，清朝自道光二十年（1840）就进入了中国近代历史的发展轨道。研究者也就以近代的眼光来关注这一特殊时期的社会政治生活情状，而文学创作也随之发生着重要变化。尤其是在中西文明剧烈碰撞之中，古老中华帝国不得不一步步打开国门，经受西方文明洗礼。在拘守传统与迎接新生各种力量交相作用下，此一时期咏史创作也表现出丰富多彩的特点。但是传统诗文创作是走向衰落。在经历外国入侵，国内太平天国运动、捻军起义等种种战乱之后，全国各地尤其是江南地区，所遭受的损失极为严重。文化世家被毁，宁静生活不再，不同阶层作家的文学创作和刊刻传播变得困难。因而从总体上讲，这一阶段的传统文化是走向衰弊的，这一时期咏史创作也没有前一阶段那么辉煌，大型连章组诗创作已经大大减少。这种情况通过上一节的咏史组诗创作列表能够得到清晰反映。道光皇帝以后，各位皇帝的咏史创作严重减少，而皇室成员咏史创作还是比较兴盛的，尤其是奕字辈成员创作。这已经在前文中对比论述过，这里不再赘述。

在此转折时期出现了一种比较特殊的情况，就是出现了古代咏史创作的集大成之作——罗惇衍《集义轩咏史诗抄》和史梦兰《全史宫词》。罗惇衍《集义轩咏史诗抄》将在后文作专题分析研究，此处不再赘述。

另一个比较特殊的情况就是汪元慎创作《集唐咏史诗》八卷。汪元慎（生卒年不详），字少逸，南昌人，道光丁酉举人。咸丰元年，曾为广西巡抚邹鸣鹤门客，又在曾国藩军营为幕僚多年。著有《历代地志今释》《集唐咏史诗》八卷。汪元慎好读地志，山川地形了然于胸，又熟悉史事，且以数年之力创作出《集唐咏史诗》八卷，共计七百三十八首，共吟咏历史人物三百二十六人，史学与诗学交相辉映。诗作全部为集句体，既是集句体创作后来居上者，又是集句体咏史诗集大成者，成为集句体咏史诗歌创作的新纪录。诗集内容上自唐尧、巢父，下至宋代林逋、米芾。上下三千余年，其间忠臣节士、醇儒高隐，乃至嫠妇才女、侠客伶工，皆有吟咏。

汪元慎的创作方式甚为奇特，随身携带《全唐诗》与《二十二史》，从史书中选取素材，从唐诗中裁剪佳句，融会贯通，而且所用体式全部为七律，每一句注出所集诗句诗人名字。如《李陵》一诗："受降城外月如霜，往事何时不系肠。一夜羽书催转战，五千兵败滞穷荒。丹诚岂分埋幽壤，白首翻令忆建章。可惜报恩无处所，诗成吟咏转凄凉。"① 对于李陵兵败投降寄予同情，尤其是选用诗句能够比较完整协调地组织在一起，既有情景描写，又能仔细揣摩，深入人物内心世界，虽然是集句诗，却颇同新造。能有这样的剪裁之功，足见作者用功至勤，对于历史事件与唐诗之间关联性的敏锐把握。再如《老子》一诗："五气云龙下泰清，可以朝市污高情。青牛漫说函关去，白发从他绕鬓生。庄叟著书真达者，

---

① 徐世昌辑：《晚晴簃诗汇》，中国书店1989年版，第2236页。

韩非入传滥齐名。五千言里教知足，此世荣枯岂足惊。"① 对于老子一生及后世影响作了鲜明叙述，尤其是博大精深的《道德经》，泽被后世，功在千秋。

此一时期，史梦兰创作《全史宫词》可以说是清代集大成文化特色的回光返照，成就斐然却难以为继，成为最后的绝唱。

史梦兰（1813—1898）字香崖，直隶乐亭人，少孤力学，遍览群书，特别长于史学，经常纵谈天下大事，了如指掌。道光二十年，史梦兰考中举人，选调为山东朝城知县，因母老侍养而不赴任，筑家园于碣石山，奉养其母，名曰止园。史梦兰家中藏书数万卷，每日以经史自娱。曾国藩总督直隶时，手书招致，深器之，幕中方宗诚、吴汝纶、游智开皆折节与之交。

史梦兰喜欢搜集珍品书籍，家中"藏书数万卷，凡群经诸史，百家之说，靡不淹通"，深厚的文化修养，使其著述范围很广、种类繁多。史梦兰所作诗文，以抒写性灵为主，不拘格调，著述甚富。总计有《尔尔书屋诗草》八卷、《文抄》二卷、《叠雅》十三卷、《异号类编》二十卷、《古今谣谚补注》二卷、《古今风谣拾遗》四卷、《古今谚拾遗》六卷、《燕说》四卷、《双名录》一卷、《笔谈》八卷、《全史宫词》二十卷，及《舆地韵编》二百卷，并行于世。

从宫词的发展历程来说，这一时期咏史宫词创作还是比较繁盛的。如高树《金銮琐记》一卷，仿照成都胡延砚创作的《长安宫词》，总共有七言绝句一百三十一首，补遗四首，并且自加注解，全部是吟咏道光至宣统期间的宫禁琐闻及秘府杂事。吴阊《十国宫词》五卷，开卷首先列举十国年世，叙述期间国祚帝系；继而引用书目及作者；最后是正文，分别为吴国宫词十二首、南唐国宫词十二首、前蜀国宫词十二首、后蜀国宫词十二首、南汉国宫词十二首、楚国宫词十二首、吴越国宫词十二首、闽国宫词十二首、荆南国宫词十二首、北汉国宫词十二首，总计一百二十首。每一首诗均是先吟诗后引诸书笺注。而饶智元《明宫杂咏》二十卷，杂赋明朝一代史事，上自洪武，下及南明福唐桂诸王史事。此书是仿照严遂成《明史杂咏》体例编纂而成，更是采用了《南宋杂事诗》

---

① 徐世昌辑：《晚晴簃诗汇》，中国书店1989年版，第2236页。

体例，自引自注，征引书籍不下六百种。此书通体以事系诗，以诗纪事，情兼雅怨，体被文质。

史梦兰在《全史宫词》发凡中写道："三百篇以《关雎》《葛覃》为风始，《关雎》《葛覃》宫词之权舆也。自唐王仲初作宫词百首，后之效之者代有佳什，然皆即事胪陈，述所闻见。若其借仲初之体抒仲宣太冲怀古之情。宋元以来，率皆偶然托兴，其最多者惟明周定王（橚）之元宫词，赵伯浚（士喆）之辽宫词，国朝徐沙邮（振）之明宫词，吴泉之（省兰）、周蓉初（升）之十国、十六国宫词，每至数十百首。兹集自黄帝至胜国之季，共得宫词千余首，非敢追驾前贤，亦聊供好事者之谈嚛云尔。"[1] 不难看出，史梦兰借助《诗经》"以《关雎》《葛覃》为风始"，积极建立宫词源于《诗经》的历史关系，所谓"《关雎》《葛覃》宫词之权舆也"。史梦兰通过这样富有深意攀附儒家经典来提升《全史宫词》的历史品位。作者进一步列举前代宫词创作成就，名义上是在赞赏实质乃是提高《全史宫词》身价。他很谦虚地说"非敢追驾前贤"，但史梦兰自重其作的深意还是很明显的。如此来看，《全史宫词》可谓其一生得意之作。

在这里，结合石向骞先生《史梦兰年谱》及相关资料，我们可以清晰地看到史梦兰创作编纂《全史宫词》的过程和当时的传播情况以及巨大影响，从而理解《全史宫词》在其一生中所占据的重要地位。具体情况如下：

1836年，丙申，二十四岁，开始创作《全史宫词》。

1842年，壬寅，三十岁，滦州张灿（启明）与乐亭倪垣（启藩）为史梦兰作《松阴读史图》。

1850年，至是年，已编撰成《尔尔书屋诗草》八卷、《砚农试律》四卷、《全史宫词》一千首，尚未付梓。

1855年十月朔，长洲陶梁（凫芗）为《全史宫词》题辞。

1856年秋，开始雕版刊刻《全史宫词》。

1858年秋，史履泰入都应京兆试，携《全史宫词》请于钱塘许乃普

---

[1] （清）史梦兰著，景红录，石向骞点校：《史梦兰集》（第六册《全史宫词》），天津古籍出版社2015年版，第4页。

（季鸿）。中秋，许乃普为《全史宫词》作序。

1859年，己未，四十七岁。朝鲜贡使购《全史宫词》数十部归其国。

1863年三月十九日，立夏，吴郡叶道芬（香士）为《全史宫词》题辞。时道芬客居乐亭。

1869年十一月，应曾国藩之邀，赴保定与之相见。先是，曾国藩于保定莲池设礼贤馆，征招畿辅德行才学之士，特首聘史梦兰，并寓手书再三敦请。初到莲池，李传燨（佛笙）出面接待，称："我们天天盼，中堂亦天天盼。"十三日见，曾国藩认为史梦兰学问渊博，与之座谈甚久。十八日，又见。二人纵论古今学术得失及地方利病大端，并互赠各自所刻图书。曾国藩极为赏识史氏所著《全史宫词》与《叠雅》，并面许作序。

1872年，黄彭年来信，以所拟《畿辅通志》体例相商，并索要史氏所刻别数种图书。梦兰回信，并寄上所刻《全史宫词》《叠雅》《异号类编》各一部。

1882年九月朔，还里；寄梅宝璐《全史宫词》四部及旧所刻图书数种，此前梅氏来信索要。

1883年，越南使臣阮述（荷亭）天津梅宝璐（小树）索要《全史宫词》诸书，并以其国亲公《仓山诗集》相赠。

1885年，山西兴县人康少茗自开封寄到王誉昌《崇祯宫词》一帙；史梦兰因此开始补作宫词。

1887年，至是年九月，于原刻《全史宫词》之外，补作宫词四百七十九首。

1890年春，河间冯士塽（晓亭）得读《全史宫词》，见搜罗宏富，韵远格高，不信为时贤之作。及朋友以史氏新岁告存诗相示，始知作者尚在人间，遂作七绝六首以和。

1893年夏，史履晋主持重刻《全史宫词》二十卷，收入补遗之作。史梦兰再传弟子大兴冯恕（公度）参与校雠。

不难看出，史梦兰从1836年二十四岁着手《全史宫词》创作，到1856年刊刻初版，再于1886年完成补充修订，第二年秋重刊，前后五十余年，一生中最美好的年华都投入其中了。此时，史梦兰内心充满喜悦、辛酸、叹息、向往等种种复杂心情，我们在这篇后记中，可窥其中端倪：

宫词创于道光丙申，刻于咸丰丙辰，滋补于光绪丙戌。

余于丙申年二十有四，丙戌则七十有四矣！

自丙申创稿后，以举业阁置者十余年。至咸丰年，绝竟进取，始终脱稿。光绪十一年，有山右康少茗太守，自汴中寄到王誉昌《崇祯宫词》一幅，此书乃求之数十年而未得者。觅卷不胜欣跃。因摘其中确系庄烈（崇祯——作者注）官闱事，为畴昔所未及入咏者，补作二十四首引申触类，又于崇祯以上，洪武以下补做五十余首。于是重翻故籍，默袖前闻。比事属辞，略拾残謦，遂逐卷有补遗之作。

寒暑一周，共得计四百七十九首，复灾梨枣以此无关体要之事。孜孜不已，竟不知耄之将及，思之不禁哑然自笑。

光绪丁亥重阳三日，竹素园丁自识。

此时史梦兰已经是七十四岁的老人了，史梦兰喟叹曰："孜孜不已，竟不知耄之将及，思之不禁哑然自笑。"颇有欣慰之感。由此而言，《全史宫词》伴随史梦兰走过大半生，注入了作者大量心血，自然成就也是非凡。

年谱中的张灿是乐亭著名画家，曾为史梦兰绘制《松阴读史图》并题诗曰："孝先腹笥本便便，倒峡词源泻涌泉。落笔纵横三万字，分笺上下五千年。漫将宫体嗤轻靡，应合风诗付管弦。一卷松阴清课处，渊怀早向画图传。"张灿不仅极力称赏史梦兰的文学才华，更是强调《全史宫词》的讽谏价值，不能小觑。这与《全史宫词》发凡所言可谓一脉相承，都与《诗经》中风诗相比附以彰显价值，最后也谈到正是孜孜不倦的勤学善思，才有此成就。史梦兰自己也在《尔尔书屋诗草》卷三《自题松阴读史小照》中写道："是我还非我，今吾即故吾。麒麟羞作柦，牛马任相呼。论史肠犹热，吟诗兴不孤。放翁团扇里，肯许入林无。"[1] 可见其中甘苦。史梦兰创作《全史宫词》的目的再次显现"论史肠犹热，吟诗

---

[1] （清）史梦兰：《尔尔书屋诗草》卷三，清光绪元年止园刻本，《清代诗文集汇编》第654册，上海古籍出版社2010年版，第358页。

兴不孤",可见是有深意的。史梦兰创作《咏史宫词》既要发挥咏史抒怀的借鉴功效,又具备诗歌情深词美的体式特征,两美并具,赢得不朽声名。

史梦兰创作《全史宫词》,被清代学者称为"宫词通鉴",赞誉曰"四千年事千秋鉴,彤管丹书尽相传"。史梦兰《全史宫记》搜罗广泛,考校精深,遍咏历代宫闱之事,据事吟词,以词书史,借史寄怀,其义宗风雅,是一部奇书。此书前冠以"历代兴亡概述",后有"史典出处",前后照应,中为宫词。有的事出一典,有的事出多典,互为参考,相互补酌。全书引据史书,多达五百七十九部,其中有许多史著是鲜为人知的。

史梦兰《全史宫词》发凡曰:"诗注固当以正史为主,然或事迹错出,互有异同,此较详瞻则舍彼录此,彼较简明则舍此录彼,或彼此可以互证,则彼此并录。无论所引何书,止取与本诗相发明。至其书出之前后,文法之优劣所不较也。"还说:"注诗有本事,有古事,兹集只征本事,凡借用古典概不详释,以省繁冗。"[①] 可见诗注内容经过严格比对和区分,诗歌与注释可以相互发明印证,简练而准确。

关于注释引书原则,史梦兰在发凡中写道:"四库全书目录先经次史,而史类则先正史,次编年,次纪事本末,次别史杂史,次传载志乘。兹集书目以正史居首,凡书之系于史者,比类登入,遵成例也。篇中间用经语,只注详见某经,不复重赘,而经目亦不备列。惟经翼数种与子集共列史后,以所重在史而经子集乃补史所未备也。故与四库书目微有不同。""古籍流传真伪多不可辨,然有事新采丽行世已久,如刘勰所谓:无益经术,有裨文章者,殆庶几焉。兹并择其言之雅驯者入咏而后世之稗官野乘,用亦准此。""所引诸书间有节目繁多不容挂漏者,必载全文,否则赋诗断章,时加裁翦,断鹤之讥,所不免尔。"依此而言,史梦兰非常注重引述的权威性和准确性,并且对集部文献补史之用之功也有着明确认识。史梦兰《全史宫词》创作既是一部诗歌文集,又是一部贯穿数千年中华文化的简明史策,称为"史诗"也不为过。

---

① (清)史梦兰:《全史宫词》,清咸丰六年刻本,《四库未收书辑刊》第2辑第30册,北京出版社1997年版,第495页。此处引用发凡内容在第495—497页。

史梦兰博览群籍，学深精广，据史用典，恰切精到。《全史宫词》叙写宫闱之事，历代帝王后妃的骄奢淫逸、钩心斗角、尔虞我诈看似小事，实际上都关系着国家兴衰命脉。恰如凡例所言："凡事关宫禁者，大而礼乐制度，细及服食器玩，无不采择，人咏一首之中或专举一事，或连缀数事，鳞次分注，详列书名，并列总目于首，登纪作者姓氏以便查勘。"且曰："三百篇以《关雎》《葛覃》为风始，《关雎》《葛覃》宫词之权舆也。"讽谕劝谏功效自然是史梦兰创作中必不可少的。宫闱之中虽不见金戈铁马吼声，却也有你死我活的残酷厮杀。依此而言，审读《全史宫词》即在通览史册，感悟哲思。自然，历史中具体的个体都不可避免带有时代的局限性。史梦兰深受传统思想影响，对历史人事的评价遵循"正统"史观。比如对于不符合"正统"称帝者，冠以"僭"或"伪"等，而对明末李自成农民起义冠以"匪"，足见传统儒家观念影响至深。虽然史梦兰发凡说"统系，史家最重，兹集虽分正附，止取其次第分明，于正闰之说姑不暇论，以咏史非作史也"。但是结合发凡"历代篇首必载兴亡大略与享国降年之修短，以备参考。汉武以后并详列年号，即僭伪草窃，盗擅名字者亦附载焉"。这还是能够明确表明史梦兰内心是遵循正统史观的。

另外，史梦兰在发凡中还指出："宫词以全史名而黄帝以上概从阙如，或者疑之。然观司马迁作本纪，以黄帝冠首，亦犹删书断自唐虞之意也，兹集遵之。"在另一条发凡中写道："明季自福藩失国，唐藩、桂藩退据闽、粤，鲁藩亦据浙东，虽游魂余魄，几不成君，而胜国一线之脉，未始不藉以少延。乾隆间纂修《通鉴辑览》，已奉特旨于甲申以后附记福王年号并撮叙唐桂二王梗概，刊附卷末。故于四王轶事亦并采择入咏。"还有一条曰："周末列国历代藩王，惟吴楚与明之周藩，旧有宫词之作，外此无闻焉。兹并摘作数十首附于各代之末，至其事迹简略不堪入咏者则从阙如。"[1] 从这三条发凡中不难看出，史梦兰在吟咏对象的时间起止、南明敏感问题、地方藩王地位的处理方面是非常审慎的，各遵其例，皆有出处，避免了因政治态度引来麻烦。这种方式极其巧妙，同

---

[1] （清）史梦兰：《全史宫词》，清咸丰六年刻本，《四库未收书辑刊》第2辑第30册，北京出版社1997年版，第496页。

时也能看出,在晚清时期,文字狱威力已经下降,思想领域控制逐渐放松。

《全史宫词》专论宫闱之事,历史大事、名臣贤士岂能缺而不论?因此,史梦兰在《尔尔书屋诗草》中创作了大量咏史诗,弥补《全史宫词》吟咏宫闱之事的遗憾。结合这两个方面的创作,史梦兰一生藏书读史吟诗的完整文化生活才完整呈现出来。史梦兰在《尔尔书屋诗草》中创作的咏史诗放在后面论述,这里先论述《全史宫词》内容。

史梦兰《全史宫词》之作,在广阔深远的历史叙写评论之中,还融入了深广的社会民风民俗趣闻,在审鉴历史之时,还可扩展知识,丰富阅读兴趣,生发人生感悟。史梦兰《全史宫词》在表面的胭脂氤氲气氛中透漏出血雨腥风、炮火硝烟;在帝王妃嫔们的觥筹光影里更见刀光剑影、亲情悲剧。历史是平静而冷酷的,诉述者却是多情而温暖的,我们阅读这些多情文字,也是五味杂陈,若能有所感悟所得,也不愧先贤们的一片苦心了。

史梦兰《全史宫词》前有郭长清《题词》曰:"黄绢词成碎锦披,毛传骚笺尽搜奇。分行细注蝇头字,例仿南朝杂事诗。"[①] 郭氏已经指出了《全史宫词》与《南宋杂事诗》在体例上的承继关系。

实际上,在康乾时期,由沈嘉辙、吴焯、陈芝光、符曾、赵昱、厉鹗、赵信,七人共同创作的《南宋杂事诗》,就已经采用了诗注结合的形式进行大型咏史诗创作。《南宋杂事诗》在题材上选取南宋杭州史事予以吟咏,每首诗加小注,形象地展示了南宋一百多年间的杭州风貌。其内容既有采自正史、政书的,也有搜及宋朝以来诗词文集的,还有旁及野史笔记、别传方志、金石碑刻的,素材十分广泛,征引文献近千种。每首诗专咏一事,咏之不足,则补以小注。可以说南宋时期发生在杭州的大小事件,只要在清代仍有记载可按者,都从不同角度、在不同程度上得到反映,可以作一代诗史来读。以此而言,史梦兰二十卷《全史宫词》可谓气势恢宏,从黄帝到明末崇祯,展现了四千五百余年历史的多彩画卷,既有政治大事叙写,也有宫中细节刻画,还有民俗风

[①] (清)史梦兰著,景红录,石向骞点校:《史梦兰集》(第六册《全史宫词》),天津古籍出版社2015年版,第2页。

情记载。既突出历代帝王王子，也注意后宫嫔妃宫女，还有众多细民琐闻。作者以史成诗，以诗抒怀写志，读来亲切感人，趣味盎然。与《南宋杂事诗》的一代诗史特性相比，《全史宫词》更是一部波澜壮阔、特色鲜明的中国宫闱通史巨著。

"以史为鉴"是历史唯物主义观点，一直是中国传统文化对待历史的正确态度。悠悠五千年，泱泱《廿四史》，实为世界稀有。而丰富历史遗产，风流人物，一直为咏史创作提供庞大素材。清王朝自康熙五十年《南山集》案起，形势渐变渐恶，已经进入一个非常时期，人们不敢议论时政。在一个动辄以文字得祸的严酷年代，厉鹗及赵氏兄弟等人创作咏史巨帙——《南宋杂事诗》，采用诗注形式表明诗意就是一件很正常的事情了。坐卧于小山堂中创作《南宋杂事诗》的诗人群体，实是清代"盛世"时期，与大有力王权主宰者们相对立而形成的另一种景观。《南宋杂事诗》诗意寄托遥深，则是特殊时代诗人们独特心态的隐晦表现。厉鹗等人生活清高孤独，诗作充满野逸趣味，与所处康乾盛世极不相称。史梦兰生活在清朝晚期，文字狱的硝烟已经渐行渐远，因而敢于吟咏明代史事，尤其是南明历史。史梦兰在《全史宫词》卷二十中分别吟咏了福王、唐王、永明王、鲁监国及诸王。关于这一点。他在《发凡》中解释道："明季自福藩失国，唐藩、桂藩递据闽粤，鲁藩亦据浙东，虽游魂馀魄，几不成君，而胜国一线之脉，未始不藉以少延。乾隆间纂修《通鉴辑览》，已奉特旨，于甲申以后附记福王年号，并撮述唐、桂二王梗概，刊附卷末。故于四王轶事，亦并采择入咏。"① 史梦兰鉴于前代文禁酷烈，抬出乾隆年间编纂《通鉴辑览》附记南明诸王故事作为挡箭牌，是有避祸之意的。当然，他敢于吟咏南明历史的真正原因，还是清末时局纷乱，清政府无力管控社会思想，文网早已松弛。史梦兰最终没有吟咏清代史事，有免祸之心的成分，也是他作为清朝臣子该有的一片忠心吧！《全史宫词》缺少了对有清一代的吟咏，留下遗憾。史梦兰留下的这一空白，经由其后的吴士鉴、夏仁虎、黄荣康、李瀚昌、魏程博、周大烈、杨芃械等人续加补撰，成为真正意义上的通史著作。即便如此，史梦兰创作

---

① （清）史梦兰著，景红录，石向骞点校：《史梦兰集》（第六册《全史宫词》），天津古籍出版社2015年版，第5页。

的《全史宫词》仍然是宫词创作史上毋庸置疑的集大成之作。

《南宋杂事诗》的作者们吟咏历史，采用自注形式进行解释，隐藏着自己的浓重忧虑和对故宋文化的深情。这种体式在上述介绍的宫词创作中多有采用。同时，这一时期的咏史创作集大成之作——罗惇衍《集义轩咏史诗抄》也是自吟自注，似乎能够说明这一时期咏史诗创作的一种趋势。广博的学识、深厚的素养、明睿的史见和杰出的文才正是展示诗人特异才华的一种形式和方法。从某种意义上说，史梦兰《全史宫词》一千五百首与罗惇衍《集义轩咏史诗抄》一千六百首，体量都很庞大，创作数量上旗鼓相当，二人不约而同采用诗注一体的形式，似乎心有灵犀。他们的创作堪称中国咏史创作史上的绝代双骄。他们一南一北遥相辉映，双峰并峙而各具特色，构成清代咏史诗创作集大成文化特色最杰出代表，也成为古典咏史创作最后的绝唱。

在这里对罗惇衍《集义轩咏史诗抄》和史梦兰《全史宫词》进行一些比较研究，从而更好地呈现他们各自的特色和成就，也是向这两位先贤的最好致敬。

罗惇衍《集义轩咏史诗抄》煌煌六十卷的巨著，"仿尤西堂先生《乐府》之例，自作自注"，采用诗注一体的方式，由此不难发现时代风气的影响。《集义轩咏史诗抄》在注释体例上最突出的特点即是笺注采用自注，形式上是注释词、短语，实质注出了相关典故本事，为读者鉴赏、发掘诗歌的潜在旨意起到引导作用。因卷帙庞大笺注体例不尽相同，或每句皆详注，或有详有略，或颇简略。或一句注两处，或整首诗只注两三处，这充分体现出诗集的文献价值和补史之功。罗氏咏史创作前后互现互注手法，较一般诗家尤为高明：一般诗注是后注见前文某处，而罗氏诗注却是前诗注见于后诗之中，足见其在进行咏史创作时，二十四部史书史事全在脑间回环往复，萦绕于心，用事用典本文前后互现。

罗惇衍《集义轩咏史诗抄》共六十卷，是卷帙庞大的通代编年咏史诗集，是集大成时期颇有代表性的作品。此书搜辑史传典故，吟咏自周至明代人物一千六百五十九人，人物类型极为丰富。正如罗氏在自序中所言："圣人外，若历代名贤，若大儒，若真儒，若通儒，若忠臣、直臣、纯臣，若谋臣、社稷臣，若孝子、悌弟，若仁人，若志士，若节烈士，若国士，若辩士，若壮士，若词人学士，若高人逸士，若党人名士，若达人，若智士，若独行之士，若忧谗畏讥之士，若神仙，若神童，若名将，若廉吏，若循吏，若滑稽，若刺客、刑名、法术、方伎、宦官与夫杂家外国者流。"① 人各七律一首，罗氏自注注诗歌内容，题下数语注出所咏之人简略生平，诗后有详细笺注，采用词语训诂形式注出本事，或注出处，或不注，有丰富的史料价值，显示出罗氏深厚的史学功底。

罗惇衍《集义轩咏史诗抄》的编纂理念中呈现出以人臣为核心，以人系事，评人论史的特点，但是显现不出整个王朝兴衰更替的历史演进过程。

一般大型咏史诗集多从五帝甚至传说中的三皇咏起，但《集义轩咏史诗抄》却从东周开始吟咏，夏、商、西周均一人未咏。很多咏史诗集将吟咏帝王置于首位，以期通过对历代统治者或褒或贬的评价，表达自己对现实的不满以及对理想社会的向往。但是《集义轩咏史诗抄》却未咏帝王，罗氏是传统理学家，在其思想中，臣子是不可以议论帝王等最高统治者功过是非的："至若帝王妃后则义之所不当言也。"罗氏不仅不咏天子、皇帝，春秋时期的诸侯国君亦不咏；他极尊圣人，孔子、孟子，甚或孔孟的学生弟子都不在吟咏之列；诗集中未言及任何女性"闺阁列女则义之所不暇言也"，女性根本就没有跃入其吟咏视野。

罗氏在自序中提及其诗集是仿曹振镛②、谢启昆③、鲍桂星④、王廷绍⑤的咏史七律而作。其中曹振镛《话云轩咏史诗》二卷，亦是不咏帝后，始于季札，终于史可法，共二百首；谢启昆《树经堂咏史诗》八卷，

---

① （清）罗惇衍：《集义轩咏史诗抄》自序，清光绪元年刻本，影印《续修四库全书》第1542册，上海古籍出版社2002年版，第536页。

② 曹振镛（1755—1835）字俪笙，号怿嘉，清安徽歙县人，为人谨慎、持重。著有《纶阁廷辉集》《话云轩咏史诗》等。道光十五年卒，道光帝亲临吊丧，下诏褒恤，赐谥文正，入祀贤良祠。

③ 谢启昆（1737—1802）字良璧，号蕴山，又号苏潭，江西南康人。著有《树经堂集》三十五卷，内有《咏史诗》八卷，嘉庆间刻，现藏于中国国家图书馆、上海图书馆。其《树经堂咏史诗》有树经堂单行本，道光乙酉刊于吴下，现藏于北京大学图书馆、山东省图书馆。

④ 鲍桂星（1764—1826）字双五，一字觉生，号双湖，又号琴舫。自称黄海雪渔，安徽歙县人。用司空图说，辑唐诗品八十五卷。撰有《觉生诗抄》十四卷，附《咏物诗抄》四卷、《感旧诗抄》二卷、《咏史诗抄》三卷。其《咏史诗抄》又名《觉生咏史诗抄》，刊入《观古阁丛刻》。

⑤ 王廷绍字善述，号楷堂，北京大兴人。曾师事纪昀。撰有《澹香斋咏史诗》，并依话云轩删去宫闱。

始于秦始皇，终于元顺帝，共五百一十五首；鲍桂星《觉生咏史诗抄》三卷，自周至明史可法，品评得失；王廷绍《澹香斋咏史诗》，起于庄周，终于倪瓒，共二百二十三首。

史梦兰《全史宫词》结构为诗前有历朝历代兴亡更替概述，中间为宫词，后面引用史籍典章故事，加以注释说明。如《全史宫词卷三·三代》中夏：

夏

夏，大禹姓姒，崇伯鲧之子，颛顼六世孙也。受舜禅践天子之位于安邑，在位八年崩。子启立，九年崩。子太康立，十九年为羿所拒，遂都阳夏，二十九年崩。羿立其弟仲康，十三年崩。子相立，为羿所逐，居商丘，八年寒浞杀羿而代之，二十八年杀王于商丘。四十年，夏遗臣靡讨浞诛之，奉相子少康践位归故都，二十一年崩。子杼立，十七年崩。子槐立，二十六年崩。子芒立，十八年崩。子泄立，十六年崩。子不降立，五十九年崩。弟扃立，二十一年崩。子廑立，二十一年崩。不降之子孔甲立，三十一年崩。子皋立，十一年崩。子发立，十九年崩。子癸立，五十二年为汤所放，国亡。计十七王，凡四百三十九年。

【宫词】厖厖狐尾应歌谣，阴教初开付女娇。
　　　　犹忆涂山朝会夕，风雷金甲抹红绡。

【简释】《吴越春秋》载，禹三十未娶，行到涂山，恐时之暮，失其制度，乃辞云："吾娶也，必有应矣。"乃有白狐九尾，造于禹。禹曰："白者吾之服也，其九尾者，王之证也。"涂山之歌曰："绥绥白狐，九尾厖厖。我家嘉夷，来宾为王。成家成室，我造彼昌。天人之际于斯，则行明矣哉。"禹因娶涂山，谓之女娇。

《中华古今注》载，昔禹王集诸侯于涂山之夕，忽大风雷震，云中有甲步卒千余人，中有服金甲及铁甲者。不披甲者，以红绢抹其头额。禹王问之，对曰："此抹额盖武士之首，服皆佩刀，以为卫从。"乃是海神来朝也。红绢，又称红绡帕。①

史梦兰《全史宫词》的结撰理念则是通览一朝盛衰演进的大致轨迹，进而围绕后宫琐闻，进行概括吟咏，侧重于某一历史事件的详细追叙。同样在注释上，史梦兰也在突出历史事件前因后果的叙述。而罗惇衍似乎更注重诗中典故的详细注释，侧重于历史人臣一生是非功过的评判。因而，在《全史宫词》中所吟咏的内容凸显了以朝代为核心的特点。具体如下：

卷一，黄帝；卷二，五帝，含少昊金天氏，颛顼高阳氏，帝喾高辛氏，帝尧陶唐氏，帝舜有虞氏；卷三，三代夏商周；卷四，东周列国；卷五，秦；卷六，汉，附刘元、刘盆子、诸王、新莽；卷七，后汉；卷八，三国魏蜀吴，附诸王；卷九，晋；卷十，十六国，前赵、后赵、前燕、前秦、后燕、后秦、南燕、夏、前凉、蜀、后凉、北凉、西秦、南凉、西凉、北燕；卷十一，南朝，宋、齐、梁、陈，附诸王；卷十二，北朝，魏、齐、周、隋，附诸王；卷十三，唐，附诸王；卷十四，五代，梁、唐、晋、汉、周；卷十五，十国，吴、南唐、前蜀、后蜀、南汉、楚、吴越、闽、荆南、北汉；卷十六，宋；卷十七，南宋；卷十八，辽金，附伪楚、伪齐；卷十九，元，附伪周、汉、夏；卷二十，明，附诸王。

罗惇衍不写帝王，而史梦兰则只写宫闱琐事，貌似琐屑，实则大有深意。史梦兰通过咏史诗创作，充分发挥历史鉴戒意义。恰如许乃普《序》曰："令阅者晓然于正变之义，慨然于治乱之故，四千年兴亡一辙，莫不为之击节而歌、掩卷而泣。"② 史梦兰已具有先进的历史观，其在《发凡》中说："统系，史家最重。兹集虽分正附，止取其次第分明，于正闰之说姑不暇论，以咏史非作史也。"史梦兰对历史上为国发展作出重要贡献的女性予以赞美颂扬。如齐桓公时的卫姬：

---

① （清）史梦兰：《全史宫词》，清咸丰六年刻本，《四库未收书辑刊》第 2 辑第 30 册，北京出版社 1997 年版，第 515—516 页。

② （清）史梦兰著，黑土水秀校注：《全史宫词》，大众文艺出版社 1999 年版，书前影印插页。

【宫词】内宠共姬外嬖貂，淄渑岂果味能调。
　　　　贤妃恐惹诸侯笑，独听鸡鸣劝早朝。

【简释】《淮南子》载，俞儿易牙淄渑之水合者，尝一合水而甘苦之矣。

《孟子·疏》载，淄渑二水为食，易牙亦知二水之味，桓公不信，数试始信。

《吕氏春秋》载，桓公会诸侯，卫人后至，公与管仲谋伐卫。退朝而入，卫姬望见君，下堂再拜，请卫君之罪，公曰："吾与卫无故，子何为请？"对曰："妾望君之入也，足高气盛，有伐国之志也。见妾而有动色，伐卫也！"明日公朝，揖管仲而进之。管仲曰："公舍卫乎？"公曰："仲文安识之？"管仲曰："君之揖朝也，恭而言也，徐见臣而有惭色，是以知之。"公曰："善。仲文治外，夫人治内，寡人知终不为诸侯笑矣！"

《诗传》载，桓公好内，卫姬箴之，赋鸡鸣。①

诗歌高度赞扬了卫姬在规谏齐桓公治理国家中所发挥的重大作用。由此可见，在中国传统家国观念、"家和万事兴"的影响之下，宫廷女性要辅佐君王治理国家，地位重要。这也能够表明史梦兰较为先进的女性观，能够尊重历史事实，给予女性崇高评价，肯定中国传统女性在家国治理中隐形而伟大的贡献，不似罗惇衍不吟咏女性人物。

当然史梦兰也能辩证看待如下问题，诸如君王沉迷女色荒淫误国、奢靡败国、后宫争斗、宦官专权、外戚干政等问题。这在诗歌吟咏中也都有所呈现。如《全史宫词》卷六《汉》中吕雉残害戚夫人的历史悲剧：

【宫词】击筑弹琴意暗伤，惊心野雉妒鸾凰。
　　　　楚歌楚舞浑无赖，那有商山辅赵王。

【简释】《西京杂记》载，戚夫人善鼓琴击筑，帝常拥夫人，倚瑟弦，歌毕，每泣下流涟。

---

① （清）史梦兰：《全史宫词》，清咸丰六年刻本，《四库未收书辑刊》第2辑第30册，北京出版社1997年版，第523页。

《史记·吕后本纪注》载，汉书音义皆讳雉，因其吕后，名雉。韩愈《讳辨》载，汉讳吕后名，雉为野鸡。

《史记·张良传》载，帝欲废太子，立戚夫人子赵王如意。留侯谏，不听。及宴置酒，太子侍，四人从太子，须眉皓首，衣冠甚伟。帝召戚夫人指示曰："彼羽翼已成，难动矣！"戚夫人泣。帝曰："为我楚舞，吾为若楚歌。"①

这既是宫廷中残酷斗争悲剧的呈现，也是后宫女性生存悲剧的体现，完全就是一出社会悲剧的展演。吕雉用尽计谋残害戚夫人，保全生命和地位，留给后人残横歹毒的形象；那么戚夫人在刘邦面前楚楚可怜的表演，不也是为了赢得生存和荣华富贵吗？那么，后人又怎么知道戚夫人赢得太子之争后的行为呢？难道不会是另一个吕雉吗？在经历了生死的严酷威胁后，人心是不是都会扭曲，这也道出了一个普遍性的社会问题。

《全史宫词》从出版到发行，轰动京畿、京东，以至全国文学界、史学界，出版前后收到高官、名士的序言、题辞就达二十四份，以后之赞语尚不可计。

《全史宫词》不仅文学价值高，而且史学价值更高。马洪庆题辞赞其"往事可师惩劝在，直将金鉴烛千秋"；常守方题辞赞其"褒讥具有春秋笔"，又一首题辞赞其"百代兴亡一刹那，词成千首尽包罗"；魏燮均题辞说"权作史官具只眼，要从宫闱看兴亡"；叶道芬题辞赞其"四千年事千秋鉴，宫史可当资治篇"，"开端本纪五帝先，辞坛合唤司马迁"。②

丘良任《历代宫词纪事》书中这样评价史梦兰《全史宫词》："我国现尚未有一部完整的宫廷史，却有了这样一部用诗写成的历代帝王宫廷生活的实录，这是一件了不起的事。无论从诗学来说，或是从史学来说，都是值得重视的。"③

据天津徐世銮《〈全史宫词〉书后》称："当年此书一出，朝鲜贡使

---

① （清）史梦兰：《全史宫词》，清咸丰六年刻本，《四库未收书辑刊》第2辑第30册，北京出版社1997年版，第532页。

② （清）史梦兰著，黑土水秀校注：《全史宫词》，大众文艺出版社1999年版，书前影印插页。

③ 丘良任：《历代宫词纪事》，暨南大学出版社1995年版，第21页。

即于京肆购数十部以去。白傅诗价重鸡林，良堪媲美。燕山孙诗樵《馀墨偶谈》极重此书，河间冯晓亭孝廉直以为古人之作。銮辑《宋艳》亦曾引卷中之诗，并取故实数条。"①

史梦兰创作出宏著《全史宫词》，而且在《尔尔书屋诗草》中创作了众多咏史组诗，把两者结合起来，才能全面了解史梦兰对历史的喜爱，在咏史诗创作上的突出才华和他借史鉴今关心国事的伟大胸怀。

史梦兰《尔尔书屋诗草》中咏史创作内容主要有以下几方面。卷一四言诗《下酒谣有序》写道："余性喜读史，偶检班范两书有所触发，辄以四言八句衍之，共得三十四首，名曰下酒谣。亦取苏子美汉书下酒之意云。"可见史梦兰生活中读史吟诗竟也是一种人间美味，省了下酒菜。史梦兰的文人雅意生活恰恰是对历史诗歌的真喜欢，是一种真性情的呈现。而其诗歌也非泛泛而咏，喜怒褒贬，现于笔端，真气淋漓。如其三："哀哀人彘，死以野鸡。妬妇之毒，竟至于斯。赵王苍狗，人或疑之。不见彭生，豕又而啼。"对于吕雉的妒毒描写可谓入木三分，也可想见作者写作时义愤填膺之情。再如其四："亡秦苛法，除自入关。三章之约，百姓欢然。何以肉刑，孝文始蠲。武之蚕室，犹有腐迁。"②对于西汉几位明君的评价，较为客观公正。史梦兰《尔尔书屋诗草》卷一中有五言古体诗《旒言》四十二首，咏史为鉴的目的更为突出。其序云："旒之云者，赘旒之谓也。寒夜围炉独坐，追忆旧闻，参以阅历，偶有所触，辄以韵语写之。所言皆古人所已言，亦皆凡人所能言。言之可也，不言之亦可也。故概谓之旒言云。"读此，史梦兰似乎是在总结人生经验，似乎是人人皆可言而皆不言的小事，其是并非如此。这种经验是通过历史事件来说明，是人能懂得但不是人人都能言的。史梦兰的史识、哲思、诗才在此综合呈现出来。例如："天子称独夫，匹夫称素王。人心所归往，不在富与强。积善有余庆，积恶有余殃。秦皇肆并吞，难免二世亡。"不可否认，史梦兰是在总结人生经验，强调人心积善，但是对历史事实的

---

① （清）史梦兰著，景红录，石向骞点校：《史梦兰集》（第六册《全史宫词》），天津古籍出版社2015年版，第579页。

② （清）史梦兰：《尔尔书屋诗草》，清光绪元年止园刻本，《清代诗文集汇编》第654册，上海古籍出版社2010年版，第327页。

总结不也很精到吗？敢说出"天子称独夫"这种言论，诗人也算胆大吧！再如"笑骂由他人，好官我自有"不是很豁达吗？再如："安石行新法，子劝斩富韩。秦桧害武穆，妻言放虎难。向使不助虐，岂必成大好。父贵有诤子，夫亦望妇贤。"① 这种高瞻远瞩的历史经验总结，不正是历史留给我们的巨大财富得到了正确的开发吗？

　　史梦兰在《尔尔书屋诗草》卷四中用七言律创作《咏史诗》共五十首，吟咏人物从春秋时期范蠡到明代杨继盛。诗歌对忠臣义士、佞臣贼子都有所吟咏，可以称为一部小型的诗歌体史书了。如四十九《于谦》诗曰："晋国安危系吕饴，一腔热血有谁知。南宫复辟论功日，东甫朝衣授命时。馌马君同鹡鸰辱，无鱼臣苦鹭鹚饥。漫将于妾嗤文曜，阉党干儿较逊兹。（兵部侍郎项文曜媚附肃愍，行坐不离时日，为于谦妾。见明季小说。）"② 对于于谦的悲剧有着较为清醒的认识。此外，还有《平滦咏古》（十首）、《读史杂感》（八首）、《读史杂咏》（七首）等咏史组诗创作。对于如此丰厚的咏史创作，诗人在卷五《四十自述》中说："青灯常守旧烟萝，四十年华逝水过。世路寒暄真意少，名场驰逐后生多。托身欲借娜嬛地，随分皆成安乐窝。屈指廿年何所事，策勋强半在吟哦。"③ 正是嗜史成癖，吟诗如命，才促成史梦兰如此成就。其《六十自述用四十自述韵》诗曰："槐安一梦绕檀萝，周甲光阴眨眼过。紫陌春花新景换，青山宿草故人多。涉园幸未荒松径，筑室何妨号菜窝。最喜同堂今五世，寿章间向北堂哦。"④ 人生恍如一梦，六十年间弹指一挥，辞官归隐的生活很是自得如意，正是这份与世无争、潜心史书、辛勤创作的不懈付出，才有如此丰厚的文学遗产留下来。

　　此外，史梦兰还在卷六创作《咏史小乐府俱明末事》（八首）其二《不凡人》写道："流寇陷京师，钱位坤赴部时语人曰：'我明日此时便非凡人矣。'"京师有《不凡人传》。其诗曰："管魏何人斯，群然相附和。似此不凡人，佳传凭谁作。"讽刺意味极为浓烈。再如《圆圆曲》："洗尽

----

① （清）史梦兰：《尔尔书屋诗草》，清光绪元年止园刻本，《清代诗文集汇编》第654册，上海古籍出版社2010年版，第339—342页。
② 同上书，第372—373页。
③ 同上书，第377页。
④ 同上书，第382页。

铅华气，黄冠望若仙。谁知邢太太，却是陈圆圆。"① 不也是在如此戏剧性的刻画中充满鞭挞意味吗？史梦兰在《咏息妫事并序》（案《韩诗外传》楚伐息，虏其君，使守门。夫人赋大车之诗要息君同死。其说与《春秋左氏传》异。刘向《列女传》亦主是说。陈退庵《颐道堂文抄》有《桃花夫人庙书事》一篇。其文甚辩，谓堵敖成王非夫人所生，既非夫人所生则无不言生子之事，无不言生子之事则左氏不足信，而韩诗刘传为可□（原书缺）矣。余作楚宫词，初本《左传》，今补正于此。）诗曰："同穴相要赋大车，定应有泪湿桃花。三年生子无言笑，盲左从来语近夸。"② 结合《全史宫词》，不难发现，这种带序作注的诗歌创作方式有一种浓浓的考据意味，既是显才使能的表现，也是史家严谨的体现，更是诗家创新的良好素材。这几种因素结合在一起，就构成作者一种无意识的创作行为习惯。这既是时代余风熏陶的结果，也是伟大诗人追求自我完善提升的标志。这一点，还可以从史梦兰《尔尔书屋诗草》卷八六言诗《放言百首》和所附全韵诗得到证明。

　　史梦兰《放言百首》可称为六言咏史诗集大成之作，诗歌创作体式基本固定，前两句写史事，后两句总结经验教训。例如："唐皇结风流阵，汉帝老温柔乡。倾城即以倾国，色荒甚于禽荒。"再如："马融颂梁冀第，陆游记佗胄园。才名大为身累，戒哉失足权门。"③ 这种用诗进行社会历史经验总结，总是形象充实，娓娓道来，生动感人。

　　史梦兰《附全韵诗》序言曰："分韵赋诗，昔贤所尚，然未有分赋全韵者。同治庚午夏，李君荫香于其宅西筑清音园成。适值沼莲盛开，大会宾客。以上下平三十韵分之座客，约各赋五言全韵排律一首。余分得首韵，继又于上去入中阄分三韵，一时作者傅会牵拉，几令风雅道苦。夫杜陵创百韵，不免铺张之迹。昌黎斗险韵，亦涉苟难之嫌。况后人才学，远不逮古人，而又迫之以题境之狭隘，韵字之杂沓。无计腾挪，不容趋避，纵使句可锵金，安能章成完璧。余破四日工，成诗四首。本不

---

　　① （清）史梦兰：《尔尔书屋诗草》，清光绪元年止园刻本，《清代诗文集汇编》第654册，上海古籍出版社2010年版，第387页。
　　② 同上书，第406—407页。
　　③ 同上书，第419—420页。

足存，猥以当日兴会所至，安章宅句不无少费匠心，因附之篇末，用增后来谈艺者之话柄焉尔。"① 读此序言，史梦兰诗才足见，也能看出其诗歌主张，要抒发真情实感，不做无病呻吟，诗歌创作是一项严肃的工作，不能随意儿戏。史梦兰深知分韵赋诗的创作难度，况且是全韵诗创作，其中境况就更可想而知了。但是史梦兰没有畏惧，耗费四天时间做出来了，足见其对于诗歌创作一片真情和认真态度，也能看出史梦兰的大才情，更有一种坚毅精神。由此也不难理解史梦兰创作《全史宫词》的内在精神气质，以及《尔尔书屋诗稿》八卷等众多文学著述，基本都是精品的原因所在了。

史梦兰创作的《全史宫词》成就尤为突出，堪称古代文学史上第一部以宫词形式，讽咏了从黄帝至明末崇祯以来的"正变之义""兴亡之故"，内容宏大，形式独特，共计有诗一千五百首，诗下详列史实，旁征博引，兼具文学性、思想性和史料价值，堪称此一时期咏史诗创作的又一巨著。时人有"诗之教""史之才"的评价。《全史宫词》在史梦兰生前就已经远播朝鲜、越南，声名远播，影响巨大。史梦兰堪称一位优秀诗人，其《尔尔书屋诗草》存诗一千余首，是他本人严格筛选，所收诗歌几乎全为精品，集中有大量咏史诗，可以视为《全史宫词》意犹未尽的极好补充。史梦兰足可称为清代后期河北诗歌史上的一位大家。

总之史梦兰咏史创作可谓各体皆善，从五言律绝到七言律绝，从四言到六言，从乐府宫词到全韵诗，无所不能，并且诗作内容往往新见叠出，别具一格，使人眼前一亮犹如醍醐灌顶，天下大道顿然明豁，启人心智，开阔心胸，增长见识，意义非凡，真可谓咏史诗创作的大家。

太平天国运动被镇压之后，清朝出现了廷臣所谓的"同治中兴"局面。中兴功臣如曾国藩、张之洞也都有咏史创作。而且曾国藩对于咏史创作的功用还有着独到高见。曾国藩在写给儿子的信中，对咏史诗在教育孩子中所起到的作用进行了说明："同治五年八月初三日：字谕纪泽鸿，接纪泽两禀，并纪鸿及瑞侄禀信八股，两人气象俱光昌，有发达之概。惟思路未开，作文以思路宏开为必发之品。意义层出不穷，宏开之

---

① （清）史梦兰：《尔尔书屋诗草》，清光绪元年止园刻本，《清代诗文集汇编》第654册，上海古籍出版社2010年版，第422页。

谓也。余此次行役，始为酷热所困，中为风波所惊，旋为疾病所苦，此间赴周家口尚有三百余里，或可平安耳。尔拟于《明史》看毕，重看《通鉴》即可，便看王船山之《读通鉴论》。尔或间作史论或作咏史诗，惟有所作，则心自易入史，亦易熟，否则难记也。"① 强调通过创作咏史诗来增进对历史知识的学习，加深记忆，增进了解，从而为作文章打开思路，才能做到意义层出不穷。可见咏史创作在整个八股科举考试中所起到的重要作用。因此，曾国藩一再强调孩子们要坚持作咏史诗。曾国藩在《致邓寅阶》信中写道："小儿辈久坐春风，岁异月新，感荷实深。明岁，仍求设帐敝斋，俾儿辈有所成就，至祷至恳。试帖诗，馆阁中所极重。国朝推吴谷人先生为第一名家，其诗无美不备。弟尤爱其咏史诗与七十二候诗。阁下近年为小儿讲解通鉴，请即于通鉴中出题课试帖诗，三八课期以外，另添一六课期。三八以通鉴题为试帖，仿吴谷人氏咏史之作。一六以写景题为试帖，仿吴氏七十二候之作，二者并进则宜古宜今矣。"② 就连试帖诗也要用创作咏史诗的方式进行，足可见创作咏史诗的科举功效。我们不可否认，曾国藩在这里所总结的读史创作咏史诗与科举考试之间的密切关系是有道理的，也是切实可行的。实际上在此之前，如前文所述，读书人中间也有人一直如此实践。杨钟义《雪桥诗话续集》说："清瑞读书强记，诗文祖祢齐梁，出入四杰。庚子，暨阳书院诸士朋试于树人堂，学使刘文清命十二题分咏吴中古迹，不数刻交卷，文清诵之击节。"③ 这条记载，也能说明咏史创作已经成为学子们科举练笔的重要题材之一了。

曾国藩戎马一生，咏史诗创作不多，代表性作品《留侯庙》一诗写道："小智徇声荣，达人志江海。咄咄张子房，身名大自在。信美齐与梁，几人饱载醢。留邑兹岩疆，亮无怀璧罪。国仇亦已偿，不退当何待。郁郁紫柏山，英风渺千载。遗踪今则无，仙者岂予给。曷来瞻庙庭，万山雪皑皑。赤日岩中生，照耀金银彩。亦欲从之游，惜哉吾懒怠。"④ 生

---

① （清）曾国藩：《曾文正公家训》卷下，清光绪五年传忠书局刻本。
② （清）曾国藩：《曾文正公书札》卷九，清光绪二年传忠书局刻增修本。
③ 钱仲联主编：《清诗纪事》乾隆朝卷，江苏古籍出版社1987年版，第6579页。
④ （清）曾国藩著，王澧华校点：《曾国藩诗文集》，上海古籍出版社2005年版，第38页。

动叙述了张良一生的丰功伟业，并且极力肯定他能够洞察世态，积极隐退，保全性命，从而赢得千秋不朽盛名。曾国藩在诗中进而表达了自己心向往之的心情，只是谦虚地说因为自己的懒惰而不能与之同行，实际上是自己军务在身，尚且没有能够做到功德圆满，又怎能半途而废呢？此诗能够将议论叙事、抒情写景融为一体，显示出曾国藩作诗的较高水准。曾国藩另有《题杨忠愍公二疏手草》四言咏史诗，也较有特色。

张之洞一生创作咏史诗有三十六题八十六首，多对忠爱之士、社稷之臣进行叙写表彰。如《浣花溪》："乾隆下诏访蜀故，礼壁石室均渺茫。君平卜肆更无考，赵录乐记乌能详。独有城西浣花宅，至今门前溪水香。经术道德皆寂灭，世人所爱徒文章。文章小技胡能尔，颠倒百代笼三唐。此老落笔与众异，忧国爱主出肝肠。胡羯恣睢蕃回哄，收京问寝无时忘。敦本好贤念故旧，臧获鸡虫皆恐伤。乞钱辛苦作草阁，苟完岂能免凄凉。今日朱甍映绿水，满径竹露围花光。身居两载甚仓卒，栖神独与江山长。岂是诗笔吐光焰，实惟忠笃通穹苍。即论爱文亦美俗，岩穴老生皆激昂。鄙哉大桥题驷马，徒以富贵骄其乡。"① 诗人善于在对比中对杜甫的人品道德及诗歌文章进行定位，既能够看到杜甫怀才不遇、穷困落魄的不幸一面，更关注其瑰丽之诗，忠君之心，爱国之情，与天地共存这些更引人注目的美好一面。

张之洞在《（光绪）顺天府志》卷一百二十六艺文志五介绍《王廷绍澹香斋咏史诗一卷》时说："咏史诗起庄周迄倪瓒共二百二十三首，沈郁顿挫，议论所到，笔力崭然。其自序云：昔人谓作史宜兼才学识三长，易而为咏则有不能径遂者矣。乐府五七古可以己意为驰骤，束之于七律，又有不能径遂者矣。或雪夜篝灯，或冰晨呵管，或发豪情于酒盏淋漓之下，或寄苦调于五更布被之中，是非惧谬于圣人，歌泣欲通乎千载，观此可知其搜抉之苦心也。"② 可见张之洞对咏史创作甘苦了解之深。其《读宋史》诗曰："南人不相宋家传，自诩津桥惊杜鹃。辛若李虞文陆辈，

---

① （清）张之洞著，庞坚校点：《张之洞诗文集》卷三，上海古籍出版社2008年版，第93页。

② （清）张之洞：《（光绪）顺天府志》卷一百二十六艺文志五，清光绪十二年刻十五年重印本，《续修四库全书》第686册，上海古籍出版社2002年版，第647页。

追随寒日到虞渊。"① 宋初曾有南人不得为相,否则天下大乱的说法。此事暗指王安石变法而搅乱天下的历史故事。作者实际上是借此对当时满汉朝臣间微妙关系的一种反映。作者认为满汉一体,才能共度时艰,实现国家繁盛,以史为鉴,借古讽今,明喻满汉融合的重要性,借古鉴今之意十分恰切。另外,张之洞还有《读史绝句》二十一首,《咏古诗》十四首评论史事,褒贬人物,其中不乏真知灼见。总体而言,张之洞精通经史,对历史人物功过多有独特见解,而评论历史人物、事件,往往寄寓着对历史与现实的深沉思考,既表现出政治卓见,又体现出史学修养。

张之洞不仅有较多的咏史诗创作,而且还有与友人樊增祥的唱和组诗。这也可以说是前一时期咏史唱和兴盛局面的时代缩影吧!

樊增祥与易顺鼎可谓这一时期,诗歌创作界的代表人物,世称"双雄"。樊增祥喜欢写诗,一生创作多达三万首,其中有咏史诗五十八题一百四十三首,登临怀古,吊古感伤,一寓于诗。另外,樊增祥曾与诗人胡研荪、易湘农相约创作《咏古诗》,仿《西昆集》中的秦皇、汉武诸篇,各自赋诗六十首。樊增祥所作如《项王》:"叱咤风雷宇宙惊,诸侯俯首受齐盟。眼看灞上君臣去,手挈江东子弟行。尺组击来秦孺子,哀弦泣遍鲁诸生。重华苗裔分明是,千载虞兮姓未更。"② 既赞叹项羽叱咤风云,一统诸侯的英雄气概,又对其坐失良机,败亡乌江的结局表示同情。

易顺鼎一生总计创作诗歌一万余首,其中咏史诗计有九十二题二百二十二首。易顺鼎往往在山水景物中融入怀古幽情,追慕先贤与风云人物,评议历史事件,寄寓对历史与现实的深沉思考。他还创作了大型咏史组诗《咏古诗六十首同樊山作》,评古论今,意新语工,识见高妙。如《明弘光》诗:"如此乾坤太可怜,小朝廷是奈何天。桃花士女桃花扇,燕子儿孙燕子笺。冯玉岂知为马玉,阮圆真不及陈圆。要他了结南朝局,衰柳秦淮弄晚烟。"③ 诗人综论南明弘光小朝廷,讽刺其君臣上下离德离

---

① (清)张之洞著,庞坚校点:《张之洞诗文集》卷四,上海古籍出版社2008年版,第185页。

② (清)樊增祥著,涂晓马、陈宇俊校点:《樊山续集》卷二五,上海古籍出版社2004年版,第1569页。

③ (清)易顺鼎著,王飚校点:《琴志楼诗集》卷七,上海古籍出版社2004年版,第774页。

心，腐败荒淫，最终也像六朝一样灰飞烟灭。但是二人咏史之作，大都为中小型咏史组诗，没有百首以上的大型连章咏史创作，自此也可窥见此一时期咏史创作的衰落情形。

龚自珍的咏史诗创作不是很多但往往能别出心裁，独具一格。如其名作《咏史》写道："金粉东南十五州，万重恩怨属名流。牢盆狎客操全算，团扇才人踞上游。避席畏闻文字狱，著书都为稻粱谋。田横五百人安在，难道归来尽列侯。"① 诗人通过吟咏南朝史事，感慨起兴，总结清代前期的文字狱对文人的思想压制，形成"万马齐喑究可哀"的沉闷局面。文人著述，重于历史考据，埋头故纸堆，不理世事。这可以说是作者对前代历史的一种深刻总结与反省，因此才有"我劝天公重抖擞，不拘一格降人才"的殷切期望，渴望文人才子们尽快从这种社会环境中走出来，关注时事，努力学习"经世致用"学问。这也是一代敏锐思想家们的共同期待。再如《读〈公孙弘传〉》："三策天人礼数殊，公孙相业果何如？可怜秋雨文园客，身是赀郎有谏书。"② 采用对比手法，对公孙弘与司马相如的一生事迹进行概括评判。作者批评和讽刺公孙弘虽然受到汉武帝特殊礼遇，加以重用，但在政治上毫无建树；对司马相如仅被武帝视为侍从文人而深表同情的同时，却对其能以曲终奏雅的方式劝谏武帝而尽到社会责任予以肯定。全诗可谓视角新颖，史见独到。

魏源有咏史诗十二题四十四首，多为联章吟咏数首至十多首的小型组诗。杰作如《朱仙镇岳鄂王庙作》："造物积古今，元气结胚胎。中原旷莽荡，一镇崔复嵬。岂必形崔嵬，突兀涌奇怀。隐立宇宙心，扶此人极颓。古祠苍桧阴，落日寒鸦堆。恭惟忠孝人，英气寂不回。不回亦谁知，檀马闻风雷。直北望中原，万里黄河来。终古流不尽，此恨胡为哉！"③ 凭吊古迹，想见古人，歌颂民族英雄岳飞精忠报国之毅志，叹息其不遇明君、含冤而死的千古遗恨。再如《于忠肃祠》："毕竟功成始属镂，君臣远胜靖康秋。至今白马非胥种，于浪前头岳坟后。"④ 缅怀忠臣

---

① （清）龚自珍著，王佩诤校：《龚自珍全集》第九辑，上海古籍出版社1999年版，第471页。

② 同上书，第450页。

③ （清）魏源：《魏源集》，中华书局1976年版，第597页。

④ 同上书，第836页。

于谦，谴责明英宗忠奸不分、以怨报德的愚蠢行为。与魏源主张改革的政治思想相一致，有些咏史诗就是为表达已见的有为之作，借古讽今，以揭露保守派墨守成规、愚昧腐朽的思想行为。其咏史组诗主要有《嗟古吟八首与陈太初修撰为连日谈史而作》《关中览古》五首、《观往吟》九首、《金陵怀古》八首等。另外，魏源创作《皇朝武功乐府》十四首，专咏清初史事。其主题虽是为清王朝在开国之初实行武力统一的军事活动进行歌功颂德，但也寓含着要求加强军事力量以打击西方列强入侵的现实意义。

康有为作诗，题材广泛，意境开阔，创作咏史诗三十九题四十九首。如《读史记刺客传》："封狼当道狐凭社，竟卖中原起沸波。迁史寸每尊聂政，泉明诗咏慕荆坷。要离有绿谁能近，博浪无椎可奈何！羞甚苍生四百兆，岂闻一客剑横磨。"① 在吟咏古人中流露出对当代社会民生的忧虑，非为咏史而咏史，而是以古慨今。其他如《西湖谒岳武穆祠墓》《谒于忠肃公祠》《秦始皇冢》等，也都由古迹发兴，写得慷慨激昂。另外，康有为的踪迹遍布欧亚各大洲，还创作了不少域外咏史诗，如《罗马怀古》《罗马访四霸遗迹》《游花嫩冈谒华盛顿墓宅》等，追怀外国历史名人凯撒大帝、华盛顿等。

丘逢甲《岭云海日楼诗抄》中有咏史诗四十二题七十三首，多叙写史事，吟咏前贤中寄托忧时济世的怀抱。如《咏史四绝句和晓沧》《读史书感》等，是对历史人事的浓缩和概括，颇有尺幅万里之精妙。丘逢甲咏史诗的主题主要表现为缅怀民族英雄，颂古寄怀，抒写英雄气概，倾注爱国的英气豪情。如《谒明孝陵》："郁郁钟山紫气腾，中华民族此重兴。江山一统都新定，大纛鸣笳谒孝陵。"② 表面上是咏朱元璋驱除蒙古人，实则表达对中华民族复兴的美好祝愿。其他如《己亥五月二日东山大忠祠祝文信国公生日》《莲花山吟》《和平里行》等高度颂扬文天祥"力支残局"的英雄业绩，以寄寓个人的报国热情。

谭嗣同《谭嗣同全集》中有咏史诗十二题二十五首，多为有感而作，

---

① （清）康有为撰，姜义华、张荣华编：《康南海先生诗集》卷六《须弥香亭诗集》，中国人民大学出版社2007年版，第228页。

② （清）丘逢甲：《岭云海日楼诗抄》卷一三，上海古籍出版社1982年版，第325页。

辞意蕴藉，慷慨深沉，在评古论今中寄寓人生抱负。如《淮阴侯墓》："得葬汉家土，于君已厚恩。黥彭俱化醢，暴露莽秋原。"[1] 以高度凝练的语言、短小精悍的体式，揭露汉高祖大肆屠杀功臣的罪恶。谭嗣同还有咏史组诗《咏史七篇》《秦岭》《秦岭韩文公祠》等，或吟咏赵武灵王胡服骑射，或慨叹萧何功高遭忌，或叹惜楚怀王昏庸误国，或咏赞韩愈文起八代之衰，语简意新，慷慨陈辞。

这一时期也是国人睁开眼睛看世界的时候，随着一批又一批的学子诗人走向国门之外，视野的扩大，见解的开拓，咏史创作在题材内容上也得到拓展，作品之中往往掺杂着中外史事，特别是对他国历史发展上勇于改革的先行者热情赞扬，寄寓着作者们革新强国、洋为我用、实现祖国富强的美好愿望。并且希图唤醒国人能够面对残酷现实，奋发图强，积极努力，有所作为。因此在这个时候，诗人们的咏史创作就有了新的社会政治功能，加强政治宣传。如黄遵宪《近世爱国志士歌》组诗十一首、《赤穗四十七义士歌》等即是代表。再如连横《剑花室外集》之中有《咏史》一百三十首，就是从吟咏法国卢梭到日本西乡隆盛，再从中国古代秦始皇吟咏到近代陈天华，几乎遍及古今中外的著名历史人物，从而来表达作者在遭受列强压迫下，渴望国家早日强盛的美好心愿。

在这一时期，还值得注意的就是女作家的咏史创作，出现了一位咏史创作大家——赵棻（1788—1856），紧随前一时期的季兰韵（1793—1848）、汪端（1793—1839）而成就了古代女作家咏史创作的最后辉煌。这与女诗人独立解放的思想是紧密相连的。赵棻创作有《读史杂咏》三十首、《南宋宫闺杂咏一百首》等咏史组诗。

赵棻《滤月轩集·自序》写道："宋后儒者多言文章吟咏非女子所当为，故今世女子能诗者，辄自讳匿，以为吾谨守'内言不出于阃'之礼也。反是，则迂欺炫鬻于世，以射利焉耳。是二者，胥失之也。《礼·昏义》女师之教，妇言居德之次，郑君注云：'妇言，辞令也。'夫言之不文，行而不远。文章吟咏，非言辞之远鄙倍者欤？何屑屑讳匿为！且讳匿者不终于讳匿也。其夫若父兄子弟以揄扬于世，曰：'彼不肯出以示人，吾曹窃为传播云尔。'若是则能文之名传，兼得守礼之称焉。视工于

---

[1] （清）丘逢甲：《岭云海日楼诗抄》卷一，上海古籍出版社1982年版，第39页。

炫鬻者，其计更狡矣，而其人不尤足鄙哉。予年十四，师授以唐人诗，每私效其体为五七字。先大夫见之以为可教命遂为之。会遘疾，母氏禁使弗为，遂从事针黹。迨疾平无俚，时时以此自娱。于归后米盐鳞杂，所作不多，亦未尝弃置也。性懒不自收拾，夫子时为录存之。岁辛卯，命儿子曰桢荟其十之四五，写定为二卷，词一卷附焉。予家虽贫，粗足自给，无待自炫以射利。如以为好，名亦所不辞。盖人不好名，无所不至矣。若伪托逃名以冀兼收而并得，则予所深耻而必不屑为者也。虽然文章吟咏诚非女子事，予之诗不能工亦不求工也。世有自知其短而反暴之以求名者乎？予盖疾夫世之讳匿而托于夫若子以传者，故不避好名之谤。刊之于木而命桢儿书此言以为序。"①

读此序言，则可以看到女作家的独立个性。对于女性作品的结集传播，赵棻有着自己的独特看法，首先坚决反对两种错误倾向：一是谨守"内言不出于阃"的腐朽之论者；二是借此而扬名获利者。这两种对待自己作品的态度都是作者批判的。女诗人更批判那种狡黠者的作为，表面上说自己不愿结集出版，而实际上却让家人刊刻传播，积极博取名利。这是作者最为讨厌的。作者畅言："虽然文章吟咏诚非女子事，予之诗不能工亦不求工也。世有自知其短而反暴之以求名者乎？予盖疾夫世之讳匿而托于夫若子以传者，故不避好名之谤。刊之于木而命桢儿书此言以为序。"很有"明知山有虎，偏向虎山行"的女英雄气魄。女诗人大声鼓吹女性可以"不避好名之谤"，不依靠"夫若子以传"，积极鼓励女作家们勇于出版自己的作品集。虽然女诗人家境一般，在日常生活之余，在柴米油盐之外，才能进行诗歌创作。尽管女诗人认为自己的作品不是很好，也知道女子不宜作诗，但还是坚持出版自己的作品。那么作者独立自主的思想，就在此真正显现出来了。这无疑是一篇谋求女性个体独立的宣言书。

沈善宝在《名媛诗话》中也指出古代女性学诗作诗之难。她以自己的创作为例说："窃思闺秀之才，与文士不同，而闺秀之传，又较文士不易。盖文士自幼即肄习经史，旁及诗赋，有父兄教诲，师友讨论。闺秀

---

① （清）赵棻撰：《滤月轩集》，清同治十二年重刻本，《清代诗文集汇编》第561册，上海古籍出版社2010年版，第275—276页。

则既无文士之师承，又不能专习诗文。故非聪慧绝伦者，万不能诗。生于名门巨族，遇父兄师友知诗者，传扬尚易；倘生于蓬荜，嫁于村俗，则湮没无闻者，不知凡几。余深有感焉，故不辞摭拾搜辑，而为是编。"①对于沈善宝的咏史创作，珊丹《清代女诗人沈善宝咏史诗探析》分析说："清代中晚期，女性作家已经表现出鲜明的主体意识和一定的思想深度，企图从女性的视角出发去重评历史，重新评价女性的历史价值。沈善宝在其品鉴历史人物与事件时，往往将关注的视线投向被历史所忽视的女性形象。在她的咏史诗中，出现最多的是女性形象，如手刃仇敌的奇女子、叱咤风云的巾帼英雄、声名显赫的女才子，表达出强烈的女性意识和对男性中心话语的叛逆，展示了清代知识女性真实的内心世界与精神追求。"② 这种分析还是很恰切的，也能看出这一时期女诗人的英雄梦想所在。人称"江左才女"的包兰瑛也在《自嘲》诗中感慨道："纵教读破万千卷，比着男儿总不如。"③ 由此可见，她们对自己的遭际处境是有着清醒认识的。这也构成她们奋力冲破社会牢笼，实现扬名青史宏愿的巨大动力。

在这种思想解放大潮的冲击之下，才有了"鉴湖女侠"秋瑾的咏史名篇。秋瑾写了不少经临遗迹而借古以慨今的咏史诗。如《谢道韫》："咏絮辞何敏，清才扫俗氛。可怜谢道韫，不嫁鲍参军。"④ 表达了对谢道韫才华的赞赏，也哀怜不幸命运。《赤壁怀古》："潼潼水势向江东，此地曾闻用火攻。怪道侬来凭吊日，岸花焦灼尚余红。"⑤ 凭吊历史上的赤壁古战场，遥想当年的火光漫天，感觉至今似乎还未曾消尽。《黄金台怀古》："蓟州城筑燕王台，招士以财亦可哀！多少贤才成底事，黄金便可广招徕？"⑥ 敢于打破成见。对于人们向来乐于称道的燕昭王修建黄金台以广招天下英雄的事件，进行反思：难道英雄们都是爱财之辈吗？那么用金钱招来的英雄又是否真英雄呢？这是值得思考的，况且历史上真正

---

① 王英志主编：《清代闺秀诗话丛刊》，凤凰出版社2010年版，第349页。
② 珊丹：《清代女诗人沈善宝咏史诗探析》，《名作欣赏》2011年第23期。
③ 胡晓明、彭国忠主编：《江南女性别集初编》，黄山书社2008年版，第1371页。
④ （清）秋瑾著，刘玉来注释：《秋瑾诗词注释》，宁夏人民出版社1983年版，第143页。
⑤ 同上书，第3页。
⑥ 同上书，第27页。

的英雄向来是不在意钱财的!

这一时期,女作家咏史诗创作呈现出更加现实化的特点,借史鉴今的目的性很强,乃至成为她们参与革命,抒发豪情壮志的重要媒介。自然,随着辛亥革命的成功,一个新时代的到来,女性的社会地位得到重大改变。她们迎来了解放的春天,更多参与到社会革命活动中,成为变革社会的重要力量。在此后的中国革命史上,她们同男性革命家一起为中国的解放事业发展建设作出重要贡献。

另外,还需要注意的一个现象就是,少数民族女作家咏史诗创作的兴盛。如满族女作家扈斯哈里氏创作了较多咏史诗作,可以说是满族女诗人中最杰出的代表之一。其吟咏对象主要是秦汉三国、唐宋历朝的文臣武将,还有一系列的历史女性,善于运用组诗的形式,充分论述观点。其咏史诗观点也颇有见地,同时能够反映出其接受了汉文化中的忠贞观念。如《明妃出塞》六首。扈斯哈里氏尤爱吟咏纷纭变幻、英雄辈出的秦汉历史,上至皇帝,下至文臣武将,都能抒发一己之见。如《秦始皇帝》其一:"谁谓秦皇智虑精?六邦灭后性骄成。筑宫劳尽群黎力,裂土空修万里城。博浪中车曾有幸,君山折树太无情。焚尽惟愿人愚昧,人未愚时国已倾。"其二:"秦皇暴惨国难绵,殃及臣民理逆天。壮士刺留当日恨,圮桥传得未烧篇。黄巢决墓情何已,项羽焚宫愤莫捐。恶尚未消求善果,焉能海外遇真仙。"[①] 对于秦始皇骄奢淫逸、大兴土木、焚书坑儒等残暴行为予以激烈的嘲讽,进而以"善恶报应"的民间信仰来批评秦始皇海外求仙的荒唐行为。

清代满族女作家如此丰厚的咏史诗创作,正是满族文化水准整体提升,满族女诗人们积极吸收汉文化结出的硕果。毕竟满族从在关外时起,就在积极研究学习汉文化,入关后的每位皇帝都有咏史创作,而以乾隆和嘉庆的创作成就最为突出,几十首上百首的咏史创作,自是不输于任何文士。还有一大批宗室诗人也有着大量咏史创作,呈现出满汉文化交融发展的兴盛状态。这也正是中华民族文化在数千年融合发展中的一个光辉缩影。这正是汉文化不断吸收各民族文化营养,转化成中华文化一部分,最终成为各民族共同遵循的精神价值观念。如果说代表社会主流

---

① 李雷主编:《清代闺阁诗集萃编》,中华书局2015年版,第5245页。

文化的男性文化是如此，那么，满族女诗人大量咏史创作的实践活动更能充分表明这种文化融合的功效。五千年中华文明史已经成为各民族共同精神财富，在不断吟咏缅怀古人的文学文化活动中，自觉传承发扬，总结经验教训，健全完善，推动中华文化更好向前发展。这也是各族人民为中华文化的丰富深化所作出的贡献，理应得到表彰。

总之，在晚清时期，咏史创作随着国家的动荡不安，在中西文化的交流碰撞中，孕育出近代诗歌。其扮演着从古代向近现代过渡的桥梁角色，其成就虽不是很显著，但是意义很重大。

总体而言，清代咏史诗创作之多元、题材之广泛、内容之丰富、门类之齐全、数量之众多，形成了清人咏史诗的集大成现象。其总体成就和艺术水平虽未必尽能达到唐、宋人的创作高度，但也以不尽相同的风格、主旨、体式，既深刻表现出诗人各自的思想情感，又充分反映出他们的历史观、政治观和人生态度、审美情趣，在艺术表现上也使咏史的创作更加成熟、完善，技巧手法臻于多样性，为后人留下了一份足资借鉴的文化遗产。

第三章

明遗民诗人的咏史创作

"遗民"是中国历史上的一种独特现象，在朝代鼎革之际，总有一些人眷恋故国旧君，像伯夷、叔齐那样，不食周粟，他们采取隐逸不仕或者武装反抗的方式来对抗新朝，形成了独特的遗民文化。尤其是在中国有着悠久传统"华夷之辨"文化的影响之下，灭亡于少数民族的政权，让汉族士大夫更加难以接受。汉族士大夫认为这是野蛮战胜了文明。宋、明两朝都是被外来的少数民族灭亡的。因而也成为中国历史上最出产遗民的时代。处于相同的历史境遇之下，清初出现的一大批遗民，便以元初的宋遗民为道德精神楷模，标榜节义，对抗着清王朝初期的暴虐统治。他们的高风亮节时时鼓舞着处于孤寒之中的贫士，砥砺品格，顽强奋发，勇于超越，实现了人格道德精神上的突破，孤洁而崇高。明遗民以其高洁峻拔的人格高标为我们建立起一座道德丰碑，更以其不朽的文学创作，为我们留下极为珍贵的文化宝藏。那么明遗民的咏史创作又表现出怎样的精神品格，抒发着他们心中怎样的辛酸苦楚呢？又通过什么样的方式表现出来的呢？下面通过一些具体作家的创作进行分析，最后进行总体探究，分析其特色。

第一节 顾炎武的咏史创作

"有亡国，有亡天下，亡国与亡天下奚辨？曰：易姓改号，谓之亡国；仁义充塞，而至于率兽食人，人将相食，谓之亡天下。……是故知保天下，然后知保其国。保国者，其君其臣，肉食者谋之；保天下者，匹夫之贱，与有责焉耳矣。"① 顾炎武的这段话，被后人概括为"天下兴亡，匹夫有责"的至理名言，成为国难当头，激励民众保家卫国的强有力的精神武器，可见其思想贡献。

顾炎武（1613—1682）初名绛，学名继坤，字忠清，明亡改名炎武，字宁人，又字石户。学者称亭林先生，又自号蒋山佣（蒋山，即钟山，南明的象征）。有感于明代儒生的空谈误国，一生注重社会实践调查，提倡"经世致用"的实学，注重考证研究，开启了乾嘉时期考据学的先河。"博学于文，行己有耻"更是其治学和做人的准则。

明亡之后，顾炎武奔走南北，一直在考察边防古塞，寻求抗清复明的出路。在游走过程中，他写下了许多游览怀古诗，尤其注意汉代人事，古物遗迹，而其一生七谒孝陵，六拜天寿山明十三陵，可谓一拜一重悲。面对每况愈下的复明艰难局势，顾炎武只能黯然神伤，不忘故国，却又无可奈何。

顾炎武在南北奔走中，写了诸多赞扬汉代帝王的诗歌。如作于清顺治四年（1647）的《大汉行》："大汉传世十二叶，祚移王莽由居摄。黎元愁苦盗贼生，次第诸刘兴宛叶。一时并起实仓皇，国计人心多未协。新市将军惮伯升，遂令三辅重焚劫。指挥百二归萧王，一统山河成帝业。吁嗟帝王不可图，长安天子今东都。隗王白帝何为乎？扶风马生真丈夫。"② 全诗借史喻今，通体咏汉。明末崇祯皇帝死后，诸王争立，历史上有"五王、三帝"之称：福王朱由崧，鲁王朱以海，唐王朱聿键，后唐朱聿粤，桂王朱由榔是为五王；安宗简皇帝年号弘光，绍宗襄皇帝年号隆武以及亡国无谥的永历帝是为三帝。这些情状，与西汉末历史极为相似，而作者迫切希望当下能有一位像刘秀的明君出现，实现明朝复兴。而这些皇子王孙们却都不争气，最终在你争我斗与清王朝的严厉追击之下一个个走向覆亡。

康熙八年（1669）顾炎武过涿州汉昭烈故居，曾作《楼桑庙》诗，"惟有异代臣，过瞻常再拜"。表明自己作为汉族子民，对明朝故国的忠

---

① （清）顾炎武著，张京华校释：《日知录校释》，岳麓书社2011年版，第557页。
② （清）顾炎武著，王蘧常辑注，吴丕绩标校：《顾亭林诗集汇注》，上海古籍出版社2006年版，第140页。

贞之心，不会改变。顾炎武在康熙十年创作的《汉三君诗》写道：

父老苦秦法，愿见除残凶。三章布国门，企踵咸乐从。
虽非三王仁，宽大亦与同。传祚历四百，令名垂无穷。右高祖
文叔能读书，折节如儒生。一战摧大敌，顿使海寓平。
改化名节崇，磨钝人才清。区区党锢贤，犹足支危倾。右光武
卓矣刘豫州，雄姿类高帝。一身寄曹孙，未得飞腾势。
立志感神人，风云应时至。翻然遂翱翔，二豪安能制？右昭烈①

诗歌分别吟咏汉高祖刘邦、光武帝刘秀、昭烈帝刘备。此时，顾炎武已经64岁，距明亡也有三十余年了。诗人以此来表达自己不屈志节，冀图复国的壮志。其一描写汉高祖与关中父老"约法三章"，除去秦代苛法暴政之举，赢得民心，虽然没有达到三王仁政的高度，其宽大政策却是相同的，由此而开启了汉家四百年基业，名垂千古。其二描写光武中兴之事，西汉末造，王莽篡政，光武帝起兵靖乱，统一天下，之后定都洛阳，在位时尊崇节义，提倡儒术，实为一代明君。其三赞赏刘备具有汉高祖的雄才大略，是人中龙凤，虽暂时不得势，寄居人下，但终非池中之物，风云时至，便能翱翔于天，岂能受制于人，最终三足鼎立，延续汉家一脉血统。王蓬常认为"咏高祖、光武、昭烈，盖犹冀明之中兴，上则能不失旧物，下亦可得偏安，非苟为怀古也"②。其意的确如此。

此外还有《齐祭器行》诗，末二句曰："谁知柏寝千年器，异日仍承汉武庭。"③寄予作者的先朝故国之悲，誓死不忘故国之情。在谒夷齐庙时，顾炎武写下："甘饿首阳岑，不忍臣二姓。可为百世师，风操一何劲。"④高度赞扬夷齐二人不仕二朝的崇高精神，却又不赞成一味死节，认为臣子应该忍辱以图复国。

顾炎武对故国的忠贞不移之心，更集中体现在他一生十余次拜谒明

---

① （清）顾炎武著，王蓬常辑注，吴丕绩标校：《顾亭林诗集汇注》，上海古籍出版社2006年版，第988页。
② 同上。
③ 同上书，第1044页。
④ 同上书，第627页。

帝陵，吟咏了众多诗歌，眷念君国，大开大合，有为而发，就像朱明一朝二百七十余年的一部兴亡史。

顾炎武七谒孝陵表[①]

时间	年龄	谒陵诗作
顺治八年（1651）	39岁	初谒孝陵，作《恭谒孝陵》一诗
顺治十年（1653）	41岁	二谒孝陵，作《再谒孝陵》《恭谒高皇帝御容于灵谷寺》
顺治十年（1653）	41岁	三谒孝陵，绘《孝陵图》，作《孝陵图》诗
顺治十二年（1655）	43岁	四谒孝陵，作《元旦陵下作》二首
顺治十三年（1656）	44岁	五谒孝陵，作《闰五月十日恭谒孝陵》《王处士自松江来拜陵毕遂往芜湖》
顺治十四年（1657）	45岁	六谒孝陵，作《元旦》诗
顺治十七年（1660）	48岁	七谒孝陵，作《重谒孝陵》诗

顾炎武六谒天寿山十三陵表

时间	年龄	谒天寿山十三陵诗作
顺治十六年（1659）	47岁	初谒天寿山，作《恭谒天寿山十三陵》《王太监墓》
顺治十七年（1660）	48岁	二谒天寿山，作《再谒天寿山陵》
康熙元年（1662）	50岁	三谒天寿山，作《三月十九日有事于攒宫，时闻缅国之报》
康熙三年（1664）	52岁	四谒天寿山，作《孟秋朔旦有事于攒宫》
康熙八年（1669）	57岁	五谒天寿山，《三月十二日有事于攒宫，同李处士因笃》
康熙十六年（1677）	65岁	六谒天寿山，作《二月十日有事于攒宫》

由此表不难发现，顾炎武从壮年到老年，通过对明帝陵的参拜，来

[①] 参阅李婵《顾炎武咏史诗研究》，硕士毕业论文，陕西师范大学，2012年。

寄托自己复国思乡之念。如顺治八年（1651）春，顾炎武到南京，第一次拜谒明开国皇帝朱元璋陵墓——明孝陵时作《恭谒孝陵》一诗："闻位穷元季，真符启圣人。九州殊夏商，万古肇君臣。武德三王后，文思二帝邻。卜年乘王气，定鼎属休辰。江水萦丹阙，钟山拥紫宸。衣冠天象远，法驾月游新。正寝朝群后，空城走百神。九嵕超嶙峋，原庙逼嶙峋。宝祚方中缺，炎精且下沦。郊坰来猎火，苑籞动车尘。系马神宫树，樵苏御道薪。岿然唯殿宇，一望独荆榛。流落先朝士，间关绝域身。干戈逾六载，雨露接三春。患难形容改，艰危胆气真。天颜杳霭接，地势郁纡亲。尚想初陵制，仍询徙邑民。因山皆土石，用器不金银。紫气浮天宇，苍龙捧日轮。愿言从邓禹，修谒待西巡。"① 作者对明太祖驱除蒙元，开国建业成就一番功业进行赞赏。而作者面对当下，却是天崩地陷，故国家园惨遭沧海桑田之巨变，沉痛心情油然而生，继而叙述谒陵原因，渴望明朝复兴。当时顾炎武改容易服，正在秘密从事抗清活动，站在孝陵前，抚今追昔，进一步坚定抗清决心。昔日太祖驱除蒙元的英雄事迹，鼓舞作者奋然前行，为抗清事业而奋斗不止。

顺治十年，顾炎武再一次祭拜孝陵，这一次详细记述了拜谒绘制《孝陵图》的原因及用意。《孝陵图》序言写道："重光单阏二月己巳，来谒孝陵，值大雨，稽首门外而去。又二载昭阳大荒落二月辛丑，再谒。十月戊子，又谒，乃得趋入殿门，徘徊瞻视。鞠躬而登，殿上中官奉帝后神牌二。其后，盖小屋数楹，皆黄瓦，非昔制矣。升甬道，恭视明楼宝城。出门，周览故斋宫祠署遗址。胡骑充斥，不便携笔砚，同行者故陵卫百户束带玉稍为指示，退而作图。念山陵一代典故，以革除之事，《实录》《会典》，并无纪述。当先朝时，又为禁地，非陵官不得入焉。其官于陵者，非中贵则武弁，又不能通谙国制，以故其传鲜矣。今既不尽知，知亦不能尽图；而其录于图者，且不尽有。恐天下之人，同此心而不获至者多也，故写而传之。臣顾炎武稽首顿首谨书。"首先是不采用清朝年号纪年，同时为了保全自我，又不便使用明代年号，遂使用了古代的纪年方式。由此特殊的纪年方式，即可窥见顾炎武故国之思的沉重。

---

① （清）顾炎武著，王蘧常辑注，吴丕绩标校：《顾亭林诗集汇注》，上海古籍出版社2006年版，第315页。

作者进而叙述了前两次不得拜谒的原因，以及这次绘制孝陵图的原因。守陵人由于学识所限，不懂帝陵规制，而正史又无记载，深恐一代典制由于易代之乱而不存，同时借此也向许多有此心而不能亲自制作者，表明用意，故国旧制当自此留存，永不埋没，进一步强化遗民的故国情结。诗曰：

钟山白草枯，冬月蒸宿雾。十里无立榴，冈阜但回互。
宝城独青青，日色上霜露。殿门达明楼，周遭尚完固。
其外有穹碑，巍然当御路。文自成祖为，千年系明祚。
侍卫八石人，只肃侯灵辂。下列石兽六，森然象卤簿。
自马至狮子，两两相比附。中间特崒嵂，有二擎天柱。
排立榛莽中，凡此皆尚具。又有神烈山，世宗所封树。
卧碑自崇祯，禁约烦圣谕。石大故不毁，文字犹可句。
至于土木工，俱已亡其素。东陵在殿左，先时懿文祔。
云有殿二层，去门可百步。正殿门有五，天子升自阼。
门内庑三十，左右以次布。门外设两厨，右殿上所驻。
祠署并宫监，羊房暨酒库。以至各廨宇，并及诸宅务。
东西二红门，四十五巡铺。一一费搜寻，涉目仍迷瞀。
山后更萧条，兵牧所屯聚。洞然见铭石，崩出常王墓。
何代无厄薔，神圣莫能度。幸兹寝图存，皇天永呵护。
奄人宿其中，无乃致亵汙。陵卫多官军，残毁法不捕。
伐木复撤亭，上触天地怒。雷震樵夫死，梁压陵贼仆。
乃信高庙灵，却立生畏怖。若夫本卫官，衣食久遗蠹。
及今尽流冗，存两千百户。下国有虬臣，一年再奔赴。
低徊持寸管，能作《西京赋》。尚虑耳目褊，流传有错误。
相逢虞子大，独记陵木数。未得对东巡，空山论掌故。①

此诗为五言古体，形式整齐，对明代孝陵典故一一叙来，并且详细

---

① （清）顾炎武著，王蘧常辑注，吴丕绩标校：《顾亭林诗集汇注》，上海古籍出版社2006年版，第400页。

记述了孝陵的结构布局，寄托着作者目睹故国旧物而引发的思古之幽情。作者通过古今对比，遥想当年皇家寝陵，众多守卫，是何等威严；时至今日，萧瑟衰败，屡遭破坏，人世间兴衰变化，何其反复无常。但是此等故国典制，岂能湮没而无传，这也就是画图题诗的作者用意，保存故国制度。诗图结合，本是中国古代题画诗的一类，但是作者用这样一种方式来记述一代国典故常，实在是非同一般。足见作者的史学功底与诗学能力都非同一般。其他的谒陵之作，如康熙十六年（1677）六谒天寿山，作《二月十日有事于欑宫》与《谒欑宫文四》。"不忍寝园荒，复来奠尊罍。（中略）当年国步蹙，实叹谋臣寡。（中略）遗臣日以稀，有愿同谁写。"句句写实，情真意切，深刻地表达了作者对故国旧主的一片忠心。

顾炎武在郑成功亡卒的第二年，写下《李克用墓》（墓在代州西八里）一诗："唐纲既不振，国姓赐沙陀。遂据晋阳宫，表里收山河。朱温一篡弑，发愤横雕戈。虽报上源仇，大义良不磨。竟得扫京雒，九庙仍登歌。伶官陨庄宗，爱婿亡从珂。传祚颇不长，功名诚足多。我来雁门郡，遗冢高嵯峨。寺中设王像，绯袍熊皮靴。旁有黄衣人，年少神磊砢。想见三垂冈，百年泪滂沱。敌人亦太息，如此孺子何！千载赐姓人，流汗难重过。"[1]

在唐末藩镇割据，农民起义，外族入侵的乱世之中，沙陀族首领李克用帮助唐帝靖乱，获赐国姓殊荣，进而平定战乱，延续唐祚。虽然后来唐庄宗享国时间不久，亡于伶官之手。但是顾炎武缅怀古迹之时，依然高度赞扬其功绩。诗人实是借以喻指郑成功得到明唐王的封赐，也曾为恢复故国，尽心尽力。但是郑成功远走台湾，复国大业，已经暗淡；至今又死，复国更无希望可言，诗人颇有微言责备之意。

作者不仅仅借古人酒杯浇自己心中的块垒，更是通过对故国历史文化的反思，探讨历史发展的规律，恰如他对宋明理学的强烈批判，而提倡实学以救国。其在《述古》三首中写道：

---

[1] （清）顾炎武著，王蘧常辑注，吴丕绩标校：《顾亭林诗集汇注》，上海古籍出版社2006年版，第814页。

其一：
微言既以绝，一变为纵横。下以游侠权，上以刑名衡。
六国固虫虫，汉兴亦攘攘。不有董夫子，大道何由明。
孝武尊六经，其功冠百王。节义生人材，流风被东京。
世儒昧治本，一概而相量。于乎三代还，此人安可忘！

其二：
六经之所传，训诂为之祖。仲尼贵多闻，汉人犹近古。
礼器与声容，习之疑可睹。大哉郑康成，探赜靡不举。
六艺既该通，百家亦兼取。至今三《礼》存，其学非小补。
后代尚清谈，土苴斥邹鲁。哆口论性道，扣钥亦矒瞽。

其三：
五国并时亡，世道当一变。扫地而更新，三王功可见。
鼓琴歌有虞，钓者知其善。区区山泽间，道足开南面。
天步未回旋，九州待龙战。空有济世心，生不逢尧禅。
何必会风云，弟子皆英彦。俗史不知人，寥落《儒林传》。①

第一首吟咏董仲舒说服汉武帝"罢黜百家，独尊儒术"，一改春秋战国时代王霸纵横学说，从而使儒家学说取得正统的官学地位。先贤大道才得以光明，并且对后世产生了深远影响。这也造就了许多崇尚节义的仁人志士。建立千秋功勋的董仲舒怎可被遗忘呢？第二首诗紧接着论说东汉大儒郑玄能够兼取百家学说，融会贯通，以事实考证为依据，详细注解经书，其功劳和方法颇得后人赞赏。这与那些宋明理学后辈们信口雌黄的空疏不学之士对比来看，足见作者批判反思用意。可以说，作者对明代亡国反思一直没有停断。这里又从文化学术角度论述此事，足见作者思考之深远。第三首诗描述隋代大儒王通，赞扬其功。经过魏晋南北朝的战乱，儒家学说日式衰微。王通起而振之，入朝为官，却受到小人排挤，虽然生逢盛世，却没有君臣鱼水之欢，空怀一片济世忠心。但是王通授徒讲学，培养了众多才俊，对于儒学的发展功莫大焉。而在正

---

① （清）顾炎武著，王蘧常辑注，吴丕绩标校：《顾亭林诗集汇注》，上海古籍出版社2006年版，第814页。

史记载中，王通却没有一席之位，实在是不公。作者刻意表彰这些在儒学发展史上作出重要贡献的大师，即是从民族文化的高度反思有明一代亡国的原因。可见，作者思考问题的深度与厚度，非常人所能及。此外，作者对孔孟儒学发展中有着开创之功的孔子、孟子等人也没有忘记。作者通过《谒孔子庙》《谒周公庙》《谒孟子庙》等诗，赞扬他们在儒学发展史上的功绩。总之，作者对历史人物的吟咏描写，不是单纯地吟咏历史或者褒贬人物，而是采用借古鉴今的反思方式进行。顾炎武通过对历史人物有选择性的咏赞，来寄托自己对史事的看法和感慨，以及对故国的深切怀念之情。同时，这些咏史创作也蕴含着顾炎武总结历史教训和研究历史规律的史学观念和方法。

顾炎武在明亡之后坚贞不屈的精神，可以通过《精卫》一诗来展现："万事有不平，尔何空自苦。长将一寸身，衔木到终古。我愿平东海，身沉心不改。大海无平期，我心无绝时。呜呼！君不见西山衔木众鸟多，鹊来燕去自成窠。"[①] 精卫填海顽强不屈的精神品格正是作者遗民人生的真实写照。世间万物发展，自有盛衰变化规律，并非人力所能把握。故国家园已经沧海桑田，神州大陆早已陷入异族，自己又何苦坚守呢？但是作者"身沉心不改""我心无绝时"，宁死不从的精神品质，誓死复国的战斗意志，鼓舞着众多遗民为此而奋斗不止，才有了"西山衔木众鸟多"的大好局面。可以说，正是顾炎武这样的忠贞之士，挺起了中华民族在危难之时傲岸不屈的民族脊梁，从而赢得了世人的敬重。这也是我们深深怀念他们的深刻原因。

清人沈德潜曾评价顾炎武诗曰："韵语其余事也，然词必己出，事必精当，风霜之气，松柏之姿，两者兼有。就诗品论，亦不肯作第二流人。"[②] 顾炎武作为明代遗民的典型代表，咏史以抒怀，借古而鉴今，具有鲜明的时代特色。家国之痛和故国之悲交织在一起，顾炎武诗歌中充满慷慨悲壮之音。读其诗，想见其人，顾炎武的高洁精神和伟岸人格值得我们学习。

---

① （清）顾炎武著，王蘧常辑注，吴丕绩标校：《顾亭林诗集汇注》，上海古籍出版社2006年版，第196页。

② （清）沈德潜编：《明诗别裁集》卷十一，上海古籍出版社1979年版，第300页。

第二节　王夫之的咏史创作

孙静庵在《异史氏与诸同志书》中说："又思宋明以来，宗国沦亡，孑遗余民，寄其枕戈泣血之志，隐忍苟活，终身穷恶以死，殉为国殇者，以明为尤烈"。① 这其中尤以明末清初的"三大儒"王夫之、顾炎武、黄宗羲为代表。在这一节主要探究王夫之的咏史创作。

王夫之（1619—1692）字而农，号姜斋。与黄宗羲、顾炎武并称为明末清初的三大思想家。晚年居南岳衡山下的石船山，著书立说，世称"船山先生"。一生著述甚丰，以《读通鉴论》《宋论》为其代表之作。王夫之一生主张经世致用，反对程朱理学，自谓："六经责我开生面，七尺从天乞活埋。"

王夫之以其博大精深的哲学体系，精深高明的史学论著，以及别具一格的诗学理论，赢得千秋不朽盛名，其诗歌创作自然也是独具特色，别有一番风味。作为明遗民的典型代表，王夫之矢志不渝的高贵精神品格，尤为人所称道，在咏史创作中也是别出心裁。王夫之共计创作咏史诗十五题四十八首，其六言《咏史二十七首》，在六言咏史创作发展史上占据着重要位置。

南宋诗人刘克庄《杂咏六言》八首开了六言咏史组诗创作的先河，但是此后六言咏史创作，并未盛行开来，一直到清代才又大放光彩，如吴伟业《偶成十二首》以六言咏史，自成一格。如其二："张良貌如女子，李广恂恂鄙人。祖龙一击几中，猿臂善射如神。"对张良外貌如女子，胆略却是真英雄的侠义行为高度赞扬，同时称赏汉代飞将军李广虽出身卑微，却是善射如神。两人虽不同时，却有相似之处，并列写出，从而表达作者对评判人物时应持的态度：不可以貌取人，要做到英雄不问出处。再如其五："韩非传同老子，苏侯坐配唐尧。今古一丘之貉，不知谁凤谁枭。"② 韩非子苏秦这样的人物，竟然与老子唐尧并列，足见古

---

① 孙静庵：《明遗民录》，浙江古籍出版社1985年版，第1页。
② （清）吴伟业著，李学颖集评标校：《吴梅村全集》，上海古籍出版社1990年版，第491页。

今历史评判人物标准的失衡。

而王夫之六言《咏史二十七首》不但规模更大，而且别出心裁，独具风采。其一写道："箕子生传《洪范》，刘歆死击《谷梁》。叛父祇求媚莽，称天原是存商。"①对箕子与刘歆对比叙述，肯定箕子的义举，否定批判刘歆背叛父亲而谄媚王莽的失德行为。其四："安世不藏父恶，南轩尽掩前羞。迁史直承《尧典》，紫阳曲学《春秋》。(《尧典》不为禹讳鲧，《春秋》为亲者讳。)"肯定了司马迁继承尧典善善恶恶，秉笔直书，不必隐讳的伟大史学精神，而对朱熹《通鉴纲目》为大宋避讳的做法，颇有异词。十五："肯死魔留佛种，再来鹰化鸠啼。借问邦昌伪相，何如任永淫妻。"指出张邦昌作为北宋末的朝廷重臣，在靖康之祸时，接受金朝封赏而称帝；在赵构建立南宋之后，却又痛哭流涕，再三表示对大宋朝廷的一片忠心。此等失节却又要伪饰自己的小人行为，实在为人所不耻。王夫之在此予以强烈的批判，认为这种行为连淫妇都不如。这自是其坚贞高洁伟岸不屈人格表现。同时也能够发现作者的现实寓意，面对明末清初的一帮贰臣逆子，投降清廷却又时时要表现出自己不忘故国的悔恨之心，对畅言抗清复明的钱谦益等人，又是多么强有力的讽刺啊！

此后一直到乾隆年间的周宣武才著有《咏史六言》一卷，四库馆臣评价说："《咏史六言》一卷（侍讲刘亨地家藏本）国朝周宣武撰。宣武字燮轩，长沙人，乾隆壬戌进士。是编杂采史事，以六言绝句评论之，或一首咏一事，或一首连类两三事，不分门目，亦不叙时代后先，每首之末，各附论一篇，六言一体，古今作者颇少，诗家偶一为之，避其难也。宣武独衍至百首以外，意欲间道出奇，然终不能见长也。"②虽然不能见长，但是以六言创作咏史，不畏艰难，奋力创作，并且达到百首以上，确实是前无古人后无来者之作。梳理六言咏史组诗的发展史，王夫之的创作成就与历史地位也就赫然在目了。

其他的咏史创作，也表现出王夫之独特的创作风格，如《生查子·咏史》六首，可谓每一首都是精品，此举数例，略作分析。

---

① （清）王夫之：《王船山诗文集》，中华书局1962年版，第163页。
② （清）永瑢等：《四库全书总目》卷一百八十五，"《咏史六言》一卷"条，中华书局1997年版，第2593页。

其一:"长平十万人,一夜秦坑杀。鱼死浊流中,不祭乘时獭。死坑未是愁,惟有生坑恶。眢井埋蟾蜍,欲跳三只脚。"① 在长平之战中,赵括纸上谈兵,结果致使数十万大军被秦军坑杀。"獭祭"典故一般是用来讥讽文人吟诗作文时喜好搬弄典故之习,但是这一句却说,鱼儿宁愿死在污浊的水里,也不愿变成祭祀时的獭鱼,宁死不生的意愿已经很显豁了。作者似乎在说宁被坑杀也不愿受辱,长平的死难者尚且优胜于活在暴秦统治之下的人们。"死坑未是愁,惟有生坑恶。"死亡不是一件让人发愁的难事,困难的事情却是苟活在人世,忍辱负重,苟延残喘,就像那枯井中的蟾蜍整天都想跳出井外,却只是徒劳无功。亡国破家之后,作者不得不在清朝残暴的黑暗统治中惨活,愤激之语,随即而出,但词笔却并不沉重,运用诙谐的笔调来表达自己在这暗无天日世界中生存的无奈。其四:"青衣抱玉觞,独向苍天哭。天有无情时,历乱双鹅扑。杜鹃啼不休,商陆子难熟。流泪一千年,血迹西台续。"② 作者通过描绘南宋末年谢翱哭祭西台,缅怀文天祥的英雄事迹,进而表达自己将效法先贤,让自己的一腔碧血续写西台的忠贞之魂魄。

其五:"阿姨骂不瞋,为怕鹦哥骂。猫儿杀鹦哥,才卜归魂卦。堂堂灵隐僧,桂子香清夜。五字万年碑,竟是谁天下。"③ 唐朝武则天当政时,阎朝隐作《鹦鹉猫儿篇》,张说又作《时乐鸟篇》遥相呼应,来阿谀武氏,结果却被杀。而骆宾王勇于抗争,尽管反武失败,但其凛凛风骨却值得称颂,其《讨武曌檄》更是雄文丽句,千古流传。联想到明清易代,卑躬屈膝的投降者和坚决抗争的仁人志士,作者的种种感慨也就在历史和现实的映衬对比中,嬉笑怒骂而皆成文章了。联系王夫之在投奔南明永历政权而不得时所写的《淫雨弥月将同叔直取上湘间道赴行在所不得困车架山哀歌示叔直》诗:"天涯天涯,吾将何之?颈血如泉欲迸出,红潮涌上光陆离。涟水东流资水北,精卫欲填填不得。"④ 自己甘愿做一只填海不止的精卫,来为反清复明大业作出自己的贡献,而现实严酷的形

---

① (清)王夫之:《王船山诗文集》,中华书局1962年版,第605页。
② 同上。
③ 同上。
④ 同上书,第531页。

势却不给他这样的机会,实在是让人寒心啊!他还在《读文中子》中写道:"乐天知命夫何忧,不道身如不系舟。万折山随平野尽,一轮月涌大江流。"其二:"天下皆忧得不忧,梧桐暗认一痕秋。历历四更山吐月,悠悠残夜水明楼。"① 联想到隋代大儒王通欲为国家效力却遭排挤的史事,和自己也很相像,自己也就释然了。作者虽然身如不系之舟,漂泊无定,只要大家都有一颗忧国忧民忠心耿耿的赤诚之心,自己也就不用为天下而担忧了。《生查子·咏史》其六写道:"龙凤是何年,人间瞒不得。空谷无人行,且喜似人迹。可怜松雪翁,不惜天水碧。马腹君自投,芳草嘶南陌。"② 对元末小明王韩林儿使用的龙凤年号在正史中一直被埋没的事实,深表不满。但是事实胜于雄辩,这是任何人都无法隐瞒的。看似被忽视的史事,却一直为人所记起。作者同时又联想到宋朝皇室的赵孟頫,不珍惜自己的皇室身份,甘愿俯首于蒙元,却又时时表白自己的一片难忘故国之心,可是又有谁会在意呢?而其现实的寓意也就很明显了,作者就是针对一帮口是心非的投降派而发此言论。

他又在《咏史二十七首》第十四首中写道:"代契丹憎延广,为司马爱谯周。一线容头活计,二毛肉袒风流。"对比刻画后晋武将景延广和三国蜀臣谯周二人,景延广在石敬瑭当政时,违心恭维辽国,但是在石敬瑭死后却显露真心而处处反辽,最终为此丢掉性命。谯周当政时力主后主刘禅投降晋朝,却赢得了司马氏的喜爱,屡加赏赐。二人看似相似的行为,但是人格的高下还是有差异的,作者更看重宁愿站着死,也不愿意跪着生的人。作者强调活着就要抗争,而不能妥协。

其他的诗作如乙未年《读指南集》二首:"绛节生须抱璧还,降笺谁捧尺封闲。沧波淮海东流水,风雨扬州北固山。鹃血春啼悲蜀鸟,鸡鸣夜乱度秦关。琼花堂上三生路,已滴燕台颈血殷。"其二:"扬州不死空坑死,出使皋亭事未央。鸣鹈春催三月雨,丹枫秋忍一林霜。岗门鹤唳留朱序,文水鱼书待武阳。沧海金椎终寂寞,汗青犹在泪衣裳。"③ 对于宋末文天祥的英雄事迹极力讴歌。文天祥已经成为清初遗民心中的一座

---

① (清)王夫之:《王船山诗文集》,中华书局1962年版,第298页。
② 同上书,第605页。
③ 同上书,第167页。

丰碑，鼓励着遗民们坚守心中的忠贞，不忘家国，也鼓励着遗民积极从事抗清复明的艰苦卓绝斗争。明末清初三大儒都不仅仅是思想上的巨人，更是行动的战士，在血与火的战争考验中，书写着一曲曲可歌可泣的感人事迹，为我们留下了可资借鉴的宝贵精神财富。

作者在戊戌年所作《明妃曲》一诗曰："金殿葳蕤锁汉宫，单于谈笑借春风。黄沙已作无归路，犹愿君王斩画工。"① 作者对王昭君的不幸命运深表同情，更是难以容忍，一帮误国奸猾小人，虽然自己已经毫无归路，但是仍然寄希望国君能及时斩杀，以免后患。

作者在《和白沙怀古》中写道："伏羲枕上皇，靖节不荒唐。浇酒巾犹湿，当篱菊已香。云飞从鸟倦，苗长记农祥。天地悠悠里，春风正未央。"② 作者对陶渊明隐身世外，看似不关心时事的行为，深有灵犀相通之感。因为陶渊明诗歌在王朝变换之后仍然采用甲子纪年方式，足以表达出不忘故国的情怀。王夫之也借鉴了此种方式，以示自己不忘故国之念。康熙二十八年（1690），即将走到生命的终点时，王夫之在自题墓石中说："有明遗臣行人王夫之，字而农，葬于此。其左则其继配襄阳郑氏之所祔也。自为铭曰：抱刘越石之孤愤，而命无从致；希张横渠之正学，而力不能企。幸全归于兹丘，固衔恤以永世。墓石可不作，徇汝兄弟为之。止此不可增损一字。行状原为请志铭而设，既有铭不可赘。若汝兄弟能老而好学，可不以誉我者毁我，数十年后，略记以示后人可耳，勿庸问世也。背此者自昧其心。"③ 王夫之自始至终保留着明遗民的身份，可谓一代明遗民的楷模了。

因为其在《为家兄作传略已示从子敞》诗中已经写道："无穷消一泪，墨外渍痕汪。故国人今尽，先君道已亡。蒙头降吏走，抱哭老兵狂。正可忘言说，将心告烈皇。"④ 虽然故国臣民，已经所剩无几，但是自己的忠贞之心将会始终如一，不会改变，并且请已亡的兄长代为转奏给烈皇帝。同时以此为子侄们树立起榜样，要谨守遗民品格，绝不屈服。

---

① （清）王夫之：《王船山诗文集》，中华书局1962年版，第178页。
② 同上书，第300页。
③ 同上书，第116页。
④ 同上书，第253页。

明遗民们的肝胆作为，实在是可歌可泣，足以彪炳千秋；胸臆所发，痛激侧怛，足以摧人肺腑，感人泪下。王夫之的咏史之作，可以作为一部心史来读，其坚贞不屈的人格力量感染着、鼓舞着一代代志士为国为民而奋斗不息。

第三节　孙枝蔚的咏史创作

在明末清初的灿烂文学星空中，陕西作家群以其独特的关学品格底蕴成为蔚为称盛北方文学的一支劲旅，与山左、京畿文学作家群鼎足，抗衡于江南文学。孙枝蔚以陕人而流寓江南，融合了北方的质朴、刚健和南方的艳采、柔婉两种文学风格传统，不拘宗唐祧宋成派，出入汉唐宋明，兼收并取，形成朴实自然而又多激壮之音的独特文学气质。他是清初客居扬州关中遗民诗人群体中存诗量最多的诗人。

汪懋麟《溉堂文集序》曰："予论诗，于当代推一人，为征君孙豹人先生。其为诗，不仅宗一代、一人，故能独为一代之诗，亦遂为一代之人。"[1] 徐世昌《晚晴簃诗汇》曰："溉堂以诗文名天下三十余年，其诗当竟陵、华亭、虞山迭兴之际，卓然自立，出入杜、韩、苏、陆诸家，不务雕饰。同时名流推服，以为当代一人。"[2] 孙枝蔚诗名在当时可谓"名噪海内"[3]，研究孙枝蔚的咏史创作将进一步深化对明末清初关中诗歌发展状况的探究。

一　生平简述

孙枝蔚（1620—1687）亦叫孙八，字溉堂、叔发，号豹人，陕西三原人，因其家乡关中有焦获泽，时人因以焦获称之。生于明光宗泰昌元年，卒于清圣祖康熙二十六年，年六十八岁。清初著名诗人，一生著述甚富：所著《溉堂集》，含《前集》九卷、《续集》六卷、《诗余》二卷、

---

[1] （清）孙枝蔚：《溉堂集》，上海古籍出版社1979年版，第1025页。
[2] 徐世昌辑：《晚晴簃诗汇》，中国书店1989年版，第256页。
[3] 尹继善、黄之隽：《（乾隆）江南通志》，文渊阁《四库全书》，上海古籍出版社1987年版，第3165页。

《文集》五卷、《后集》六卷，计二十八卷。其中《前集》《续集》《后集》为诗，共计2670首。《前集》和《续集》康熙年间刻于京师，分别为明末到顺治间、康熙五年到十七年所作；《后集》刻于康熙六十年，为康熙十八年至二十五年所作诗，三集均为作者亲手删定，分体编年。《溉堂集》主要流传版本有：清康熙十六年刻程灌园校《溉堂前集》九卷本藏上海图书馆，这是目前所知《溉堂集》最早刻本。《溉堂前集九卷续集六卷文集五卷诗余二卷》有清康熙刻本，《溉堂前集九卷后集六卷续集六卷文集五卷诗余二卷》清康熙六十年增刻本，藏于北京大学图书馆、华东师范大学图书馆、中国科学院图书馆、陕西师范大学图书馆等多家图书馆。据康熙六十年增刻本《溉堂集》影印本主要有《续修四库全书》，收入集部第1407册；《四库全书存目丛书》，收入集部第206册；上海古籍出版社1979年影印收入《清人别集丛刊》；1990年兰州古籍书店影印收入《中国西北文献丛书·第六辑·西北文学文献第六卷》；另有民国间陕西教育图书社据此而刊印的铅印本①。

孙枝蔚家世代营商，为大贾，明末时已行商扬州。崇祯末年李闯军入关，孙枝蔚散家财，结义勇数千抵抗，后兵败几为所缚，只身走江都营商，累致千金。孙枝蔚在《溉堂文集》卷四《戒子文》中记述说："事既不成，遂来扬州隐于鱼盐之市，先人产业尚足自给，乃复愤懑不平，无所寄托，则以饮酒近妇人为事，谓丈夫不得行胸怀，虽速死声色可也。"孙枝蔚在三十岁后，"一日忽自悔且恨，曰丈夫处世既不能舞马稍取金印如斗大，则当读十万卷书耳，何至龌龊学富家为"②。后散家财结交名士，折节读书，肆力于诗古文，遂以诗名闻天下，僦居董相祠，高不见之节。王士禛官扬州，特访之，先之以诗，称为奇人，遂订莫逆交。③

康熙十八年（1679），孙枝蔚五十九岁，以布衣"举博学鸿儒，以年老不能应试，特旨偕丘钟仁等七人授内阁中书"④。孙枝蔚在《溉堂后

---

① 朗菁：《四库禁毁书目中的三部清初陕西诗文集》，《图书馆杂志》2005年第10期。
② （清）孙枝蔚：《溉堂集》，上海古籍出版社1979年版，第10页。
③ 王钟翰点校：《清史列传》，中华书局1987年版，第5786页。
④ 同上。

集》卷一中的一个诗题里也这样写道:"部议初授布衣及生员责监生,年老者六人为司经局正字,疏上,上特命进内阁中书舍人,复增未试者二人同授是官,再纪二诗。六人为王方谷、丘钟仁、申维翰、邓汉仪、王嗣槐及枝蔚,二人为傅山、杜越。"孙枝蔚一生心态和身份的转化大致以康熙十八年的"博学鸿儒"举荐而被迫入京考试为界,而划分为两个阶段:前一阶段以节烈义士自居,后一阶段是悔愧感强烈的遗民。孙枝蔚的咏史诗很明显呈现出这两个阶段的差异性。

二 咏史诗思想内容

在明末清初动荡复杂的社会环境中,孙枝蔚面对李自成农民起义大军,从自身的阶级立场出发,散财结伍相抗,失败后只身逃脱。在事关大德义节人生出处的关键时刻,深受关中理学濡染的孙枝蔚在《溉堂前集》中高谈节义。如乙酉(1645)顺治二年创作的《览古》组诗其二:"君子贵立身";其三:"劝君效贞节,梦魂自安怡";其五:"奈何中遭逸"的李光弼:"存问及慈亲,忠诚稍无负。身没名幸完,斯人今不朽";其七:"张浚明大义,能责王敬武"①。在明王朝大厦倾覆之际,面对众多靦颜仕清的逆臣贼子,孙枝蔚高唱忠君爱民,从一而终之志,通过表彰历史上的节烈义士,是有真实寓意的。同时表明自己的人生选择:即使不能做烈士,也绝不向新朝屈服,甘愿做隐士,践行"天下有道则见,无道则隐"的儒家信条,通过《览古》组诗畅其心志。王西樵窥破豹人心机曰:"梁史旧文不足,据王禹备辨之详矣,此作足表遁栖之志。"孙枝蔚在《览古》组诗之十中写道:"唐末称哲士,惟一司空图。筑室王官谷,赋诗良足娱。丹诏忽焉至,中夜起踌躇。强颜赴京阙,何时遂区区。坠笏竟失仪,阳为老且愚。(中略)当时蒙微罪,千载享令誉。"② 同样处于多事之秋,严守儒家教义,孙枝蔚通过称颂唐末名士司空图,暗寓自己归隐山林的人生态度,可谓巧妙。但是时事的发展,竟又如此相似。康熙十八年,孙枝蔚也被举荐应举,杜濬闻说豹人被荐,曾有《与孙豹人书》劝其勿做两截人。其书曰:"弟今所效于豹人者,实浅近,一言而

---

① (清)孙枝蔚:《溉堂集》,上海古籍出版社1979年版,第68页。
② 同上。

已。一言谓何？曰：毋作两截人。不作两截人有道，曰，忍痒。忍痒有道，曰，思痛。至于思痛，则当年匪石之心（中略）且夫年在少壮，则其作两截人也，后截犹长；年在迟暮而作两截人，后截余几哉？"① 孙枝蔚面对老友的劝诫，力辞中书舍人而归，总算保全了一半清白。我们透过作者对司空图的描述与评价，足见豹人内心对身后名誉的珍惜，面对人生的两难抉择，其内心的踌躇自是可想而知的，同时也为其后他在科场上的怪异行为作了注脚。

面对明末犯上作乱的农民起义军，孙枝蔚可谓是"急公好义"关中士人中最有代表性的人物。其在《杂诗》中写道："自古生人民，所重在忠良。劝君勿为贼，宗族自辉光。"② 王西樵评论："观结语，当为刺逆闯作。"结合《咏史》其三："王蠋能全节，二城皆守城。何曾有官职，只是一书生。"③ 不难明白，这些诗歌实际上暗寓自己在家乡亲身抗击农民军的实际行动，作为布衣之身，忠君忧国之心，时刻不忘，难怪他高赞作为书生的王蠋能全节了。再如《郭景纯》："京房管辂术虽神，难比弘农抗贼身。"④ 其志节追求自现。

孙枝蔚不仅以身践行"天下兴亡，匹夫有责"的道德准则，在赞赏节烈义士的同时，也极力挞伐像洪承畴、吴三桂等一批背主投新的贰臣。王西樵极力赞赏孙枝蔚《咏史》："虽极痛快，仍是于言外见意，咏史诗此极足法。"汪阮亭也说："旨远而气古。"如其诗："去故以适新，乐毅非纯仁。"⑤ 乐毅离开故燕而投奔新赵，但故国情谊犹难忘怀，所以"终身不伐燕"而"赵国不敢嗔"，保持了基本的人格尊严。那么大明王朝一帮投靠清廷的文臣武将对明朝旧君臣口诛笔伐，赶尽杀绝，对此情何以堪啊！清代袁枚评论严遂成的咏史诗曰："读史诗无新意，便成廿一史弹词。虽着议论，无隽永意味，又似史赞一派。"⑥ 因此，咏史诗既需本于

---

① （清）杜濬：《变雅堂文集》卷四，清光绪二十年黄冈沈氏刻本，《清代诗文集汇编》第37册，上海古籍出版社2010年版，第120页。
② （清）孙枝蔚：《溉堂集》，上海古籍出版社1979年版，第70页。
③ 同上书，第389页。
④ 同上书，第569页。
⑤ 同上书，第81页。
⑥ （清）袁枚著，王英志批注：《随园诗话》卷二，凤凰出版传媒集团2009年版，第35页。

史，又要脱于事，当自出心裁，见出怀抱，令人回味。读此，孙枝蔚咏史诗含蓄有致的高超技法自是令人钦服。

历史发展是极其曲折复杂的，孙枝蔚在高唱节义之时，不忘对因"安史之乱"接受伪职而白璧微瑕的王维嘲讽一番。其《读王摩诘诗》曰："辋川风景好，来往有高僧。何事王摩诘，伤心咏李陵。"① 王维与李陵自是被逼无奈下的同病相怜，孙枝蔚以节士处事，自是不满他们的行为。

生于乱世之秋，孙枝蔚同时在咏史诗中也表达了对国家如何使用人才的思考。如《览古》其六："用人限资格，何以服草莱。"② 和《伯乐之子读相马经误蟾蜍为马感而咏之》曰："国家求贤才，成法乃相拘。何异相马经，读者转益愚。"③ 强调任用人才要不拘一格，才能使天下人信服。

作为秦人而寓居扬州，乡关之思自是无处不在，孙枝蔚筑室取名"溉堂"，源自《诗经·桧风》："谁能烹鱼，溉之釜鬵"，寓不忘乡关，常怀西归之意。陈维裕《溉堂前集序》云："今年孙子年四十余，发鬖鬖然白，张目不阔者如线，嗜饮酒，召之饮则无不饮，若忘其年之将老而身之为客也。然犹时时为秦声，其思乡土而怀宗国，若盲者不忘视，痪人不忘起，非心不欲，势不可耳。"④ 尤侗《溉堂词序》："盖先生家本秦川，遭世乱流寓江都，遂卜居焉。每西风起，远望故乡，思与呼鹰屠狗者游。"⑤ 时时操秦声，对故土一刻也不忘怀，孙枝蔚一再写道："我本西京民，遭乱失所依"，"溉堂那足恋，终南亦有梅"。这种浓重的思乡之情，在咏史诗中也表现强烈。首先来看被王士禛评为"故是秦人语"的《历阳怀古四首》之《楚霸王庙》一诗："叱咤重瞳亦枉然，旧亭遗像动人怜。题诗不少秦中客，约法犹思汉主贤。泥马藓生阴雨后，水禽啼乱庙门前。将军多恐英灵尽，万古长江有战船。"⑥ 作为关中子民，遥想千年往事，历史烟云如现眼前，内心的感慨抑制不住流泻而出。秦政残暴，

---

① （清）孙枝蔚：《溉堂集》，上海古籍出版社1979年版，第394页。
② 同上书，第67页。
③ 同上书，第83页。
④ 同上书，第11页。
⑤ 同上书，第931页。
⑥ 同上书，第384页。

关中人民生活在水深火热的灾难之中，对比项羽火焚咸阳宫，大肆抢劫杀伐，刘邦与民"约法三章"的做法甚是高明，很快赢得民心。孙枝蔚作为秦人，内心的感触自是更为深刻，感慨楚霸王英雄一世，却失去关中民心，枉称霸王。其《荣启期》辛卯（1651）一诗曰："求索怡然趣自真，何须得意为男身。我从读罢秦风后，不敢仍前待妇人。"① 则更多表现关中男儿，志在千里的慷慨激昂之气。再如《角头》："我是秦人归未得，惭君约伴入商颜。"② 更是推崇故乡商山四皓名隐，急于仿效而为之。

但是康熙十八年的"博学鸿儒"京城应试，如郑方坤《国朝名家诗钞小传》云：

> 屡求罢不允，捉入试，不终幅而出。天子雅闻其名，命赐衔以宠其行。部拟正字，上薄之，特予中书舍人。始豹人以年老求免试不得，至是诣午门谢，部臣见其须眉浩白，戏语曰："君老矣！"豹人正色曰："仆始辞诏，公曰不老；今辞官，公又曰老。老不任官，亦不任辞乎？何旬日言岐出也？"部臣愕谢之。③

虽然科考以如此诡异的形式结束，但在道德律令苛刻的清初舆论环境中，孙枝蔚的遗民资格遭到质疑，后世多将其排除出遗民行列。如卓尔堪《明遗民诗》不录孙枝蔚诗，但绝非漏收而是有意为之；现存各种《明遗民录》中，也都没有孙枝蔚的名字；钱仲联先生主编《清诗纪事》，在《明遗民卷》中也没有孙枝蔚。而孙枝蔚本人在内心深处也为此而焦虑，在此后所作《溉堂后集》中一再吟咏前代遗民的高风亮节，这在《溉堂前集》和《溉堂续集》中是不多见的。如《书陶诗后》："诗家尽解陶诗好，谁惜荆轲慕二疏"④；《书谷音后》："谷音颇胜中州集，总是

---

① （清）孙枝蔚：《溉堂集》，上海古籍出版社1979年版，第424页。
② 同上书，第1384页。
③ 张兵：《清初关中遗民诗人孙枝蔚的交游与创作》，《宁波大学学报》（人文科学版）2000年第3期。
④ （清）孙枝蔚：《溉堂集》，上海古籍出版社1979年版，第1319页。

悲歌慷慨人"①；《读元处士周霆震石初集有感》："清节先生至正中，忧时颇与杜陵同。蚤年应举还多事，淳祐遗民是乃翁。(石初父复斋生于宋淳祐己酉)"②；等等。不难理解此时孙枝蔚内心的遗恨与矛盾，极力歌颂前代遗民，实际上就是内心害怕。孙枝蔚因进京科举而"月泉榜上无名姓，方是人间失意人"。恰恰正是如此，在后人的认可中，他已经被排除在遗民之列了，真正成了人间失意之人。其《陆绩墓》诗曰："忠臣孝子死犹生，陆墓千秋过者惊。共惜颜渊同短命，谁夸颍考叔独留。"③ 有了如此过错，孙枝蔚也就只好仰羡忠节之人，而内心始终保留遗民之愿了。

三 咏史诗的艺术风格

施闰章在《溉堂续集》序中说："其诗操秦声，出入杜韩苏陆诸家，不务雕饰。"④ 沈德潜《清诗别裁集》："辞气近粗，然自有真意。"⑤ 四库馆臣说："诗本秦声，多激壮之词，大抵如昔人评苏轼词。"⑥ 王泽弘《溉堂后集·序》说："海内论先生诗者，以朴之一字蔽之，其推尊也至矣。"⑦ 实际上都指出溉堂诗自然质朴、不事雕琢的特点。

孙枝蔚诗歌多质朴自然之作，如《燕子楼有序》对关盼盼的辨白："盼盼读此书，定然喜得师。待至十年后，泉路亦易追。愚生遭乱世，所遇惊且悲。纷纷偷生者，反面无不为。道衰风俗坏，运去人心移。谁如张公妾，肯死乐天诗。"⑧ 明白如话，清新自然。

溉堂诗颇多独创之见，亦发前人所未言。如《孙武墓》："善战将军卧古丘，著书遗害几时休。"⑨ 更是一反传统赞颂孙武军事才华的论调，反而指责其著兵书贻害无穷。其《鲁妃祠》一诗曰："芳魂千载惟余恨，

---

① （清）孙枝蔚：《溉堂集》，上海古籍出版社1979年版，第1319页。
② 同上书，第1372页。
③ 同上书，第1384页。
④ 同上书，第485页。
⑤ （清）沈德潜编：《清诗别裁集》，上海古籍出版社1984年版，第495页。
⑥ （清）永瑢等：《四库全书总目》卷一百二十二，中华书局1983年版，第1636页。
⑦ （清）孙枝蔚：《溉堂集》，上海古籍出版社1979年版，第1207页。
⑧ 同上书，第796页。
⑨ 同上书，第1376页。

不劝君王听范增。"①　明白指出虞姬未能尽到劝夫纳谏的职责，虽然有些苛刻之论，但是细思之下，还是很有见地的。

曾庭闻论孙枝蔚《明妃词》曰："唐人诗：遣妾一身安社稷，不知何处用将军。不如君王句婉而多风。"其诗为："空闻大将勒燕然，到妾生时过百年。嫁向沙场容易老，君王岁岁愿防边。"②　结合溉堂身世，感慨自是良多。

通过梳理孙枝蔚咏史创作，不难发现其借咏史而抒怀，感慨世间物换星移，自己置身其中，有着难以超脱的苦闷与不幸，其诗风格质朴自然又婉而多风，集百家之长于一身而独成一格，实为明末清初关中诗人中的一位杰出代表。

第四节　戴名世咏史诗创作研究

一　戴名世生平

戴名世字田有，一字褐夫，号栲栳、药身等，安徽桐城人。晚年隐居于安徽桐城县南山，著《忧庵记》抒发自我感慨，世人称其为南山先生或忧庵先生。因担心受戴氏文字狱牵连，后人又称其为宋潜虚或潜虚先生。

戴名世生于顺治十年，可以说并不是严格意义上的"遗民"，却存在明显的遗民思想，这与他长期受祖辈、父辈家传身教有密切关系。戴名世的曾祖父孟庵先生、祖父古山先生均为明末士人。他们爱国守节，在明清易代之际，心怀亡国之恨、满腹愁闷，隐逸归乡，抑郁而终。戴名世的父亲霜崖先生亦是一生坎坷，国家沦丧、入仕无门、内心愁苦，四十八岁那年，在外乡教馆逝世。祖辈、父亲一生的遭际，对戴名世产生极大影响。

桐城戴氏家族在当地可谓书香门第。故此戴名世自小就接受到浓郁文学氛围的熏陶，熟读四书五经，拥有极高的文学造诣。可是，他的青少年时光并非无忧无虑。其父霜崖先生虽才高八斗，但仕途不顺，依靠

---

①　（清）孙枝蔚：《溉堂集》，上海古籍出版社 1979 年版，第 424 页。

②　同上书，第 422 页。

讲授经书养家糊口，家境清苦。十八岁时，戴名世曾祖父孟庵先生逝世。戴名世自幼受曾祖父思想影响，特为其著《孟庵公传》寄托哀思。二十岁时，戴名世开始收徒办学，贴补家用。二十八岁时，其父霜崖先生逝世，家中日益匮空，生活每况愈下。接下来几年，戴名世先后旅居于舒城、京师、山东等地，依靠出售文章、教授学生聊以生计。在游学太学期间，戴名世结交京师众多名士，如方苞、王源等，常以文会友，喜酒，醉后侃侃而谈，畅所欲言。五十三岁，应乡试中举人；五十七岁，得会试第一，殿试第二；五十九岁，受左都御史赵申乔弹劾；六十二岁，受刑逝世。亲戚奴仆怕受牵连而无人领取尸体，友人杨万木棺敛其尸。纵观其一生，戴名世可谓命途坎坷，令人唏嘘。

戴名世生于具有强烈遗民思想的书香之家，再加之自身长期跋涉于科考之路却苦于无果，生活种种注定了他此生的不幸。戴名世胸藏万卷，以司马迁著《史记》为榜样，立志修"明史"留存于世，四处拜访相关人士收集资料，付出诸多努力最终惨淡收场。官场上，他不愿阿谀奉承达官显贵，对世俗之人追逐名利的行为深恶痛绝，遂常常得罪朝中公卿大夫。同时，他生性孤傲，不满清廷统治，与清廷"不和"，得了"悖乱"的评价，落了个身首异处的下场。

家庭的熏陶、世态的炎凉、社会的黑暗，造就了戴名世狂傲任性、放荡不羁的个性。所以他的作品毫无保留地揭露社会阴暗、官场不公、人性冷漠，落笔尖锐有力，纵情释放，形成别具一格的文风。

戴名世的文学作品，以散文为主，包括人物传记、杂文小品、山水游记等，特色鲜明，起伏跌宕，清新隽永，得到世人的一致好评。梁启超等学者甚至以戴名世为桐城古文派的开山之祖。而诗歌集《古史诗针》，作者为谁却一直存在争议。戴名世晚年经历了清初较大规模的文字狱——《南山集》案。戴氏文稿作为禁书，惨遭销毁，流传极少，后人亦少提及。20世纪80年代，许永璋先生于《文学遗产增刊》第十五辑发表文章《戴名世的〈古史诗针〉》，附录《古史诗针》原诗，《古史诗针》才开始出现在世人面前，引起部分学者重视。许永璋先生、许总先生等学者认为《古史诗针》乃戴名世所作，而王树明先生、马卫中先生等学者则认为《古史诗针》非戴名世作品。在拜读《古史诗针》文本及相关资料之后，笔者认为《古史诗针》为戴名世作品，下面是我的一些浅陋见解。

　　《古史诗针》自序中的结语是这样的："褐夫自序，时永历某年月。"① 其中，"褐夫"是戴名世的字。"永历"是南明的年号，体现了戴名世浓郁的遗民思想。当然，有些学者认为"永历"这个年号，只持续使用了十五年。即使是"永历十五年"，戴名世才九岁，写不出这么多诗作。这其实是忽略了郑成功抗击清朝统治时仍使用永历纪年的史实。郑成功心系故国，以台湾为据点，抵抗清廷，此为戴名世心中所向。而郑氏使用"永历"这一年号长达二十二年之久。此时的戴名世已是而立之年，作此组诗完全是可能的。同时，在《历史档案》中，张玉等人编译了清廷处理《南山案》的文书，明确写道："查戴名世书内欲将本朝年号削除，写入永历年号等大逆之语，以律大逆凌迟处死。"② 所以，使用"永历"年号确为戴名世所为。也正是由于使用"永历"年号，使得后世之人藏匿起来，不敢公布于众，直到1985年，许永璋先生将《古史诗针》原诗发布于《文学遗产增刊》第十五辑，揭开了戴氏尘封多年的咏史诗集原貌。

　　纵观《古史诗针》全集，具有强烈的反清意识。戴名世将自己满腹悲愤诉诸笔端，贬斥清廷残忍虚伪行径，抨击叛国变节的乱臣贼子，赞赏坚守气节、顽强抗清的义士。这些与戴名世现存散文所体现的思想倾向具有一致性。

　　在戴名世处刑后若干年，戴氏的同乡人戴钧衡整理其遗作，并未收录《古史诗针》，故此不少学者认为《古史诗针》非戴氏所作。但戴钧衡也提到戴名世的作品"不可见者，其零散知几何也。一二藏书家有其稿者，又秘弗敢出"，所以，《古史诗针》没有被收录到戴钧衡编校的集子中也是可以理解的，不可以单纯据此就认为《古史诗针》不是戴名世的作品。

　　综上所述，笔者认为《古史诗针》是戴名世笔耕数载而创作的咏史诗集。

---

① （清）戴名世撰，王树明编校：《戴名世集》附录，中华书局1986年版，第435页。
② 张玉：《戴名世〈南山集〉案史料》，《历史档案》2001年第2期。

二 《古史诗针》主旨论析

（一）以诗存史，补史之阙

戴名世，集文学与史学二家于一身，不但在文学上颇有造诣，而且具有较为先进的史学观。《古史诗针》前言中戴名世说道"始知史者，私也。私之所及，史尚何存？作《古史诗针》，非敢根治膏肓之病，将以待夫来者知余志焉"①，据此可以得知，戴名世发觉不少史学作品与史实不符，有失偏颇，希望借助《古史诗针》这组咏史诗，较为公正地叙述史实，表达自身的史学关怀。

咏史诗集《古史诗针》自《涿鹿始战》始，《郑氏抗节》终，全集上溯远古时期，下至明末清初，时间跨度较大，记录史料丰富，大致勾勒出我国古代社会发展的轮廓。可见，戴名世的史学视角较为广博，他没有受限于一朝一代，而是对历朝历代的重大史实均以诗歌形式留存下来，显示出极强的存史意识。诗集立意奇巧、叙事有法、结构严密、记人丰满，不但具有认识价值，而且具有极高的艺术价值。可见，戴名世不仅有存史意识，而且付诸实践，使之留存于世。

清初，朝廷为稳固统治，采用极其严苛的政策禁锢百姓言论与思想，企图用一家之言歪曲事实真相，尤其是对于南明历史，清廷甚至试图抹去它的存在。戴名世对清廷的这一做法极度不满，搜集、整理、保存南明史成为自己的人生目标。从这些行为中，我们不难看出戴名世具有极其强烈的补史意识。在《郑氏抗节》一诗中，戴名世高度赞扬了郑成功占据台湾，抵抗清廷的爱国守节行为。其诗曰"大木独撑天一方，朱明岁月赖延长。郑家气节汉家宝，岛国孤忠耿未忘"②，流露出诗人对郑氏的称赞以及敬仰之情。"大木独撑"，说明戴名世对郑成功之举有着相对冷静客观的认识，明白清廷统治日渐稳固，推翻其统治无异于以卵击石，不切实际。郑氏之举，在戴名世看来虽然未必会有好的结果，但也不失为"汉家之宝"，弥足珍贵。这一行为，证实汉人没有完全被茹毛饮血的满人打败，汉人的南明政权仍在延续。在明清易代的动乱之际，不少人

---

① （清）戴名世撰，王叔民编校：《戴名世集》附录，中华书局1986年版，第435页。

② （清）戴名世撰，王叔民编校：《戴名世集》，中华书局1986年版，第449页。

见风使舵,趋炎附势。在这样的环境下,郑氏坚守民族气节不动摇,纵然只有面积狭小的岛国,却不忘初衷,迎难而上。这份微薄孱弱的孤忠是如此难能可贵,可歌可泣。戴名世敢于记录这些被正史隐藏埋没的时代英雄,挖掘其历史意义,此举令后人叹为观止,肃然起敬。

当朝统治者企图掩盖事实、粉饰太平,戴名世不畏强权,坚持客观严谨的治史原则,以诗存史,补史之阙,使得"史"不再为"私"。戴名世广博史识与卓越史才还给后世一个真相。

(二)以诗抒怀,托己之志

受儒家思想长期熏陶,戴名世多用"义"来评价历史人物和历史事件。在诗集《古史诗针》中体现得尤为明显。

戴名世强调君臣之"义"。在《古史诗针》中,主要出现了两类人物形象:一类是爱国守节、匡扶正义的时代英雄;另一类则是通敌卖国、置国家于水深火热的乱臣贼子。戴名世主要通过这两种人物形象,陈情己志。

在诗集中,苏武、范仲淹等均是戴名世赞颂的对象。《北海牧羝》一诗中写道:"杀戮为生是暴胡,和亲征讨两龃龉。荒凉北海羝羊乳,汉节撑天一丈夫。"①苏武持节远赴匈奴,匈奴上层内乱扣留苏武。苏武面对威逼利诱,拒不降服,在荒芜人烟的北海牧羊。待其回归汉朝,发须斑白。一句"汉节撑天一丈夫",是戴名世对苏武坚守民族气节的最大褒奖。《先忧后乐》一诗曰:"先忧后乐肩天下,兵甲藏胸一秀才。屹立西陲成寇戒,群呼老子敢东来。"②道出良相范仲淹"先天下之忧而忧,后天下之乐而乐"的高尚人格。他居庙堂之高则忧其民,处江湖之远则忧其君,看似是手无缚鸡之力的书生,却胸藏兵甲,心怀天下。范文正的爱国之心感染并鼓励着戴名世,二人堪称异代知己。一首《先忧后乐》,诉说了两人的碧血丹心与爱国热忱。除了男性爱国人物形象,诗集中也出现了女性爱国者形象。如《窃符救赵》诗曰:"窃符救赵好如姬,国事亲仇两得之。出此小谋行此事,信陵嬴亥辱须眉。"③如姬略施小计,救

---

① (清)戴名世撰,王叔民编校:《戴名世集》,中华书局1986年版,第440页。
② 同上书,第446页。
③ 同上书,第439页。

赵脱离险境，巾帼不让须眉。又如《昭君成美》诗曰："一曲琵琶万古馨，独留青冢镇边庭。美人恃美终成美，何似昭阳夜夜刑。"① 昭君远嫁朔漠，守得汉朝与匈奴两国百载来的和平安宁，虽将倾国倾城之美留在强风劲草的大漠，但总比深藏汉宫永巷，一生孤独终老的遭遇来得轰轰烈烈，更具价值。戴名世为两位爱国女性咏诗存史，不仅仅是赞扬她们视死如归、浩气长存的爱国情怀，更是为警醒世人。一介女流尚可如此，堂堂七尺男儿又怎能甘于平庸，无建功立业之雄心？

当然，在《古史诗针》中，还出现不少通敌叛国的乱臣贼子，他们因一己私利，置国家安危于不顾，置人民于水深火热之中。戴名世对他们视如寇仇，恨之入骨。如《魏阉生祠》一诗曰："宫廷秽溢忠良尽，党羽盈朝赫一时。刀下荣名诚敝屣，魏阉遍地有生祠。"② 抨击明朝宦官魏忠贤干预朝政，广结党羽，残害忠良，企图只手遮天。魏忠贤恶迹昭著，罄竹难书，竟然广修筑生祠，受万民香火朝拜，实在令人发指！再如《自戕同尽》："闯王善杀汉家主，一见胡儿便败亡。西走献忠摧房箭，引狼人自作羔羊。"③ 批判明末农民起义军领袖李自成虽推翻明王朝，却在与多尔衮、吴三桂的战争中失败，引"狼"入中原，使得胡儿占据汉家之国。"引狼人自作羔羊"道出戴名世对李自成画地为牢、作茧自缚的嘲讽。《承畴降虏》："松山战败尚为雄，十六坛前一祭空。比节文山差汉史，忠勤为虏负初衷。"④ 痛斥洪承畴投降清廷的叛国变节行径。戴名世明知清王朝实施文化专制，限制言论，却敢于写出此类诗歌，可见其铮铮傲骨与高洁品质。

同时，戴名世强调战争之"义"。对于争权夺利，蓄意挑起战争的行为，戴名世持以鞭笞的态度。如《涿鹿始战》："涿鹿迷茫逐鹿争，指南车破雾纵横。人间灾祸从兹始，竟作新奇甲与兵。"⑤ 戴名世推翻习见观念，认为涿鹿之战是人间灾祸的开端，自此战乱不断，生灵涂炭。而对于为人民、为正义而战的战争，则持褒奖的态度。如《南北统一》："南

---

① （清）戴名世撰，王叔民编校：《戴名世集》，中华书局1986年版，第441页。
② 同上书，第448页。
③ 同上。
④ 同上。
⑤ 同上书，第435页。

北纷纭二百年,群凶蔑灭仗杨坚。温良恭俭真明主,大好江山隔代传。"①南朝北朝多年混战,生于乱世的百姓,流离失所,苦不堪言。杨坚足智多谋,温良恭俭,结束分裂割据的局面,建立大一统的国家——隋朝。故对于杨坚,戴名世不吝溢美之词,大加称赞。

(三) 以诗喻"今",初露锋芒

《古史诗针》看似咏史,实则不少诗歌是在讽喻现实,针砭时弊。其间,透露出戴名世对清初社会现实的极度不满与猛烈抨击。在这个大兴文字狱的时代,戴名世能忠于本心,不随波逐流,用自己的一己之力,抗击清廷,是需要何等胆量与气魄啊!

戴名世自小受家庭熏陶,具有强烈的遗民思想。他不满清廷统治,认为满族人粗鄙不堪,蔑称其为"胡儿"。"胡儿"鸠占鹊巢,烧杀抢掠,横行于世,此野蛮行径令人不齿!这在其咏史创作中也有所体现。如《鸿门双绝》:"百余骑敢赴鸿门,到口肥鲜竟不吞。刘伪项真双绝代,后来成败莫须论。"②短短几句话,勾勒出鸿门宴中两位主人公的形象:刘邦假意称臣,百骑赴宴;项羽心慈手软,错失良机。自此拉开残酷的楚汉之争的序幕。戴名世借此诗,讽喻清朝统治者如刘邦一般,为崇祯皇帝举行隆重葬礼,实际上是虚情假意,惺惺作态。因而作者斥责清廷统治的虚伪性。

清朝初年,为拉拢人心,朝廷实施科举制选拔人才,但与此同时实行文化专制,禁锢人心,上演了一幕幕惨绝人寰的文字狱。戴名世作为一介书生,有感于严苛的文化专制,又不得不参加科举,在科举之路上跌跌撞撞,历经坎坷。其在《口授经传》一诗中写道:"人间到底有书无,口授经传尚有儒。若与后君同日语,始皇何止一筹输。"③秦始皇焚书坑儒,实行文化专制,企图愚化百姓,却不知除了书本传播知识外,还可以口授经传。始皇帝此举徒劳无功,反而会激起民愤。联系清初的文化专制,戴名世是在告诫清王朝不要妄想借助权力,禁锢思想,控制言论,此举无异于玩火自焚。又如《罢黜百家》一诗曰:"百家罢黜一家

---

① (清)戴名世撰,王叔民编校:《戴名世集》,中华书局1986年版,第443页。
② 同上书,第440页。
③ 同上。

尊，欲锁千秋万氏魂。惟幸绝无还仅有，未将全祖化猢狲。"[1]讲述的是汉武帝"罢黜百家，独尊儒术"的史实，诗中的"猢狲"实则暗指"胡儿"。汉武帝"罢黜百家，独尊儒术"的政策没有赶尽杀绝，留下了儒家的思想及文化。而文学本为"人学"，应该是百花齐放、百家争鸣的繁荣景象。汉武帝对文化的摧残已是十分严重，清朝统治者则是变本加厉。戴名世用一种庆幸的语气道出"未将全祖化猢狲"，实则是在嘲讽，表达对清朝严苛文化政策的愤懑不平。

上层统治者半伪半真、假仁假义，下层民众攀高结贵，利欲熏心。戴名世生活于这样的时代，正所谓"举世皆浊而我独清，众人皆醉而我独醒"，疾首蹙额、义愤填膺，因而得"狂士"之称。其在《渭滨垂钓》一诗中写道："渭滨老叟百年情，偃蹇姑同鸥鹭盟。西伯一来平地起，钓鱼未得钓功名。"[2]姜太公一直以博学多知、神机妙算的形象存在于世人心中，而在戴名世这一诗中，姜太公故作姿态，看似隐居垂钓，其实质则是追名逐利，实为道貌岸然的伪君子。又如在《干舞平苗》《历山躬耕》等诗中，揭露上古明君舜帝的沽名钓誉，华而不实。这些受世人尊重与推举的明君贤臣，戴名世掀开其虚伪面纱，加以抨击，实则是在反抗时政，揭示当时蝇营狗苟的社会现实。戴名世运用借古讽今的笔法，锋芒毕露地抨击当时的社会及统治集团，尖锐地指出当时的社会弊病，可谓是一个有胆有识的真学士、真君子！

三 《古史诗针》的艺术特色
（一）七言绝句，短小精悍

绝句，四句一首，是中国古代常见的诗歌体裁。戴名世《古史诗针》采用绝句体裁，七言形式，仅仅二十八个字，不仅叙述相关史实，而且表明主观态度，没有过多铺陈堆砌，形成短小精悍的表达效果，给读者舒清爽朗之感。如《淝水之战》："八千淝水气蒸云，一扫强胡百万群。不是汉魂归故国，何人更说谢将军。"[3]淝水之战，前秦出兵征伐东晋，

---

[1] （清）戴名世撰，王叔民编校：《戴名世集》，中华书局1986年版，第440页。
[2] 同上书，第436页。
[3] 同上书，第442页。

但东晋以八万军力战胜八十余万前秦军，是中国历史上"以少胜多"的典型战事。硝烟弥漫、风声鹤唳、白刃相接、血流漂杵，最终偃旗息鼓。战争的残酷场面，诗人戴名世使用"八千淝水气蒸云，一扫强胡百万群"短短十四个字将其形象生动地还原出来。一个"蒸"字，写出战争环境的炙热，暗示战争形势的紧张危急。一个"扫"字，写出了东晋将士的骁勇善战，暗示战争将以东晋的旗开得胜落下帷幕。后两句"不是汉魂归故国，何人更说谢将军"，诗人戴名世以议论的口吻道出了此次战争胜利的缘由，实为民心所向，官兵协作。这一论断，推翻世人单一赞颂谢安将军卓越军事才能的习见论调。可见，诗人戴名世有着较为进步的群众史观。又如《不擒二毛》《合纵连横》等诗歌，短短二十八字，浸染着诗人的血泪，承载着诗人的深情，传递着诗人的灼见。

（二）以事为题，简洁明快

戴名世《古史诗针》均使用历史事件为题，且皆为四言，提纲挈领地概括出全诗的中心事件，简洁明快，一目了然。如《涿鹿始战》《父子治水》《汤武征诛》《东征管蔡》《孙膑刖足》等。一事一题，乃《古史诗针》的一大亮点。诗人将纷繁复杂的历史事件、头绪多端的矛盾冲突以一种简明扼要的方式呈现在读者面前，使得读者可以迅速进入诗人戴名世建构的诗歌世界，可见诗人的文学底蕴极其丰厚。此外，《古史诗针》的诗题不仅交代中心历史事件，而且传递出诗人戴名世的主观情感，可见戴名世对于诗题的拟定进行了一番研究，是深思熟虑后的产物。在咏叹"建安之杰"——曹植一诗中，戴名世使用了《七步成诗》这一诗题。"七步成诗"，几个基本词汇的组合，产生了绚烂多彩的化学反应。这一诗题，不仅仅是在讲述曹丕即位后，妒才忌能，迫害自己弟弟曹植的历史事件，更是勾勒出了曹植思维敏捷、学富五车的才子形象，以及曹丕不念亲情、阴险狠毒的当权者形象，传递出诗人对曹植的同情与惋惜之情，以及对曹丕残酷恶行的不满与指责。短短四字，内涵丰盛，情感充盈，可见戴名世拟写诗题匠心独具。

（三）时间为轴，条理清晰

戴名世《古史诗针》时间跨度较大，上溯远古时期，下至明末清初，记录了这几千年来的重大历史事件，信息含量极其丰富。且戴名世借鉴中国古代史传的编年体写法，采用时间顺序安排诗歌，形成一个包罗万象而又条理清晰的诗集。诗集中，记述远古时期的诗作共六首，记述商周时期的诗歌共七首，记述春秋时期的诗歌共十一首，记述战国时期的诗歌共十首，记述秦朝的诗歌共五首，记述汉代三国的诗歌共十四首，记述魏晋南北朝时期的诗歌共十三首，记述隋朝时期的诗歌共三首，记述唐五代十国时期的诗歌共十七首，记述宋朝时期的诗歌共十一首，记述明代清初的诗歌共十三首，总计一百一十首诗歌。每个时期的重大事件、重要人物均有涉猎，大致勾勒出我国古代社会的发展脉络。可见，戴名世的史学视野较为广博，史学观念较为先进。且对于历朝历代事件的记录，详略得当，有的放矢。如春秋战国这一时期，思想活跃，百家争鸣，故戴名世关于这一时期的诗歌创作数量较大，占总诗集诗歌数量的百分之十九左右。

（四）代言体叙事，情感浓厚真挚

代言体叙事方式，分为狭义与广义两种：狭义是指影视创作和戏剧文学中使用"剧本"表现的方式；广义是指作品中作者托他人口吻、代他人表述某一事件的方式。戴名世《古史诗针》采用了广义的代言体方式叙述历史事件，情感浓厚真挚，令读者动容。其在《杯酒释兵》一诗中写道："登极凄惶枕未安，得来容易去何难。阴云低压一杯酒，脱却戎衣落日寒。"① 实乃宋太祖赵匡胤的内心独白。"登极凄惶枕未安，得来容易去何难"，登高而望，满目悲戚；寝食难安，辗转反侧；独坐思量，忧心不已。为何如此？因为陈桥兵变，黄袍加身，即为皇帝。赵匡胤不忍心出生入死的兄弟落得"走狗烹"的下场，便想到一招——杯酒释兵权，使其隐居故里，解除对自己的威胁。这两句，生动形象地再现赵匡胤复杂矛盾的心理，仿佛此情此景正在眼前上演。戴名世假托赵匡胤之口，叙述了在杯酒之间就解除军事威胁的史实，同时也表达了诗人戴名世对此事的看法。"脱却戎衣落日寒"，解除兵权的将军脱去旧日的战衣，抬头遥望落日，分外寒气逼人。这寒气，不但使旧日将军冷，而且使诗人读者冷，为这世道冷，为这人心冷。此诗使用代言的叙事方式，情感表达深沉缠绵，余味无穷。除此之外，如《逼上梁山》："刮脂吮血逞凶顽，

---

① （清）戴名世撰，王叔民编校：《戴名世集》，中华书局1986年版，第446页。

屈膝强胡益厚颜。不是衣冠皆盗贼，小民那忍上梁山。"① 同样使用代言体的叙事方式，道出梁山好汉义薄云天的豪情壮举，流露出诗人戴名世对此事的赏识与赞叹。

（五）结构工整，多为"叙事+议论"的组合

戴名世《古史诗针》总体简洁工整，不但表现在使用七言绝句的体裁，而且体现在诗歌的结构安排上，多使用"叙事+议论"的组合形式。如《吐哺握发》："常矜吐握得人心，菱月葵阳水向深。堪叹士林多软骨，无依半晌即哀吟。"② 前两句诗歌叙事：周公姬旦一沐三握发、一饭三吐哺以求良士，塑造出周公以礼待士，恐失贤人的正面形象。后两句诗歌议论：抨击书生仕子大多无坚定信念，片刻不依傍权贵，便会哀叹不已。作者更深的用意是在抨击当时仕人攀龙附凤，易于变节的丑恶行径。该诗前后从两种角度、两种立场出发，一正一反，形成鲜明对比，产生极强感染力。又如《退避三舍》："三舍前言耿未忘，晋文履信杀人场。可堪世道江河下，诈雨骗风恶作狂。"③ 诗歌前两句叙述晋文公重耳信守诺言，战场上后退三舍之距，报楚成王之旧恩。诗歌后两句联系现实，发出议论，感叹世风日下，人情淡薄，重信者屈指可数，欺诈者屡见不鲜。本诗前叙事后议论，借古讽今，传递出诗人戴名世对当时社会虚伪狡诈的愤慨与痛心。除此之外，《史迁受刑》《陶令归田》《安石新法》等诗歌均采用"叙事+议论"的结构组合。这一诗歌结构符合思维逻辑发展，便于情感的自然流露，肆意奔涌，为后世诗歌创作提供了借鉴。

（六）语言直白浅显，刚健有力

诗人戴名世生活于清朝顺治康熙年间，当时，白话小说迅猛发展，逐步走向成熟。不少文人受其影响，在诗词创作中也大量使用直白浅显的语言，而非艰涩拗口的古文言。戴名世《古史诗针》即为如此。如《烹翁索羹》："心肠不硬事难成，人欲烹翁尚索羹。所斩白蛇曾附母，原来隆准是龙生。"④ 叙述了高祖刘邦烹翁索羹、醉斩白蛇的史实，虎毒尚

---

① （清）戴名世撰，王叔民编校：《戴名世集》，中华书局1986年版，第447页。
② 同上书，第436页。
③ 同上书，第437页。
④ 同上书，第440页。

且不食子,可见汉高祖心肠之硬。全诗以叙述的口吻娓娓道来,大量使用白话语言,像是一位长者在用缓慢悠长的语调讲故事,众人在谈笑间领略人物风采。又如《天下已任》:"天下兴亡一匹夫,四方奔走抗强胡。填平东海深沉愿,化作芬芳万卷书。"① 讲述明末清初爱国人士顾炎武的伟大事迹。一句"天下兴亡,匹夫有责",成为后世无数爱国青年的座右铭,促使爱国青年为国家,为人民抛头颅,洒热血,奉献一生。本诗化用名言,用白描手法加以叙述,朴实无华,纯粹自然。又如《正学奇刑》《陈桥兵变》等,皆为此。同时,戴名世诗歌语言的浅白如话,增加了适读人群,扩大了传播范围,易于《古史诗针》的保存与流传。

总体而言:戴名世以凝练的笔触,以诗存史,简笔勾勒出中国古代社会的大致发展轨迹,展现了社会各个阶层的面貌,其中既包括对明君贤臣的褒奖,也包括对乱臣贼子的贬斥。同时,诗人戴名世使用借古讽今的手法,针砭时弊,尖锐指出清初社会的黑暗腐朽,锋芒外显,描绘了明清一代人的"心史"。桐城学派以文而显,以诗为贵。戴名世的《古史诗针》,短小精悍,简洁明快,情感真挚,结构工整,语言浅显,实为上品。透过《古史诗针》,戴名世的史学关怀便睹微知著。戴名世具有极强的存史意识并付诸实践。他史学视角广博,能较为全面地看待历史事件。他具有质疑精神,敢于否定正统思想,提出新的观点看法。同时,戴名世也存在历史局限,有鲜明尊汉贬满的民族思想,这也是无可厚非的。戴名世生性狂傲不羁,肆意放纵,他的诗风亦是愤世嫉俗、萧散自然的特点。他的《古史诗针》咏史组诗,丰富了我国的咏史诗歌体系,利于后人继承我国璀璨夺目的文化遗产并进行深层次探究与发展,具有极高文学价值与史学价值。

第五节　其他遗民诗人的咏史创作

姜埰《咏史》其二诗曰:"豫让本英特,忠贞固其情。赵孟为国仇,仗剑宫门行。心念旧恩德,不在君死生。行乞既隐忍,伏桥志不成。揽衣三跃剑,殿陛尽为惊。借问欲何为,聊以展中诚。仇者亦叹息,杀之

---

① (清)戴名世撰,王叔民编校:《戴名世集》,中华书局1986年版,第449页。

成大名。当时列侯间，闻风起悲声。身死贵有道，臣心则已倾。"① 借咏豫让不顾个人生死，只为报答一片旧恩的忠君赤诚之心，赞扬其身死有道的高贵精神品质，来抒发心中块垒，表明忠心不二之意。姜埰方向已有，臣心已决，岂能苟从于新朝。诗人的高洁人格通过对豫让的描述和自己内心的表白，已清晰地展露在我们面前。在明末清初的历史变革中，众多的明遗民都像姜埰一样，在吟咏历史忠臣义士的诗歌中表明立场，坚守志节。

一　歌颂历史忠臣

哪里有压迫，哪里就有反抗，文天祥"人生自古谁无死，留取丹心照汗青"的名言早已响彻云霄成为明遗民抗争的誓言。顾梦游《真州拜文丞相祠》诗曰："扬子江头丞相祠，春帆吊古独看碑。中兴百死犹思济，正气千年俨在斯。风雨如闻九合语，乾坤又见陆沉时。吞声野老偷生久，未荐萍蘩泪已垂。"② 在九州大地再次倾覆之后，仍然苟活于人世的明遗民，面对千年正气不泄而勇于抗争的文天祥墓祠，早已是潸然泪下，其内心的羞愧之情尽在无尽的苦泪之中，可谓过着以泪洗面、暗无天光的生活。由此，人们自然想到了勇于抗金的民族英雄岳飞。

马銮《过岳鄂王墓》诗曰："一半乾坤尚可为，偏于屡捷召师归。国如忘战和难保，天不留公事更奇。父老几回悲北雁，风雷长是傍南枝。我生宋后元无预，话到中原亦泪垂。"其二："狱成功罪有谁分，坏尔长城若罔闻。丞相几曾忧赵氏，书生早已料将军。可怜涕泪归青史，无复旌旗闪碧云。祠畔于今仍牧马，空临湖水一思君。"③ 即使大宋只剩半壁江山，仍然大有可为，但是一个国家如果忘记了战争，一味求和，自然只有灭亡的命运。岳飞之死，南宋君臣等于自毁长城，而秦桧等人只顾个人名利，心中哪为大宋天下想过。直到今日，家国亦倾，这帮势利小人还在争权夺利，不顾国家安危，甚可悲哀。前事不忘后事之师，忘记

---

① （清）卓尔堪选辑：《明遗民诗》，中华书局1961年版，第4页。案以下凡本节所引诗歌，出自此书者，只注明书名页码。

② 《明遗民诗》，第38页。

③ 同上书，第498页。

历史教训，必然会受到历史的惩罚，大明君臣们为什么不能及早吸取大宋灭亡的悲剧历史经验教训呢？所有的一切都化作灰尘，只有自己在岳王坟前暗自垂泪，悲怜故国之不幸，感慨身世之悲苦。董樵《岳墓》曰："到此生遗恨，有诗未敢吟。语及高宗事，恐违地下心。"[1] 囿于君臣之礼，为臣者是不能非议国君是非的，但是宋高宗对待岳飞实在不公，惹起天下人的怨怒，至今遗恨难消。刘道开《岳庙》曰："君臣无意复舆图，唾手燕云岂庙谟。才过张韩天若忌，心同龙比主难孚。金戈铁马公生气，绿水青山宋旧都。画舫不须经庙下，忠魂最恨是西湖。"[2] 由于宋高宗议和派君臣无心收复祖国的大好河山，致使才华卓越的岳飞，在大好形势下，功亏一篑，且被以"莫须有"的罪名杀害。西子湖自是忠心耿耿岳飞的怨恨之地。面对岳庙，历史往事如烟纷起，作者也只能在回顾历史中，惋惜祖国的大好山河尽入敌手，哀叹连连。岳飞与韩世忠都是宋代抗金名将，为保大宋江山立下汗马功劳。明朝遗民在经过岳飞墓祠，哀叹连连之时，就会想起并吟咏韩世忠。

周灿《韩蕲王墓》曰："西湖湖曲骑驴翁，中兴十将称最雄。道逢奸相但长揖，斯人岂比张魏公。鄂王英武庶其匹，时危协力扶王室。龙王庙前金鼓震，遗恨书生党兀术。公之骨，埋荒坟，公之烈，存碑文。华堂铁券虽已失，千载犹传赵雄笔。"[3] 与岳飞的人生悲剧相比，韩世忠被剥夺了兵权，过着借酒浇愁的生活，卑躬屈膝于一帮权奸之下，虽有抗金壮志，却难以施展，这不更是一种幸运之中的大不幸吗？刘文照《临安吊古》曰："中原回首战云黄，痛忆当年宋靖康。关塞何人悲帝子，湖山终日醉平章。陈东北阙书三上，洪皓西风雁一行。毁尽朱仙旧壁垒，却将花鸟固金汤。"[4] 进而对大宋王朝深刻追忆：靖康之耻，难以忘怀，而宋高宗朝臣却在临安醉生梦死，妄杀忠臣良将，国家自是难保。

同样对于本朝勇于抗击外来侵略者的于谦和史可法，遗民也是深深

---

[1] 《明遗民诗》，第48页。
[2] 同上书，第456页。
[3] 同上书，第471页。
[4] 同上书，第237页。

追忆，深切缅怀。沈叔竑《于忠肃祠》曰："于公遗庙南山下，旌旆萧森极望中。野老逢春常荐醴，石鼍向晚自嘶风。人摩断碣清霜冷，鸟啄荒苔碧瓦空。知倚遥天长剑动，暮云残照欲成虹。"① 摩挲着于谦墓前冰冷的石碑，诗人在亡国之后，遥想当年于谦抗击鞑靼，舍己为国的忠心，自是深切怀念，若是于谦再生，能否再次拯救祖国于危难之中呢？沈祖孝《于忠肃墓》曰："不读先生传，谁知社稷危。中原无恙日，少保大名垂。独定千秋业，偏留万古悲。自来堕泪碣，宁止岘山碑。"② 更是认为于谦挽救社稷之大功，应当名垂千秋，可是世间竟是如此不公，偏偏让忠臣含冤，让人万古同悲。此情此景，诗人怎能不泪流满面呢？陆廷抡《过史相国坟》曰："广陵城北一孤坟，云是先朝旧督臣。冢上断碑题汉字，路旁荒草拜行人。沧波呜咽三江戍，碧血凄凉万古春。一自前军星坠后，至今无复见纶巾。"③ 更是高声赞叹史可法抗击清军的功绩，保护汉民族文化的重要意义。"一自前军星坠后，至今无复见纶巾"极力控诉清朝统治者在江南推行剃发易服的野蛮政策，对此敢怒不敢言，只好借诗抒发心头之恨。李长盛《过史公墓》曰："途过丞相墓，再拜想仪型。正气经天地，孤忠贯日星。野人常堕泪，国史有遗馨。千载芜城下，森森松柏青。"④ 也赞扬了史可法的正气经天纬地，对祖国的忠贞之心如日月贯虹，感动着千百万人，钦佩落泪，大名必将彪炳史册，流芳百代。

此外，杜濬《谢公墩怀古》诗曰："旧识谢公墩，今朝一登陟。只此数仞丘，使我三太息。人言淝水捷，天幸非人力。我独谓不然，致胜在料敌。苻坚丧王猛，如鸟去爪翼。猛死坚已亡，仅存一虚国。料敌料一人，百万何足亿。无猛而有垂，眈眈方蛊惑。乘机以毙仇，狡童本英特。兵家用众难，前有刘玄德。坚自来送死，而公早洞识。心知小儿辈，已足办此贼。所以一盘棋，始终无惧色。是固坐照优，岂繁浪战塞。惟彼苍苍者，至险不可测。变易在呼吸，成败繇顷刻。此举竟无他，谓之天

---

① 《明遗民诗》，第607页。
② 同上书，第485页。
③ 同上书，第329页。
④ 同上书，第451页。

亦得。"① 更是扩而大之，面对谢安墩而发思古之幽情，回想当年谢安指挥侄子谢玄等大将在淝水之战中以少胜多，打败苻坚大军。作者深入分析了谢安取胜完全在于料敌如神，而非偶然天运。作者进而联想到明末清初的一场场血战，明将的昏庸无能骄傲自大，致使败仗连连，江河日下，实在难以启齿。阎尔梅《题余阙祠》（阙，元之淮西宣慰使，为陈友谅所攻，血战自刎，追谥忠宣，祠在安庆城东。）诗曰："楼船疾下水禽飞，花浪涡漩太子矶。死守七年经百战，孤军终不竖降旗。"② 借论史事，斥责南明小王朝大臣中一帮无耻投降派，一个元臣尚且死守城池七年，孤军奋战，始终不肯投降，而大明王朝养士三百年，一班朝臣竟然在最危急的时刻，开门迎降。此情此景，两相对比，对无耻投降者的嘲讽可谓深刻。恰如他对钱谦益的嘲讽："大节当年轻错过，闲中提起不胜悲。"作为大明的最后一位遗民，其情足可钦佩。

二 宋末遗民的发现

除了死，就是生，明遗民大多还是活了下来，但是他们又要活得有尊严，宋末郑所南、谢皋羽的处事方式便成为明遗民膜拜的对象。

方孔炤《井中铁》（崇祯末，吴门浚井，得郑所南书。）诗曰："连江铁函书似漆，吴门浚井一旦出。沉埋一十三万日，琼鬼嘶叫风雨溢。男儿之血本不死，蛟龙蟠护千年纸。麝篝场中羽变徵，咸淳泪激三江底。泪无端，江且干，防江不难防心难。丸泥难塞圆通关，天使井水浇人间。至今首阳山，不生周草木，此语歌之古今哭。"③ 诗人感于明亡的史实，借宋末孤臣郑所南之心来自喻其情，所以徐璈附评语曰："借题抒意，出之以山谷诗格"。大宋江山败坏在一帮议和的昏君奸相手中，大明江山又是在奸臣手中走向灭亡。方孔炤一生忠贞耿直，在朝野中屡遭排挤诬陷，"防江不难防心难"对照其一生宦海生涯，可谓真情流露。但是作者认为自己的一片忠心也会像郑所南《铁书》一样，在后世昭白于天下。徐夜《富春山中吊谢皋羽》曰："睎发吟成未了身，可怜无地著斯人。生为信

---

① 《明遗民诗》，第53页。
② 同上书，第112页。
③ 同上书，第49页。

国流离客,死结严陵寂寞邻。疑向西台犹恸哭,思当南宋合酸辛。我来凭吊荒山曲,朱鸟魂归若有神。"① 相同的历史情境,作者现今来拜谒谢翱,对于隐姓埋名,不为当事人所知的宋代忠臣,自是多了几分钦佩,自然将他作为自己效法的楷模。杜岕《登钓台久之过溪吊谢皋羽》:"骚赋尊江渚,清时祖首阳。千春薇蕨尽,九畹蕙兰香。题主达生傲,无君贤者伤。临流发浩慨,文采未能忘。"② 赞赏谢翱爱国的忠贞品质,并且认为其文章也是千古留名的佳作。沈珽《过钓台》(谢皋羽葬台侧):"谢公收骨处,不但子陵台。馀泪凝江石,留歌继楚哀。古亭斜月起,虚棹落潮来。静想垂纶客,明时亦易哉。"③ 杜濬《咏史得谢翱》:"文山殉宋社,得士亦不苟。炎午祭生前,皋羽哭死后。不知西台上,泪血今干否。少陵赋八哀,此意若先有。所以晞发翁,遗编灿星斗。"④ 两诗都指出谢翱收葬宋高宗、孝宗遗骨的忠君爱国之义举。"不知西台上,泪血今干否。"更是血泪涟涟,作者尤为看重谢翱的文章千古不朽。杜浚还有《三君咏》,如《嵇康》:"嵇康人中龙,义不可当世。视彼盗国臣,伎俩如儿戏。吐辞薄汤武,千载有生气。临命索琴弹,聊示不屑意。"《阮籍》:"阮籍禀天秀,不以物挠真。始知礼法外,自有纯孝人。误受臣猾知,苟以全其身。不能救嵇康,千载长酸辛。"《刘伶》:"伯伦无住著,乃往侨于酒。卧看芸芸民,日踏横流走。荷锸非为身,誓以死相守。至哉无能名,遥遥接庄叟。"⑤ 赞扬三人能在乱世之中,坚守名节,不为世俗所动的高尚气节。

此外,明遗民还对历史上的守节之士大力赞扬,突出他们的忠义行为。如阎尔梅《陶靖节墓》:"庐山西麓老松楸,处士星高此一丘。碑碣当头题晋字,其余何事不千秋。"⑥ 陶渊明始终以晋遗民自处,而不采用新朝年号纪年,自是对故国文化的坚守。作者高度赞扬陶渊明对晋朝一片忠心,至死不渝的精神,进而借史明义,表明自己的人生价值取向,

---

① 《明遗民诗》,第 462 页。
② 同上书,第 532 页。
③ 同上书,第 551 页。
④ 同上书,第 55 页。
⑤ 同上书,第 570 页。
⑥ 同上书,第 112 页。

绝不向清廷屈服，让人唏嘘感慨不已。曾灿《过渊明先生墓道》诗曰："莫谓南山在，能逃乱世名。江河消酒力，天地感钟声。彭泽官三月，柴桑老一生。为伤孤竹子，何以不躬耕。"① 认为陶渊明在乱世之中，为了生计而出仕做官三月，甚是不合时宜，进而终老柴桑。作者悲悼伤哀伯夷叔齐不食周粟，饿死首阳山，暗问他们为什么不自己亲自躬耕呢？这样不就可以两全其美了吗？这一点确是明末遗民的一种生活自处方式，躬耕隐居、自食其力保持了自身的高洁品格。赵士喆《海上望田横岛》曰："海波原不定，因风始激成。望中无数岛，只著一田横。"② 借助对田横岛的赞美，实际上是在批判现实中一帮投降新贵的无耻之徒。甚至是出家之人，也不忘赞扬义士的高风亮节。释南潜《首阳歌》曰："草笠古须眉，首阳一樵子。担柴入都城，闲话青峰里。云有两男儿，饥死西山趾。白发齐太公，泪滴青萍水。还顾召公言，采薇人已矣。"③ 赞扬伯夷叔齐饿死首阳山的高义行为。在明末清初，也有一些遗民借助出家人身份从事抗清活动，也有一些就此表明自己不与清廷合作的政治立场，老死山林，维护志节尊严。

明遗民进而赞颂了本朝的忠贞之臣方孝孺。邢昉《和祖心游城南访方正学先生祠》："寂寂荒祠野霭昏，萧萧残碣倚松根。金川门又成亡国，石子冈偏欲断魂。昔日麻衣惭叔父，于今青草失王孙。废兴自古须臾事，独有先生恋主恩。"④ 首联凄清冷淡的环境描写，突出兵荒马乱的时代氛围，也显示出在天崩地裂、改朝换代、风云突变大变革时期的时代背景，在每个人都面临生与死抉择的关键时刻，忠义成为考量世人道德品质的重要准绳，作者缅怀祭奠忠义化身的方孝孺，恰是时代的选择。而铮铮铁骨、忠肝义胆的方正学先生坟墓却是"荒祠"一座，"寂寂"之象，"萧萧"之境，"残碣"毁颓。在暮霭黄昏之下，松根盘结之中，忠义之念在此种萧瑟场景的刻画中，犹如此种景象，是暮鼓昏鸦，随风而逝，稀薄在人心头，否则忠贞灵祠怎会如此衰残不堪，无人修葺整理敬仰祭

---

① 《明遗民诗》，第235页。
② 同上书，第325页。
③ 同上书，第669页。
④ 同上书，第399页。

祀呢？

　　颔联泣声涟涟，前三后四异于常规的七言句式，自是一种变调，一种感情上的宣泄，突出亡国之痛、断魂之伤。一个"又"字，几多愁怨，绵绵不断涌上心头，一个"偏"字又勾起了多少离愁别绪，无论是叔侄纷争，还是夏夷突变，动乱带给世人的尽是哀愁和别离，更有悬在士人心头的达摩克利斯之剑——忠贞与乱逆的道德考量和评判。自此而言，此"亡国"非彼"亡国"，此次更是让人失魂丧魄，生难死愁，泣泪绵绵。

　　颈联则对比鲜明，明确指出"昔日"是王室内部纷争，无论结果如何，毕竟还是汉家衣冠，忠臣孝子为建文帝披麻戴孝，让明成祖内心更多了几分夺嫡的惭愧之情。更有方孝孺这样忠节死难之臣，即便株连九族，也在所不惜。天地正义，道德气节，在方正学先生身上展现得淋漓尽致。叔侄王位之争，尚且有不惜数百口身家性命，誓死维护臣节的忠贞大臣，那么在夷夏之争，变天换地的"于今"，又会怎样呢？家国之失，"王孙"断绝，此情此景，在气节冲天的方正学先生墓前，又有多少感慨！如果再联系那一帮投靠清廷为求高官厚爵的无耻之徒，方先生的忠贞之心，更可谓感天地、泣鬼神，堂堂正正，矗立于天地间而万世流芳、代代不息！

　　尾联议论作结，悠远深长的哲理思考，启人耳目。纵览千百代，王朝兴废，灰飞烟灭，古今须臾一瞬的感慨油然而生。作者生逢乱世，目睹沧海桑田之变，耳闻流离失所之泣，身经生离死别之痛，心灵上的道德拷问，成为一道无法逾越的屏障。生还是死，这是个问题，也是每一个乱世中人都必须面对的痛苦抉择。而作为社会道德忠义脊梁代表的士子，更是饱受此种两难处境的煎熬。死固不难，生更不易，可是种种牵绊，自愿的、被迫的、物质的、精神的、现实的、来世的，纠缠绕结，难分难离，而方孝孺却做到了，并且是如此决绝，九族生命，数百口生灵，也在所不惜。这是忠臣孝子们的不幸，还是天地正义之大幸，千秋功过，在丹心汗青中任人评说，作出选择吧！只是作者的感慨实在太深："独有先生恋主恩"，千百代人，亿万口生灵，铮铮者几人哉？！生亦何欢死亦何苦，方孝孺形影相吊孑孑自立的身影萦绕在正直者心间，在刀光剑影中踟蹰前行！还有马銮《过正学先生祠有感》："秋风吹泪堕梅冈，郭外依稀古战场。野史不烦悲逊国，公心宁复怨文皇。青山上辟牛羊径，抔土中含日月光。正气长存天地在，雨花相对正飞香。"① 包捷《吊方正学先生祠》："正学祠荒野草荣，门前惟见大江横。革除青史人长在，飞渡金川路未明。自有麻衣惭叔父，难将草诏重先生。从今家事谁堪说，更为文皇痛北平。"② 在正史和野史的纷纭记载中，方孝孺的忠贞气节，始终不会被埋没，正如天地之正气，包含日月之光，岂能掩埋得了！

三　汉唐意象的寓意

汉唐两朝是汉民族政权对少数民族政权取得胜利的盛世时代，因而汉唐也就成为遗民心中的偶像。明遗民通过吟咏汉唐历史人事，来表达对祖国民族文化的怀念。

万寿祺《入沛宫》："泗亭春尽树婆娑，汉帝宸游不再过。魂魄有时还至沛，楼台落日半临河。风吹大泽龙蛇近，天入平沙雁鹜多。我亦远随黄绮去，东山重唱采芝歌。"③ 用汉代明，汉明意象在明末清初遗民创作众多诗歌中经常如此对应出现。作者内心颇多故国之思，借用伯夷叔齐采薇之典，表明誓死作一山村逸民的决心。诗人在《登歌风台》一诗中写道："日暮高台风大呼，沛宫子弟尚存无。莫言猛士今安得，已识真人先有符。杨柳岸高悬野渡，桃花沙暖入平芜。弥弥泗水还祠庙，谁见尘埃旧酒徒。"④ 沉痛至极！汉高祖一曲《大风歌》，气势何其昂扬，至今不见汉将士的威武雄壮，四方之境，竟遭异族践踏，祖国大地尽遭异族辱凌，大汉民族的精兵强将们，你们走到哪里去了，为什么不来挽救不幸的人们呢？

杜濬《关山月》："上有关山月，下有陇头水。月照行人不记年，流水无情流不已。月凄清，水呜咽，非秦非汉肠断绝。"⑤ 更是哀叹祖国尽为夷族所占，没有了立足之地，内心愁肠百结，伤心欲绝。阎尔梅《题昭烈庙》："高皇世祖两贻谋，章武还从末路收。自可王孙承帝统，宁容

---

① 《明遗民诗》，第499页。
② 同上书，第569页。
③ 同上书，第15页。
④ 同上书，第16页。
⑤ 同上书，第60页。

国贼篡神州。蛮方扩地曾名益，蜀士谈天直姓刘。（秦宓答吴使张温事。）诸葛死忠谌死孝，当时悔不斩谯周。"① 赞扬刘备能继承汉统，延续汉祚，岂能让奸贼们篡夺汉家帝位。作者认为尽忠尽孝的诸葛孔明未能在死前斩杀谯周，结果让谯周把蜀国带向投降的境地，这让人充满遗憾。

陈恭尹《沛中怀古》："汉皇生长难忘处，尺土犹书故宅名。四海自飞鸿鹄羽，中宵人哭白蛇声。轻沙浅草堪调马，习俗群儿敢说兵。千载英雄同一辙，徐州南是凤阳城。"② 既是哀吊汉高祖出生故地，早已荒凉衰败，也是暗吊明太祖乡凤阳一样衰败不堪，意在表达故国不堪回首，满目疮痍，哀伤之情，涌上心头。其《邺中怀古》："山河百战鼎终分，叹息漳南日暮云。乱世奸雄空复尔，一家辞赋最怜君。铜台未散吹笙伎，石马先传出水文。七十二坟秋草遍，更无人表汉将军。"③ 申涵光也有《邺下怀古》："漳南落木绕寒云，野雉昏鸦魏武坟。不信繁华成白草，还将歌舞属红裙。西园乱石来三国，古瓦遗书认八分。七十二陵空感慨，至今谁说汉将军。"④ 二诗可谓异曲同工，表面是在缅怀曹氏父子，但实际上通过曹氏父子墓陵衰败景象的描绘，意在怀念汉将军，也是两位作者缅怀故国的一种隐晦的表达。申涵光《题明妃画》："五月边霜毳帐秋，罗衣脱尽换貂裘。芦笳一夜肠应断，画上何缘不白头。"⑤ 通过对王昭君画的描述，指出昭君既然进入胡地，自应是愁心满怀，一夜愁白了头，怎能还是乌发苍苍呢？实际就是作者华夷之辨的显露，表达出对故国沦丧的悲伤。

李无植《咏史》："秦王制六合，焚书筑长城。万古以为罪，孰为原其情。典籍付煨烬，大易道独行。岂识理数原，尚留天地精。紫塞亘万里，外内界则明。春秋重此义，兹尚存典型。后世经术儒，剿说日益横。胡然南面尊，不耻城下盟。祖龙而有知，其气殊未平。"⑥ 高度肯定秦始皇修建长城而严分夷夏之功。作者在对比中，进而指出明末清初那一帮

---

① 《明遗民诗》，第 107 页。
② 同上书，第 226 页。
③ 同上。
④ 同上书，第 189 页。
⑤ 同上书，第 193 页。
⑥ 同上书，第 473 页。

无耻之徒，甘愿屈膝投降，毫无民族气节。在民族矛盾斗争激烈的明末清初，坚守民族大义就显得尤为重要。在这样的情况下，作者来为秦始皇打抱不平，实不为过。足见作者崇高的民族气节，宁愿饿死，也不食嗟来之食！

吕潜《登开元塔》（北宋筑以望契丹，一名料敌塔）："漠漠河山尽朔州，绀宫曾与作边筹。惊看白日凭飞履，绝少黄尘到敝裘。唐世何人分雁塞，宋家此地割鸿沟（州有唐城，宋与辽分界处）。于今北望休乘嶂，独寄征人万里愁。"① 通过对比唐宋边疆情形，慨叹盛世不再，更是现实的一种写照。祖国大地由一统到丢失殆尽，悲凉之感自然难忘。周斯《白沟河》："辽宋分疆在白沟，时人空怨石郎谋。长河本是无情物，却为中华呜咽流。"② 许承钦《白沟河》："辽宋曾戎马，风烟十六州。河声寒组练，朔气老毡裘。断饷忧英主，催军失故侯。良平持庙算，谁定割鸿沟。"③ 二诗都通过对白沟河的历史解读，哀叹明末史事的演进，竟也如大宋之历史进程一样，逐步走向灭亡。

明遗民通过对历史事件的仔细爬梳，选择有典型意义的人物、事件作为吟咏对象，来表达对故国往事的追忆，深切缅怀历史往事。

---

① 《明遗民诗》，第311页。
② 同上书，第404页。
③ 同上书，第427页。

第 四 章

论清代皇室的咏史创作

中国古代帝王以其独特的政治角色和君临尘寰的独特视角俯察现实社会，把他们对社会政治人生的感悟和思索、对治国安邦之道的探求和诠释、对重大历史事件的认识、理解、记忆和描绘以及重要历史经验的积累和总结形诸笔墨，借用诗词的形式加以表现，便构成一类特殊人物的独特创作。这些诗作与普通诗人的作品相比，自然是另一种风采和神韵。而历代帝王大都希望帝国统治能长治久安，永葆子孙后代，绵延不衰，以致千秋万代。因而，他们在深入总结历史经验教训之时，往往借助诗歌表达出来，成为一类独特的咏史诗。我们探求中国历代帝王的咏史诗，实际上就是在寻求一部别具一格的中国帝王诗歌史之一端，他们创作的诗歌是历史的见证，也是历史的一面镜子，其史料价值和文献价值，自不待言。在中国历史发展的长河中，历代帝王都很重视吸取经验教训，来为自己的统治服务，唐太宗就经常与朝臣讨论隋亡的教训，而悟出君民之间"水可载舟亦可覆舟"的道理。到了宋代，宋太祖就更是提出史书可以"鉴前世之兴衰，考当今之得失"[①]。宋神宗更认为司马光编撰史书能"鉴于往事，有资于治道"，而钦赐《资治通鉴》书名。随着历史的发展，作为中国封建社会发展史上的末世王朝——清朝统治者们更注重借鉴前朝得失，来为当下的社会政治服务，不仅组织臣工大力编纂史书，而且善于舞文弄墨，吟咏创作。尽管是少数民族政权，但是清朝历代皇帝们对于汉文化的借鉴吸收利用，丝毫不亚于前代汉族王朝帝

---

① （宋）司马光著，胡三省音注：《资治通鉴》附录《进书表》，中华书局1976年版，第9607页。

王们，入关后大多数清帝都有御制诗文集，并且几乎每一位都有咏史诗创作，可谓咏史诗创作史上帝王的最后辉煌，当然也取得了最耀眼的创作成就，成为中国诗歌发展史上的一颗明珠、一朵奇葩。

为了更鲜明准确描述清代皇帝咏史创作的情况，有必要先回顾一下清前各朝各代皇帝的咏史创作，理清历代皇帝们咏史创作发展的基本线索，进而更好探究其内在的发展规律。

第一节　清前皇帝的咏史创作

"秦皇汉武，略输文采；唐宗宋祖，稍逊风骚。一代天骄，成吉思汗，只识弯弓射大雕。"毛主席以千古伟人的心胸、气魄在《沁园春·雪》一词中，对古代帝王的文治武功作如此评价，而自信"俱往矣，数风流人物，还看今朝"豪情冲天，如此雄心壮志自是千古人杰的楷模。在历代皇帝的文化教育、文学创作活动中，史籍由于"历记成败存亡祸福古今之道"①，而受到帝王们的高度重视。他们既能从以前朝代的兴衰成败中吸取极为丰富的经验教训，又能从历代典章制度的因循变革损益中，借古鉴今，变革制度，更新措施，完善条例，稳定统治，实现代代相传，千秋万世永为一姓帝统的春秋美梦。因此，研究皇帝的咏史创作自是一件很有意义的事情。

通过对《先秦汉魏晋南北朝诗》《全唐诗》《全辽金诗》《全宋诗》《列朝诗集》《明诗综》《四库全书》《续修四库全书》《晚晴簃诗汇》《清代诗文集汇编》等典籍的检索，发现最早进行咏史创作的皇帝是李世民。唐代还有唐中宗、唐玄宗等也有咏史创作。宋代皇帝更加重视"以史为鉴"，也创作了较多咏史诗。辽金元三朝是少数民族政权，统治时间或长或短，皇帝大都戎马倥偬，对汉族文化中文人雅士的诗词创作不甚感兴趣，少有咏史创作。明太祖有数首咏史之作，其后皇帝，偶有咏史创作。而明代诸藩王和他们的后代倒是创作了一些宫词咏史作品。清朝尽管是少数民族建立的政权，但是爱新觉罗家族非常重视汉文化的学习。

---

① （汉）班固撰，（唐）颜师古注：《汉书》卷三十《艺文志》，中华书局1975年版，第1732页。

从在关外到入关后，历代皇帝所接受的教育都十分严格，尤其是康熙至乾隆间，甚而可以说直至咸丰朝以前，清朝各位皇帝都受到极好的教育。他们的老师大都是当时天下硕儒，他们或天资聪颖，或勤学不辍，个人文学文化素养较高，吟诗作赋已成为他们为政之余轻车熟路的骚人雅事，甚至成为他们扬才使能的个人表演。像乾隆皇帝四万余首的诗歌创作总量，可谓千古一人。当然，为保证江山永世不坠、万古长青，他们更积极地从历史中借鉴、吸取经验教训。这样一来，明确的目的倾向性与极好的个人能力修养等条件的完美结合，在一定程度上促进了清代皇帝咏史创作的发达状态。当然，这也与清代的时代文化氛围紧密相连，比如集大成的时代文化特征，清代咏史创作的高度繁荣，朝臣间的紧密互动等。

首先来看一下唐太宗李世民的咏史创作。李世民经常与朝臣讨论前朝史事，鉴往知来。据《旧唐书·魏征传》记载：唐贞观十七年（643），直言敢谏的魏征病死了。唐太宗很难过，流着眼泪说："夫，以铜为镜，可以正衣冠；以史为镜，可以知兴替；以人为镜，可以知得失。魏征没，朕亡一镜矣！"①《新唐书》中《魏征传》也有类似记载。唐太宗善于纳谏，开创了中国历史上著名的"贞观之治"。他积极借鉴历史上成败得失经验作为王朝统治的鉴戒，实为"以古为鉴"的典范。而李世民恰恰也是中国历史上第一位进行咏史创作的封建君王。其《登三台言志》诗曰："未央初壮汉，阿房昔侈秦。在危犹骋丽，居奢遂役人。岂如家四海，日宇罄朝伦。扇天裁户旧，砌地翦基新。引月擎宵桂，飘云逼曙鳞。露除光炫玉，霜阙映雕银。舞接花梁燕，歌迎鸟路尘。镜池波太液，庄苑丽宜春。作异甘泉日，停非路寝辰。念劳惭逸己，居旷返劳神。所欣成大厦，宏材伫渭滨。"②登览古迹，沧海桑田，兴衰成败，历历在目，不由感慨顿生，怀古而言志，李世民自是览古鉴今的帝王英才。在《赋尚书》一诗中，李世民以古帝王成败得失作为"史镜"的意思更为明确。其诗曰："崇文时驻步，东观还停辇。辍膳玩《三坟》，晖灯披《五典》。寒心睹肉林，飞魄看沉湎。纵情昏主多，克己明君鲜。灭身资累恶，成名

---

① （后晋）刘昫：《旧唐书》卷七十一《魏征传》，中华书局1997年版，第2561页。
② （清）彭定求等：《全唐诗》，中华书局1960年版，第6页。

由积善。既承百王末，战兢随岁转。"① 李世民在治国之时，积极从历史中吸取经验教训，从而奠定开创了中国封建社会鼎盛时期。李世民还在《咏司马彪续汉志》诗中指出："二仪初创象，三才乃分位，非惟树司牧，固亦垂文字。绵代更膺期，芳图无辍记。炎汉承君道，英谟纂神器。潜龙既可跃，逵兔奚难致。前史殚妙词，后昆沈雅思。书言扬盛迹，补阙兴洪志。川谷犹旧途，郡国开新意。梅山未觉朽，穀水谁云异。车服随名表，文物因时置。凤戟翼康衢，銮舆总柔辔。清浊必能澄，洪纤幸无弃。观仪不失序，遵礼方由事。政宣竹律和，时平玉条备。文囿雕奇彩，艺门蕴深致。云飞星共流，风扬月兼至。类禋遵令典，坛墠资良地。五胜竟无违，百司诚有庇。粤予承暇景，谈丛引泉秘。讨论穷义府，看核披经笥。大辨良难仰，小学终先匮。闻道谅知荣，含毫孰忘愧。"② 高度赞扬了司马彪续修《汉书》的伟大历史功绩。

还要指出的是太宗的妃嫔徐惠曾作咏史诗《长门怨》："旧爱柏梁台，新宠昭阳殿。守分辞芳辇，含情泣团扇。一朝歌舞荣，昔日诗书贱。颓恩诚已矣，覆水难重荐。"③ 方艳《〈长门怨〉与中晚唐幕府文士的政治道德观》指出："根据学者的研究统计，现存以《长门怨》为题的唐诗共计三十七首，涉及诗人三十三人，徐惠所作是唐代同题诗歌中唯一的嫔妃和女性作者。"④ 徐惠的《谏太宗息兵罢役疏》是一篇历史上罕见而杰出的女性政论文章，为历代史家所重；被收入《旧唐书》《新唐书》《贞观政要》《资治通鉴》等多部重要典籍中。乾隆皇帝曾赞赏说："元成有言，愿为良臣。流风不振，乃自宫嫔。徐妃上书，东征抗陈。惜哉唐宗，纳而弗断。外事征讨，内营宫馆。顿忘初年，如圜斯转。"⑤ 史梦兰在《全史宫词》中琵琶反弹，结合徐惠一生事迹，对徐惠所写《进太宗》一诗："朝来临镜台，妆罢暂徘徊。千金始一笑，一召讵能来？"进行全面

---

① （清）彭定求等：《全唐诗》，中华书局1960年版，第10页。
② 同上。
③ 同上书，第59页。
④ 方艳：《〈长门怨〉与中晚唐幕府文士的政治道德观》，《安庆师范学院学报》（社会科学版）2002年第6期。
⑤ （清）鄂尔泰、张廷玉等编纂，左步青校点：《国朝宫史》，北京古籍出版社1994年版，第146页。

改写，逆意而行。其诗曰："拟就离骚早负才，妆成把镜且徘徊。美人一笑千金重，莫怪君王召不来。"清人贺裳在《载酒园诗话》中评论说："一朝歌舞荣，夙昔诗书贱，岂徒宫闱中，士之变塞者类然也。此语殆参透人情。贤妃诗饶有气骨，殆非上官婉儿可比。"① 自此不难看出后人对于徐惠的称赏之情。在古代后宫之中，才女非少，而能像徐惠这样才貌双全，尽心辅佐皇帝而又安守本分的妃嫔实不多见，也可谓一朵奇葩。自此也就能够理解，在唐代社会中，女性的社会政治地位在一定程度上是超迈前代，傲视后代的。

唐中宗李显《幸秦始皇陵》诗曰："眷言君失德，骊邑想秦馀。政烦方改篆，愚俗乃焚书。阿房久已灭，阁道遂成墟。欲厌东南气，翻伤掩鲍车。"② 作于景龙三年十二月十八日，死前一年所作，感慨颇深。李显一生处于母后武则天的掌控之下，身经改周复唐等变故，两度登基称帝，临幸秦始皇陵，人生感触在此喷薄而出。秦始皇由于失德而亡天下，更有焚书坑儒的愚昧之举，最后落得个鲍鱼掩尸的结果。历史的硝烟早已掩埋了秦帝辉煌，而自己又会是什么样呢？中宗一生懦弱，任凭母后武则天和皇后韦氏摆布，临死前的此番感慨，似有应照。

开元盛世的开创者唐玄宗也创作有数首咏史之作。如缅怀先辈开创大唐基业之难的《过晋阳宫》："永言念成功，颂德临康衢"，"艰难安可忘，欲去良踟蹰"。还有《行次成皋途经先圣擒建德之所缅思功业感而赋诗》："先圣按剑起，叱咤风云生"，继承先辈鸿业，发扬而光大之，"顾惭嗣宝历，恭承天下平。幸过翦鲸地，感慕神且英"③。还有《经邹鲁祭孔子而叹之》："夫子何为者，栖栖一代中。地犹鄹氏邑，宅即鲁王宫。叹凤嗟身否，伤麟怨道穷。今看两楹奠，当与梦时同"④。唐玄宗开元十三年十一月，唐玄宗到泰山祭天，行封禅大礼。封禅之后，顺道经曲阜至孔子宅，派出使者以太牢祭孔子墓，有感而发，作此诗。此诗嗟叹了孔子复杂坎坷、栖遑不遇的一生，对孔子生前的际遇深表同情，对他寄

---

① 郭绍虞编选，富寿荪校点：《清诗话续编》，上海古籍出版社1983年版，第295页。
② （清）彭定求等：《全唐诗》，中华书局1960年版，第24页。
③ 同上书，第26页。
④ 同上书，第30页。

予了深深的悼念。诗中连用数典，比较集中地概括了孔子心怀壮志而始终不得志的一生，表现了对孔子的尊崇，是中国封建社会中尊儒思想的反映。全诗命意严正，构思精巧，语言朴实，风格沉郁。沈德潜评此诗说："孔子之道，从何处赞叹？故只就不遇立言，此即运意高处。"纪昀评此诗说："只以唱叹取神最妙。""五六句叹嗟伤怨，用字重复，虽初体常有之，然不可为训。"①

同时，唐玄宗还命朝臣和诗，如张九龄《奉和圣制经孔子旧宅》："孔门太山下，不见登封时。徒有先王法，今为明主思。恩加万乘幸，礼致一牢祠。旧宅千年外，光华空在兹。"② 张说《奉和圣制经邹鲁祭孔子应制》："孔圣家邹鲁，儒风蔼典坟。龙骖回旧宅，凤德咏馀芬。入室神如在，升堂乐似闻。悬知一王法，今日待明君。"③ 各诗立意高下有别，艺术技巧有差，但却能反映出唐玄宗朝臣对孔子的一片尊崇之意。

唐玄宗不仅善于总结历史经验，对英雄人物也颇为推崇。如《过王濬墓》："吴国分牛斗，晋室命龙骧。受任敌已灭，策勋名不彰。居美未尽善，矜功徒自伤。长戟今何在，孤坟此路傍。不观松柏茂，空馀荆棘场。叹嗟悬剑陇，谁识梦刀祥。"④ 王濬率领大军一举灭吴，为晋一统天下，建立了千秋不朽勋业，但是英名不彰，英雄而悲剧，令人扼腕叹息。诗意颇有凄凉之感。唐玄宗还有对圣贤孔子、老子的诵叹，如《过老子庙》："仙居怀圣德，灵庙肃神心。草合人踪断，尘浓鸟迹深。"⑤ 对老子的圣德神心，隐居高处，给予高度赞赏。

赵宋王朝推行"右文政策"，最高统治者在全面深入总结历史经验教训方面，相比前代显然是有过之而无不及。他们不仅重视编撰前代史书，览古鉴今，而且身体力行，为天下臣民做出表率。宋太祖提出史书可以"鉴前世之兴衰，考当今之得失"，宋神宗认为司马光编撰《资治通鉴》是"鉴于往事，有资于治道"，而钦赐此名。由此不难发现，《资治通鉴》的撰写不仅是史家治史以资政现实自觉意识增强的表现，也是封建帝王

---

① 于海娣等：《唐诗鉴赏大全集》，中国华侨出版社2010年版，第207—208页。
② （唐）张九龄撰，熊飞校注：《张九龄集校注》，中华书局2008年版，第13页。
③ （清）彭定求等：《全唐诗》，中华书局1960年版，第943页。
④ 同上书，第29页。
⑤ 同上书，第31页。

利用史学为政治服务自觉意识增强的表现。而赵宋皇帝也乐于咏史创作，从北宋真宗直到南宋度宗，历代皇帝咏史创作活动不断，尤其注意吟咏孔子等历代名贤前哲。宋人王应麟《玉海》卷三十中详细记述了宋真宗祥符年间创作《读十一经诗》和《读十九代史诗》的过程：

> 七年六月庚辰，上作《周易诗》三章，赐群臣和。先是上每著歌诗，间命辅臣宗室两制馆阁属和，而资政殿龙图阁学士待制和尤多。至是遍咏经史，（中略）则百僚并赋。七月辛亥，作《尚书诗》三章，八月庚午作《春秋诗》三章，九月甲申作《毛诗诗》三章，庚戌作《周礼诗》三章，十月甲戌作《仪礼诗》三章，十二月庚辰作《公羊诗》三章，八年正月丁未作《谷梁诗》三章，闰六月癸巳作《孝经诗》三章，赐群臣和。七月辛未作《史记诗》三首，八月甲申作《前汉书诗》三首并注，赐群臣属和。乙未作《后汉书诗》，辛丑作《三国志诗》，九月庚申作《晋书诗》，十月辛巳作《宋书诗》，十一月戊申作《南齐书诗》，辛未作《梁书诗》，十二月己亥作《陈书诗》。王旦等曰："陛下非惟多闻广记，实皆取其规鉴。"九年正月辛未，作《后魏书诗》，三月癸丑作《北齐书诗》，四月甲申作《后周书诗》，五月乙丑作《隋书诗》，十月戊寅作《唐书诗》，十二月癸未作《五代梁史诗》，天禧元年正月壬戌作《后唐史诗》，二月辛未作《晋汉周史诗》并注，赐群臣属和。其读十一经也，起七年六月庚辰，成于八年闰六月癸巳，其读十九史也，起八年七月辛未，成于天禧元年二月辛未。①

宋人李焘《续资治通鉴长编》卷八二也有类似记述：

> （宋真宗）庚辰上作《悯农歌》，又作《读十一经诗》，赐近臣和。上每著歌诗，间命宰辅宗室两制三馆秘阁官属继和，而资政殿龙图阁学士所和尤多。至是遍咏经史，三司谏官御史或预赓载若大

---

① （宋）王应麟：《玉海》卷三十，文渊阁《四库全书》第943册，上海古籍出版社1987年版，第723页。

礼庆成及酺会，则百僚并赋，其后梅洵等以馆职居外任，表求次韵，诏写本，附驿赐之。①

《资治通鉴后编》卷三十中的记载与之相似，简略记作"庚辰帝作《悯农歌》，又作《读十一经诗》，赐近臣和"。

通过以上材料的排比罗列，至少可以说明的是宋真宗的确进行了大规模的咏史创作，只可惜宋真宗墨宝闻而不传，不能一睹真容，不可了解其创作的思想旨趣，内容艺术特色。但是通过当时在直集贤院，为国史编修官的朝臣夏竦和作，略能一窥斑豹。

夏竦奉和御制创作有一组咏史诗，用五言律诗体，创作了《史记》三首，《前汉书》三首，《后汉书》三首，《三国志》三首，《晋书》三首，《宋书》二首，《陈书》二首，《魏书》三首，《北齐书》二首，《周书》三首，《隋书》三首，《唐书》三首，《五代史》中《梁史》二首、《后唐史》二首、《晋史》二首、《汉史》二首、《周史》二首等。他在诗中抒发自己阅读史书的感想，进而总结历史成败兴亡的经验教训。他在写法上承袭班固首创正体咏史创作方法，直书史事，一题之下，反复吟咏，创作了总计四十三首咏史作品。如《奉和御制读史记诗》："陶唐明历象，茂气与天通。举正分星度，归余定岁功。孟陬名不殄，南正道弥隆。自此垂三代，循环协大中。"其二："昭昭齐鲁事，千载著良箴。欲辨为邦体，先观布政心。变民非远略，从简是徽音。北面无馀意，诚因惠物深。"其三："汉武将从禅，须如亟释兵。甘泉诚毖祀，乔岳纪尊名。加礼崇休祉，修封盖号荣。岂同承帝箓，肆觐正权衡。"② 基本都是平铺直叙，概陈史事，艺术价值不高。

现存还有夏竦《奉和御制看毛诗诗》三章，其一："周道洽平，声动文成。周王弃善，俗移风变。哀乐异心，治乱殊音。心发言从，影响攸同。政行音类，埙篪靡异。实教化之所由，故能经乎天而纬乎地。"其二："生民尊祖，时迈告成。江汉拨乱，凫鹥持盈。四诗之道，始于和

---

① （宋）李焘：《续资治通鉴长编》卷八十二，文渊阁《四库全书》第315册，上海古籍出版社1987年版，第308页。

② 《全宋诗》第3册，北京大学出版社1991年版，第1770页。

平。五际之变，通于晦明。宣宥密之基命，扬遹骏之休声。或箴规于阙政，或叹咏于芳馨。"其三："温柔之教，政治之源。瞽能诵兮可以谏，士不学兮无以言。盖盛衰之所系，故讽谕之攸存。惟圣心兮垂思，永大庇兮元元。"① 采用四言句式，赞颂《诗经》在教化万民中所发挥的重要作用。作者在称赏之余，还不忘发挥诗歌的规谏作用，劝导圣上虚心纳谏，护佑天下苍生。由此也可以说明宋代朝臣互动创作咏史诗的繁荣局面。

宋徽宗在大观二年作有《题唐十八学士图二首》诗云："有唐至治咏康哉，辟馆登延经济才。廱泮育贤今日盛，汇征无复隐蒿莱。"其二云："儒林华国古今同，吟咏飞毫醒醉中。多士作新知入彀，画图犹喜见文雄。"② 作为多才多艺的皇帝，宋徽宗还善于绘画，题画咏史创作自然十分得心应手。宋徽宗虽然大力赞赏唐太宗招揽人才、奠定盛世的举措，但是在治国理政方面，无疑是一个失败者，最后落得个国破家亡，身死异国悲剧。因而也可以说，鉴史容易，执行甚难，读史鉴今要取得成效更需要强用力的实际行动。

靖康之变，北宋灭亡，宋高宗偏安一隅，大好江山只剩半壁，而南宋的经济文化事业还是有很大发展的。自宋高宗起，南宋有多位皇帝创作过咏史诗。

宋高宗在《中和堂》一诗序中说："孟夏壬戌，来登斯堂。远瞩稽山，思夏后之功；俯瞰涛江，怀子胥之烈。赋古诗一首。"诗云："六龙转淮海，万骑临吴津。王者本无外，驾言苏远民。瞻彼草木秀，感此疮痍新。登堂望稽山，怀哉夏禹勤。神功既盛大，后世蒙其仁。原同越句践，焦思先吾身。艰难务遵养，圣贤有屈伸。高风动君子，属意种蠡臣。"③ 靖康事变后，宋高宗颠沛流离在江浙一带，在中和堂登高望远，是抒发情志佳作。宋高宗远望稽山，赞美夏禹勤劳治国之神功，感念时局，痛恨金人攻陷汴京，掳掠徽、钦二帝之耻辱，表达自己要向越王勾践及伍子胥学习，君臣齐心，复国雪耻的远大志向。

---

① 《全宋诗》第3册，第1763页。
② 《全宋诗》第26册，第17077页。
③ 《全宋诗》第35册，第22213页。

宋人潜说友《(咸淳)临安志》卷十一行在所录，宋高宗《御制宣圣七十二贤赞并序》说："朕自睦邻息兵，首开学校教育，多士以遂忠良。继幸太学，延见诸生，济济在庭，意甚嘉之，因作文宣王赞。机政馀闲，历取颜回七十二人亦为制赞，用广列圣崇儒右文之声。复知师弟子间，缨弁森森，覃精绎思之训，其于治道亦庶几焉。"其咏赞孔子诗曰：

孔子赞

赞：大哉宣圣，斯文在兹。帝王之式，古今之师。志则春秋，道由忠恕。贤于尧舜，日月其誉。惟时载雍，戡此武功。肃昭盛仪，海宇聿崇。①

诗歌高度赞扬孔子在国家统治思想建设方面作出的重大贡献，因而赢得了千秋不朽盛名，成为万众仰慕的对象。

宋人潜说友《(咸淳)临安志》卷十一记述宋理宗《御制御书道统十三赞并序》曰："朕获承祖宗右文之绪，祗遹燕谋，日奉慈极，万几馀闲，博求载籍，推迹道统之传，自伏羲迄于孟子，凡达而在上其道行，穷而在下其教明，采其大旨，各为之赞，虽未能探赜精微，姑以寓尊其所闻之意云耳。"其诗曰：

孔子

圣哉尼父，秉德在躬。应聘列国，道大莫容。
六艺既作，文教聿崇。今古日月，万代所宗。

孟子

生禀淑质，教被三迁。博通儒术，气养浩然。
深造自得，亚圣之贤。高揖孔氏，独得其传。②

---

① (宋)潜说友：《(咸淳)临安志》卷十一，浙江巡抚采进本，文渊阁《四库全书》第490册，上海古籍出版社1987年版，第128页。
② 同上书，第126—127页。

宋理宗从孔子、孟子的人生经历入手，赞颂他们在文化教育事业中作出的重要贡献，进而名扬青史，万古颂扬。这也能够反映出宋代右文政策对历代皇帝影响。宋代皇帝们大多具有较高文化素养，尊奉孔孟之道，文学创作活动频繁，取得了较高成就。

清人王昶在《金石萃编》卷一百五十二中记载了宋理宗道统赞碑的情况：

> 碑十六石俱高五尺七寸广三尺惟第三石四行馀俱五行每行或十一字七字八字不等正书在杭州府学
>
> 按此碑杭州府志题曰《历代帝王圣贤赞》，据碑赞凡十三帝王惟伏羲尧舜禹汤文武，圣贤惟周孔颜曾思孟，则不得以历代赅之。理宗御制序谓："推迹道统之传，自伏羲迄于孟子，是专为道统作赞也"。《宋史·道学传序》曰："道学之名，古无是也。三代盛时，天子以是道为政教，大臣百官有司以是道为职业。文王周公既没，孔子有德无位，与其徒定礼乐、明宪章，删《诗》修《春秋》，赞易象讨论坟典，期使三五圣人之道昭明于无穷。孔子没，曾子独得其传，传之子思，以及孟子。孟子没，而无传。"此理宗之传，所以上自伏羲，以迄孟子，专明道统，不及他人也。理宗纪载淳祐元年正月甲辰诏曰："朕惟孔子之道，自孟轲后不得其传，至我朝周惇颐，(《续通鉴》避讳，但称周顺）张载、程颢、程颐真见实践，深探圣域。千载绝学，始有旨归。中兴以来，又得朱熹精思明辨，表里混融，使《大学》《论孟》《中庸》之书本末洞彻，孔子之道益以大明于世。"朕每观五臣论著，启沃良多，今视学有日，其令学官列诸从祀，以示崇奖（王安石削去从祀，亦在此时）。戊申幸太学，谒孔子，遂御崇化堂，命祭酒曹觱讲《礼记》《大学》篇，监学官各进秩一等，诸生推恩赐帛有差，制道统十三赞，就赐国子监，宣示诸生。碑所载与史合。又理宗本纪赞曰："宋嘉定以来，正邪贸乱，国是靡定。自帝继统，首黜王安石孔庙从祀，升濂洛九儒，表章朱熹。四书丕变，士习视前朝奸党之碑，伪学之禁，岂不大有径庭也哉。身当季运，弗获大效，后世有以理学复古帝王之治者。考论匡直辅翼之功，实自帝始焉。盖以党碑伪学相较论正，谓此碑之于帝王治道，

大有关系也。"碑惟阙三行，是文王赞，馀俱完好。前有庚寅御书印，后有辛丑御书之宝印。庚寅是绍定三年，辛丑是淳祐元年。然则此赞是辛丑重书上石矣。碑在杭州府学，今之府学即南宋临安府学，非国子监也（国子监址详见前）。①

通过王昶按语考证，不难理解宋理宗创作道统十三赞的深刻用意，理顺道统传递关系，以正民心。宋理宗一直希望使理学成为正统官学，早在宝庆三年（1227）就封朱熹为信国公。端平更化后，朱熹和理学大师周敦颐、程颢、程颐、张载都先后被入祀孔庙。淳祐元年（1241）理宗又分别加封周敦颐为汝南伯、程颢为河南伯、程颐为伊阳伯、张载为郿伯。景定二年（1261），理宗排定入祀孔庙的名单包括：司马光、周敦颐、程颢、程颐、张载、朱熹、邵雍、张栻、吕祖谦。其中除司马光外，剩下的都是理学代表人物。从而也就不难发现宋理宗朝尽管权奸把持朝政，大宋江山日益风雨飘摇，宋理宗荒淫败政，但是他极力表彰理学，在理学发展上确实有所贡献。也可以发现他是深知理学传承脉络的。

宋度宗也撰有一些经书赞文，如《春秋赞》云："微显阐幽，三体五例。严乎成言，褒贬一字。"又《周礼赞》："肇建六典，条章焕明。万世之则，太平之基。"通过赞体韵文形式阐释经书精义，难能可贵。他还创作有《自警》诗："孳孳为善，无怠讲习。心思唐虞，圣道可入。"其二："私既克，理是从。中则正，公则平。操则存，德日新。"②对事物的认识也可谓深入。只是在朝期间，荒淫无能，致使大宋江山越发江河日下。宋度宗身亡国不灭，竟成为幸事。此后宋王朝就迎来了亡国之祸，以后数君皆未能有咏史之作了。

宋代皇帝雅好读史，并亲自吟咏史诗，直接开启宋代咏史创作繁盛局面，而且对后世帝王咏史创作也产生了较为深远影响。

辽代文学总体成就不高，但两位皇后的咏史之作在皇室咏史创作中却有典型意义。辽道宗皇后萧观音《怀古》诗曰："宫中只数赵家妆，败

---

① （清）王昶：《金石萃编》卷一百五十二，清嘉庆十年刻同治钱宝传等补修本，《续修四库全书》第890册，上海古籍出版社1987年版，第672—674页。
② 《全宋诗》第69册，第43318页。

雨残云误汉王。惟有知情一片月，曾窥飞燕入昭阳。"① 诗人通过讽刺赵飞燕的不贞而显露心声，表明自己的清白无辜。萧观音尽管贤淑多才却因进谏道宗而失宠，又受到耶律乙辛等诬陷，被道宗赐死。辽天祚帝文妃萧瑟瑟见女真强兵压境，不忘以《咏史》来讽刺延禧。萧瑟瑟创作《咏史》是真正意义上借古鉴今，讽谏时政的标准咏史诗。诗题小注表明她创作目的："契丹不信忠良，屡谏不听，瑟瑟因作史诗以讽谏焉。"其诗曰："丞相朝来兮剑佩鸣，千官侧盼寂无声。养成外患兮嗟何及，祸尽忠臣兮罚不明。亲戚并居兮藩屏位，私门潜畜兮爪牙兵。可怜往代兮秦天子，犹向宫中兮望太平。"对比《讽谏诗》："勿嗟塞上兮暗红尘，勿伤多难兮畏夷人。不如塞奸邪之路兮，选取贤臣。直须卧薪尝胆兮，激壮士之捐身。可以朝清漠北兮，夕枕燕云。"② 可见萧皇后目光之远大，诚为贵妃中豪杰，虽然艺术上，不够含蓄有致，有直露之病，但是作为女性却敢于直谏，善于借古鉴今，这实在是难能可贵的。而这也仅在少数民族政权中能偶一显现，在汉族王朝政权中则是难以想象的，只可惜二人命运悲惨，都被冤而逝。

完颜金朝近百年统治，汉化迅速，文化事业取得较高成就。末世王孙完颜璹颇得时人推崇，完颜璹创作有咏史诗《马伏波》："可叹迂疏一老翁，岂堪床下拜梁松。明珠薏苡犹难辨，万里争教论杜龙。"《留侯》："辟谷轻身慕赤松，不知谁举傅春宫。君方避溺犹居水，忍使徐波及四翁。"③ 也都能别出一格，异于常情立论，足见大金皇室贵胄对汉文化学习的深入。

元蒙百年统治，武功了得，文化却较为衰弊，少数民族出身的皇帝，由于生活习俗、民族文化间的差异，弯弓射大雕是其优长，而其文化修养相比汉族统治者，差距甚大，舞文弄墨，吟诗作词，自非擅作，鲜有咏史创作。

大明王朝近三百年统治，文化复兴，复古浪潮一波接着一波。而有明一代最高统治者，明君不多，却颇产昏君，荒淫昏庸，不学无术。开

---

① 阎凤梧、康金声主编：《全辽金诗》，山西古籍出版社1999年版，第33页。
② 同上书，第72页。
③ 同上书，第1853页。

国太祖尤厌文士,大肆杀戮,实行文化专制政策。明代中期以后皇子教育,极为松散,读书颇似儿戏。只有明太祖、成祖、宪宗、孝宗等数位皇帝有咏史创作,但是值得注意的是,明朝所封藩王及子孙之中却颇有擅长吟诗作赋之人,创作了较多的咏史宫词作品。

清人黄中在《黄雪瀑集》中《明太祖集题》一文中描述说:"明太祖文集缺略未备。以成祖入金陵时,建文帝火焚大内,图书煨烬。成祖举动严峻,虽收之民间而避匿尚多,是以散佚不全。余广搜博采,汇集成编。其文章如日月之经天,江河之沛地,如震雷,如闪电,如甘雨,如和风,英姿雄略,真与汉诏齐驱,所以削平宇内,奠定生民,卜祀三百,一统河山,岂偶然哉。辛酉三月晦前一日书。"① 足见明太祖文学创作,是颇有帝王气势的。

朱元璋创作的咏史诗主要是对唐太宗和李白的赞扬。《明太祖集》卷十六中的四言赞体咏史诗主要赞扬唐太宗。如《唐太宗出猎图赞》:"景物秋作,草木黄落。苍鹰翻轻,大健时攫。天子出猎,狐狼失魄。内乱已平,诸夷就缚。文武雄才,民歌且乐。"②《唐太宗拳毛䯄图赞》:"鬃翻墨云,合裂神枢。霆飞电掣,突雾冲烟。眠霜卧雪,折旋擒侮。力健无竭,追风何及,骒骊岂与并列,快哉神蛟,唐君心悦。"③ 吟咏唐太宗一统天下,建立丰功伟业。这实际上就是明太祖的夫子自道之语。唐太宗的勇猛征战,一统天下,不正是明太祖在平定诸多地方豪杰,推翻元朝统治过程中的历史记忆吗?虽然朱元璋的文武雄才稍逊李世民,但也做到了使天下生民安乐生活,也是值得称赏的一代雄主。明太祖此咏很有些英雄惺惺相惜之感。此外,朱元璋还吟咏了一些佛教人物。

明太祖还创作有数首吟咏李白事迹诗歌。如《明太祖集》卷十九《咏李白短歌行》:"渔樵较长短,是非盈耳满。话尽诚渺茫,山水各悠长。买臣文章中,磻溪望鬓霜。两人隔千古,美恶皆一场。争能在当时,雄气超榆桑。罢钓平纣暴,休樵饮琼觞。贤愚自不泯,黑白成殊光。"④

---

① (清)黄中:《黄雪瀑集》,清康熙泳古堂刻本,《四库未收书辑刊》七辑第23册,北京出版社1997年版,第581页。
② (明)朱元璋撰,胡士萼点校:《明太祖集》卷十六,黄山书社2014年版,第356页。
③ 同上书,第371页。
④ (明)朱元璋撰,胡士萼点校:《明太祖集》卷十九,黄山书社2014年版,第432页。

卷二十中《咏李白游洞庭湖》："苍梧山色水何分，碧镜澄湖杳渺云。惟有古人堪羡处，湘妃犹自望虞君。"①《咏李白早发白帝城二首》诗曰："白帝城高万叠间，江云朝出暮犹还。信知千古英雄地，虽险应须德作山。"又曰："谪仙东下入瞿间，一叶扁舟日日还。闻说冲涛千尺浪，两江极目尽皆山。"②《咏李白秋下荆门》："在帆高挂映长空，且喜新秋冷露风。数日轻舟归似箭，须臾系柳泊吴中。"③ 自幼出身贫寒的明太祖，通过勤奋学习，能有如此诗歌创作成就自是非同一般之人，尤其是"信知千古英雄地，虽险应须德作山"。颇有帝王高瞻远瞩，雄视天下的英雄气魄。通过这些诗歌也反映出朱元璋对李白的倾慕之情，自是深厚。

朱元璋还有吟咏老子诗作，在《明太祖集》卷十六中有《老子赞》："心渊泉而莫测，志无极而何量。惚恍其精而密，恍惚其智而良。宜乎千古圣人，务晦短而云长。"④ 卷二十《题老君废庙》："庙古鸦昏集，遥瞻起敬心。路幽人迹杳，碑偃草丛深。度关先紫气，去后永沉沦。惟有庭前树，多年茂作林。"⑤ 称赏《道德经》神秘高远，老子堪称千古圣人，但是在现实中，老子庙如此破败萧条，尤其令人伤感。

在《明太祖集》卷十九中还有《题西施》一诗："天生两奇绝，越地多群山。万古垂青史，西施世美颜。窈窕精神缓，悠然体态闲。笑拥丹唇脸，皓齿出其间。一召起闾里，句践扼雄关。伐谋应得志，西浙径亲攀。铁甲乘湖渡，黄池兵未还。"⑥ 对西施美貌的赞赏可谓，在古代咏西施诗中，别具一格，尤其是通过侧面描写，把西施无法言说的美，生动细腻具体可感描绘出来，诗人笔力由此可见一斑。

另外，明朝皇帝创作的咏史诗据清人陈田所编《明诗纪事》记载，还有如下一些：

《阙里孔子庙诗》："巍巍元圣，古今之师。垂世立言，生民是资。天将木铎，以教是畀。谓欲无言，示之者至。惟天为高，惟道与参。惟地

---

① （明）朱元璋撰，胡士萼点校：《明太祖集》卷十九，黄山书社2014年版，第463页。
② 同上。
③ （明）朱元璋撰，胡士萼点校：《明太祖集》卷二十，黄山书社2014年版，第464页。
④ （明）朱元璋撰，胡士萼点校：《明太祖集》卷十六，黄山书社2014年版，第357页。
⑤ 同上书，第439页。
⑥ （明）朱元璋撰，胡士萼点校：《明太祖集》卷十九，黄山书社2014年版，第432页。

为厚，惟德与含。生民以来，实曰未有。出类拔萃，难乎先后。示则不远，日用攸趋。敦序有彝，遵于圣模。仰惟皇考，圣道实崇。礼乐治平，身底厥功。曰予祇述，讵敢或懈。圣绪丕承，仪宪永赖。岩岩泰山，鲁邦所瞻。新庙奕奕，饬祀有严。鼓钟锽锽，璆磬戛击。八音相宣，圣情怡怿。作我士类，世有才贤。佐我大明，于斯万年。"① （陈）田按，明代御制阙里孔子庙碑文及诗凡三见，成祖此诗，其开先也。宪宗、孝宗诗具后。

《阙里孔子庙诗》："天生孔子，纵之为圣。生知安行，仁义中正。师道兴起，从游三千。往圣是继，道统流传。六经既明，以诏后世。三纲五常，昭然不替。道德高厚，教化无穷。人极斯立，天地同功。生民以来，卓乎独盛。允集大成，实天所命。有天下者，是尊是崇。曰性圣道，曷敢勿宗。顾予眇躬，承此大业。惟圣之谟，于心乃惬。用之为治，以康兆民。圣泽流被，万世聿新。报典之隆，尤在阙里。庙宇巍巍，于兹重美。文诸贞石，以光于前。木铎遗响，于千万年。"（陈）田按，成化四年六月，阙里重修孔庙成，茂陵御制碑文，并系以诗，八月御制碑亭成，衍圣公孔弘绪具表谢。十二年祭酒周洪谟请加孔庙边豆，诏从之，增为十二遵学士，商辂告文庙，王献告于阙里。余检吴宽鲍庵家藏集，有曲阜重修夫子庙碑诗云：于赫皇明，建国十纪。文教诞敷，及远自迩。明圣得师，维道顾諟。尊之崇之，有乐有礼。纷其羽钥，错其簠簋。谓此器数，罔惬仰企。乃诏有司，乃鸠役使。乃伐坚石，乃削文梓。长庑重门，崇檐厚址。剥落以完，漫漶以批。革故为新，众目改视。是成化中，两修阙里孔庙。鲍庵诗中述及羽钥簠簋，当在十二年，增加边豆后矣。②

《阙里孔子庙诗》："圣人之生，天岂偶然。命之大君，俾赞化权。二帝三王，君焉克圣。继天立极，道形于政。大化既洽，至治斯成。巍巍荡荡，浑乎难名。周政不纲，道随时坠。孔子圣人，而不得位。乃稽群圣，乃定六经。万世之师，于焉足征。自汉而下，数千余岁。褒典代加，有隆勿替。于皇吾祖，居正体元。六经是师，卓尔化原。列圣相承，先

---

① （清）陈田：《明诗纪事》甲签卷一上，《续修四库全书》第1710册，上海古籍出版社2002年版，第242页。

② 同上书，第245页。

后一揆。逮及朕躬，思弘前轨。庙貌载崇，祀事孔禋。经言典训，弥谨弥敦。俗化治成，日升川至。斯道之光，允垂万世。"① 足见明代前期几位君主对孔子的尊崇之情。

清人张豫章《四朝诗》记载中，还有明宣宗《祖德诗》：

恭惟我仁祖，躬备大圣德。天性禀纯粹，温恭而允塞。笃志在仁义，兼亦贵稼穑。宝玉之所藏，山川被光泽。

维时属遘屯，畎亩之自适。进退与道俱，玉德怀贞白。皇天鉴昭晰，宝命所繇锡。笃生太祖圣，配天立人极。

海内如鼎沸，土壤分割析。苍生靡怙恃，俛伏毙毒螫。仗剑起濠梁，奉天拯焚溺。再驾定东南，一举下西北。

旷哉六合内，腥秽悉荡涤。三光复宣朗，五典重修饬。远齐尧舜功，近过汤武绩。遂令普天下，休养乐生息。

太宗削奸回，维统奠宗祏。圣文既炳焕，神武尤赫奕。贤才尽登用，秉德各修职。庶邦承覆载，贡献来九译。

昭考抚盈成，至仁弘隐恻。民安视如伤，恭已临万国。继志与述事，夙夜怀兢惕。皇风益清穆，皇道弥正直。

正本所自隆，仁祖实启迪。祥源深且广，天派肆洋溢。圣神肇传序，茂衍万世历。造商本玄王，兴周美后稷。

兹予嗣鸿业，时几谨申饬。四圣赫在天，悠久贻法式。保佑赖深眷，负荷愧余力。稽首陈咏歌，庶用示无斁。②

另据《明史纪事本末》卷二八记载："七年秋七月，赐大臣御制《祖德诗》九章，上曰：'朕与卿等当思祖宗创业之难，守成不易，国家安，卿等亦与有荣焉！'又赐《织妇词》一篇，上曰：'朕非好为词章，昔真西山有言，农桑，衣食之本也。朕作为诗歌，使人诵于首，又绘图揭于

---

① （清）陈田：《明诗纪事》甲签卷一上，《续修四库全书》第1710册，上海古籍出版社2002年版，第246页。

② （清）张豫章：《四朝诗·明诗》卷一帝制，文渊阁《四库全书》第1442册，上海古籍出版社1987年版，第139—140页。

宫掖戚里，令皆知民事之艰，是以赋此。'"①

由此足可见明宣宗创作《祖德诗》的目的用意，就是在效法祖先，永葆大明江山万世长青，永世不坠，同时发扬光大，并以此鼓励朝臣尽心协力，共同为大明江山永固尽忠尽力，献策献计，从而也能够留名青史。这也是做臣子的永世荣耀。由此不难看出宣宗统治的高明之处。同时明宣宗也开创了帝王咏祖德组诗的先河，对清代皇帝如乾隆、嘉庆皇帝的咏祖德诗有着较为深刻的影响。

再看宣宗创作的另外两首诗，就不难发现宣宗的政治追求。其《思贤诗》序曰："予嗣守祖宗大位，夙夜兢惕，思惟致治之道，必有贤臣相与赞辅，虽屡诏求贤，然恭默之思未已，乃作诗以著予志。"诗曰：

> 天命有赫，付畀万方。肆予承之，夙夜弗遑。
> 亮天之工，其责在予。亦惟求贤，以作心膂。
> 尧舜大圣，咨于臣邻。汤武致治，敷求哲人。
> 稷契皋夔，周召伊傅。同德一心，以匡以辅。
> 惟时匡辅，百工允厘。治效之隆，臻于皞熙。
> 悠悠我心，念之勿置。欲得群贤，以弼予治。
> 告言惓惓，束帛戋戋。命彼皇华，历于丘园。
> 庶几多才，拔茅连茹。奋其功庸，翼我王度。
> 惟天昭昭，惟岳降灵。笃生贤哲，聿驰骏声。
> 启心沃朕，以迪先德。扬其耿光，有永无斁。

《猗兰操》有序："昔孔子自卫反鲁，隐居国中，见兰之茂与众草伍，自伤不逢时，而托为此操。予虑在野之贤，有未出者，故拟作焉。兰生中谷兮，晔晔其芳。贤人在野兮，其道则光。嗟兰之茂兮，与众草为伍。呜呼贤人兮，汝其予辅。"②

---

① （清）谷应泰：《明史纪事本末》卷二十八，文渊阁《四库全书》第364册，上海古籍出版社1987年版，第413页。
② （清）张豫章：《四朝诗·明诗》卷一帝制，文渊阁《四库全书》第1442册，上海古籍出版社1987年版，第139页。

由此可以看出明宣宗开创的"仁宣之治"是自有原因的了。《明史·宣宗纪》赞曰:"仁宗为太子,失爱于成祖。其危而复安,太孙盖有力焉。即位以后,吏称其职,政得其平,纲纪修明,仓庾充羡,闾阎乐业。岁不能灾。盖明兴至是历年六十,民气渐舒,蒸然有治平之象矣。若乃强藩猝起,旋即削平,扫荡边尘,狡寇震慑,帝之英姿睿略,庶几克绳祖武者欤。"① 称赞宣宗才略足堪媲美先祖,恰切至极。

明嘉靖皇帝《御经筵讲大学衍义有感赋此》:"帝王所图治,务学当为先。下作民之主,上乃承之天。致治贵有本,本端化自平。人君所学者,其序有后前。正心诚其意,志定必不迁。吾志既能定,理道岂复颠?身修本心正,家国治同然。国治乃昭明,万邦斯协焉。于变帝尧典,思齐文王篇。万国修身始,朕念方拳拳。"② 嘉靖皇帝从大学衍义中获得如此多的感受,明白了治国为人的种种道理,明代的经筵大讲,可谓有功。只是在中晚明时期,经筵之讲已经是有名无实,徒具形式,收效甚微,尤其是皇帝的荒政,铸就了明朝灭亡的祸因。

据朱彝尊《明诗综》记载明代藩王中创作咏史的作品主要有:周定王朱橚著有《元宫词》六首。③ 光泽荣端王宠瀼《登仲宣楼怀古》:"忆昔登楼日,天涯事转违。计依刘表得,书授蔡邕稀。南国方羁旅,西京未解围。秦川空在眼,公子乃忘归。"④ 衡阳安懿王宠淹《登仲宣楼怀古》:"寻芳践嘉约,乘暇一登楼。野树连云合,清江绕郭流。遗文邺下重,旧井岘山留。洵美开襟地,无妨续胜游。"⑤ 二诗各具特色。

保康王显槐《走狗烹》:"走狗烹,走狗烹,蒯生识鉴通神明。汉基甫创身即死,当日假王何为尔?相面止封侯,相背贵无极,淮阴闻言两耳逆。妇人擅执生杀权,犹豫自将身弃捐,噫嚱英彭尤可怜。"⑥ 采用乐府的形式吟咏汉初英雄的悲剧命运,揭示出历史发展规律,指出封建时代"狡兔死,走狗烹。飞鸟尽,良弓藏",建功立业大功臣遭受到不公正

---

① (清)张廷玉:《明史》卷九,中华书局1974年版,第126—127页。
② (清)朱彝尊选编:《明诗综》,中华书局2007年版,第19页。
③ 同上书,第28页。
④ 同上书,第56页。
⑤ 同上书,第57页。
⑥ 同上书,第58页。

待遇，确实令人扼腕叹息。诗人作为藩王时时也有如履薄冰之感，借此加以吟咏，也显示出作者的真情。还有沈安王诠鈢《登楼怀古》诗曰："大火西流渐属金，登楼怀古独伤心。秦城已废烽烟息，晋岭空高草木深。落日鸦声依远树，残更萤点聚疏林。英雄回首皆黄土，独有寒云锁暮岑。"① 面对历史的风雨硝烟，诸位英雄的丰功勋业都变成了一抔黄土，令人伤感不已，时间就是如此的残酷无情，可是谁又能抗拒的了呢？足见作者感慨至深，同时善于融情于景，使情景交融，读来让人伤感不已！

第二节　清代皇帝的咏史创作

清朝虽然是满族建立的少数民族政权，但是历代清帝都比较注意学习汉文化，因而创作了较多咏史诗。甚而可以说清朝是中国古代皇帝咏史创作的巅峰时期。根据入关后清朝十位皇帝咏史创作的实际状况，结合清代社会政治、思想文化发展变化的历史大形势，可将清代皇帝咏史创作发展史划分为三个阶段。第一阶段：顺治、康熙、雍正三朝近百年的统治，是社会由战乱走向稳定繁荣的创始发展阶段。三位皇帝中只有康熙创作了较多的咏史诗作，尽管诗作气势雄健，颇具帝王胸襟，但是毕竟数量有限，十首左右，难以称为咏史大家。第二阶段：乾隆、嘉庆、道光（1840年以前）三朝一百余年统治基本上处于发展稳定时期。这一时期也是清王朝统治走向极盛后而转向衰落的重要历史转折时期，同时也是中国与世界差距逐步拉大时期。三位皇帝都在积极谋求长治久安的历史良策。乾隆皇帝积极开拓，嘉庆、道光二帝偏于守成。这都形态各异但主题相近体现在咏史创作中。乾隆皇帝咏史《全韵诗》颇有帝王的开拓精神，在诗歌组诗形式上颇有创新意义，在内容上，表现出乾隆谋求子孙后代国家统治长治久安良策的探求精神。嘉庆皇帝继踵前武，广而大之，从更深远的历史长河、更广阔的历史空间寻求国家统治妙招，创作了数量庞大、内容各异的咏史之作，可谓数千年中国帝王咏史创作的集大成者。只是守而不成，国家日益衰落。道光皇帝虽然尽心尽力，

---

① （清）张豫章：《四朝诗·明诗》卷二宗藩诗，文渊阁《四库全书》第1442册，上海古籍出版社1987年版，第159页。

力挽狂澜，但是因循守旧，顽固守成，在大厦将倾之时，岂能成功。此时，出现了前古未有之大变局——第一次鸦片战争，也就是中国近代史的开端。中国自此走向融入世界历史舞台，开始了近百年的屈辱发展史。道光皇帝处于多事之秋，咏史创作不及乃父，也赶不上其祖父。自此以后，咸丰直至宣统四朝数十年间，为第三阶段。王朝末世景象颓现，内忧外患交织不断，耗尽了清朝最后能量，走向灭亡已是不可避免。此一时期连绵不断的外患，特别是第二次鸦片战争，后患无穷；此起彼伏的内忧，尤其是中国历史上最大的农民起义——太平天国运动，镇压太平天国运动，取得胜利，几乎耗尽了清朝的所有统治能量。尽管朝臣一度为此庆幸，甚而认为出现了同治中兴的大好局面。大清王朝实际上是日益陷进病入膏肓的末日之境，难以挽救。此一时期的清朝皇帝，要么忙乱于国事，要么年龄幼小，文治事业也大不如前。尽管他们还有一定数量的咏史创作，但已是明日黄花，难以再现祖辈辉煌。从总体上来说，清朝历代各帝还都能兢兢业业，勤勉为政，只是处于中国封建社会发展的末期，历史发展的大潮流，宣告了此种统治形式的末日。因此，他们也就带上了不可挽回的浓郁悲剧色彩！

　　大清政权作为中国历史上最后一个封建王朝，虽是少数民族满族建立的统一政权，并且中后期遭遇"千古未有之变局"，颇受汉族士大夫们的长期诟病。但是清朝大部分皇帝还是很善于学习并且是宵衣旰食的英明天子，他们的文治武功在清代前中期得到了充分的演绎与展示，他们更加注重学习、总结历史经验教训。从清太祖时期就养成好史之习。入关定鼎北京之后，从康熙皇帝开始，几乎每一位皇帝都有咏史创作。而乾隆皇帝在历览往代史事，深入总结历代兴衰成败经验教训的基础上，借古而鉴今，创作大型联章咏史组诗——《咏史全韵诗》，并且按照"平水韵"顺序，限韵咏成一百零六首，吟咏的人物从尧舜古帝一直到明朝崇祯，对其间历代帝王的兴亡成败荣辱兴替，褒贬其辞，体现其政治主张、伦理道德思想和史学观念。乾隆皇帝还创作有《御制咏左传诗》。嘉庆皇帝子承父业，在咏史创作上，丝毫不亚于其父，以五言古体创作《御制全史诗》，包括《读史记三皇五帝本纪》八首、《读尚书》五十八首、《咏左传》《读通鉴纪事本末》各百首。嘉庆仿照其父乾隆《全韵诗》创作述祖《全韵诗》希冀在先祖的统治经验中获得启益，确保大清王朝长治久安。当然还有读《明臣奏议》、读《前汉名臣奏议》《后汉名臣奏议》《唐名臣奏议》《北宋名臣奏议》《南宋名臣奏议》、读《评鉴阐要》等。嘉庆大规模总结历史经验教训,希望能在总结历代兴亡盛衰的教训中,渴望效法先王,做好一代守成之君,同时还有垂戒教育后代子孙的深意。乾隆与嘉庆皇帝的大规模咏史创作可谓前无古帝,后无来者,嗣后子孙也有很多咏史之作,但都只能望其项背。

作为"康乾盛世"的开创者,同时也是兴趣极其广泛的千古圣君,康熙皇帝的咏史创作大部分表现作为开创君主的政治理想。如约作于康熙十七年(1678)的《览〈贞观政要〉》诗,就反映出作者对唐太宗李世民开创"贞观之治"的向往之情,展现了作者的政治抱负和事业理想,其诗为:"春阳淑以嘉,流云洒几案。及此听政余,缣细获披玩。寥寥三古后,载籍亦炳焕。俯仰千余年,盛世属贞观。修德偃干戈,措刑空犴狴。海外奉车书,臣民登燕衎。事往迹尚存,流风照觚翰。洋洋四十篇,可以一辞贯。仁义有明效,非由事击断。鄙哉封伦言,相去邈河汉。"① "俯仰千余年,盛世属贞观"对千年前的"贞观盛世"可谓心向往之。康熙在治国方略上也多作仿效。大清王朝的基业也在此时基本奠定稳固,走向繁荣。康熙皇帝还创作有《咏史四首》。如其二:"三田岁毕举,用以荐明禋。圣王戒暴殄,郊薮游麒麟。虞罗张复解,原野气已春。六合岂不广,一面何逡巡。亳都百里间,旷如天地仁。宽政逮毛羽,况乃蚩蚩民。"表达了诗人对宽政仁民君王的向往之情。康熙皇帝还通过咏史之作来教育子孙。《经明成祖勒铭处指示扈从诸臣并序》曰:

> 朕率师行四十五日至我哨界,界内外高阜坡陀,大抵皆黄白沙五色石。北行十一里,有石莹然独出,明成祖北伐刻铭其上。时则永乐八年庚寅四月十六日。朕今过此,适在四月十四日,山原犹昔时,日同符。朕谓:"明成祖之率师而行也,与今日异其时,出边皆敌人也。今蒙古悉我效力之人,其时皆汉人步卒,今我兵悉骑士,且熟习边外之行。由此观之,明成祖深入敌中数千里,纵横若行无人之境,亦诚难矣。我军若不及彼,良可愧也。凡闻斯语者,当人

---

① 徐世昌辑:《晚晴簃诗汇》,中国书店1989年版,第3页。

人自奋焉，爰纪其事而系之以诗。

伊昔永乐年，征马嘶朔风。碛间铭片石，苔藓磨青铜。
我行初拂拭，夏节欣相同。当时月在巳，今值清和中。
后先间两日，彼亦一代雄。我武讨不庭，春发明光宫。
塞草绿微茁，雨雪阴蒙蒙。或言时尚早，稍待边花红。
宁知英杰人，所见良疏通。迅行掩不备，兵法贵折冲。
军谋在帷殿，士气如虎熊。岂不资群策，惟断斯有功。
作诗纪其事，聊以示臣工。"①

在感慨明成祖创功立业艰难之中，康熙大力称颂明成祖丰功伟业，这又恰恰成为教育子孙、臣工们的极好材料。此情此景，今昔对比，往代战事历历如在目前。康熙皇帝总是在如此相似的历史中，借以激励将士效法前贤，奋勇作战，建立万世勋业。

康熙览古而鉴今，奋发而有为，因而有"停銮怀古还披卷，宵旰勤求意不忘"的宏愿。作为一代雄主，康熙皇帝在感叹往古圣君的不朽功业之时，潜移默化转化为自己的实际行动。他殚精竭虑，宵衣旰食，上下五千年，纵横九万里，在有生之年，勤奋学习，经史百家，无所不览。他积极接受西方的先进技术，并且勤于实地勘察，以身作则，树立起千古明君的典范，开创了"康乾盛世"的最后辉煌，成为子孙后代仰慕效法的对象。

《清史稿》中对康熙评价曰："圣祖仁孝性成，智勇天锡。早承大业，勤政爱民。经文纬武，寰宇一统，虽曰守成，实同开创焉。圣学高深，崇儒重道。几暇格物，豁贯天人，尤为古今所未觏。而久道化成，风移俗易，天下和乐，克致太平。其雍熙景象，使后世想望流连，至于今不能已。传曰：'为人君，止于仁。'又曰：'道盛德至善，民之不能忘。'于戏，何其盛欤！"②虽有谀颂的成分在内，但是基本符合历史事实，康熙确实为一代明君。

清世宗爱新觉罗·胤禛（1678—1735）是清朝第五位皇帝，入关后

---

① 徐世昌辑：《晚晴簃诗汇》，中国书店1989年版，第5页。
② 赵尔巽等：《清史稿》，中华书局1977年版，第305页。

第三位皇帝，康熙皇帝第四子，在位十三年，年号雍正。其《题范蠡载归图》诗云："独有艰危时，方见子臣职。吴越争雌雄，彼此各努力。夫差好拒谏，只为红颜惑。所以范大夫，留之恐倾国。功成载归湖，斯意无人识。朗然照青史，去往皆可式。"①"独有艰危时，方见子臣职。吴越争雌雄，彼此各努力"极力肯定吴越争霸中，各忠其主各尽其责的臣子，实为自身复杂皇家生活之感慨。作者对范蠡带走西施，也能够一反常情，认为范蠡泛舟，带走西施，实为挽救西施再次倾国之祸。雍正能以帝王眼光审视这一历史事件，自是接受了千古以来的"红颜祸水"论，自然是为保大清江山千秋万代，避免此种悲剧发生在子孙身上。"朗然照青史，去往皆可式"，雍正头脑十分清醒，咏史意图十分明显，借古鉴今意识十分明确，也从一个方面反映出清代皇帝较少因耽于女色而荒政乱国的原因。胤禛还创作有《蓬莱洲咏古》："唐家空筑望仙楼，秦汉何人到十洲。尘外啸歌红树晚，壶中坐卧碧天秋。庙堂待起烟霞侣，泉石还看鹤鹿游。弱水三千休问渡，皇家自有济川舟。"②他对前代皇帝们求仙访道，寻求长生不老药的做法持批判态度，更注重现实世界的观景怡情。胤禛更值得称赏的是勘破佛家法相，认识到自己作为国君应该为天下苍生尽到职责。即使今天看来，胤禛对待神仙长生观念的这种冷静客观理性态度仍然值得赞扬。

清高宗弘历（1711—1799）是清朝第六位皇帝，入关后第四位皇帝，也是我国历史上实际执政时间最长的皇帝。他一生文治武功特别显著，尤其是延续发展了"康乾盛世"的繁荣局面。但是从近代世界的发展进程中来审视，其功业成败亦是各有分说。乾隆在为政之余，勤于著述，平生所作诗歌多达四万余首，尽管有臣子捉刀代笔之作，即便除去这些，乾隆创作的诗歌总量还是很惊人的。乾隆所作诗歌汇编成集的就有《御制诗》五集以及《御制避暑山庄诗》《御制咏左传诗》《御制圆明园诗》等。《御制全韵诗》即为其中之一。清高宗撰写全韵诗的缘起，是他认

---

① （清）爱新觉罗·胤禛：《世宗宪皇帝御制文集》卷二十一《雍邸集》，清乾隆武英殿刻本，《清代诗文集汇编》第240册，上海古籍出版社2010年版，第385页。

② （清）爱新觉罗·胤禛：《世宗宪皇帝御制文集》卷三十《四宜堂集》，清乾隆武英殿刻本，《清代诗文集汇编》第240册，上海古籍出版社2010年版，第485页。

为"一百有六之全韵，历代曾无按次排咏者"。因此，他想做一个开创者。《御制全韵诗》的成书时间，清高宗在《序》中叙述得比较详细："适以宅忧，读礼简行，幸疏吟咏，且既阅小祥，几政之暇，无所消遣，因以摛词，或一日一章，或一日两章，阅三月而成。"依据上文，则清高宗写作全韵诗的起止时间是乾隆四十三年正月至四月。他利用理政余暇，作诗消遣，成此一百零六首全韵诗。《御制全韵诗》全书五卷，分为上平、下平、上声、去声、入声四声五部，共一百零六首。其中，"上下平声书我朝发祥东土及列圣创业垂统、继志述事之宏规，上、去、入三声则举唐虞以迄胜朝历代帝王之得失炯鉴，据事直书，不以私意为美刺，而终于敬天命，守神器，三致意焉"。

乾隆对这一百余首咏史诗的价值评判颇为自负，认为："历代兴废之大端略见于此，而我皇朝之美法良政，载在实录，外人所不能见者，亦毕述梗概。""上下平声书我朝发祥东土及列圣创业垂统"实为怀念先祖，继承传统，铭记宗族创业之艰难，为子孙后代树立榜样，即为咏史诗类之述祖诗，是家族文化的一种反映和体现。皇帝家事即为天下之大事，乾隆皇帝的述祖诗影响了清代一大批诗人在编写族谱的同时，缅怀先祖，述而成诗，颂扬祖辈的光辉业绩，继而励志发扬光大。恰如乔治忠、崔岩《韵文述史，审视百代——论清高宗的咏史〈全韵诗〉》一文分析："《全韵诗》意欲通过评论帝王政治和通论历史演变，为封建最高统治者提供保守基业的经验与教训，体现其历史政治观。"[①] 在鉴往知来的反思中获得心灵的慰藉，对历史文化现象进行重新审视。

乾隆皇帝对此一百余首诗颇为自负的评价是有一定道理的。自古以来，能以皇帝的身份，按"平水韵"的顺序怀念先祖，吟咏历史，鉴古知今，乾隆颇有开创之功。当然这也说明满族皇帝，在入关前后的百余年间，对汉文化的接受，自身素养的提高方面足以超越历史上的其他少数民族皇帝，即便是汉族皇帝，也可以说难以望其项背。六十余年，四万余首的诗歌创作量，是相当惊人的产出。尽管其中不免有大臣捉刀代笔，剔除此种诗歌之后，乾隆皇帝一生创作的诗歌总量还是很庞大的，

[①] 乔治忠、崔岩：《韵文述史，审视百代——论清高宗的咏史〈全韵诗〉》，《文史哲》2006年第6期。

如果不论质量上的高下差异，几乎可以说是千古第一人。陆游号称多产诗人，一生勤奋吟咏，保留下来的诗歌有九千余首，后人就不免望洋兴叹了。何况乾隆皇帝在日理万机之中，奋笔疾书，恰如苏轼所谓"万斛泉源，不择地而出"了。乾隆皇帝自称"十全"老人，文学上的建树也应该称道。

当然，乾隆皇帝有意识地进行这种创作，认为"一百有六之全韵，历代曾无按次排咏者"，也有向汉族士大夫逞能使才，威慑汉族朝臣的统治用心。慑服天下读书人，使他们唯唯诺诺拜倒在皇帝的脚下，服服帖帖顺从天朝的统治，这也是乾隆大力进行诗歌创作的重要原因。这一点恰与乾隆皇帝大肆兴起"文字狱"，收罗网尽天下图书，以集书编书为名，行禁书毁书之实，加强文化专制的统治行为相一致。乾隆身为表率，树立起皇权至高无上的崇高地位，塑造皇帝无所不能的神圣形象，进一步强化"君权神授"的神秘面纱。这对于维护大清王朝一统江山的长治久安是十分有利的，乾隆皇帝可谓深谙皇权治道。

自然乾隆皇帝的头脑也是十分清醒的，一面是威慑臣庶们不敢妄自尊大，一面也是教育子孙要积极进取，总结经验，前事不忘后事之师。他认为只有加强学习，深入总结历史经验教训，鉴往古以资于治道，才能真正长保大清万世江山而不败。只是乾隆皇帝的强势做派，没有为其子嘉庆皇帝所继承。嘉庆皇帝囿于守成，缺乏开拓精神，大清江山并非如乾隆所愿万古长盛；相反，自此之后江河日下，每况愈下，而在自傲保守、闭关锁国中，错过了与世界潮流进行交流发展的重大历史机遇，天朝上国的千秋美梦一起埋葬在乾隆皇帝的陵寝里。

此外，乾隆皇帝还有题为《古风十三首》的咏史之作，如其十云："秦王失其鹿，英雄争逐之。沛公入关中，三章法令施。伟哉萧相国，策力咸会时。鸿门宴诸侯，端坐衮冕垂。一增不能用，勇力徒尔为。矧乃恣残暴，众志均乖离。用贤兼爱民，斯为王道基。"在感叹秦末汉初群雄逐鹿，刘项"楚河汉界"的一幕幕历史烟云中，总结出"用贤兼爱民，斯为王道基"。乾隆咏史目的十分明确，这的确道出千古王道统治之正脉，也是勉励自己向先贤看齐，为子孙传授治国经验，力图求得万古帝王基业。

嘉庆皇帝子承父业，武功不及乃父，文治也随着江河日下的政局而日益松弛，繁花簇锦盛世下暗流逐渐显豁，各种社会矛盾随之显现激化。"三年清知府，十万雪花银"，官员贪渎成风，阶级矛盾加重，农民起义连绵不断，此种状况，使得原本才华不及乃父的嘉庆皇帝实在是焦头烂额，因而效法乃父，积极从历史中总结经验教训，渴望回复盛世江山，成为其咏史诗创作的重要目的。如《御制诗二集》卷之六十二《读通鉴纪事本末》序："余在潜邸即喜读司马光《资治通鉴》，及受玺亲政，犹日手是编不辍，诚以帝王治统法戒昭然，非特儒生诵习旧闻已也。（中略）亦考镜得失之林也。（中略）夫纪事之书上古皇，下迄胜国，虽制作不同，其垂鉴一也。予几暇拈吟，自《史记》三皇五帝而后继之以读《尚书》诗，又继之以读《左传》诗。兹复取袁枢《通鉴纪事本末》及陈邦瞻、谷应泰所纂，择事之尤要者纪之以诗，或仍其旧题，或别标新目，成五言古诗百篇，上下数千年治道备于斯矣。篇中持论多本御批《通鉴辑览》，盖史学之津梁，即诗教之标准。予惟体皇考之心以为心，本皇考之治以为治，虽偶一涉笔，不敢苟焉，亦述而不作之意云尔。"[①]一切遵依父皇成法，尤其是"予惟体皇考之心以为心，本皇考之治以为治，虽偶一涉笔，不敢苟焉，亦述而不作之意云尔"，亦步亦趋，不敢越雷池一步。而历史的发展，尤其是乾隆中后期，无论是国内政治形势的发展，人口剧增，吏治腐败，世风日下。还是世界大形势的飞速前进，欧洲资产阶级革命的强力推进，第一次资本主义工业革命的迅猛发展，积极进行着海外扩张。所有这些都预示着这是一个前所未有的划时代变革，正在彻底地改变着世界和中国。中国迫切需要进行大刀阔斧的强力变革，但是嘉庆皇帝的改革魄力远远不及乃祖雍正皇帝。他也清醒地认识到乾隆后期的各种社会弊病和危机，但是优柔寡断的性格使他浅尝辄止，在以迅雷不及掩耳的手段惩处了和珅贪腐案之后，在百日的广开言路，纳言听谏之后，就偃旗息鼓，让人唏嘘感慨不已。洪亮吉上奏嘉庆皇帝数千言的奏折，尤为典型。

据《清史稿·洪亮吉传》所载："书达成亲王，以上闻，上怒其语戆，落职下廷臣会鞫，面谕勿加刑，亮吉感泣引罪，拟大辟，免死遣戍伊犁。明年，京师旱，上祷雨未应，命清狱囚，释久戍。未及期，诏曰：

[①]《清代诗文集汇编》第461册，上海古籍出版社2010年版，第187页。

'罪亮吉后，言事者日少。即有，亦论官吏常事，于君德民隐休戚相关之实，绝无言者。岂非因亮吉获罪，钳口不复敢言？朕不闻过，下情复壅，为害甚巨。亮吉所论，实足启沃朕心，故铭诸座右，时常观览，勤政远佞，警省朕躬。今特宣示亮吉原书，使内外诸臣，知朕非拒谏饰非之主，实为可与言之君。诸臣遇可与言之君而不与言，负朕求治苦心。'"①

洪亮吉与嘉庆皇帝因一场大雨而引发的一正一反、一转一和的奏议事件就这样结束。这也恰恰说明嘉庆皇帝的纳谏是在维护乃父丰功伟业形象的基础上进行的。嘉庆皇帝改革是有限度的修修补补，因为在乃祖乃父所创造的盛世宏业面前，嘉庆就会产生康乾之世即为理想治国模式的认识。的确，康乾盛世所取得的成就在整个中国封建历史上是空前绝后的：在政治制度上，无论是强化君主专权，还是完善制度设施，都已经达到了传统社会政治理想化境界。在政治实践上，我国统一多民族国家在这一时期最后定型完成，第一次真正全面实现了儒家政教所推崇的大一统政治理想。社会经济发展，基本上达到经济繁荣、物质财富丰盈的程度。同时，文化事业繁荣及其取得的成就也是空前的。主要表现在其一：以《四库全书》和《四库全书总目提要》为代表的图书编纂成就。该书被誉为"文治之极隆，儒士之殊荣"。尽管后世对乾隆编纂《四库全书》目的、实效存在极大争议，但其在保存文化遗产方面的功绩还是值得肯定的。其二：考据学成就突出。例如，戴震《考工记图》、王鸣盛《十七史商榷》、赵翼《二十二史札记》、钱大昕《二十二史考异》等。其三：史地学成就丰厚，在大量编纂地方志外，还有边疆史研究。例如，《西域图志》《新疆识图》《蒙古秘史》《蒙古黄金史》《西藏巡边事》等。基本上可以说，儒家传统思想的文治之功发展至此已经臻于极盛境界，很难被超越。嘉庆皇帝在此盛世之下，似乎只有仰望慨叹，积极守成，而不是超越。自然嘉庆皇帝内心也蒙上了极为沉重的心理阴影，虎父犬子的悲剧又一次上演在帝王之家。

与他父亲、祖父相比，嘉庆皇帝是一位没有政治胆略而且缺乏革新精神，没有理政才能也缺乏勇于作为的平庸天子。嘉庆一朝是清朝由盛转衰的时代节点。它上承"励精图治、开拓疆宇、四征不庭、揆文奋武"

---

① 赵尔巽等：《清史稿》，中华书局1977年版，第11314页。

之"康乾盛世",下启有鸦片战争、太平天国运动等"道咸衰世"。嘉庆皇帝扮演着大清帝国由极盛转为衰败的历史角色。嘉庆一朝政治作为平庸,并不是他个人性情所致,而是社会历史发展的必然。乾隆晚期,清朝已经开始出现衰败迹象。如阶级矛盾激化发生的白莲教起义,如吏治贪腐,如乾隆的豪奢生活,晚年还举办过度奢华的寿宴,导致嘉庆初期国库空虚等。乾隆皇帝实际上是留下了个烂摊子给嘉庆去经营。

嘉庆皇帝及其王朝处于中国历史由封建社会向近代社会过渡的拐点上,前有康乾盛世的花团锦簇,后有鸦片战争的天崩巨变。嘉庆皇帝二十五年间中规中矩的统治,兢兢业业,勤于政事,不敢有丝毫懈怠,可谓宵衣旰食天子。他治国才干匮乏,改革魄力缺失,因循守旧思想自身存在作祟,改革只在一时不能一世的急功近利心态等问题。这种种因素相向叠加,矛盾集中凸显,各种力量交汇聚集从而使嘉庆王朝成为一座即将喷发的火山。

嘉庆皇帝始终处于乾隆皇帝光圈之中,一生恭奉父皇"敬天法祖勤政爱民"的教导,不敢越雷池一步。盛世难继的艰难局面始终成为嘉庆帝的魔咒,明知有病,但却不能对症下药。这就是嘉庆帝的矛盾与困惑。他追根溯源,从历史长河中寻求治世良药,但是鉴古知今的药方在数千年从未有之的变局中,难以发生效用。在近代社会到来的前夜,即将到来的翻天覆地巨变已经显露出种种迹象之时,嘉庆皇帝甚想有所作为,但却一味坚持法祖守成的顽固立场,因循守旧,不敢改革,终致河决鱼烂而不可收拾。中华民族近百年的耻辱历史在此便已埋下祸根。综观嘉庆皇帝一生可谓创业无望,守业无成,因循有余,革新不足。

由于嘉庆皇帝的咏史创作极多,可谓在中国古代皇帝中是前无古人后无来者的第一咏史创作大家。同时由于在不同的时期身份地位、社会政治发展的情势不同,嘉庆皇帝的历史认识也有所差异,在此不厌其烦胪列其咏史创作,以便窥探其创作的阶段性规律和创作特色。

嘉庆皇帝在其为皇子时所作诗文,结集为《味馀书室全集》。全集前有序言说:"……他如词义浅陋、无关治道诸作,概删去弗录,共计古今体诗三十四卷,约计三千二百余首,文六卷,计百余篇,附随笔五十二则,皆书室之课程并随銮纪事诸作。观者可知我皇考当日眷予之深恩,沦浃无涯,实非笔墨所能形述。至于雕琢字句,刻画精工。予素不屑为此。此允廷臣缮刻之意，在宣扬慈父渥泽，为万世子孙效法，岂欲与文人学士争长也哉。"① 此一时期，嘉庆虽然也在努力学习有关治道之术，显然没有亲政，面对的问题也不是很多，创作的咏史诗比较零散，还没有有意识系统借古鉴今。所作咏史诗如下所列：

《味馀书室全集定本》：

卷一有《陶潜采菊》

卷二有《读陶诗》

卷三有《恩赐太祖皇帝大破明师于萨尔浒山之战书事文恭纪》《咏颖考叔》《晋文公问守原》《凿壁偷光》

卷四有《梁园吟》《题赵子昂画马卷》《读大学衍义》《咏孟明》

卷五有《读乐天诗》《拟鲍明远拟古三首》

卷六有《赋得黄金台》《拟卢子谅览古诗》

卷七有《咏晏婴辨和同》《拟张茂先励志诗》《拟谢宣远咏张子房诗》《恭和御制题明臣史可法遗像原韵》《读诸葛亮出师表》《程门立雪》

卷八有《咏兰亭契事》

卷九有《恭和御制题高义园藏范仲淹书伯夷颂叠前韵元韵》

卷十有《明妃曲》

卷十一有《书王安石卷后》《武店怀古》《得失寸心知》

卷十二有《古长城咏》

卷十五有《恭和御制萨尔浒题句元韵》《恭和御制赫图阿拉元韵》

卷十六有《恭和御制恭瞻太祖皇帝甲胄作歌元韵》《恭和御制恭瞻太宗皇帝所御弓矢元韵》《恭和御制夷齐庙元韵》

卷十七有《楼桑村怀古》《督亢亭咏荆卿事》《随驾瞻谒孔庙恭纪》《恭和御制谒孔林酹酒元韵》《临安咏古》《宗阳宫》《岳鄂王墓》《明陵》

卷十八有《读杜诗》《过辽后妆楼咏古》《读明方孝孺溪喻稿卷》

卷十九有《拟杜甫述古二首》

卷二十有《密云咏古》《东坡生日》

卷二十二有《咏六艺》

---

① 这部分材料俱见《清代诗文集汇编》第458册到第462册的《嘉庆皇帝御制诗集》，上海古籍出版社2010年版，特此说明，后文不再注出。

卷二十七有《易水行》《韩祠》《河间道中怀古》《少昊陵》《周公庙》

卷二十八有《习射》《读杜诗》

卷三十一有《唐寅诗画》《赵子昂溪山仙馆图》

卷三十二有《徐渭水月观音像》

卷三十四有《易水歌》

此后，乾隆皇帝禅让，做了太上皇，嘉庆皇帝亲政。实际权力仍然掌握在乾隆手中，一直到三年以后，乾隆撒手归天，嘉庆才真正操持国政。

此一时期的咏史作品还有：《御制诗（初集）》卷一《题明人岁朝图》《读杜诗》，卷二《历代帝王庙礼成恭述》《易州怀古》，卷三《宋徽宗腊梅山禽》，卷七《明人百禄图卷》《文征明江山初霁》，卷八《赵孟頫画诸葛武侯像》《仇英天马图》《宋人尧民击壤图》《宋人海鹤蟠桃》《文征明松壑高闲图》，卷十六《读杜诗》《宋徽宗画鹰》《宋人画寿星》《明宣宗画武侯高卧图》等题图诗、《宋徽宗临古》，卷十九《读李太白集》，卷二十四《读大学衍义》，卷二十五《读大学衍义》，卷三十八《咏辽后妆楼》，卷三十九《冬夜读杜诗》《遣兴用杜甫韵》，卷四十三《题李靖舞剑台》，卷四十七《怀柔咏古》，卷四十八《读杜诗》《腊日用杜甫韵》《读大学衍义》等。

因为在这一时期，嘉庆皇帝忙于政务，"惟以军务民生雨阳水旱为念，篇章所集，大率纪捷勤民之什居十之八九，其泛览留题者绝少。"以浏览历史，加以借鉴的咏史组诗创作还是比较少见。

嘉庆在《御制诗（二集）》大学士庆桂等跪奏为恭请时说："颁刊《御制诗（二集）》以光文治事，钦惟我皇上功巍文焕，典学日新，几暇抒章，涵蕴美富。……伏维声诗之道与政治通，治化日益隆，则声律日益邕，……即合六艺群籍之旨，无以拟大篇之苞蕴，殆所谓圣性得之又加圣心焉者，以是制作定符，上下今古登咸乎三皇五帝，缅乎《尚书》，孕乎《左氏》，贯串乎通鉴诸编而沿逮乎？"《御制诗（二集）》中创作的咏史诗有：卷三《谒明陵八韵》，卷八《读杜诗》《腊日用子美韵》，卷九《宋人岁岁平安图》，卷一十四《姜女祠》，卷一十五《题夷齐庙四景》《抚夷齐庙偃松有感》，卷二十四《咏左传诗》一百首、《瀛台怀古》，卷二十七《易州咏古》，卷三十一《黄花路马上咏古》《出古北口咏古》，卷三十四《读〈史记三皇五帝本纪〉》《咏虞书同律度量衡四首》，卷三十六《汉昭烈庙咏古》，卷四十四《读〈资治通鉴〉》，卷四十七《帝王庙礼成敬述》，卷五十一《读尚书》、五言古诗五八首，卷五十二《新衙门怀古自警》，卷五十九《黄金台》《荆轲山》《五公城》《木兰祠》《过尧城村敬述》《葛洪山》，卷六十《咏刘禹锡事》《韩苏祠》《尧目祠》《帝尧祠敬依》，卷六十二《读通鉴纪事本末》五言古体四十首，卷六十三《读通鉴纪事本末》五言古体六十首等。

经过十余年亲身治国经历之后，嘉庆皇帝终于意识到向古人学习的重要意义，积极阅读《左传》《尚书》《资治通鉴》《通鉴纪事本末》并且把读书感想用诗的形式表达出来，所谓"声诗之道与政治通，治化日益隆，则声律日益畅"，殷切希望借此可以更好治理国家，创作了大量读史咏史之作。这也反映出嘉庆在实际政治活动中读书内容上的变化，走向程朱理学，尤其是朱熹之学，树立纲常伦理道德律令，加强道德治国。

嘉庆《御制诗（三集）》中创作的咏史诗主要有：

卷五《嗣统述》古今体诗三十五首。

卷六《嗣统述》古今体诗三十二首。

卷一十二《碧云寺怀古》。

卷二十一《续读通鉴纪事本末》古今体诗五十首。序曰：

> 曩岁辛未，得读《通鉴纪事本末》五言古体诗百首，载在二集，又合前所制《读〈史记三皇五帝〉诗》《读〈尚书〉诗》《读〈左传〉诗》分冠于馆臣重录内府旧藏《通鉴纪事》前正续各编卷首，全史事迹大略备矣。几暇稽古仍反复于史册，诚以人主不可一日不读书，古今得失之林览观愈熟，则鉴诫愈深，温故知新，学而不厌，亦予素性然也。袁枢、陈邦瞻、谷应泰等所撰自周末至胜国，时代较近，事实倍详，遗闻之伙，使人寻绎无尽。随于批阅之下，拈题著录，复得诗百首，非过耽吟咏也。夫史有纲有目，读史之法，务综乎全史之源流，先致意于时代、世次，以知治统所系与运会相循，而其否泰之机，善败之故，散见于朝野上下者，虽一时一事，无不有关劝惩。故揭其纲领，又必详其节目焉。予前制百首，皆以明治

法之大端，于历朝统绪，观其兴替所由，间或标举事类，义取隐括。今此百首，多盱衡往事，别以论断，所拈各题，与前题参互错综，治忽所见，相证愈明，统归于垂世立教云尔。

卷二十二《续读通鉴纪事本末》古今体诗五十首。
卷二十三《励志诗》。
卷二十八《读朱子宋名臣言行录》古今体诗三十四首。
卷二十九《读朱子宋名臣言行录》古今体诗三十三首。
卷三十《读朱子宋名臣言行录》古今体诗三十三首。
卷三十三《题明人岁朝丰乐图》。
卷三十六《方舆纪盛诗》古近体诗二十六首。
卷三十七《方舆纪盛诗》古近体诗二十八首。
卷三十八《密云怀古》。
卷三十九《波罗河屯咏古》。
卷四十三《碧云寺怀古》。
卷四十四《题明臣奏议》古今体诗二十九首。
卷四十五《题明臣奏议》古今体诗二十七首。
卷四十六《题明臣奏议》古今体诗二十四首。
卷五十一《皇考圣德神功全韵诗》古今体诗五十九首。
卷五十二《皇考圣德神功全韵诗》古今体诗四十七首。
卷五十四《姜女祠》。
卷五十六《读全唐文》《冬夜观通鉴》。
卷六十一《题前汉名臣奏议》古今体诗十一首。
卷六十二《题前汉名臣奏议》古今体诗二十九首。

《御制诗（三集）》跋：臣闻：诗者，天地之心，君德之祖，百福之宗，万物之户也，稽古帝王昭垂典册，（中略）游六艺而抒性情，（中略）春夏秋冬四生稽物序之移，雨雪暑寒一岁验人时之授此昭事之诚，揭于敬述者也，嗣统述圣之篇，前徽载赞。（中略）宏编之纂，辑唐文宋录，荷巨笔之褒嘉通鉴为治世之书，读之不厌，其续奏议乃名臣之续语焉，必求其详，经帷临筵时资进讲，文房列具亦助研思于以仰诞敷之德,光被四表焉。南苑大阅之仪,上兰秋狝之典,以弧矢威天下,家法无忘,惟干戈省厥躬时平有备。幸紫塞以练兵,御黄扉以校射,(中略)仰武功之赫,震叠遐迩焉。(中略)虽万几偶暇景物怡情,而一念常萦民生在宥,岂非圣人之文与儒生异声,音之道与政事通也哉!

在这一阶段,嘉庆皇帝在政事之暇,更多是从对远古帝王的借鉴出发,进而认识到朝臣在治理国家社会中的重要作用。因而更加积极主动地阅读历代名臣事迹,创作咏史诗,进而与臣下共同探究治国之道。如在《励志诗》中写道:"丙辰元旦晨,授玺正君位。从古未有恩,眇躬幸身被。兢业日不遑,勉图政务治。外域沐考慈,新疆久安置。内地生齿繁,良莠从其类。官常多回循,贪得盈胥吏。上行下必循,愚民半徇利。忘害趋污泥,邪说竞纵肆。引诱恶少年,淫荡罔顾忌。百辟疲玩深,尸禄皆浮议。所重己身家,轻视朝廷事。总缘予昝滋,念及只挥泪。为君固极难,为臣亦不易。列圣厚泽长,尽职各励志。"面对中外种种矛盾,除了自己克勤躬俭,严格要求,以身作则,勤俭节约之外,也要求臣子们努力践行。同时嘉庆皇帝能深刻洞察到作为臣子,也有做人的难处,"为君固极难,为臣亦不易"希望通过这样一种君臣相互体谅的方式赢得民心臣心,鼓舞士心,从而为大清帝国的繁荣昌盛贡献一己之力。在此一时期,嘉庆皇帝还创作《嗣统述》诗,通过对祖宗创业艰辛和所建立的丰功伟绩回忆,希望以此能鼓励自己和臣子以祖宗为榜样,再续大清辉煌。可是嘉庆皇帝的守成思想严重阻碍了他向前看的眼光和胆略,从某种意义上说,在"敬天法祖"思想的指导下,对于祖宗的回忆就是顽固守旧派的一种明显表现。嘉庆皇帝在《魏明帝奢靡》诗中写道:"明帝好土工,耽逸无远略。崇华(殿)映凌霄(阙),力役兴工作。铜人置朝门,芳园接楼阁。天下方三分,首当尚俭约。吴蜀共争雄,何暇事佚乐。(前略)其专事佚乐,拒谏饰非如此,国运有不日削者乎?纵欲屏忠言,当涂国运削。"还在《炀帝亡隋》诗中写道:"五代民罹殃,隋文欲图治。继嗣实昏狂,所为非人类。穷奢极缮营,色荒日沉醉。巡行夸武功,财用尽乏匮。士卒半逃亡,缯帛任毁弃。涿郡集重兵,妄动如儿戏。度辽众叛离,揭竿纷建帜。江都乐忘归,忽倡偏安议。肘腋变猝兴,孽深祸必致。桀纣罪尚浮，天谴奚能避。"在读史吟诗中认识到奢靡是导致国家灭亡的重要原因，一生勤俭节约。恰如《清史稿》评论曰："仁宗初逢训政，恭谨无违。迨躬莅万几，锄奸登善。削平逋寇，捕治海盗，力握要枢，崇俭勤事，辟地移民，皆为治之大原也。诏令数下，谆切求言。而呴呴之风，未遽睹焉，是可慨已。"① 嘉庆皇帝努力想再使风俗淳，如《商鞅变法》所咏："孝公图霸业，卫鞅西入秦。更张旧法令，权术治庶民。告讦受上赏，隐匿重罚伸。徙木示以信，国强正典循。周衰诸侯竞，定乱因时陈。究非圣王道，本立风俗淳。"但是他犹豫不决的柔弱性格以及政治魄力的不足等都阻碍了前进的脚步。从某种意义上说，不进则退，实际上也就是嘉庆这种保守政策，大大阻滞中国向近代化迈进的历程。

嘉庆皇帝晚年创作的《御制诗（余集）》中咏史作品有：

卷二《谒明陵作》，卷四《题后汉名臣奏议》二十六首，卷四《题三国两晋名臣奏议》三十首，卷五《题唐名臣奏议》《题北宋名臣奏议》《题南宋名臣奏议》共古今体诗一百二十首，卷六《恭读评鉴阐要》古今体诗七十四首。

在最后的岁月里，嘉庆皇帝仍然孜孜不倦地读史学习，努力向先贤求经，探究治国秘籍，也通过咏史的方式向臣子们表达自己的一片苦心。但是历史前进的脚步最终把嘉庆皇帝碾压在车轮之下，踏着他的尸体开始新的征程。嘉庆处在历史转折的紧要关头，随着国家情势发展演变，自身处境不同，嘉庆皇帝也在不断积极调整着自己学习对象。通过以上所列嘉庆皇帝的咏史创作，对其一生政治生活就会有一个比较鲜明的认识，同时也可以看出他一生在不同阶段治国方略的发展演变，以及对臣子地位认识的发展变化。比如前期注重皇帝自身的道德素养，非常向往三皇五帝那样的高尚道德，希望以一己之德来统摄天下。可是时代毕竟改变了，难以实现自己目标，最后终于认识到，治理天下关键在于要有一大批能臣干吏，才能忠实执行君上懿旨，才能君臣一心，同心同德，共同开基创业，赢得国家的繁荣稳定。但是嘉庆这样一位孱弱君主，最终未能把握住历史发展的大脉搏，致使大清帝国江河日下，走向不可挽回的衰败之途。

---

① 赵尔巽等：《清史稿》，中华书局1977年版，第616页。

自嘉庆皇帝以后，清代皇帝的御制诗文集越来越少，道光皇帝有《养正书屋全集》《御制诗》初集、余集、《巡幸盛京诗》等，咸丰、同治、光绪三帝或因国事多祸，或因命祚不长，或因生活不幸，诗文创作就更少了，所创作的咏史诗也就随之而减少，再也没有乾隆、嘉庆皇帝那样的咏史鸿篇巨制产生了。文学与社会政治的发展就如此相辅相成、抑或相反相成互动发展着。

道光时期长久积聚的内外矛盾进一步加剧激化，整个国势急剧直下。由于因循守旧，绝少建树，尽管道光进行了一些改革，但是已经无力挽回国运江河日下的颓势。

《清史稿》评价道光一朝时说："宣宗恭俭之德，宽仁之量，守成之令辟也。远人贸易，构衅兴戎。其视前代戎狄之患，盖不侔矣。当事大臣先之以操切，继之以畏葸，遂遗宵旰之忧。所谓有君而无臣，能将顺而不能匡救。国步之濒，肇端于此。呜呼，悕矣！"① 礼部右侍郎曾国藩曾批评道光时代："九卿无一人陈时政之得失，司道无一折言地方之利病，相率缄默。""以畏葸为慎，以柔靡为恭。""京官之办事通病有二：曰退缩、曰琐屑。外官之办事通病有二：曰敷衍、曰颟顸。""有君无臣"，主要表现在如重臣曹振镛奉行"多磕头，少说话"的哲学。而大臣所上奏章"语多吉祥，凶灾不敢入告"。继起的重臣穆彰阿，人称"在位二十年，亦爱才，亦不大贪，惟性巧佞，以欺罔蒙蔽为务"。上下欺瞒，如何能治理好国家？

道光皇帝的咏史创作如《黄金台》："燕昭志发愤，卑身礼贤士。访诸郭隗云，骏骨千金市。王既欲招贤，请先由隗始。乃筑黄金台，高高临易水。丹碧极轮奂，招摇遍遐迩。四方共闻之，赴阙正未已。毅辛出奇谋，报仇以雪耻。"《咏王翦》："始皇欲灭荆，问兵于李信。复参王翦议，添兵势才震。若非全队行，不可列营阵。秦王辞以老，将军何怯进。翦遂归频阳，败绩果悔吝。王亲谢见之，老将真逸隽。王欲报前怒，兵必依臣数。王乃尽许之，兵发长安路。坚壁而不攻，饮食士卒同。兵力有余勇，纵横万变通。投石超距戏，暇矣内力充。将军方指挥，一鼓成

---

① 赵尔巽等：《清史稿》，中华书局1977年版，第709页。

大功。"① 直接以史事入诗，平铺直叙，缺少了感人的艺术力量，也没有了强烈的读史鉴今的目的意识，咏史之作仅仅是对历史事件的一种知识掌握。

再如《五贤咏·管仲》："齐桓正不谲，鲍叔荐士公。一言为知己，任用即听从。射钩置弗问，大度何冲冲。夷吾竭才力，五霸论称雄。亲昵不可弃，宴安患无穷。片言得其要，政治昭齐东。菁茅贡不至，成周祭不共。伐楚责大义，问罪宜兴戎。修礼受方物，强弱国皆同。五命推盟主，赞襄德化充。平戎承宠命，执礼何其恭。贤哉管氏子，世祀酬勋庸。"②《五贤咏·范武子》："同罪故同奔，非慕先蔑义。宣子为国谋，诸浮集众议。蹑足隐端倪，要誓神其智。超哉绕朝鞭，洞悉真与伪。衮职竭赞襄，进谏存深意。生民仁者心，分谤寮友谊。王命一何尊，黻冕荣专赐。善人洵国宝，盗贼早远避。典礼在殽烝，讲求务明备。训子敬事君，请老成厥志。祝史无愧辞，家事先克治。竭情更无私，论古怀随季。"③ 道光皇帝尽管高度赞扬像管仲、范武子这些尽心尽力、忠心为国的大臣；也明白要善于纳谏，才能取得治国成功；也知道要推行仁政，以德服人的重要性；但是君强臣弱的现实处境，道光皇帝不能适应国际大形势的发展而创新，最终导致国势日衰。也就有了历史学家孟森之论："宣宗之庸暗，亦为清朝入关以来所未有。"

自道光末造，爆发了第一次鸦片战争后，紧接着数次外敌侵华事件，标志着中国国家性质已经发生巨大变化，由封建社会，逐步沦为半殖民地半封建社会。国内风起云涌的太平天国运动也在咸丰一朝发展壮大，占据大清江南地区，几乎瓦解了大清王朝统治。生于此时，在此艰难困苦之中，登上历史舞台的咸丰皇帝何其不幸。

《清史稿》评论说："文宗遭阳九之运，躬明夷之会。外强要盟，内孽竞作，奄忽一纪，遂无一日之安。而能任贤擢材，洞观肆应。赋民首杜烦苛，治军慎持驭索。辅弼充位，悉出庙算。向使假年御宇，安有后

---

① 《清代诗文集汇编》第538册，上海古籍出版社2010年版，第410页。
② 同上书，第419页。
③ 同上。

来之伏患哉？"① 咸丰生当多事之秋，能任用贤才良将，剿平内乱，也算有功。只是留下了后妃慈禧，逐步把持朝政，祸国殃民五十余年，让人耿耿于怀。咸丰创作有《题关雎雅化图》咏史之作，"克勤仍克俭"② 自是一生写照。史学界就有这样的评价："宣宗好俭，穆宗好奢。"

此后，在慈禧的掌控之下，内外祸乱交加。清朝统治在赢得镇压太平天国运动的胜利之后，虽然一度欢呼"同治中兴"，也开展了自强救国洋务运动，但是都无以挽回走向灭亡的轨迹。此时的两位傀儡君主，年仅十九即驾崩的同治帝爱新觉罗·载淳和一生郁郁不得志的光绪帝爱新觉罗·载湉，始终生活在慈禧的阴影之中。《清史稿》论同治曰："穆宗冲龄即阼，母后垂帘。国运中兴，十年之间，盗贼铲平，中外乂安。非夫宫府一体，将相协和，何以臻兹？洎帝亲裁大政，不自暇逸。遇变修省，至勤也。闻灾蠲恤，至仁也。不言符瑞，至明也。藉使蕲至中寿，日新而光大之，庸讵不与前古媲隆。顾乃奄弃臣民，未竟所施，惜哉！"③ 颇有颂美之嫌。

虽然年仅十九岁即过世，同治皇帝还是创作了一些咏史之作。如《淮蔡成功得成字》："相臣持节至，一载大功成。雪夜兵方入，淮西地已平。貔貅乘勇气，鹅鹳杂军声。柳雅韩碑在，千秋播令名。"④ 极力称赏唐宪宗任用朝中重臣裴度一举平定淮西藩镇吴元济的叛乱，此战不仅稳定了大唐数百年基业，同时也让裴度、李愬等将领一战成名，为万民仰望，史称"李愬雪夜入蔡州"。韩愈撰写《平淮西碑》更是千秋名文，历来为人所称赏，进一步使裴度功业流芳不朽。《严陵钓台得台字》："富春山下路，陈迹有高台。汉室中兴后，严陵独钓来。一竿图画里，百尺水云隈。谁念桐江景，临风慕逸才。"⑤ 东汉高逸严光在帮助汉武帝刘秀取得天下之后，自动归隐，其不慕荣利的高尚品质历来为人赞赏。更有范仲淹"云山苍苍，江水泱泱。先生之风，山高水长"的赞誉。人们对风景如画的富春山更加留恋不舍。就连作为皇帝的同治对严光的隐逸之情

---

① 赵尔巽等：《清史稿》，中华书局1977年版，第767页。
② 《清代诗文集汇编》第718册，上海古籍出版社2010年版，第42页。
③ 赵尔巽等：《清史稿》，中华书局1977年版，第849页。
④ 《清代诗文集汇编》第781册，上海古籍出版社2010年版，第538页。
⑤ 同上书，第537页。

也极为仰慕。同治在《淮阴钓台》一诗中写道："淮阴昔未遇，栖迟依钓台。一饭受漂母，感恩独徘徊。不耻胯下辱，终为国士才。萧相具青眼，际会风云来。往年垂竿手，佐汉大业开。英雄抒伟抱，岂甘没蒿莱。功成惜不退，末路生疑猜。桐江有隐者，高蹈何悠哉！"① 对韩信落魄之时与成名之后的对比叙述中，同治皇帝一方面赞赏韩信不忘漂母的一饭之恩，能够忍受胯下之辱，在风云际会中受到萧何的赏识，进而帮助刘邦取得天下，建立了丰功伟绩；另一方面又认为韩信在此功成名就之时，却没有能像严光那样主动归隐，以致惹来杀身之祸。同治就在将韩信与严光的对比描写中，感慨韩信的历史悲剧，似乎也是对自身人生悲剧的哀叹吧！在另一首《韩信》诗中写道："百战淮阴善用兵，岂因胯下辱平生。丈夫合拜真王爵，宰相能知国士名。拔帜功成诸将服，登坛令出一军警。蒯通奇策何曾听，太息当年猎狗烹。"② 韩信的统兵之才，的确让人钦佩，只是不知帝王之术，没有领悟"狡兔死走狗烹"的古训，酿成个人悲剧。在《张良》一诗中写道："布衣尊作帝王师，谋定中原逐鹿时。借箸岂凭三寸舌，报仇不惜万金资。博浪椎击心何壮，圯上书传事太奇。欲访谷城黄石去，仙踪千古使人疑。"③ 与韩信的执迷不悟相比，张良为报韩国覆灭之仇，不惜重金雇用刺客，在博浪椎击秦始皇的壮举令人钦佩。张良更能审时度势，及时隐退，这也是张良高明超过韩信的地方，令作者感佩。在汉初三杰之一《萧何》一诗中写道："从龙当日入关中，约法三章佐沛公。独取图书成事业，末将刀笔薄英雄。奇才早识无双士，上赏应酬第一功。继相曹参能媲美，荐贤不愧大臣风。"④ 赞扬萧何有先见之明，与关中父老"约法三章"，赢得民心，收取秦宫的图书典章，为大汉立国建立规章制度，同时又颇有相人识才之能，提拔韩信，荐举曹参，赢得一世英名。不难看出同治皇帝对功成名就的隐逸之士充满赞美与向往之情，同时又极力称赏为国建功立业的文臣武将。在国难纷争的时代，同治作为傀儡皇帝，内心的苦闷可想而知。《读纵四论》诗

---

① 《清代诗文集汇编》第781册，上海古籍出版社2010年版，第551页。
② 同上。
③ 同上书，第553页。
④ 同上。

曰：'国家有常典，执法当持平。好生原盛德，岂容民幸生。唐宗昔纵四，一时博美名。放遣约自归，及期果如盟。匪真信义乎，感格由至诚。市恩以斁法，纪纲自此轻。即云出恻隐，兹举难再行。缅怀三代上，王道本人情。"① 同治则认识到天下治道唯本民情的真理，也算难能可贵。

《清史稿》论光绪帝曰："德宗亲政之时，春秋方富，抱大有为之志，欲张挞伐，以湔国耻。已而师徒挠败，割地输平，遂引新进小臣，锐意更张，为发奋自强之计。然功名之士，险躁自矜，忘投鼠之忌，而弗恤其罔济，言之可为于邑。洎垂帘再出，韬晦瀛台。外侮之来，衅自内作。卒使八国连兵，六龙西狩。庚子以后，怫郁摧伤，奄致殂落，而国运亦因此而倾矣。呜呼，岂非天哉。"② 赞赏光绪颇有英主气象，锐意进取，敢于突破阻挠，进行改革。尽管遭到以慈禧太后为首的保守派反攻，因而失败，但是光绪"百日维新"改革进取的精神气魄，还是令人钦佩的。光绪十一年，其在一篇御制文中写道："必先有爱民之心，而后有忧民之意，爱之深，故忧之切，忧之切，故一民饥，曰我饥之，一民寒，曰我寒之。"可见光绪帝的爱民忧国之心。其《御制诗》中咏史创作也颇有帝王气象。光绪在《隋珠赵璧总浮尘》一诗中写道："璧价连城贵，珠光照乘新。余怀无所宝，所宝是贤人。"③ 认为隋珠赵璧尽管价值连城，对于自己而言，只是浮尘而已，毫无意义。自己最看重的是国家栋梁之才。"余怀无所宝，所宝是贤人"一句早已超越了碌碌无为之君的俗世追求，光绪帝高瞻远瞩看到人才在国家兴亡中的重大作用，因而也就积极提拔青年才俊为我所用。也才有了"戊戌六君子"肝脑涂地、舍身为国的壮举。足见光绪还是很有帝王头脑的高明政治家。而在《赤壁》一诗中写道："一炬连江兵气销，楼船不敢问南朝。欲将霸业成三国，岂为春风爱二乔。"④ 光绪写出了帝王家气势，吴蜀联军火烧赤壁，赢得胜利，从此奠定三国鼎立局面，都是军国大事，岂是为了儿女私情。光绪在《浣花草堂》诗中写道："少陵逸气原超俗，岂肯经营到草堂。战伐流离遗一

---

① 《清代诗文集汇编》第781册，上海古籍出版社2010年版，第551页。
② 赵尔巽等：《清史稿》，中华书局1977年版，第965页。
③ 《清代诗文集汇编》第792册，上海古籍出版社2010年版，第269页。
④ 同上书，第271页。

老，诗才雄发冠三唐。稍除荆棘移家室，且缚茅茨作栋梁。一卧沧江头已白，四松不觉比人长。"① 赞扬杜甫忧国忧民、超脱世俗的高贵品质，尤其是对杜甫冠绝三唐的高绝诗才称赏不已，同时又对杜甫生不逢时、贫困潦倒的生活深表同情。其《李泌》（九月十三日）曰："若使得君如汉祖，邺侯或可比留侯。"② 认为李泌身怀治世才华，却屡遭排挤，颇有怀才不遇之经历，若是能有像汉高祖这样的识人之君，李泌建立的功业是能与张良比肩的。还有《卧龙》（十一月二十六日）："炎运垂兴际，风雷助顺时。缅思龙卧处，只有凤雏知。剑岂丰城晦，珠应汉室遗。一朝长啸起，鱼水效驱驰。"③ 认为诸葛亮身怀绝世才华，绝不会被淹没无闻。时机一到，尤其是遇到先主刘备，君臣相得甚欢，自此一生鞠躬尽瘁死而后已，效忠于汉家。阅读这些咏史诗作，不难看出光绪皇帝还是很想有一番作为的，渴望有忠君能干之臣辅佐自己，成就一番事业，只可惜时代弄人，梦想难以实现。这也成为晚清时期一批有梦想之人的时代悲剧缩影。

  光绪帝基本上具备作为一个帝王所应有的素养，能够积极接受新鲜事物，有一定的政治远见，但是性格有些软弱，同时年轻气盛，缺乏政治谋略。因此在戊戌变法的过程中，光绪能识人用人，提拔了一批青年才俊，如"戊戌六君子"们甘愿为变法献出宝贵的生命。谭嗣同"我自横刀向天笑，去留肝胆两昆仑"的豪言壮语，颇能鼓动人心。光绪帝与六君子等人颇有君臣相得鱼水之欢情状，吟咏诸葛亮，颇有以刘备自居的神态。但是他偏偏生逢慈禧这样一个强权人物处处掣肘，最终功败垂成，百日维新，烟消云散。从这些方面来看，光绪帝可以说是一个苦命天子，但是这次改革毕竟是自上而下轰轰烈烈进行过的，因而对于中国社会的发展，还是有一定推进作用的，加快了中国近代化的进程，也加速了封建专制制度崩溃的进程，光绪帝在中国近代化发展过程中所起到积极作用的一面，还是值得肯定和赞扬的。

  宣统皇帝作为末世之君，幼小登基，随即下台，随后过着颠沛流离

---

① 《清代诗文集汇编》第 792 册，上海古籍出版社 2010 年版，第 274 页。
② 同上书，第 276 页。
③ 同上书，第 277 页。

的生活，少有咏史创作。自此而言，清代皇帝咏史诗创作一如社会的发展，与之共呼吸同命运，显现出国家政治社会盛衰变动。这也印证了文学创作是社会发展变动的见证者和记录者的至理名言，清代皇帝咏史诗创作中吟咏对象的选择，恰恰能表明他们所处时代的症候，以及他们迫切需要解决的问题。因而，从历史发展中萃取经验，获得解决途径，成为清代皇帝咏史诗创作的重要目的。总之，他们极其丰富的咏史诗创作进一步丰富我们的文学宝库，也为我们认识那段历史提供了更为深广丰厚且生动的原始素材，他们的这种贡献还是值得肯定和赞扬的。这也为我们总结历史经验，更好发展提供了鲜活前鉴。

第三节　清代宗室的咏史创作

清代皇帝们的文学创作成就斐然，咏史创作所取得的成绩也可谓前所未有。同时爱新觉罗家族是清代的统治阶级，在优先发展的过程中迅速壮大，涌现了一大批优秀人才。由于历代皇帝比较重视皇子和宗室成员教育，因而清代宗室诗人人数很多，约占满族诗人总数的三分之一。从岳端、博尔都、塞尔赫等人同心协力，共同开辟宗室诗坛开始，一直到清末民初，清朝宗室诗人绵延不绝。可以说他们构成清代满族文学发展史上一支成就斐然的生力军。在此，我们将按照时代顺序，略加阐述，以便比较完整地展示清代皇室成员的咏史创作发展情况。

博尔都（1649—1707）字问亭，号东皋渔父，辅国悫厚公培拜孙，袭辅国将军，著有《问亭诗集》《白燕栖诗草》。其咏史诗代表作如《明妃怨》曰："自到金微去，无时不忆家。俗殊多病质，命薄断肠花。遗恨留青冢，孤魂寄白沙。含凄何处诉，万古一长嗟。"其二："露冷玉欲烟，芳姿委逝川。香魂迷朔漠，娇语怨胡天。春断花难发，沙昏月不圆。永怀酬圣主，南向卧重泉。"悲怜王昭君不幸命运，赞扬她不忘旧恩的高贵品质。这种情感倾向属于汉民族传统诗人咏昭君诗的情感类别。再如《于少保祠》："偶到荒祠内，风云迹渺茫。溪桥环古木，海月向空堂。遗烈垂青史，孤魂寄白杨。兴怀千载恨，独立泪浪浪。"[①] 对明代忠臣于谦

[①] 马协弟主编：《爱新觉罗家族全书·诗词撷英》，吉林人民出版社1997年版，第304页。

报以崇高的敬仰之情，同时为他的悲剧性遭遇潸然泪下，情景交融，艺术手法运用比较娴熟。可以说，满族宗室诗人从一开始就比较容易接受汉族文化，出现了文化互融的良好发展局面。

康熙时镇国公吞珠（1658—1718）创作有《三忠祠》（"三忠"指诸葛亮、岳飞、文天祥）诗曰："萋萋河畔草，黯黯城头日。居民莽牢落，荒祠迥独出。螵蛸冒户青，蒇实绣苔碧。往尝读遗传，三公事如一。茅庐三顾恩，鞠躬许汉室。凛凛出师表，经纶邈无匹。西风五丈原，呕血千秋泣。何知广汉儿，曲笔肆评骘。宋赵当南迁，国势已潜抵。志在抵黄龙，痛为奸桧抑。金牌销壮心，功成旋复失。吁嗟文文山，艰危存社稷。一蹶兴国军，再踬五坡役。被执抗不回，从容成大节。砥柱障狂澜，汗青耿赫奕。正气天壤间，三峰高崒崒。我来瞻庙貌，慷慨景前哲。流水流汤汤，秋风鸣瑟瑟。鄙彼二心臣，经过应战栗。"① 能够通过景色的描绘，渲染烘托所咏主人公的高洁精神品格，表达了作者对诸葛亮、岳飞、文天祥三位中国历史上忠贞楷模人物的敬仰之情。诗歌创作主要采用了班固铺叙史实为韵语的本体咏史创作法，已属不易。由此而言，满族贵族接受汉文化是一个比较缓慢的过程，也是比较艰难的。

诚毅勇壮贝勒穆尔哈齐曾孙塞尔赫（1676—1747）著有《晓亭诗抄》诗集。卷四《秋塞集》中有《单于垒》诗："君不见塞上翁，祸福倚伏无终穷。又不见典属国，节旄落尽还啮雪。悠悠往事东流水，至今犹见单于垒。单于垒，何嵬垒，黯惨黄云飞不起，千秋此地多蛮触，月黑天阴哭夜鬼。吁嗟乎，月黑天阴哭夜鬼，竖子成名壮士死。"② 吟咏对象颇有边地少数民族特色，关注对象为北方特有的诗歌意象——单于垒，诗人通过发抒思古之幽情，进而表达自己的见解，认识到一将功成万骨枯的残酷历史事实，难能可贵。其《题画中虞美人》诗："芳魂已逐楚歌消，又向丹青见舞腰。莫对春风生旧恨，咸阳宫殿草萧萧。"③ 由画面联想到秦末楚汉争霸的历史事件，并且认为虞姬不必记恨，因为秦朝已灭。其

---

① 马协弟主编：《爱新觉罗家族全书·诗词撷英》，吉林人民出版社1997年版，第189页。
② （清）塞尔赫：《晓亭诗抄》卷四《秋塞集》，清乾隆十四年刻本，《清代诗文集汇编》第238册，上海古籍出版社2010年版，第560页。
③ （清）塞尔赫：《晓亭诗抄》卷二《三余集》，清乾隆十四年刻本，《清代诗文集汇编》第238册，上海古籍出版社2010年版，第491页。

《题铁君石亭怀古诗后》曰："朔气生边树，严关锁塞云。岩峣石亭子，想象戚家军。五字长城手，千秋纪效文。（少保著《纪效新书》，见本传）含毫怜谢客，述德重殷勤。（铁君诗中《述其祖德》）"① 以诗论诗，颇见作者对汉文化学习的深入透彻。此时满族诗人的文化功底已经不亚于汉族诗人了。

康熙第十七子爱新觉罗·允礼（1697—1738）著有《春和堂集》《静远斋集》《奉使纪行诗集》《工程做法》等书。张廷玉《皇清文颖》卷五十九记载其《咏史》四首写道："叔孙道委蛇，颇亦解希世。绵蕞寻旧章，胪句传显制。合殿静无哗，方识天子贵。应笑鲁两生，安能知此意。"② 在血风腥雨的残酷皇储之争中，尤其是看到兄弟们不幸遭遇，允礼作为皇子，其内心惶恐应该是多么深重。但是允礼豁达识体，不参与兄弟们皇权之争，颇能明哲保身。同时他又聪明持重，政绩斐然，赢得后人敬重。在他死后，乾隆皇帝就曾深感若失股肱。由此诗不难看出，允礼对于皇室内部森严的等级制度有着何等清醒认识。"方识天子贵"，以前是兄弟，可以无所顾忌，现在是君臣，必须分尊卑了，作者内心之凄楚，自是不言而喻。《再过武侯墓》："峨峨定军麓，冈峦倔蟠互。长松高云垂，石马春苔护。遗爱在陇坻，佳城（即坟墓）山岳固。雷雨奋经纶，千载独高步。岂惟管萧亚，实操伊吕具。经涂托王程，展拜慰倾慕。仆夫迫中驾，沔水一苇渡。浩荡遂东行，遥情挂垄树。"③ 对诸葛亮的高风亮节极为赞赏钦佩，而其一生也就是在诸葛亮一样的人生轨迹上运行，可谓肺腑之言，真情流露。他也真正做到了诸葛亮那样的"鞠躬尽瘁死而后已"，其高贵的品质值得赞扬。此外，他还创作有《读汉书》《读荀悦汉纪》《题七十二贤图》《五丈原》等咏史诗。

康熙第三十一子爱新觉罗·允禧（1711—1758）字谦斋，号紫琼，亦作紫嚞，别号紫琼崖道人等，著有《花间堂诗抄》八卷、《紫琼岩诗抄》三卷等。集中咏史诗主要有《吴越怀古》《章台怀古》等。其《明

---

① （清）塞尔赫：《晓亭诗抄》卷三《怀音集》，清乾隆十四年刻本，《清代诗文集汇编》第238册，上海古籍出版社2010年版，第544页。

② （清）允礼：《春和堂诗集》卷一，清雍正刻本，《清代诗文集汇编》第283册，上海古籍出版社2010年版，第774页。

③ 马协弟主编：《爱新觉罗家族全书·诗词撷英》，吉林人民出版社1997年版，第77页。

妃曲》一诗曰："红颜不惜涉流沙,却得匈奴穆汉家。传语将军休夜警,雁门高卧听琵琶。多谢君王别绶思,下陈鱼贯亦无奇。无功合数毛延寿,好为和戎赏画师。"①高度赞扬王昭君和亲为维护民族和平友好相处方面作出的重要贡献,讽刺了毛延寿之类的祸国贼臣。

雍正帝第五子爱新觉罗·弘昼(1712—1770)著有《稽古斋全集》。《稽古斋全集》中有较多的史论文,还有很多咏史诗。如卷五《汉文帝赞》:"汉室几微,诸吕为乱。幸得平勃,削平内难。远迎文帝,九州复焕。维此文帝,可为君冠。从谏如流,朝多屏翰。畏天勤民,衣宵食旰。欲作露台,以为观玩。百金是惜,亟止一旦。志则金石,令则涣汗。利民为急,赋蠲大半。夫人慎氏,华靡是断。衣无文绣,饰无璀璨。南越尉佗,倔强多悍。书用一纸,干戈自散。穆穆文帝,德威炳灿。一代贤君,屈指首算。呜呼伟哉,帝真兴汉。"②高度赞扬汉文帝善于纳谏,勤俭节约,开创了中国盛世的"文景之治"。还有《十臣赞》中《张子房赞》《诸葛武侯赞》《高伯恭赞》《魏郑公赞》《郭汾阳赞》《陆宣公赞》《韩魏公赞》《范文正公赞》《司马温公赞》。更有一向为汉族文人士大夫所忽视的元朝宰相耶律楚材。其《耶律文正公赞》诗曰:"金氏失驭,元起蒙古。开国元勋,历历可数。唯公之功,数世咸普。立法施度,利及农贾。魏征之谏,吉甫之补。水之舟楫,旱之霖雨。仁心为质,忠直为辅。凡百弛张,忧国堪矩。不嗜杀人,公同召杜。"③称赏耶律楚材在辅佐元世祖稳定天下,发展生产中所起到的重大作用。《稽古斋全集》卷七中《咏诸葛武侯》诗曰:"东汉桓灵昏,不能守神器。天下势三分,争强各自帝。蜀弱吴魏强,先主能惕励。三顾于草庐,诸葛方用世。缅唯诸葛公,忠贞且纯粹。说权破奸曹,治蜀布威惠。收泪受顾托,夙兴复夜寐。唯思报主恩,知义不知利。孟获既破擒,斩双复败懿。屯田计长久,身死于将帅。惜哉大星殒,汉祚不复炽。更假之数年,灭魏何再计。伟哉诸葛公,一生诚无二。岁寒知松柏,遇主披心志。至今读公表,思慕

---

① (清)爱新觉罗·允禧:《紫琼岩诗抄》,清乾隆二十三年刻本,《清代诗文集汇编》第317册,上海古籍出版社2010年版,第538页。
② (清)爱新觉罗·弘昼:《稽古斋全集》卷五,清乾隆十一年内府刻本,《清代诗文集汇编》第332册,上海古籍出版社2010年版,第220页。
③ 同上书,第223页。

难自弃。永言为臣则,黾勉高位置。"① 对于诸葛亮的聪明才智、忠贞品质大力赞扬,也可以说是自己的人生行为处事准则。

雍正帝第六子爱新觉罗·弘曕（1733—1765）,著有《鸣盛集》四卷、《乐府》一卷。集中有较多咏史诗,主要可以分为以下几类。第一类是《咏怀古迹（十二首）》《铜雀台》《青陵台怀古》《啸台》《易水怀古》《汴梁故宫》等咏怀古迹之作。第二类是面对祠墓,抒发感慨之作,如《大禹陵》《孟夫子庙》《阖闾墓》《黄金台谒三义庙》《谒昭烈庙》《过汤阴岳王祠》《岳鄂王墓》《明太祖陵》等。第三类是题写历史画图内容之作,如《题唐昭陵六马图》《李广射石图》《题陶渊明像》《李太白像》等。诗人还有用乐府体创作《明妃曲》等。在这里分析其有代表性的几首诗歌,从中我们可以一斑窥豹。

　　《过汤阴岳王祠》:"鄂王天上早骑箕,故里汤阴有古祠。戎马十年功废日,风波三字狱成时。松声不诉当时恨,草色空馀过客悲。碑碣摩挲凭吊处,秋风落日卷灵旗。"②

　　《岳鄂王墓》:"古墓云旗飐,丰碑碧藓侵。沉冤千古痛,遗恨十年深。北望孤臣泪,南枝故国心。杜鹃啼不住,黯淡值春阴。"

　　其二:"落日栖鸦岭,潇潇队道风。古今存正气,来往识精忠。诏狱悲三字,英灵泣两宫。贼臣空铸像,千载恨难穷。"③

　　《明太祖陵》:"王业艰难起布衣,功成百战定南畿。故宫埋没生春草,陵寝荒凉照夕晖。沛里人归遗泽在,鼎湖龙去旧京非。钟山郁郁松楸路,缥缈寒烟现翠微。"④

《过汤阴岳王祠》和《岳鄂王墓》是诗人在不同时间、不同地点,两

---

① （清）爱新觉罗·弘昼:《稽古斋全集》卷七,清乾隆十一年内府刻本,《清代诗文集汇编》第332册,上海古籍出版社2010年版,第264页。
② （清）爱新觉罗·弘曕:《鸣盛集》卷一,清乾隆二十三年钱塘汪绣写刻本,《清代诗文集汇编》第379册,上海古籍出版社2010年版,第94页。
③ （清）爱新觉罗·弘曕:《鸣盛集》卷二,清乾隆二十三年钱塘汪绣写刻本,《清代诗文集汇编》第379册,上海古籍出版社2010年版,第104页。
④ 同上书,第102页。

次吟咏岳飞的人生悲剧，高度赞扬其不朽功业，青史扬名，赢得后人敬仰祭拜，同时谴责那些贼臣逆子祸国殃民，遗臭万年。诗人在《明太祖陵》诗中充分肯定明太祖布衣起家而建立大明王朝的宏伟功绩，而其陵墓在历史硝烟中渐渐埋没在荒山野草间，诗人历史沧桑之情油然而生，对此抱有深深遗憾。

雍正帝十三弟允祥子爱新觉罗·弘晓著有《明善堂诗文集》，在诗集卷八中《观朱子全书》一诗曰："天心有明月，案头有遗编。披此晦翁集，意境何翛然。象山异其旨，濂溪开厥先。微言淡而永，精义钻弥坚。高者出九华，深者八重泉。鼷鼠腹易满，雾豹窥未全。周孔延绝绪，黄蔡宗真诠。婺水良不朽，立言千载传。"① 表达了对理学名人朱熹赞扬钦佩之情，同时不难发现，他对程朱理学与阳明心学两派学说都有深入了解，并且很有三昧之见。

理密亲王允礽第六子爱新觉罗·弘旿（1712—1750），著有《绘境轩读画记》《八旗画录》《读画辑略》等。其在《过贾阆仙墓》一诗中写道："荒冢斜阳历古今，池边树噪夜栖禽。年前亲咏僧敲月，身后徒劳佛铸金。东野不来谁酹酒，昌黎长逝罕知音。石楼旧咏流传久，叹息无人解细吟。"② 对贾岛苦吟的情形进行了形象描绘，同时感叹世间知音难遇，贾岛要不是遇上韩愈这样的伯乐，他的诗句恐怕更无人能解。还有《咏汉高过沛》："霸楚强秦接踵亡，沛中父老为行觞。记从不顾烹翁日，忍到还乡泪数行。"③ 能够一改汉文化中的忠孝观念来评价刘邦，真是刘邦知音。作者在诗中把刘邦塑造成一位忍辱负重的英雄，也是较有新意的。再如《王昭君》："朔漠明妃迹已陈，诗家用意务求新。如何欲杀毛延寿，不画倾城赂有人。"④ 也颇有新意。诗人首先明确指出诗歌创作要有新意，认为毛延寿不应当被杀，创出新见。作者认为毛延寿固然可恨，然而更可恨的是那些贿赂画工的人，正是她们打破竞争的公平性，才酿成了画

---

① （清）爱新觉罗·弘晓：《明善堂诗文集》卷八，清乾隆四十二年刻本，《清代诗文集汇编》第350册，上海古籍出版社2010年版，第33页。
② 马协弟主编：《爱新觉罗家族全书·诗词撷英》，吉林人民出版社1997年版，第145页。
③ （清）爱新觉罗·弘旿：《石琴室稿》卷一，《清代诗文集汇编》第332册，上海古籍出版社2010年版，第54页。
④ 同上书，第58页。

工通过收受贿赂来决定画中人物美丑的做法，酿成善人王昭君被欺辱的悲剧。这似乎又是在昭示一个深刻的道理，"劣币驱逐良币"的社会悲剧。由此而言，作者朴素思考和表达还是很深刻的！另外，还有《观岳武穆研》《元耶律文正王墓》《右夷齐庙》等咏史诗作。

乾隆帝六子爱新觉罗·永瑢（1743—1790）号九思主人，充四库全书玉牒馆总裁，对《四库全书总目提要》成书作出重要贡献，著有《九思堂诗抄》四卷等。永瑢咏史诗创作不多，主要有《雪窗咏古》六首（《梁园授简》《王恭披氅》《山阴访戴》《谢庭咏絮》《灞桥寻诗》《学士烹茶》）等。他《题韩文公祠》诗曰："名贤祠宇傍槐厅，祀典缘知德是馨。一代文章天北斗，六经日月地南溟。昌明绝学由唐季，雅重真儒自帝廷。幸荷圣恩司检校，获从展拜仰先型。"① 永瑢统领众官编纂目录学宏著《四库全书总目提要》起到了"辨章学术，考镜源流"的重要作用。从诗作内容来看，永瑢非常准确评价了韩愈在唐宋散文发展史上的重要地位，并且对韩愈充满敬仰之情，在诗的最后表达了自己能有这样的机会接近先贤，拜谒墓祠内心充满喜悦。

乾隆第十一子爱新觉罗·永瑆（1752—1823）字镜泉，号少厂，别号诒晋斋主人，与刘墉、翁方纲、铁保并称清中期四大书法家。嘉庆九年上谕曾称："朕兄成亲王自幼专精书法，深得古人用笔之意。博涉诸家，兼工各体，数十年临池无间，近日朝臣文字之工书者，罕出其右。"可见是一位皇室书法高手。著有《诒晋斋集》，集中颇多咏史诗作。其创作《咏史诗》有十首组诗，诗曰："交柯荫永日，高阁延清风。我思古之人，群书浩何穷。抗怀百代上，流眄千载中。汙隆谓已往，休惧谅不同。达士有心鉴，小儒如夏虫。"发思古之幽情，表达了对先贤圣哲的向往仰慕之情。其五："高歌梁甫曲，乐此隆中居。躬耕布衣事，闻达无所需。岷峨逢良会，幡然出衡庐。成败不逆料，大智谁能如。"② 表达了作者对诸葛亮高洁品格的赞羡之情。

---

① （清）爱新觉罗·永瑢：《九思堂诗抄》卷二，《清代诗文集汇编》第408册，上海古籍出版社2010年版，第28页。

② （清）爱新觉罗·永瑆：《诒晋斋集》卷一，清道光二十八年刻本，《清代诗文集汇编》第432册，上海古籍出版社2010年版，第4页。

康熙帝十四子允禵之孙永忠是一位被时人称为"少陵、昌陵之后，惟东坡可与论比"的优秀诗人。他最大爱好为藏书，尤喜奇书异籍，对《红楼梦》认识深刻，有不少题作。他创作的咏史诗主要有《七夕感怀古迹四首》（汉武帝、王子晋、阮仲容、唐明皇）、《天宁寺怀古》《卓文君铜印歌》等。

玄烨第二子理密亲王允礽之孙爱新觉罗·永珊（1712—1787）字文玉，号益斋，别号素菊道人，著有《益斋诗稿》七卷、《益斋文稿》一卷。永珊创作咏史诗较少，在《读史记约编书其后》写道："晴窗静坐看青史，搁笔评吟有数条。开创规模匪易事，守成鼎鼐更难调。汉家制度终三国，唐祚经营变五朝。多少功臣标汗简，令人千载想勋劳。"[①] 对中国历史上的王朝更替制度变革有着较为明确的认识，同时缅怀先贤的丰功伟绩，充满赞赏之情。

努尔哈赤第十二子英亲王爱新觉罗·阿济格五世孙爱新觉罗·敦敏（1729—1796）字子明，号懋斋，著有《懋斋诗抄》等。其弟爱新觉罗·敦诚（1734—1791）字敬亭，号松堂，著有《四松堂集》。二人与曹雪芹交友，在《红楼梦》早期的传抄评点中发挥重要作用。敦敏创作的咏史诗主要有《谒三忠祠》等，其《读史四首》分别评价了南朝的四位皇帝——宋武帝、齐高帝、梁武帝、陈武帝，分析了他们短命而亡的原因。如《梁武帝》："菜美可食面牺牲，佛忏偏来侯景兵。"批评梁武帝佞佛，进而在《陈武帝》诗中写道："一例相传又号陈，霸先傲觉不犹人。如何亲见台城饿，又向庄严去舍身。"[②] 批评陈武帝不能汲取梁武帝佞佛产生"一时昏聩死台城"的人生之悲，又让历史悲剧重演。

敦敏创作的咏史诗主要有《过耶律文正王墓》《过建文墓》等，其在《偶阅弘光南朝事迹为赋四绝》中主要分析了南明弘光一朝因内部纷争而导致亡国的历史悲剧。例如："狗尾貂蝉殿陛纷，南朝旧事不堪云。怀宁法曲君王宴，博得淮扬阁部坟。"正是因为其二："区区四镇自戈矛，天

---

① （清）爱新觉罗·永珊：《益斋诗稿》卷一，清刻本，《清代诗文集汇编》第339册，上海古籍出版社2010年版，第153页。

② （清）爱新觉罗·敦敏：《懋斋诗抄》卷一，清刻本，《清代诗文集汇编》第365册，上海古籍出版社2010年版，第280页。

下江山入帝州。"① 诗人认为正是荒唐的弘光帝与骄横的江南四镇，葬送了南明半壁江山，酿成了史可法孤身奋战扬州，以身殉国的壮烈悲剧，嘲讽意味极为浓烈。

努尔哈赤次子礼亲王代善的第六世孙昭梿（1776—1833）字汲修，自号汲修主人，另号檀樽主人。爱好文史，精通满洲民俗和清朝典章制度，与魏源、龚自珍、纪昀、袁枚等名士有往来，著有《啸亭杂录》十五卷。其《读史》诗曰："世风由日降，取媚尚脂韦。正使从奔竟，何尝计是非。谁甘绳木正，终蹈累棋危。惟有鸱夷子，扁舟竟不归。"② 颇有咏史鉴今的用意。

爱新觉罗·舒敏（1777—1803）字叔夜，号时亭，又号石舫，自称适斋居士，著有《适斋居士集》四卷。舒敏儿子崇恩，孙子廷雍、廷奭皆有咏史诗创作。在这里，我们将这祖孙四人放在一起进行分析，一窥这个小家族内部咏史创作承续状态。

舒敏一生短暂而坎坷，但他并没有屈服于生活，而是积极乐观应对。如其《过韩信岭》诗曰："淮阴仍庙食，遗迹溯英风。袴下群儿笑，坛前大将雄。志吞秦二世，计困楚重瞳。汉代山河寂，椒浆奠野翁。"③ 对韩信一生评价异于常人，没有叙写其悲剧，而是高度赞扬其雄心壮志和杰出才华以及赢得后人敬仰。诗人将韩信庙仍存与汉朝天下灰飞烟灭的对比中赞扬"淮阴仍庙食，遗迹溯英风"。这从其《读书述志》中也能得到反映："七岁就外傅，谆谆授我书。长跪前致辞，读书将何如。外傅为我语，书中妙用殊。持此取巍科，立致青紫纡。再拜谨受教，三载无敢渝。窃窥古典册，圣贤同一趋。所言皆性命，味淡理则腴。夷考其生平，言行若合符。迫而为功名，乃出其绪馀。（中略）微言固未绝，六经任菑畬。百氏辟榛莽，一心为耰锄。所志在力行，岂徒以自娱。"④ 从早年读

---

① （清）爱新觉罗·敦诚：《四松堂集》卷一，清嘉庆元年刻本，《清代诗文集汇编》第383册，上海古籍出版社2010年版，第5页。
② 马协弟主编：《爱新觉罗家族全书·诗词撷英》，吉林人民出版社1997年版，第193页。
③ （清）爱新觉罗·舒敏：《适斋居士集》卷一，清道光二十二年刻本，《清代诗文集汇编》第520册，上海古籍出版社2010年版，第650页。
④ （清）爱新觉罗·舒敏：《适斋居士集》卷四，清道光二十二年刻本，《清代诗文集汇编》第520册，上海古籍出版社2010年版，第672页。

书科举做官发展到明理见性,认识越来越深刻,并且能在生活中践行。诗人学习经史百家并且将圣贤言论在生活中竭力实行。因而,"艰难困苦,玉汝于成"哲理名言在舒敏的生活中成为真实。舒敏被贬戍边第一年,就创作了《宋史杂咏》组诗八首,分题为《宗留守泽》《种枢密师道》《李侍郎若水》《欧阳布衣澈》《陈太学东》《梁夫人》《石工安民》《贾似道》。在这组诗中,他态度鲜明,褒贬真切,一方面热情地歌颂了宗泽、种师道、陈东等具有铮铮铁骨的文臣武将、书生杂役,赞扬他们心系国事,甚至为保国御敌、铲除奸佞而不惜付出生命代价的高洁行为;同时又对为了一己享受,而卖国求荣的奸臣贾似道予以嘲讽和批判。如《宗留守泽》:"未定中原唤奈何,可怜谁奋鲁阳戈";《种枢密师道》:"皤皤白发气凌云,首立勤王不世勋";《李侍郎若水》:"南朝簪笏空盈阙,惟见中山李侍郎";《欧阳布衣澈》:"一纸严刑下紫微,两行清泪为君挥";《陈太学东》:"奋袂上书辨忠佞,谁知无罪杀陈东"。在国家民族危难之际,他们都能挺身而出,奋勇抗敌,为国效力。甚至还有女英雄。诗人在《梁夫人》诗中赞道:"铁甲金戈气自雄,裙钗敌忾佐元戎。金人胆破长江日,尽在桅楼一鼓中。"梁红玉"巾帼不输须眉"佐夫抗敌,赢得世人称赏。而《贾似道》诗曰:"湖山浪迹贾平章,日日笙歌夜未央。报到军书围鄂渚,斗来蟋蟀半闲堂。"① 大家在国难当头,奋力向前抗争之时,贾似道这类奸佞权臣却在独享其乐,实在让人愤慨。由此可知,满族诗人对于中国传统文化了解逐步深入了。

舒敏还创作《虞美人花四绝》:"春光如画雨如丝,砌下池边三两枝。底事低头愁不解,重瞳瞑目已多时。"其二:"饱将珠泪湿罗衣,舞袖翩翩是也非。寄语多情莫惆怅,汉家宫殿付斜晖。"其三:"红颜薄命委轻尘,青冢琵琶恨共新。塞北江东花并草,原来俱是怨春人。"② 不难发现,舒敏能够很好地将植物身上所附着的历史陈迹发掘出来,借花叙事抒情,

---

① (清)爱新觉罗·舒敏:《适斋居士集》卷一,清道光二十二年刻本,《清代诗文集汇编》第 520 册,上海古籍出版社 2010 年版,第 652 页。

② (清)爱新觉罗·舒敏:《适斋居士集》卷二,清道光二十二年刻本,《清代诗文集汇编》第 520 册,上海古籍出版社 2010 年版,第 667 页。

委婉表达心曲。一切的惆怅、哀怨、悲伤,不正是被贬谪荒僻边疆舒敏的人生写照吗?其在《画昭君》诗中曰:"琵琶声拨千秋恨,环佩魂惊万里天。自是官家多薄幸,非关图画误婵娟。"诗中哀怨可谓与前诗遥相呼应。诗人尽管最后高唱"六宫粉黛三千女,寂寂园陵若个传"①。肯定昭君名留青史,但是其中的哀怨是不难看出来的。

舒敏之子崇恩字仰之,别号香南居士、敂翁、语铃道人,室名壶青阁、香南精舍、吾亦爱吾等,活动于嘉庆、道光、咸丰年间,著有《香南居士集》。崇恩咏史诗创作主要是拜谒墓祠等历史遗迹和读史有感而发之作,往往思考深入见解新颖。其中拜谒墓祠之作有《题公输子庙壁》《谒留侯祠有作》《留侯祠》《武侯垒》《文君井》《薛涛井》《惠陵》《函古旧关》《卢仝宅》《铜雀台》等。崇恩《曹操疑冢》诗曰:"孟德虽奸雄,豪气颇可爱。四言独妙绝,天机写超迈。想其横槊时,走笔风雨快。平生固多诈,疑冢吁可怪。纷罗七十二,延亘数州界。工始经岁年,事无关利害。以愚当世人,世岂尽聋聩。以愚后世人,谁信此狡狯。欲起阿瞒问,命意果安在。意者用兵时,千里连营柴。或为壁垒资,或为堤防赖。或以据形胜,或以塞险隘。事过忘蹄筌,世远存梗概。疑冢断非冢,至理自难昧。"②诗人高度评价了曹操的军事才能和文学才华,进而围绕题目深入论述了曹操建造七十二疑冢的种种疑团,并且从曹操作为一个军事家的身份结合战斗经验出发去分析,得出"世远存梗概,疑冢断非冢"的结论,可谓逻辑严谨,鞭辟入里。

崇恩《读史杂感四首》对历史经验的总结也非常精辟,兼有借史鉴今的重要目的。如其一:"祖宗创基业,圣贤妙经纶。意美兼法良,千古功犹新。所以守成世,政治贵乎因。后进务更张,矩护卑先民。利久必生弊,经画在得人。用苟非其选,变乱徒纷纭。一利尚未兴,百弊已具陈。一弊犹未剔,美意荡无存。安石早危宋,李斯卒亡秦。奸臣误人国,先能蔽其君。所贵知人哲,立朝皆大臣。率由为旧章,此语良足循。"论

---

① (清)爱新觉罗·舒敏:《适斋居士集》卷一,清道光二十二年刻本,《清代诗文集汇编》第520册,上海古籍出版社2010年版,第652页。

② (清)爱新觉罗·崇恩:《香南居士集》之《归闲集》,清同治刻本,《清代诗文集汇编》第614册,上海古籍出版社2010年版,第630页。

述中国历史上历代王朝创业守成关系，强调在守成之世要遵守祖训，不可轻易变动。作者进而指出变法带来种种弊端，尤其是"安石早危宋，李斯卒亡秦"，新人耳目。以此而论，崇恩思想是比较保守的。但是他也强调君明臣贤"所贵知人哲，立朝皆大臣"，坚守祖宗成法。这也是当时面临"千古未有之变局"时，守旧派的立场观点，可以说具有普遍性。崇恩在其二中写道："孟德夸新书，赵普用论语。奸雄欺人耳，我未敢深许。世人震盛名，谈诗侈白甫。皮骨未梦见，神髓恶能睹。记诵仅书厨，淹通乃学府。我怀刘穆之，五官能瞻举。"敢于破除传统不实之论，尤其是"奸雄欺人耳，我未敢深许"，足见崇恩明辨笃思，不迷信古人的怀疑精神。他强调学习要广涉博取，淹通深入，习得神髓。这确实是读书学习的精到见解。而其善于怀疑的精神，若以当下的眼光来看，确实非常值得称道。

其三曰："用兵非得已，古人慎即戎。孟获七纵擒，弄之如掌中。武侯岂黩武，所贵心能攻。但图事有济，匪望勋独崇。吾可失智高，何敢贪天功。武襄起行伍，乃有儒将风。古今不相谋，势异情则同。"[①] 则是对战争持谨慎态度。战争带来的灾难是十分巨大的，因而怎样才能有效避免，成为历代人思考的问题。崇恩通过举例认为赢取人心，心怀天下苍生，造福百姓则是最佳方案，而不是为了个人荣誉。这也能看出崇恩胸怀何其宽广。崇恩还创作有《永乐镇有怀李义山》《读李长吉诗集》《秦良玉花枪歌》等咏史诗。

舒敏之孙、崇恩子廷雍（1853—1900）字绍民，一作邵民，号画巢，别号梦兰、木兰，著有《嘉孚堂日记》，内有《东盟怀古》咏史诗。

舒敏之孙、崇恩子廷奭字紫然，号棠门，能画山水，喜吟咏，著有《留春消夏集》《未弱冠集》八卷等。集中有较多咏史诗。如《读放翁诗喜赋》《昭烈庙》《太白酒楼》《咏宋贤四首》《咏昭君》等，其《秦良玉花枪歌》与其父可能是同题联吟之作。其在《昭君墓》（用常建元韵答星客先生）二首中写道："一朝汉宫别，千古胡天没。荒坟秋草深，苍苍

---

① （清）爱新觉罗·崇恩：《香南居士集》之《养拙集》，清同治刻本，《清代诗文集汇编》第614册，上海古籍出版社2010年版，第713页。

埋艳骨。松柏夜萧萧,恍听铜琶发。徒兴后人哀,贞魂笑烟月。"① 在苍凉悲愤中带有一点轻松幽默。千百年来王昭君人生形象在世人眼中是不幸的,作者却认为"徒兴后人哀,贞魂笑烟月",实际上昭君并非如此凄凉悲伤。诗人用常建元韵作诗答客,诗艺高超。

廷奭《昭烈庙》诗曰:"昭烈今安在,空留此庙堂。楸梧环殿合,狐兔走宫墙。伐魏威灵大,吞吴治气长。千秋遗祭祀,鼓笛赛斜阳。"② 作者首先发出历史沧桑的感叹,进而赞扬刘备当年的英雄气概,至今仍然享受后人祭祀,值得敬仰。这与《咏宋贤四首》中对忠臣义士的赞扬一脉相承。

豫亲王多铎五世孙爱新觉罗·裕瑞(1771—1838)字思元,著有《萋香轩吟草》一卷、《樊学斋诗集》一卷、《草檐即山集》一卷、《东行吟抄》一卷等。裕瑞集中创作有较多咏史诗。主要是面对历史遗迹而生发思古情怀。如《铜雀台》《李陵台》《诸葛武侯庙》《苏武雪窖》《过李西涯墓二首》《明陵吊古二首》《秦始皇陵七古》《党人碑》《昭君青冢》《广武怀古》《永平孤竹冢》《夷齐庙》等。其次是对历史女性的吟咏,如《甄妃》《曹娥》《李夫人》等。再次是观看史书有感而发之作。如《观史》《题明正统复辟事》《渊明》《白香山长恨歌戏题后》《元徽之连昌宫词戏题后》等。还有吟咏历史遗物之作。如《刘伶锸》《仲子李》《韩康药》。以及唱和之作《追和英梦堂谒夷齐庙》,题咏史画之作《题宋高宗中兴瑞应图四绝》等。

裕瑞在《党人碑》诗中写道:"明衰巨蠹祸清流,水火交攻运遂休。尧舜知人谁敢党,胜朝不振各为谋。东林未免亦声气,点将何劳作马牛。读史复观前代辙,宋家蜀洛尚戈矛。"③ 对明代东林党争颇有批判意味,并能联系宋朝相似事件进行说明,历史知识足见丰厚。再如《汤阴谒岳忠武庙》:"岳家独创背嵬军,士卒齐心誓树勋。伪召固由通敌贼,大猷

---

① (清)爱新觉罗·廷奭:《未弱冠集》卷七《酿冬集》,清同治二年懒云窝刻本,《清代诗文集汇编》第757册,上海古籍出版社2010年版,第757页。
② (清)爱新觉罗·廷奭:《未弱冠集》卷一《松寿集》,清同治二年懒云窝刻本,《清代诗文集汇编》第757册,上海古籍出版社2010年版,第646页。
③ (清)爱新觉罗·裕瑞:《草檐即山集》,清嘉庆道光间递刻本,《清代诗文集汇编》第500册,上海古籍出版社2010年版,第387页。

实阻苟安君。黄龙会饮臣之愿,青服包羞帝要闻。庙貌庄严时祀肃,汤阴百代罩祥云。"① 不避嫌讳,对抗金英雄岳飞的悲剧性遭遇表达深切同情,同时也高度称赏岳飞精忠报国之情感天动地,流芳千古。

道光帝第六子爱新觉罗·奕䜣(1833—1898)号乐道堂主人,著有《乐道堂诗抄》十卷、《乐道堂文抄》五卷、《乐道堂文续抄》一卷等。集中咏史诗较多,主要有《易州怀古》《易州道中咏怀古迹五首用杜工部韵》《题涿郡张桓侯庙》《题赵子昂商山四皓卷索书斋诸友和韵》《读屈原传》《读荆轲传》等。其《过荆轲山》诗曰:"荆客轻生辞故国,就车慷慨向秦宫。咸阳设险三关上,督亢全抛半幅中。酒市高歌空侠士,花源避世说渔翁。未能拔剑如曹刿,胜负兴亡一梦同。"② 对历史上慷慨悲歌、惊心动魄的荆轲刺秦王历史故事,诗人一反传统赞颂荆轲豪壮,认为他空有侠士之称,未能像曹刿那样建功立业。《易州道中咏怀古迹五首用杜工部韵》其五曰:"移祸丧身何计拙,田光智勇岂言高。欲同楚国称三户,竟使秦国虏二毛。虚掷头颅伤长者,枉求匕首副儿曹。阿房一样成焦土,漫诩长城缔造劳。"③ 同样对历史上一直为人称道,智勇双全,学识渊博,素有燕国勇士之称的"节侠"田光持批判态度。诗人对田光策划刺秦事件表示反对。诗人站在历史废墟面前,一切都化为灰烬随风飘扬,历史的沧桑感随即而生。

奕䜣之子载澂(1858—1885)短命而亡,著有《世泽堂古近体诗遗稿》一卷。载澂创作的咏史诗主要有《豳风图》《咏贾谊治安策》《咏汉高祖》《咏项王》《咏武侯前后出师表》《咏诸葛武侯》等。载澂能在对比中分析刘邦和项羽成败得失,比较恰切。如《咏汉高祖》:"仗义除苛政,宽仁识汉王。成功封六国,约法只三章。武略推韩信,奇谋赖子房。知人兼善任,兆亿得安康。"载澂推崇刘邦的雄才大略,更能知人善任,因而就有了"人杰归炎汉,天心属沛公",认可刘邦最终赢得天下。反观《咏项王》诗曰:"志不渡江东,乌骓事业空。失机难得鹿,划界悔分鸿。

---

① 马协弟主编:《爱新觉罗家族全书·诗词撷英》,吉林人民出版社1997年版,第292页。
② 同上书,第194页。
③ (清)爱新觉罗·奕䜣:《乐道堂诗抄》,清同治光绪间刻本,《清代诗文集汇编》第725册,上海古籍出版社2010年版,第119页。

人杰归炎汉，天心属沛公。拔山兼盖世，枉自说英雄。"①诗人认为项羽屡次失去机会，虽称拔山英雄，终究自刎而亡。纵观二诗，可谓对比鲜明，认识深刻。载澂也在诗中反复吟咏诸葛亮，表达敬仰之情。

惠端亲王绵愉第四子爱新觉罗·奕询（1849—1871）著有《谿月轩诗集》十六卷。集中有较多咏史诗，如《咏史四首拟乐府》（苏子卿、王景略、文中子、明太祖）、《读史绝句》（五首）、《咏三杰》（萧何、张良、韩信）、《读史绝句》（八首）等。这里以《咏史四首拟乐府》中的《明太祖》和《苏子卿》为例，来一窥其创作。其《明太祖》诗曰："明祖起布衣，后世鲜其比。奈何一朝平天下，诛戮元勋乃至此？燕王入对有深意，适值帝心多猜忌。屡兴大狱不少思，咄咄竟遂燕王志。自是国家梁栋摧，折冲御侮无良材。长江天堑坐受困，祸生靖难诚堪哀。吁嗟乎！莫怪功臣善终少，菹醢韩彭有前稿。"《苏子卿》诗曰："天黄草白寒飞雪，朔风凛凛肌肤裂。独留远塞何时还，长安万里音书绝。牧羝羝不乳，怀乡寸心苦。一轮寒月照征人，岁月消磨十九春。去时少年今老大，归来麟阁衰颜绘。只身全节何艰难，忍死间关此为最。宋之张（邵）朱（弁）洪（皓），元之郝文忠，多年羁绁异邦土，此心此境先后同。"②《明太祖》一诗对明太祖的功过是非进行全面评价，称赏明太祖能以布衣起兵夺取天下的雄才伟略，同时批评明太祖对待功臣和文人的残暴行为，更是对明太祖不能勘察真相，妄杀功臣，造成国中无才，以致发生明成祖靖难之役，上演王室残争的悲剧。作者内心充满了悲悯之情。《苏子卿》一诗称赏苏武牧羊的忠贞品节。诗人同时善于描绘北方风光，情景交融，为诗增色不少。"只身全节何艰难，忍死间关此为最。"诗人深入阐释苏武在十九年间所承受的沉重心理压力。苏武随时都准备死，但是又不能死，不愿意死，一切都是为了保全名节。同时联想到宋元时代的忠节之士，感慨之情油然而生。正是他们构成历史发展中的道义脊梁，坚守名节，鼓舞人们为此而奋斗。

---

① （清）爱新觉罗·载澂：《世泽堂古近体诗遗稿》，清光绪十五年刻本，《清代诗文集汇编》第785册，上海古籍出版社2010年版，第43页。

② （清）爱新觉罗·奕询：《谿月轩诗集》卷三，清同治十一年刻本，《清代诗文集汇编》第771册，上海古籍出版社2010年版，第30页。

嘉庆帝皇四子瑞怀亲王绵忻之子爱新觉罗·奕誌（1827—1850）著有《乐循理斋诗稿》八卷、《古欢堂诗集》二卷附诗余一卷文稿一卷。集中创作有较多咏史诗，主要可以分为三类：一是阅读史书创作《咏史》诗。二是凭吊古迹，缅怀古人事之作。如《十台怀古》《易州怀古》《涿州驿经汉桓侯故里》《唐天宝二年塔砖》等。三是题咏历史人物画像之作。如《题陶靖节先生像》《题李太白像》《蔡文姬归汉图绾春主人索题》《题史忠正公像》《题画洛神团扇》等。这里主要分析《题颜平原像》和《题史忠正公像》二诗。其在《题颜平原像》诗中写道："一幅丹青妙入神，开元骨鲠独斯人。由来笔正因心正，大半忠臣属老臣。数载立朝遭诽谤，孤身报国走风尘。于今仰睹须眉耸，犹似当年恨未伸。"①高度赞扬颜真卿真心为国忠贞不贰的高贵品质。尽管屡遭诽谤排挤，但是他忠君之心始终未改，独力抗击安史叛军，恨不能杀尽天下逆贼。虽功业未成，英名永垂。《题史忠正公像》诗写道："昔闻邗上衣冠墓，碧血梅花岭头树。遗像今从尺幅瞻，目光如炬犹馀怒。吁嗟明祚百六终，长江天堑难为雄。国步奚支福王一，井灶幕燕何匆匆。尚书恸哭勤王起，缟素六军同誓死。七不可书终不行，马阮同朝心所耻。督师出驻维扬城，熊黑四镇何纷争。复仇不使度关陇，防淮防江孰重轻。烽火南来照寝殿，君臣日夕犹荒宴。城摧巨炮督师亡，从此乾坤扫如电。九霄箕尾杳难攀，策蹇讹传去不还。后死何惭左忠毅，前生定是文文山。铁面棱棱须竖戟，画图百劫原如昔。千秋华表鹤重归，魂魄应依孝陵柏。（史称公面黑色，有'死葬我高皇帝陵侧'语。）"②对于明末忠臣史可法可歌可泣的历史事迹——铺叙开来，对南明小朝廷内部权臣把持政权，钩心斗角，以致大明江山不保的宵小行为，予以强烈的谴责。诗人高度赞扬史可法忠肝义胆的高贵品质。

清高宗乾隆第五子荣纯亲王爱新觉罗·永琪之孙、荣恪郡王爱新觉罗·绵亿之子奕绘（1799—1838）字子章，又号妙莲居士、幻园居士、

---

① （清）爱新觉罗·奕誌：《乐循理斋诗稿》卷四，清同治十一年刻本，《清代诗文集汇编》第703册，上海古籍出版社2010年版，第439页。
② （清）爱新觉罗·奕誌：《乐循理斋诗稿》卷七，清同治十一年刻本，《清代诗文集汇编》第703册，上海古籍出版社2010年版，第486页。

太素道人。他是清代嘉庆、道光间一位颇有名气的宗室诗人，著有《观古斋妙莲集》三卷。奕绘妻子顾春是满族第一大才女。奕绘咏史诗创作不是很多，但是一些长诗如《明妃曲一百韵》《玉环咏一百韵》很能展现才华和能力，也能说明满族王室成员文化水准之高。奕绘创作的咏史诗主要有《拟吊岳鄂王墓》《谒涿鹿张桓侯庙》《于役沈阳八月初四日过夷齐庙》等。

奕绘在《长城怀古》一诗中写道："虎视鲸吞未肯休，坚城直欲界神州。三千男女归生海，百二关河死属刘。峭壁古苔秋暗淡，雄边山鬼夜啁啾。半轮澄澈秦时月，尚照重来过客游。"诗人面对长城，遥想历史上长城曾是华夷之界，秦始皇当年一统天下，修筑长城以防胡兵，兵戈铁马之声犹在耳边。诗人进而联想到秦始皇追求长生之术，大秦帝国最终灰飞烟灭。历经沧桑的长城似乎是历史发展的一面明镜，昭示着历史的兴衰变化。诗人面对明月之夜，遥想历史尘烟，怎能不生怀古之幽情呢？其在《拟吊岳鄂王墓》一诗中写道："刺臂全忠孝，安危百战身。金戈扶宋室，铁甲净胡尘。天下皆思岳，康王竟信秦。六桥经过处，空有泪沾巾。"[①]对岳飞精忠报国，努力抗金而建立的丰功伟业高度赞扬，进而对岳飞遭遇"莫须有"罪名含冤而逝深表同情，潸然泪下。还有《题明季殉难名妓柳如是小照》："末世能推殉难功，衣冠愧杀美人风。生原傅粉英雄辈，死上凌烟图画中。眉彩两拖杨叶绿，脸霞双晕剑花红。从容自了千秋节，不似尚书爱善终。"[②]高度赞扬柳如是誓死殉节的高洁人格，讽刺了钱谦益贪生怕死、屈膝投降的卑污人格，两相对照，作者还是很注重人物品节的。

道光帝第七子爱新觉罗·奕谟（1840—1891）字朴庵，号九思堂主人，又号退潜主人，著有《九思堂诗稿》八卷、《九思堂诗稿续编》十二卷等，其孙为清朝末代皇帝溥仪。奕谟一生创作了较多咏史诗，主要可以分为以下几类。

第一类：登临古迹、缅怀先贤之作。主要有《长城》《登荆轲山二

---

① 马协弟主编：《爱新觉罗家族全书·诗词撷英》，吉林人民出版社1997年版，第212页。
② （清）爱新觉罗·奕绘：《观古斋妙莲集》卷一，清道光刻本，《清代诗文集汇编》第600册，上海古籍出版社2010年版，第361页。

首》《华佗庙》《石尉迟》《访燕昭王墓不得》《张桓侯庙》《楼桑村怀古》《偕九弟游楼桑庙怀古》《展拜关圣帝君敬成》等。

第二类：阅读史书，有感而发之作。这是主要创作方式，数量最多。

主要有《读史》（两首）、《读史四首》《直庐夜坐读史》《读史漫成》《读史》《直庐读史》《卧云楼怀古》《读史漫书》（两首）、《读史》《咏史》《夜坐读史率书》《读金世宗本纪感赋》（两首）、《咏古十截句》《读史漫书》《寒夜观史有会》等。

第三类：题咏历史画图之作以及朋友酬答和韵之作，还有题咏古代器物之作。如《题陶渊明归隐图》《题严子陵图二截句》《题项王像》《咏三杰和鸣鹤园八弟元韵》《夏鼎商彝》等。

奕谟对很多历史事件的看法经常异于常人，这与他处在晚清高层政治活动的关系极为密切。如《登荆轲山二首》："义气原从侠骨生，千金一诺羡荆卿。丰碑矗立留遗迹，绝胜秦皇万里城。"其二："挥手长行见壮心，早将肝胆付知音。轻生尚不为君惜，枉死无功惜最深。"[1]可以看出，奕谟很重视一诺千金的信誉，同时对荆轲功成垂败是深表惋惜的。在同治光绪时期激烈的高层政治斗争中，稍有不慎即会满盘皆输，这一点奕谟是深有体会的，自己兄弟奕䜣正是这样一个典型。因而奕谟在《题易水饯荆轲图三首》诗曰："督亢巳献强秦矣，嬴政虽亡国固存。一旦按图趣虎旅，依然弃甲速鲸吞。片言轻掷将军首，千里谁招侠客魂。握算老成推鞠武，仓皇太子失详论。"中批评燕太子丹的草莽行事，救国策略失败，加速燕国灭亡。其二曰："自是燕丹心欲速，何曾烈士负燕丹。白衣满座歌慷慨，风为萧萧水为寒。"其三曰："燕纵不图秦，亡亦翘足待。断股聊一摘，浩叹死可悔。犹胜赵王迁，束手甘彭醢。暴政久无闻，荆山名不改。"[2]诗中反复诘难燕太子丹欲速则不达酿成的恶果。诗人通过假设方法推断秦国暴政必然酿成亡国结局。这与其一中的假设推论一致，就算荆轲刺秦成功，依然不会改变燕国被灭

---

[1] （清）爱新觉罗·奕谟：《九思堂诗稿》卷四，清同治十三年醇邸刻本，《清代诗文集汇编》第742册，上海古籍出版社2010年版，第63页。

[2] （清）爱新觉罗·奕谟：《九思堂诗稿》卷五，清同治十三年醇邸刻本，《清代诗文集汇编》第742册，上海古籍出版社2010年版，第95页。

亡的历史命运，不是滞缓反而只会加速燕国灭亡。尽管荆轲刺秦王是一个历史悲剧，但是荆轲信守承诺，舍身报主的伟大人品值得称赏，因而被历史铭记。

爱新觉罗·豫本著有《选梦楼诗抄》八卷。集中咏史诗主要有：《杜工部石刻像》《咏古》（十首）、《姜女祠》《精忠砚歌》等。其在《明妃词》其二诗中写道："才看金屋贮嫏娟，旋见君恩付断烟。何似紫台身远嫁，琵琶一曲独千年。"① 既是对君王无情的批判，也是对昭君远离后宫火坑，赢得不朽名声的赞赏。

爱新觉罗·恩华著有《求真是斋诗草》二卷。恩华善于作和韵咏史诗，如《和霭亭兄咏古十六韵》《明妃出塞次裕亭弟韵》（二首）、《张宏赤壁赋图次裕斋主人韵》等。还创作有《读史》《题唐子畏华清出浴图》《刘蕡故里》《题燕丹子后（戏作）》等。恩华在《读陶靖节传书后》中开篇即说"我爱陶靖节"，可见敬慕之深，更是赞赏陶渊明"不为五斗米折腰向乡里小儿"的高贵品质，"所以青史传"而"其名足不朽"，自是"掩卷三叹息，高风缅五柳"② 了。

爱新觉罗·宝廷（1840—1890）初名宝贤，字少溪，号竹坡，晚年自号偶斋，著有《偶斋诗草》三十六卷。清代满族八旗文人辈出，其中有两位分别占据着第一的宝座。一个是词苑霸主纳兰性德，一个就是诗坛领袖宝廷。宝廷诗歌"诸体兼备，各体皆工"，尤以五言、七言歌行擅长，是其诗歌种类中水平最高的。宝廷既与高官翁同龢、陈宝琛等交往，也与同辈好友宗韶、志润、育琮等相互唱和，还同门生名人如郑孝胥、林纾、陈衍等探究学问，成为晚清诗坛的领军人物。

宝廷一生创作咏史诗总计四十一首，许多观点都能发前人所未发，令人耳目一新。其咏史诗题材内容主要可以分为以下几类：一是登临古迹、缅怀古人之作。如《岳王庙题壁》《题岳忠武砚十四韵》《于少保庙题壁》《谒韩公祠恭赋》《韩蕲王》《淮阴夜泊》《朱买臣墓》《羊流

---

① （清）爱新觉罗·豫本：《选梦楼诗抄》卷六，清同治十三年刻本，《清代诗文集汇编》第578册，上海古籍出版社2010年版，第554页。

② （清）爱新觉罗·恩华：《求真是斋诗草》卷一，清咸丰十一年锡璋刻本，《清代诗文集汇编》第632册，上海古籍出版社2010年版，第49页。

店怀古》《严子陵题壁》《五人墓》《谒孤山二林公墓题壁》《督亢》《题赤壁烧兵图》《赤壁怀古》等。宝廷吟咏人物事件,内容上大多是忠臣义士,赞扬他们的高风亮节,而对他们的悲剧深怀同情。

二是阅读史书,有感而发之作。如《咏史》《咏史》(三首)、《咏史》(四首)、两次创作《咏史和左太冲》,还有《鲁仲连》《信陵君》《蔺相如》《唐雎》《苏秦》(五首)、两次吟咏《吊灵均》《高渐离》(两首),以及《许由瓢》《刘伶锸》等吟咏古人古物之作。总之,宝廷咏史诗创作种类比较丰富,观点鲜明,质量上乘。

宝廷《咏史》诗曰:"纵观遥代史,慷慨屡悲歌。自古已如此,今人可奈何。名难穷士立,谗是宠人多。所以严陵叟,狂吟披钓蓑。"[①] 历史上的悲情英雄甚多,如其在第一类中吟咏的岳飞、于谦等皆因谗言而不得善终。宝廷关注他们,也有避祸之心吧!因而高隐之士就成为宝廷崇仰和效法的楷模。如严光成为山野之人,何其自在!

宝廷《咏史》(四首)对社会历史感慨遥深。《咏史》诗曰:"贤愚忠佞回头尽,治乱兴亡转瞬消。故纸一堆横牖下,悠悠已过廿三朝。"其二:"才闻礼乐又兵戈,世运回还奈若何。十二万年方过半,奇踪异迹已多多。"其三:"往迹何由辨假真,枉劳褒贬费精神。怜君忘却当时事,有笔偏能论古人。"其四:"几番堪喜复堪悲,载籍遗闻尽出奇。可惜无穷身后事,苍天不许我先知。"[②] 其一、其二中感慨历史发展如此迅疾,一切皆如过眼烟云;其三则从评论历史出发,认为前朝旧迹总是真假难辨,与其费神耗力去争论古人,不如注重当下。这种观点颇有现代意味,活在当下才是最真实的;其四则是抒发面对变幻无定历史风云的一种无奈之情,人不可能预知前世今生,也就无从知晓后事,身后功过是非只能任人评说,也就回到其三所论,今人总在评论前人功过是非,而忘却了自己的当下生活。我们似乎也生活在这样的怪圈之中,外在事物往往干扰了内心平静和理想追求,前路无知,只能留下

[①] (清)爱新觉罗·宝廷:《偶斋诗草》卷一,清光绪十九年方家澍刻本,《清代诗文集汇编》第744册,上海古籍出版社2010年版,第65页。

[②] (清)爱新觉罗·宝廷:《偶斋诗草》卷二,清光绪十九年方家澍刻本,《清代诗文集汇编》第744册,上海古籍出版社2010年版,第186页。

众多遗憾。

宝廷还在《咏史》(三首)中写道:"矜才使气互评讥,妙论空多正论稀。我欲拈毫断前事,踌躇恐惹后人非。"其二:"高谈雄辩总空虚,束册何劳载五车。可恨秦皇生太早,不烧三代已还书。"其三:"世事匆匆如转轮,盛衰弹指尽成尘。无情最是古时月,犹向书中照古人。"① 这更是惊世骇俗之论。联系《咏史》(四首)内容来看其一,宝廷自己似乎也陷身其中,不可自拔了。由此而言,不仅是世人"矜才使气互评讥",自己"拈毫断前事"就算是"妙论",难道就能保证是"正论",况且历史在不断发展,怎能确保一直是"正论"。与其陷入辩驳的悖论,不如搁笔不论,宝廷还是明智的。其二则是惊世骇俗之谈,宝廷看到"高谈雄辩总空虚"的负面影响,因而发出秦始皇"不烧三代已还书"的遗憾。这种论点看似过激,仔细想来,也有一定道理。尤其是针对那些有害之书,不烧尽烧完,留下来一本恐怕都是祸患。其三则又看到了书籍带给我们了解古人的一条通途,明月仍在,古人犹现,古今知己的心灵碰撞对话成为可能,这也是我们积淀知识、获取经验,更好发展的前提。综合而言,宝廷的认识还是比较客观而辩证的,只是时代所限而走向极端。

宝廷的女性对待观也是比较进步的。如《韩蕲王》诗曰:"妇人在军气不扬,迂哉此言良荒唐。不见南宋韩蕲王,江头大战偕红妆。红妆伊谁夫人梁,临流击鼓江风狂。古人古事皆非常,令人啧啧嗤不祥。我曾两度过金山,吴姬越女同一船。"② 极力赞扬女英雄梁红玉在保家卫国战斗中发挥的重要作用,批驳了传统"妇人在军气不扬"的谬论,肯定女性参与社会生活的价值意义。

爱新觉罗·桂芳字香东,著有《敬仪堂诗存》一卷、《敬仪堂敬进诗稿》一卷等。桂芳创作的咏史诗主要有《荆州怀古》《张桓侯故里》《题杨椒山先生墓》《豫让桥》《题邯郸卢生祠》《汤阴谒岳忠武庙》等吟咏

---

① (清)爱新觉罗·宝廷:《偶斋诗草》卷三,清光绪十九年方家澍刻本,《清代诗文集汇编》第744册,上海古籍出版社2010年版,第285页。

② (清)爱新觉罗·宝廷:《偶斋诗草》卷十,清光绪十九年方家澍刻本,《清代诗文集汇编》第744册,上海古籍出版社2010年版,第375页。

祠墓古迹之作，也有《题宋高宗中兴瑞应图》题画图咏史诗。桂芳曾被称为"奇才"，其《荆州怀古》诗曰："唇齿固江东，婚姻与蜀通。深心推子敬，失计恨吴蒙。一纸降书入，三分霸业空。仲谋尚豚犬，天下几英雄。"① 依此而言，"促谋尚豚犬"曹操"生子当如孙仲谋"的豪言壮语也不过如此而已，天下大势究竟有几人能洞彻深明呢？桂芳的英雄观确实高人一筹了。

爱新觉罗·弘历六世孙毓朗（1864—1922）字月华，号馀痴，别号馀痴生，著有《馀痴生诗集》三卷。毓朗创作的咏史诗主要有《读朱子全书》《读苏子养生论》等。毓朗《咏史》诗曰："三年摄政凛冰渊，庶事何曾敢一专。尝为爱民摧振抚，时思律己独精研。理财直欲肥天下，经武原图御寇边。自是日斜庚子后，非关治术愧前贤。"② 诗中所言可谓毓朗一腔报国热情的倾泻，严格律己、一心为公。只是时代变迁，随着东西方文化的碰撞，先进制度最终战胜落后制度，国家危机越来越严重。这些都非传统治理国家的方法所可挽救，因而诗人做官也显得无能为力，难挽颓势羞愧满面。诗人也可释然，毕竟落后的总要被先进的取代。毓朗生逢新旧交替时代，想要挽救旧制度，怎么可能成功呢？因而在《咏史》中写道："中原不可复，天意定如何。徒有狐忠在，空悲义愤多。八公惊草木，一战弃干戈。回首兴王地，相看涕泗沱。"③ 毓朗怀着一腔忠义心胆，力图救图，大清王朝却无可奈何花落去，虽伤心但无奈。这也代表了当时大部分爱新觉罗家族文人的普遍心态吧！毕竟，爱新觉罗祖辈的荣光不再，祖宗开创的二百余年宏伟基业在此画上一个句号，一个新时代开启了！

爱新觉罗·遐龄著有《岭云斋诗草》一卷，咏史诗主要有《温太真》《张丽华》等。光绪间宗室合特亨额创作《真妃》诗曰："马嵬坡下草犹

---

① （清）爱新觉罗·桂芳：《敬仪堂诗存》，清道光十三年浙西官舍碧云仙馆刻本，《清代诗文集汇编》第 508 册，上海古籍出版社 2010 年版，第 364 页。

② （清）爱新觉罗·毓朗：《馀痴生诗集》卷二，民国十一年宗人府第一工厂石印本，《清代诗文集汇编》第 789 册，上海古籍出版社 2010 年版，第 601 页。

③ （清）爱新觉罗·毓朗：《馀痴生诗集》卷三，民国十一年宗人府第一工厂石印本，《清代诗文集汇编》第 789 册，上海古籍出版社 2010 年版，第 607 页。

春，驻马当年尽不臣。若使明皇如舜帝，真妃亦可作贤人。"① 一反常人对杨贵妃"红颜祸水"的评价，极力谴责当年一帮朝臣的不义行为，认为正是他们不能进言献策，使得唐玄宗后期不能继续像舜帝那样贤明，才导致了悲剧的发生。若是唐玄宗还是前期那样的英明决断，杨贵妃自然也是一代贤妃了。他的认识可谓深刻，批判可谓有力，观点何其鲜明，足以发人深省。作者作为满族宗室文人，能从这样的角度来认识问题，实属难能可贵。

民国间宗室普英（生卒不详）在《岳武穆》一诗中写道："可惜河山百战平，风波亭上命牺牲。山川正气埋忠骨，星夜金牌吊宋营。父老攀辕皆饮泣，士兵解甲起悲声。书生底事非同种，一篑功亏隐恨成。"② 对岳飞功亏一篑的历史悲剧，哀叹连连，深表同情。溥伟（1880—1936）的《长城》诗曰："亡秦者岂必为胡，筑此长城役万夫。峰岭嵯峨关塞险，峰烟苍茫戍楼孤。只余二世传嬴民，空自千秋作远图。地下始皇应有恨，未防矫诏杀扶苏。"③ 对于秦始皇修建长城防备胡人的迷信谶纬思想进行了深入批判，认为秦始皇未能预防赵高等权臣矫诏杀害扶苏才是最大的遗恨。溥任（1918—2015）的《榆关怀古》诗曰："东临碣石勒铭还，耸立巍峨碧海前。莫道雄关真如铁，兴亡成败在贤愚。"④ 也认识到天下兴亡成败关键在于君臣贤愚与否。

清代可谓是女诗人发展的鼎盛时期，而满族女诗人的大量出现，是清代女性文学中一笔独特的宝贵财富。据检索《八旗艺文编目》中载有宗室妇女诗人九人，加上非宗室的满族女诗人共计近八十人。其中有多人创作过咏史诗，如顾太清、扈斯哈里氏等。她们的咏史创作进一步丰富了满族诗人的文学天空，这部分内容已在《清代女作家咏史诗研究》一书中研究，在此不再赘述。

清代满族作家如此丰厚的咏史创作，正是满族文化水准整体提升，满族诗人们积极汲收汉文化结出的硕果。毕竟满族贵族从在关外时起，

---

① 马协弟主编：《爱新觉罗家族全书·诗词撷英》，吉林人民出版社1997年版，第149页。
② 同上书，第350页。
③ 同上书，第360页。
④ 同上。

就在积极研究学习汉文化，入关后的每位皇帝都有咏史诗创作，而以乾隆和嘉庆的创作成就最为突出，几十首上百首的咏史诗创作，自是不输于任何文士。还有一大批宗室诗人也有着大量的咏史创作，呈现出满汉文化交融发展的兴盛状态。这也正是中华民族文化在数千年融合发展中的一个光辉缩影，不断地吸收各民族的文化营养，转化成中华文化的一部分，最终成为各民族遵循的共同精神价值观念。如果说主流的男性文化是如此，那么，满族女诗人大量咏史创作的实践活动更能充分表明这种文化融合的功效。五千年中华文明史已经成为各民族的共同精神财富，在不断吟咏缅怀古人的文学文化活动中，自觉传承发扬，总结经验教训，健全完善，推动中华文化更好向前发展。这也是各族人民为中华文化丰富深化所作出的贡献，理应得到表彰。

第四节　清代皇室咏史创作兴盛现象解析

清人潘德舆《养一斋诗话》卷十曰："今人好作诗，一年可抵渊明一生，自以为求益，不知不苟作乃有益，常作转有损也。世之好作者多，必不得已，余请进一策焉：只取咏古迹及咏史两种题目为之，此非读书而有识力者不敢操管，即成亦不敢轻易示人，如此虽日作一诗，亦能为学识助。"① 指出了创作咏史诗具有较快地增长史学知识的好处，能更好地提高文学修养。也就是说，通过诗情与史识在咏史创作中的熔铸增长，有益于历史学习和诗歌创作。尽管"自古诗推咏史难"，清代皇帝和子孙们创作了如此可观且质量俱佳的咏史诗，其原因何在呢？

毛星《中国少数民族文学》在论述满族文学时指出："皇太极在崇德四年（1639）为了军事和政治的需要，曾令达海用新满文翻译了不少汉族的书籍。如《刑部会典》《素书》《三略》《万宝全书》等，其他如《孟子》《三国演义》《通鉴》《六韬》《大乘经》等未及译完。皇太极还命令文馆诸臣选译了辽、金、宋、元四史中有关政略及行师方略部分。这项工程一直延续到清入关以后，譬如《水浒传》《西厢记》《金瓶梅》等都有满文的译本。这使满族的知识分子从汉族先进文化中吸收了丰富

---

① （清）潘德舆著，朱德慈辑校：《养一斋诗话》卷十，中华书局2010年版，第162页。

的营养。"① 所以，清初满族作家文学的迅速出现，以及一开始就继承汉族文学传统，走上一条满汉文化逐渐融合的特殊道路，是有其历史渊源的。

王钟翰《王钟翰清史论集》中说："康熙皇帝圣祖玄烨自己说过：'朕自五龄即知读书，八龄践位，辄以（大）学、（中）庸训诂询之左右。'又说：'人主临御天下，建极绥猷，未有不以讲学。'"② 足见康熙皇帝对读书的重视程度。

为了更好说明问题，以下摘录徐珂《清稗类抄》第二册《教育类》中的几处文字，一窥其奥。如《列圣重学》："顺治间，定国子监彝伦堂为视学御讲之所，本监堂上官，不得中堂而坐及中门出入，王以下文武各官，亦不得由中门出入。甲申，定八旗官学。康熙甲子，定琉球官学。癸巳，设算学于畅春园之崇养斋。雍正戊申，定入监读书俄罗斯学。（即会同馆设学教之）辛亥，奏准将毗连国子监街南官房一所赏给本监，是为南学。乾隆戊午，于钦天监附近设算学，唐古忒学亦归国子监。谕：'武英殿录书需人，着国子监于肄业正途贡生内，择其年力少壮，字画端楷，情愿效力者，选十人送殿，以备誊录。其在监每月膏火之费，照旧给与。'癸巳，谕：'《永乐大典》，其中每多世不经见之本，而外省奏进书目，亦颇裒括无遗，合之大内所储，朝绅所献，不下万余种，特诏词臣详为考核，厘其应刊、应钞、应存者，系以提要，辑成总目，依经、史、子、集部分类聚，命为《四库全书》。摛藻堂向为宫中陈设书籍之所，朕每憩此观书，取携最便，着于《全书》中，撷其菁华，缮为《荟要》，其篇式一如《全书》之例。'甲午，谕：'现办《四库全书总目提要》多至万余种，卷帙甚繁，自应于《提要》之外，另刊《简明书目》一编，只载某书若干卷，注某朝某人撰，则篇目不烦，检书较易。'乾隆庚戌，御制集石鼓所有文，成十章，制鼓重刻，鼓凡十，在戟门外左右分列。辛亥，谕：'我朝文治光昌，崇儒重道，朕临御五十余年，稽古表章，孜孜不倦，前曾命所司创建辟雍，以光文教，并重排石鼓文，寿诸贞珉。而《十三经》虽有武英殿刊本，未经勒石，因思从前蒋衡所进手

---

① 毛星主编：《中国少数民族文学》，湖南人民出版社1983年版，第258页。
② 王钟翰：《王钟翰清史论集》第二册，中华书局2004年版，第817页。

书《十三经》,曾命内廷翰林详核舛伪,藏弆懋勤殿有年,允宜刊之石板,列于太学,用垂永久。'"① 可见从康熙到乾隆历代皇帝对教育以及文化事业的重视。而《世宗设宗学》记述:"雍正中,特设宗学左、右翼各学于京师,简派王公专管,岁时,钦派大臣考其殿最,以为王公奖罚。左翼在金鱼胡同,右翼在帘子胡同,皆设宗室总管、副管各一人,以司月饷、公费等事。三岁考绩,授七品笔帖式。觉罗、八旗各设学一,其总管、副管,如宗学之制。满教习用候补笔帖式,汉教习用举人考取,皆月有饩糈,四时特赐衣缣。"② 对于雍正时期设立宗学教育的规章制度描述详细。不难看出雍正对于宗学教育的重视。《高宗训十一阿哥》:乾隆丙戌,谕:"昨见十五阿哥所执之扇,题画诗句,款为'兄镜泉'三字,询知为十一阿哥手笔,此非皇子所宜。皇子读书,惟当讲求大义,有益立身行己,至寻常琢句,已为末务,何可效书生习气,以虚名相尚乎。十一阿哥方在童年,正宜涵养德性,尊闻行知,岂可以此浮伪淆其见识乎?朕在藩邸,未尝私取别号,犹记朕二十二岁时,皇考因办当今法会一书,垂询有号否,朕敬以未有对,皇考即命朕为'长春居士',和亲王为'旭日居士'。朕之有号,实皇考所赐,未尝以之署款,此和亲王所知也。我国家世敦淳朴,所重在国书、骑射,凡我子孙,自当恪守,乌可效书愚陋习流入虚谩乎?设相习成风,其流失必至羽林、侍卫以脱剑学书为雅,相率入于无用,甚且改变衣冠,更易旧俗,所关非小,不可不防其渐。着将此谕实贴上书房,俾诸皇子触目儆心,勿忽!"③ 足见乾隆皇帝对皇子们教育之严格。当然还有《高宗教孙》:"高宗之教诲皇孙、皇曾孙、皇玄孙也,严厉异常。然皇孙辈皆不喜读书,泰半旷课,而上书房各师傅遂有间六日不到者。高宗乃降旨申饬,略谓:'皇子等年齿俱长,学问已成,可毋须按日督课。至皇孙、皇曾孙、皇玄孙等,正在年幼勤学之时,岂可稍有间断?总师傅嵇璜年已衰迈,王杰兼军机处行走,情尚可原,着从宽交部议处。刘墉、胡高望、谢墉、吉梦熊、茅元铭、钱棨、钱越、严福、程昌期、秦承业、邵玉清、万承风,俱着交

---

① (清)徐珂:《清稗类抄》第二册,中华书局1984年版,第554页。
② 同上书,第555页。
③ 同上书,第575页。

部严加议处。至阿肃、达椿，身系满洲，且见为内阁学士，毫无所事，其咎更不能辞，均着革职，各责四十板，留在上书房效力行走，以赎前愆而观后效。'"① 严格的教育，名师硕儒的教导，再加上皇家丰富的图书资料，足以使好学的皇子、皇孙们如鱼得水。这其中还反映出清代皇室教育的发展变化过程，康熙皇帝好学不倦，一生学习，从未间断，从而造就一代英主，肇基康乾盛世。一直到乾隆、嘉庆的数代皇帝都可谓好学不辍，基本上也是聪明伶俐，因而也就造就了清代前中期，皇室文学创作繁盛的局面，而乾隆皇孙即道光皇帝一辈就出现了不喜读书的情况，再加上国家处于动荡之中，此后皇帝包括宗室人员的文学创作也开始每况愈下了。

总之，在历史和个人的共同作用之下，随着整个社会大形势的发展变化，伴随清王朝统治由盛而衰一直到灭亡的发展轨迹，形成了清代皇帝和宗室成员咏史创作曲折发展的情况，他们在咏史创作上取得的成就足以比肩汉族文人，成为清代文学创作和研究的一个重要方面。

---

① （清）徐珂：《清稗类抄》第二册，中华书局1984年版，第575页。

第 五 章

论罗惇衍及其《集义轩咏史诗抄》

第一节　生平考述

　　咏史诗集大规模创作肇自中晚唐吴筠、赵嘏、胡曾、周昙、孙玄晏等人；后经五代李雄、朱存，两宋曾极、王十朋、刘克庄、林同、陈普，金元李俊民、李汾、徐钧、宋无等人进一步发扬光大；到了明清而趋于极盛状态。清及近代咏史创作繁富，而咏史诗集不仅体类齐全，量多质优，而且在体式、题材上有进一步的拓展，选材方面趋向专精，分类更加严密科学，诗集规模空前巨大。清代咏史诗集呈现出集大成特色：就咏史体裁看，通常习见的近体咏史，元末异军突起的乐府咏史，明末兴起的宫词咏史及较为罕见的三言、四言、六言咏史诗及集句体咏史诗等多种诗体都济济一堂；从题材内容上看，吟咏对象从传统的帝王将相到儒生隐士、兵家名将、文艺名家乃至名媛列女、妃嫔美人、无名氏等，几乎囊括殆尽；从创作阵容上看，作者队伍也空前强大，上至皇帝高官，下至满汉文人、名媛列女，都竞相创作咏史诗集。也正是由于全民参与评史咏史，不断标新立异，查漏补缺，才共同促成了清代咏史创作的集大成特色。这其中尤以罗惇衍的《集义轩咏史诗抄》为集大成之作中的最杰出代表。

　　罗惇衍（1814—1874）字星斋，号椒生，广东顺德人。道光十五年（1835）进士，改翰林院庶吉士，历仕通政使司副使、安徽学政、通政使司通政使等，官至户部尚书，卒谥文恪。罗氏一生仕宦平稳，历经嘉庆、道光、咸丰、同治四朝，正值国家多事之秋，乱象丛生，外侵内忧不断。鸦片战争、太平天国运动此起彼伏，当此乱局，罗惇衍能针砭时弊，直言进谏,且多被采纳执行,深受皇帝器重。同时,罗氏在学术上也颇有建树,学宗宋儒,著作等身,生平讲学与倭仁齐名,时有北倭南罗之目,真可谓治世之良臣、理学之名儒。罗惇衍喜于阅史,善于鉴史,学以致用,巧于讽今。如道光三十年三月,陈《端本善俗疏》劝导皇帝,读书明理,借鉴先祖经验,治理天下。如:"古帝王立纲陈纪,根源只在一心。检摄此心,莫先于居敬穷理;居敬穷理,莫先于勤省察;勤省察,莫先于观览载籍。(中略)伏愿皇上本法祖之意以修己,推而知人安民,皆得其道,天下有不荡平正直者哉?"还建言道光帝应广开言路,善于纳谏:"又请敕直省督、抚、提、镇、学政,皆得犯颜直谏,指陈天下利病,无所忌讳,即藩、臬中有能披沥肝胆,畅所欲言者,亦许自行密封,令督、抚代为呈递。"① 疏入,道光皇帝嘉其爱君之诚,并饬谕中外大臣实力奉行。罗惇衍忠君爱国之心,乱世求治之切,溢于言表。

罗惇衍同时看到随着国事日下,民风不纯,因而积极向皇帝上奏,极力要求整顿世风,王先谦《东华续录(同治朝)》记载:"前据罗惇衍奏广东省赌风最盛,刘长佑下车伊始,即将白鸽票花会并闱姓番摊各赌博先行禁绝,号令一新,百姓亦乐于从命,见在该督离任,各种赌博故态复萌,请饬晏端书一体严禁等语,赌博为害闾阎,往往破家荡产,弱者转于沟壑,强者流为盗贼,不可不严行查禁,着晏端书督饬所属,出示严禁,以裕民生而端风化,将此由六百里各谕令知之。"② 当然,罗氏还很关心下层民众生活,积极向皇帝上奏,减轻民众负担。刘锦藻《清续文献通考》记载:"又谕罗惇衍奏,近畿百姓疲于供应,请饬直隶总督顺天府府尹察看情形,将谒陵大典暂缓举行一折。前经降旨于三月初三日由京启銮,恭谒西陵。诚以两载以来未经展谒,朕心依慕实深用特择日举行,稍申诚悃,至畿辅地方兵差络绎民力未纾,无日不在朕廑念之中。上年被灾被扰地方蠲缓钱粮,恩施迭沛,若借口民力而致谒陵大典久旷不举,非独朕心不安,于政体亦有未协,罗惇衍所奏着毋庸议。"③

----

① 王钟翰点校:《清史列传》第12册,中华书局1987年版,第3716页。以下所引皆出此传,不出注。
② (清)王先谦:《东华续录(同治朝)》,同治十九年刻本。
③ (清)刘锦藻:《清续文献通考》卷一百八十七《王礼考》十八,民国景十通本。

再如整顿吏治，取消官吏滥用刑法奏折。史澄《（光绪）广州府志》："同治四年上谕，罗惇衍奏州县擅用非刑，请饬禁止等语，向来州县各官妄设刑械及私立班馆等弊例有明禁，乃近来州县于刑法之外，往往私用非刑，获犯到案，肆意拷扑，横加酷虐，即偷窃小犯，亦或立毙杖下，殊失刑期无刑，辟以止辟之道，着各直省总督严饬所属各州县，于诘奸禁暴之中，仍宜存心矜恤，凡妄设刑械及私立班馆等弊，务即严行禁止，不得任意残酷以刻为能，致令民不堪命，用副朝廷明慎用刑至意。"① 正是对生活的深入了解，罗氏的咏史之作，对于历史的认识，相对来讲，比较客观公正。

罗惇衍精通史学，善于论史。其好友龙元僖作《集义轩咏史诗抄序》云："公月必再三至，至则纵谈，无所不有，尤好论史。公恂恂书生，平日无疾言遽色，独至论史，则奋迅激昂。其议论上下驰骋，如与王景略、苏明允、陈同甫一辈人语。余久病，每听，神为之主。犹记一夕漏，娓娓评论胜朝人物，爰及杨、左、周、魏诸公事，忽拍界尺大呼，有仆坐睡，遽跃起，惊问何事？余笑曰：'此所谓振聋警聩也。若效槐里说经，则又音动左右矣。'此虽一时戏言，由今思之，岂可复得哉！公殁后，其冢子汇其生平咏史诸作若干卷，将镂板行世，谒余请序。余讶曰：'尊人与余论史，积有年矣，而于诗独不多及，今裒集至一千六百余首，何浩博若是耶！'"② 如此生动的记述，足见平日罗惇衍与友人间的论学之趣，以此论史见识，学力功底，创作如此巨大的咏史诗集，实为水到渠成之事。

罗惇衍生平功绩恰如上谕所指："前任户部尚书罗惇衍学问优长，持躬恪慎。由翰林洊擢正卿，屡司文柄。"③ 史澄《（光绪）广州府志》叙述说："东粤科名之盛累朝状元九……道光乙未，顺德罗惇衍以翰林官尚书、龙元僖以翰林官太常卿、高要苏廷魁以翰林官河督，道光丁未，香山何璟以翰林官督抚、南海潘斯濂以翰林官光禄寺少卿，现任山东学政，

---

① （清）史澄：《（光绪）广州府志》卷五训典五，清光绪五年刊本。
② （清）罗惇衍：《集义轩咏史诗抄》卷首，清光绪元年刻本，影印《续修四库全书》第1542册，上海古籍出版社2002年版，第531—532页。
③ 王钟翰点校：《清史列传》，中华书局1987年版，第3723页。

又乾隆己未南海冯成修以礼部郎官贵州学政，癸未高要龚骖文以礼部郎官宗人府丞，凡属未年，均吾粤最利者。"① 极力表彰罗氏在科举仕宦生涯中所取得的成功，为地方赢得荣誉。

罗惇衍在为政之余，著述颇丰，据史澄《（光绪）广州府志》记载有："（罗惇衍）著述存者，濂洛关闽六先生传一卷，本朝崇祀三先生传一卷，集义篇三十卷，百法百戒庸言一卷，孔子集语十四卷，感应篇引经笺注一卷，奏稿二卷，而所最用意者咏史七律一千六百余首，临终犹手注之，今皆藏于家。子四人。"②《集义轩咏史诗抄》更是他"最用意者"，"临终犹手注之"，可谓是倾注了罗氏一生心血和热情的撼世巨献，以煌煌六十卷的诗集，一千六百余首的庞大数量，在古代咏史诗集中理所当然占有重要一席，值得我们去深入研究。

第二节 《集义轩咏史诗抄》的思想内容

《集义轩咏史诗抄》虽然是一部贯穿全史，尚论千古的咏史诗集，但却并非一般的串连史事，便于记诵的咏史训蒙教材可比。罗惇衍在自序云："吾自讫业六经，即好观二千数百余年之史，上下其间，未尝不叹三代以后人材不逮古昔，而世运之升降，政教之盛衰，人心风俗之纯朴浇漓，亦皆因之，不能无怅怅于圣人之不作也。然其道终未息于天壤，列代中必有数君子为之维持，为之担荷，而几希赖以存。……而吾人所观法，固不必概求全人，一人而有一节之善，一人而善不善互形，皆吾所取，而不善者，吾奉为戒，诚读书论世之道，穷通得丧，成败生死，形迹虽不足论，而一以义是衡，则前人不相及，而有与相近者，何时蔑有。此以见天之生人秉彝之好，今古同然。使吾徒完复本性，圣人不可学而至哉。而史之读，苦难于经，不先撮其大要，总其生平，将恐泛滥无归，卒无以为身心之助。吾历累年服官之暇，反复玩味，取足示劝惩者，托

---

① （清）史澄：《（光绪）广州府志》卷一百六十二《杂录》，清光绪五年刊本。
② 同上。

诸吟咏，为子孙遗，而非欲侈尚论以自骋。"① 诗人阐明了创作咏史诗集的苦心孤诣：观古人之善恶得失，为自身之规范鉴戒。从中也不难看出，诗人写作咏史诗实为有感而发，精心选材，知人论世，有益教化，可谓孔门"兴观群怨"文艺观的忠实践行者。其在咏《左思》诗中写道："酱瓿当年覆亦佳，陆机酒瓮又安排。《三都》图籍菁华聚，十载门庭纸笔皆。书学钟、胡（钟繇、胡昭）原未就，才除衡、固更无侪。洛阳声价推伦父，咏史重看写壮怀。"左思借咏史以抒怀，罗惇衍在此颇有夫子自道之意，通过吟咏历史人物，褒贬善恶，一一彰显，期望收到整顿人心，再塑淳朴之效。如刘锦藻《清续文献通考》所记载："又谕通政使罗惇衍奏请崇俭禁奢一折，国家承平日久，生物繁滋，官民竞尚奢华，于风俗人心大有关系，必当申明旧制，以复淳风。道光年间，曾奉谕旨饬令内外各衙门，将民闲应用服色及昏丧仪制悉照会典所载，刊刻简明规条，使百姓知所恪守。乃近来奢靡之风未能尽革，总因有司奉行不力，视为具文规条，久不颁行，乡曲无由晓喻，俗吏积习相沿，转以条教为迂谈，以化导为末务，将所谓上行下效者安在耶？着礼部查照道光八年颁行，明条规通行内外，各衙门遵照刊刻，出示遍行，晓喻俾民闲知所遵循，渐归淳朴。"②

对此，罗氏门生李鸿章也深有体会，其《集义轩咏史诗抄序》云："吾师顺德罗文恪公自注《历朝咏史诗抄》，凡千六百首，阐微撮要，开卷了然，足裨后学。其树义之正，择言之慎，具详原序，无待烦言。"③又罗门弟子李瀚章云："今观吾师所著，自老聃以迄史可法，凡一千六百余人，人各一诗，累朝治乱兴衰之故，与夫名公巨卿、崇勋伟业、嘉言懿行，下至一善之长，莫不节取，使学者涵泳讽味，油然自得于吾心。"④这是罗氏门生弟子们品评先师遗著的肺腑之言，也是第一读者们对诗集

---

① （清）罗惇衍：《集义轩咏史诗抄》卷首，清光绪元年刻本，影印《续修四库全书》第1542册，上海古籍出版社2002年版，第535页。
② （清）刘锦藻：《清续文献通考》卷六十三《国用考》，民国景十通本。
③ （清）罗惇衍：《集义轩咏史诗抄》卷首，清光绪元年刻本，《续修四库全书》第1542册，上海古籍出版社2002年版，第534页。
④ （清）罗惇衍：《集义轩咏史诗抄》卷首，清光绪元年刻本，《清代诗文汇编》第657册，上海古籍出版社2010年版，第6页。

的最高褒奖。由此可知，诗人的创作主旨非常鲜明，如日月昭昭，天地可鉴；诗人的史学诗学素养已经达到炉火纯青的地步，如珠联璧合，熠熠生辉。

通读全集，以意逆志，不难理解诗歌的思想内容和创作旨趣。《集义轩咏史诗抄》以义为纲，以史为线，以人物为节点，以自笺为注脚，上下数千年，统观遍览，各择其优，分而吟咏，前后照应，诗注一体，金玉辉映，洋洋洒洒百万言，可谓统览古今的一部诗体通史。诗人读史兴叹，因史感发，为我们开辟了一条穿越历史时空的隧道，开卷后就仿佛看到历代忠臣贤相、名贤硕儒、文艺巨人、世外高人、游侠义士正一一向我们迎面走来。真善美恶，贤愚不肖，全都粉墨登场，现身说法，正如罗氏在自序中所言："圣人外，若历代名贤，若大儒，若真儒，若通儒，若忠臣、直臣、纯臣，若谋臣、社稷臣，若孝子、悌弟，若仁人，若志士，若节烈士，若国士，若辩士，若壮士，若词人学士，若高人逸士，若党人名士，若达人，若智士，若独行之士，若忧谗畏讥之士，若神仙，若神童，若名将，若廉吏，若循吏，若滑稽，若刺客、刑名、法术、方伎、宦官与夫杂家外国者流。"① 足见诗人用力之勤，吟咏范围之广，以及虚怀若谷，上善若水，海纳百川的胸襟和气概。统览全集，诗人对历代政治军事、隐士遗民、文学艺术、经术理学和忠义侠士等历史人物青睐有加。这些人或在某一领域建功立业，彪榜青史；或在某一方面独树一帜，成就突出；或在某一时期顺应历史潮流，做出明智的历史抉择。诗人遗恶取善，细大不捐，不遗余力加以歌颂赞美。

罗氏生当百余年太平盛世后的衰世乱世，国家内外乱象丛生，急需治国能臣，能战武将，为国举才自是罗氏心中的大事。王先谦《东华续录（咸丰朝）》记载说："谕，通政使罗惇衍所奏甚是。胪陈往迹，勖朕以学，实出自爱君之诚，庶慰朕求谏之心，其奏请保举京员及广开言路等语，外省司道以下，文武各员，降旨令各督抚等保举以备简用，至在京部院各衙门，例有京察，截取保送，京堂御史等官，该员等身，受皇考重恩，天良具在，断不至有蔽贤之患。着再饬谕，在京部院大臣各举

---

① （清）罗惇衍：《集义轩咏史诗抄》卷首，清光绪元年刻本，《续修四库全书》第1542册，上海古籍出版社2002年版，第536页。

所知，果有品学纯正，才德出众之员，无论京外家居，准其保奏，均俟召对，后再降谕旨，设后来名实不符，或竟犯有奸赃劣迹，惟原保之大员是问，至于督抚提镇、学政藩臬本有言事之责。惟近来，率多循例，敷奏于用人行政之大端，自顾身家，缄默不言，借口于整顿不易，即恐众怨归己，均未能剀切直陈于政体，毫无裨益。嗣后各该督抚提镇学政于政事有关得失者，着据实胪陈，备朕采择，其藩臬两司亦许各抒所见，密封交本省督抚代为呈奏，以副朕明目达聪，集思广益至意。谕礼部侍郎曾国藩奏陈用人三策，朕详加披览，剀切明辩，切中情事，深堪嘉纳，连日左副都御史文瑞，大理寺卿倭仁，通政使罗惇衍等各陈时事，朕皆降旨褒嘉。"①

罗惇衍有咸丰皇帝如此嘉奖，又"自乙未出山，忽忽四十载，遭国家需材之秋"，为国荐才更是义不容辞，职责所在。史澄《（光绪）广州府志》在罗惇衍的传记中写道："惇衍笃志理学，与倭仁、曾国藩、吴廷栋等互相砥砺，所得日深，自以身为大臣日以荐贤为务，虽爱才稍过，奉严旨由饬，不少悔所保奏如林则徐、周天爵、骆秉章、曾国藩、倭仁、郑敦谨、袁甲三、吴廷栋、姚莹，仕粤者如吴昌寿、李福泰、昆寿皆重其人。屡形章奏至往陕查巡抚刘蓉、布政使林寿图被参各欸，秉公奏覆，二人事卒白，其爱才念切，务求保全。如此所取士如李瀚章、黄钰、孙家鼐、张兆栋、严树森、周寿昌、吴赞诚等皆显于时，论者服其藻鉴。"②正因为罗惇衍为朝廷求才心切，因而在为皇帝荐贤的过程中也有急躁冒进，"不知体要"，而被认为是"毫无拣择，胪列满纸，率行陈奏"的轻率之举，从而遭到皇帝的申斥。

关于这一点，王先谦《东华续录（同治朝）》曾有记载："乙卯，谕内阁罗惇衍奏人材不可终弃，请将汪承元等量为录用，人臣以人事君，果有材品俱优而沈沦淹滞未由上达者，原应力加荐引，以副朝廷求贤若渴之怀。若罗惇衍所保各员，如杜翰匡源，曾任卿贰大员，并在内廷行走，因案获咎，其人之可用与否，朝廷素所深知，何待该尚书渎请。至

---

① （清）王先谦：《东华续录（咸丰朝）》咸丰二，清光绪刻本，《续修四库全书》第376册，上海古籍出版社2002年版，第15页。
② （清）史澄：《（光绪）广州府志》卷一百六十二《杂录》，清光绪五年刊本。

已革将军国瑞帮办僧格林沁军务，本年官军在曹州失利，未能救援，主帅厥咎甚重。前年冬间，城解围亦系僧格林沁督同富明阿、陈国瑞等力战所致，并非国瑞一人之功，罗惇衍专归功于国瑞，实属错误，已革侍郎成琦兴、端华拜认师生，并阿附肃顺被参，褫职，纵如该尚书所称，才能肆应，亦岂可复行录用。已革臬司张集馨，迭经熙麟李云麟参奏，先后经刘蓉查明覆奏，实有应得之咎，业经加恩开复，永不叙用，处分并无不白之冤，岂得据德兴阿一面之词，率行代为剖辨。前任浙江盐运使朱孙贻，曾因御史汪朝棻保奏，业经降旨将骆秉章覆奏所称该员乖张谬妄，前后改辙，各情明白宣示。前任云南盐法道吴惠元，曾经罗惇衍保留直隶差委，未邀允准，旋因该员告病开缺，有心规避，降旨勒令休致。该二员即再加录用，亦难望其得力。前任奉天府府尹德椿，因案甫经革职，前任太常寺卿汤修业，已告病回籍，前任庶子袁保恒，因事降调候补，京堂汪承元前经陈孚恩保奏，业以四五品京堂候补，并非沉没下僚，其应否起用录用之处，朝廷自有权衡，罗惇衍于以上各员，毫无拣择，胪列满纸，率行陈奏，殊属冒昧不知体要，着传旨申饬。"①尽管个别人才因种种原因而举荐不当遭到皇帝的申斥，但是他所举荐的大部分人才还是得到历史检验而被肯定的。"所取士如李瀚章、黄钰、孙家鼐、张兆栋、严树森、周寿昌、吴赞诚等皆显于时，论者服其藻鉴。"也正是以此为代表的治世能臣们维系着国家正常运转，在为国建功上作出了重大贡献。因此也就不难理解罗氏对各类人才的重视。"然其道终未息于天壤，列代中必有数君子为之维持，为之担荷，而几希赖以存。其他道德、经济、文章、气节，往往各得一体，遂成绝诣，或即间有兼长，不免多未底于极之憾。而吾人所观法，固不必概求全人，一人而有一节之善，一人而善不善互形，皆吾所取。"②各类怀有一技之人才也就走进罗氏的视线，借诗加以吟咏赞颂，顺助他们扬名青史，流芳百世。

罗氏诗集中将春秋、战国全部统入周朝，将西楚作为一个独立的王

---

① （清）王先谦：《东华续录（同治朝）》同治五十三，清光绪刻本，《续修四库全书》第381册，上海古籍出版社2002年版，第231页。

② （清）罗惇衍：《集义轩咏史诗抄》卷首《自序》，清光绪元年刻本，《清代诗文汇编》第657册，上海古籍出版社2010年版，第7页。

朝列出，我们在将历代名贤归类之时，是以其一生最重大的成就、最突出的事迹为分类标准和依据，比如蜀汉人物诸葛亮，既是一朝重臣，又有众多作品流传，但因其最大成就在于建功立业，故将其归入政治军事类为宜。通过统计揭示出罗氏所吟咏的历史人物和历史时代的着力点所在。其中周朝111首、西汉184首、东汉253首、唐225首、宋200首，可见周朝、两汉、唐、宋等政治清明、经济繁荣、文化昌盛的历史时期是诗人关注的重镇和心仪之盛世。而诗人对明代人物的题咏更是多达316首，约占全集的21%，这不免令人费解。其实这与诗人史识洞明，慧眼独具是分不开的。历来史学家、诗人大都重视古代史对当下的影响，而忽视距离较近，然史料最全、可信度更高的近代史的真正价值。罗氏的这种做法则充分显示出其对近代史的重视，这也是清代咏史诗集创作的一大特色，值得后人学习、借鉴。"立德""立功""立言"是古人的最高人生目标和理想，统计结果也给我们透露出一个重要的信息，诗人对历代能够左右历史发展创建丰功伟业的政治军事人物可谓浓墨重彩，在各朝的吟咏人物当中，都占据了主导地位，泼墨如染。也许这些历史人物正是大多数人所敬仰向往的，而他们身上也最能体现出盛世的精神和气象。其次是能够树立德业，名垂青史的名家硕儒；著书立说，泽被后世的文化名人等；这也是罗氏在选材方面匠心独运，眼光独到之处。他在阅览史书及创作吟咏过程中，能够注意到社会文化发展中众多的变化，并且以发展变化的视角探讨历史："夫人之立于天地间者，在能明大义耳。吾子孙知所取法，以是诗朝夕潜玩。春秋时，自圣门诸贤暨列国名卿大夫外，未始无人。降而至于战国，则一变矣。其人多好游说，谈富强，陵夷以终，暴秦至两汉，则一变矣。西京人多朴厚，湛于经术，东京人多节概，显于郡邑，至三国则一变矣！智名勇功，其人各事一主，多所表见，两晋六朝又一变矣！其人多清谈风流，才华绮靡，一变至隋。未几，一变至唐，勋业彪炳，具文武才，在在有人。五代之变已极，无足称也。宋则远接周末，近跨汉唐，千有余岁之道统，数君子起而承之，汉之董江都，隋之王仲淹，唐之韩昌黎，皆未足语于此，至他类人物之盛，近古罕匹也。又一变至元而明，人尊宋学，多直言敢谏、殉节死义之臣，有百端为奸邪陷而不避者。是则列代人材之大较，虽无能追隆三代，而一朝之治乱存亡，莫不系乎其人。吾去取一以义衡，即有未尽可举隅反也。"① 如唐代之前咏经学人物较多，唐之后则咏理学人物为多；晋代是文学自觉时代，吟咏文学艺术人物猛增，唐代是古典诗歌发展的黄金时代，文学艺术全面繁荣，因而作者选取的吟咏对象中文学艺术与政治军事人物几乎持平。宋诗与唐诗构成双峰并峙，各领风骚的局面，并且宋词的发展取得了巨大的成就，因而也出现了文学艺术与政治军事两类人物等量齐观的情形。同时，宋代是此后影响中国近千年理学的奠基形成时期，"千有余岁之道统，数君子起而承之，汉之董江都，隋之王仲淹，唐之韩昌黎，皆未足语于此"，足见宋代理学家在作者心中享有无可比拟的崇高地位。因而作者对宋代理学大师，则讳言姓名，以子相称，足见敬重之意：称周敦颐为周子，邵雍为邵子，张载为张子，朱熹为朱子；程颢程颐兄弟则为程明道程伊川，称字以示敬称与区别。同样不难发现，作者认为"（明）人尊宋学，多直言敢谏、殉节死义之臣，有百端为奸邪陷而不避者。是则列代人材之大较，虽无能追隆三代，而一朝之治乱存亡，莫不系乎其人"。同时作者是"去取一以义衡"，因此作者极力表彰此类侠肝义胆的忠贞之士，吟咏"忠义侠士"达到以前各朝所未有的人数。所有这些是与作者对整个历史发展的认识紧密相联。因为"史之读，苦难于经，不先撮其大要，总其生平，将恐泛滥无归，卒无以为身心之助"②。正是在此种观念的指导下，作者高瞻远瞩，通览综论，分析各个时代的不同特点，在吟咏对象的选择上加以突出，显示区别，正可谓一部全史图在脑海中翻腾不止，各类历史人物也就在作者的妙笔之下，代有侧重、各具风姿——在纸上闪现，摇曳多姿，栩栩如生。读着朗朗上口的诗，历史的风雨烟云就展现在我们眼前，他们各具风神的仙态妙姿也就开始翩翩起舞，诉说着一段段惊心动魄的历史故事。所有这些裁剪与安排都是与各个时代文化的发展相符，而罗氏的高明之处就在于他能通过吟咏各代不同领域的各色历史人物，传达出这种历史文化潮流的变化。

---

① （清）罗惇衍：《集义轩咏史诗抄》卷首，清光绪元年刻本，《续修四库全书》第1542册，上海古籍出版社2002年版，第537页。

② （清）罗惇衍：《集义轩咏史诗抄·序》，清光绪元年刻本，《续修四库全书》第1542册，上海古籍出版社2002年版。

一般的大型咏史诗集多从五帝甚至传说中的三皇咏起，如郑大谟《青墅读史杂感》、张树模《历代帝王歌》，专咏历代帝王，成为典型的咏帝王专集。但《集义轩咏史诗抄》却从东周开始吟咏，夏、商、西周均一人未咏。很多咏史诗集将吟咏帝王置于首位，以期通过对历代统治者的褒贬抑扬，表达出自己对现实的不满及对理想社会的向往。然《集义轩咏史诗抄》未咏帝王，罗氏是传统理学家，作为清廷的忠贞大臣，时时处处关心军国大事，为国尽忠，努力办事，替皇帝分忧则是应尽之责。因而在其思想中，臣子是不可以议论帝王功过是非的："至若帝王妃后则义之所不当言也。"① 罗惇衍对于皇帝的尊崇还体现为《集义轩咏史诗抄》用字上，极力为罗氏以前清代各皇帝避讳。正如赵望秦先生在例言中所述："古人出于尊敬，要对尊者、贤者、亲者避讳，尤其是要为皇帝避讳，即不能直接称呼和直接写出其人的名字，便采用几种避讳的方法，既能不触犯其人的名讳，又能让人知道所指称者为谁。其中最常用的有两种方法，一种是同义互训的代字法，另一种是为字不成的缺笔法，唐以前主要使用前者，唐以后主要使用后者。在古代避讳史上，宋朝和清朝是为皇帝避讳最严格的时代，不过，清朝自第一次鸦片战争及太平天国起义之后，朝廷的统治力急遽下降，已无暇顾及避讳的事了。而《集义轩咏史诗抄》刻印于光绪元年，此时的清王朝早已处于摇摇欲坠之中，可在此集的印本中却出现了一种逆政治形势而动的现象，即不仅十分严格地为清帝避讳，而且采用的是唐以后已不大使用的代字法，即凡遇清帝御名，就以同义字替代，如以'元'代'玄'，以'允'代'胤'，以'祯'代'禛'，以'宏'代'弘'，以'历'代'曆'，以'湻'代'淳'等。"同样对于作者敬仰的孔圣人，也按照雍正帝为孔子避讳的方法，严格遵照执行。对孔子的名讳"丘"字，如对君王一样予以敬避，凡地名、姓氏用到此字的，均加耳字旁，改作"邱"字。罗氏一生为官从政，作为大清王朝的忠臣孝子，其人生信仰处事方式从此一点也就能"窥一斑而知全豹"了。

罗氏不仅不咏天子、皇帝，就连春秋时期的诸侯国君亦不咏；而对

---

① （清）罗惇衍：《集义轩咏史诗抄》卷首，清光绪元年刻本，《续修四库全书》第1542册，上海古籍出版社2002年版，第536页。

第五章 论罗惇衍及其《集义轩咏史诗抄》 / 259

后世被封的王子皇孙们则以王相称，以示崇敬：称景帝子刘德为河间献王德、刘胜为中山靖王胜；高祖孙、文帝封的淮南王刘安为淮南王安；更有魏文帝曹丕封的陈王曹植为陈思王植等。还有昌邑王贺、齐武王演、东海恭王强、东平宪王苍、北海敬王睦，这类人物也是各个不同，都有每个人自身的特点。如吟咏唐代《汝阳王琎》诗，解题曰："让皇帝宪子。元（玄）宗时，官太仆卿。卒，赠太子太师。"诗曰："性非修谨不神仙，大号坚辞绍父贤。芝宇昂藏眉挺彩，曲车驰骤口流涎。陶情醉有山王趣，忘势交容贺褚联。三斗朝天仪度整，河闲遗范更超然。"《新唐书》卷八一《汝阳王琎传》记载：

> 睿宗六子：肃明皇后生宪，宫人柳生捴，昭成皇后生玄宗皇帝，崔孺人生范，王德妃生业，后宫生隆悌。
>
> 让皇帝宪，始王永平。文明元年，武后以睿宗为皇帝，故宪立为皇太子；睿宗降为皇嗣，更册为皇孙，与诸王皆出合，开府置官属。长寿二年，降王寿春，与衡阳、巴陵、彭城三王同封，复诏入合。中宗立，改王蔡，固辞不敢当。唐隆元年，进封宋。
>
> 睿宗将建东宫，以宪嫡长，又尝为太子，而楚王有大功，故久不定。宪辞曰："储副，天下公器，时平则先嫡，国难则先功，重社稷也。使付授非宜，海内失望，臣以死请。"因涕泣固让。时大臣亦言楚王有定社稷功，且圣庶抗嫡，不宜更议。帝嘉宪让，遂许之，立楚王为皇太子，以宪为雍州牧、扬州大都督、太子太师，实封至二千户，赐甲第，物段五千，良马二十，奴婢十房，上田三十顷。进尚书左仆射，又兼司徒。让司徒，更为太子宾客。……宪子十九人，其闻者琎、嗣庄、琳、瑀。琎眉宇秀整，性谨絜，善射，帝爱之。封汝阳王，历太仆卿。与贺知章、褚庭诲、梁涉等善。薨，赠太子太师。①

由于李宪的谦让美德，避免了一场皇室内部的流血纷争，而李琎也

---

① （宋）欧阳修、宋祁：《新唐书》卷八十一《三宗诸子传》，中华书局1975年版，第3596—3599页。

能继承父志，发扬光大，自是树立了皇室内部和谐关系的楷模。作者作诗予以表彰，确是深有用意。还有称萧统为昭明太子，称晋人羊舌赤为铜鞮大夫的特殊情况。如《铜鞮伯华》："三晋奇材天下定，渊泉时出席怀珍。能容默默言兴国，有道谦谦老下人。举并解狐光简册，德过鸣犊抱经纶。五君贤辅思随会，祝史无惭亦感神。"对孔子称赏"其幼也敏而好学，其壮也有勇而不屈，其老也有道而能以下人"的羊舌赤高度赞扬。

他极尊圣人，孔子、孟子，甚或孔孟的学生弟子都不在吟咏之列；对于心学大家如陆九渊、陈献章、王守仁则直呼其名，遵循以名为题的体例，同时能对王守仁的功过是非做到客观公正评价，《王守仁》一诗解题：字伯安，余姚人。始为兵部主事。武宗初，以救戴铣等谪贵州龙场驿丞。后移庐陵知县，累擢右副都御史。世宗即位，论讨宸濠功封新建伯。寻以南京兵部尚书总督两广，征思田八寨贼平。以疾乞归，道卒，年五十七，追封侯爵，谥"文成"。少居会稽阳明洞，学者称"阳明先生"。

诗曰："神拥祥云丽碧穹，天生名世气熊熊。南昌虎穴三旬破，西粤牛涔八寨空。真将才猷皆理学，大儒事业亦英雄。蚍蜉漫撼阳明子，一代奇勋只数公。"从出生时"祥云"笼罩的异象，到文事武功，建立起的宏伟功业，大加赞扬，眼光独到，发前人所未发。明末清初，人们在对明朝亡国进行反思时，经常把批判的矛头指向王阳明及其创设的"心学"（王学），顾炎武对王学传人评价说："不习六艺之文，不考百王之典，不综当代之务，举夫子论学、论政之大端一切不问，而曰一贯，曰无言，以明心见性之空言，代修己治人之实学。股肱惰而万事荒，爪牙亡而四国乱，神州荡覆，宗社丘墟。"而作者看重的却是另一方面：王学对人品格节操的砥砺，阳明后学中涌现出一大批敢于和黑恶势力作斗争的正人君子，而其中的东林党人可谓其中的佼佼代表者，他们可歌可泣的英勇行为时时鼓励着仁人志士为国为民而奋斗，作者因此称颂说："蚍蜉漫撼阳明子，一代奇勋只数公。"并且注释"理学"时说："守仁学主致良知。有《传习录》行世，学者翕然宗之。迄于明末，其风尤盛。是以气节媲汉东京焉。"从"阳明心学"对后世影响的积极方面加以评判，作者的高见令人信服。

罗惇衍一生尊奉程朱理学，视名节为生命，对于王守仁能准确客观公正评价，从学理上加以探讨，把他纳入理学延续之一脉，并且高度赞扬其平定朱宸濠之乱的功业，许为英雄。这也是罗惇衍在多事之秋，善于荐人、用人的一种人才观的体现。尤其是多次评判案件中，善于保存善类。正因为在现实中，罗惇衍看到有杰出才能的人对于国家发展的重大作用，因而对待历史上各方面人才也高度重视，极力赞赏。

生于乱世之中，为臣之难，作者是深有体会的，同时伴君如伴虎，如履薄冰的为臣心理，作者更是难以忘怀，即使对于冯道这样的人，也能在讽刺揶揄之后，看到他身上闪光的一面。《冯道》一诗解题曰：字可道，瀛州景城人，自号"长乐老"。事刘守光，为参军。事宦者张承业，为巡官。事唐为司空。事晋为太尉，封燕国公。晋灭，事契丹，为太傅。汉为太师。周为中书令。世宗时，为山陵使。卒，年七十三，谥"文懿"，追封瀛王。其诗："四姓十君长乐老，拜官又向契丹朝。靦颜家国夸忠孝，乱世阴阳喜燮调。德愧王祥尸重禄，位齐胡广压同僚。玉杯一论田诗诵，辅主勤民只此条。"作者一方面极力嘲讽冯道不能坚守臣节，朝秦暮楚，贪图富贵，同时指出冯道身上也有值得称道的一面，"辅主勤民"也算是尽到了做臣子的职责，可谓客观辩证，评判恰如其分。正如李翰章为此书写的序言所说："与夫名公巨卿、崇勋伟业、嘉言懿行，下至一善之长，莫不节取，使学者涵泳讽味，油然自得于吾心。"也正如作者所说"一人而有一节之善，一人而善不善互形，皆吾所取"，读此诗，冯道的形象也就深深印在我们的脑海中了。

作者认为："夫人之立于天地间者，在能明大义耳。""何者宜法，何者宜戒，既明其义，则各取一节之善，已足不朽。"因此，吟咏对象上"有一近义，亦吾之取"。所咏人物皆围绕"义"字而展开，如咏春秋战国人物《左伯桃》："壮缪平生最心折，至今开卷尚悲辛。"诗注："入楚：羊角哀、左伯桃二人，相与为死友。欲仕于楚，道逢山阻，遇雨雪，不得行。饥寒，无计自度，不能俱生，伯桃谓角哀曰：'天不我与？深山穷困，并在一人可得生，宜俱死之后，骸骨莫收。内手扪心，知不如子，生恐无益而弃子之能，我乐在树中死。'角哀听之，伯桃入树中而死，角哀得衣粮前至楚。死友：楚平王爱角哀之贤，嘉伯桃之义，以公卿礼葬之角哀。梦见伯桃曰：'蒙子之恩而获厚葬，然正苦荆轲冢相近。欲役使吾，吾不能听也。连与战不胜。今月十五日，当大战，得子则胜，否则负矣。'角哀至期日，陈兵马诣其冢，上作三桐人，自杀，下而从之。君子曰：'执义可以为世规。'俱见《列士传》。"① 诗人以诗文一体的方式热情地讴歌了左伯桃义薄云天的可贵品质。而关羽则是后世忠义仁勇的典型，关羽敬慕左伯桃的重义行为，二人以义为纽带，相形相近，罗氏自然就由此及彼，完成数百年的时空穿梭，在诗中运用关羽事例，颇有新意。以此足见罗氏赋诗纵观全史、高屋建瓴、前后贯穿、首尾相应的高超能力。在"义"的旗帜之下，诗人出于对关羽忠义之敬重，在咏关羽的诗题上也是标新立异，即改变直接以人名命题的惯例，改为"关夫子"，亦如他因对孔子的尊崇而不咏孔子及其门人一样，尊奉关羽为武学圣人，忠义化身。

作者"去取一以义是衡"，因此对于历史上的忠臣义士，尤其是宋明末造时期涌现出来的大批节义志士，极力歌颂赞赏。如《岳飞》："精忠誓报两宫还，恢复燕云唾手间。开国祖宗安庙社，中原父老望乡关。天留白雁弓先弛，地阂黄龙酒太悭。墓柏森森羞北向，英风千古壮河山。"如《张世杰》："断维休得议途穷，一着棋寻败局中。夺港倚谁为地主，覆舟先自告天公。红羊换劫埋沧海，白马来潮卷飓风。北运方隆南运尽，虎臣从古印精忠。"如《陆秀夫》："山河破碎水漂萍，尚倚危航讲圣经。太后垂帘伤扰扰，孤臣正笏立亭亭。围城已误潮三日，赴海谁怜帝八龄。始信庭芝真得士，淮南幕府小朝廷。"宋明末造，面临相同的历史处境，忠臣义士大批涌现，他们可歌可泣的事迹感动着诗人。诗人自然由此及彼，前后贯联，前提后续，浑然一体，使不同时期的忠臣孝子辉映在同一片天空中。如《文天祥》："一片忠肝铁石磨，黄冠归去意如何。赣州慷慨勤王诏，燕市从容《正气歌》。武穆也同官少保，梦炎应愧厕高科。梅花匦岭香弥烈，霜雪千年不改柯。"注释"梅花"一词曰：《明史》载史应祖为黄平知州，有惠政，语其子从质曰："我家必昌。"从质妻尹氏有娠，梦天祥入其舍，生可法。后史公殉难扬州，葬梅花岭。在这里，罗氏不仅回忆联想到同样忠贞而颇具悲剧色彩的岳飞，还神思到数百年后的史可法，可谓神采丰然，善于构思。在咏《史可法》诗中写道："星

---

① （清）罗惇衍：《集义轩咏史诗抄》卷二，清光绪元年刻本，《续修四库全书》第1542册，上海古籍出版社2002年版，第567页。

罗四镇坐相矜，国步阽危憯莫惩。丞相忠贞余铁瓮，胜朝终始在金陵。汴京父老思宗泽，建业功勋愧茂宏。岭上梅花宸翰渺，完名完节到今称。"也能宋明一体，类事齐咏。更是对明代忠臣于谦报以极大的热情，对其不幸遭遇深表哀痛。《于谦》诗解题曰：字廷益，钱塘人。宣宗时，以御史超迁兵部右侍郎，巡抚河南。历仕至景帝时，进尚书加少保。英宗复位，石亨等诬杀之，年五十余。追赠太傅，谥"肃愍"，后改"忠肃"。赐祠于其墓，曰"旌忠"。作者在这里突出于谦之忠。其诗为："西湖一墓岳侯邻，碧血同埋草不春。北狩有君生返国，南宫复辟死加臣。杀身各抱风波恨，致主重教日月新。地下两公应叹息，后来薪胆恐无人。"诗注为：

"岳侯"：谦与宋少保岳飞俱葬杭州西湖上。"碧血"：谦性刚，负才气，遇事有不如意，辄拊膺叹曰："此一腔热血，洒向何地！"视诸选耎大臣、勋阶贵戚意颇轻之，以此怨愤益众。又始终不主和议，虽上皇以是得还，然不免蓄怨。"返国"：英宗北狩，景帝先后遣李实、杨善往。卒奉上皇归，谦力也。"复辟"：石亨等既迎上皇复位，宣谕朝臣毕，即执谦与大学士王文下狱。诬谦等与黄𬭎邪议，更立东宫；又与太监王诚、舒良、张永、王勤等谋迎立襄王子。亨等主其议，嗾言官上之。都御史萧惟祯定谳。坐以谋逆，律凌迟处死。文不胜诬，辨之疾，谦笑曰："亨等意如是，辨何益？"英宗虽怨谦，然尚犹豫，曰："于谦实有功。"有贞进曰："不杀于谦，此举为无名。"英宗意遂决。"致主"：先是，景帝信任谦，故天下危而复安。

读诗与注解则于谦的悲剧也就一目了然，于谦性格上"性刚，负才气"的特点，酿成了人生的大悲剧，虽然有功于社稷，尽忠于皇帝，并且迎接英宗回归有功，但是在钩心斗角的封建社会官场之中，特立而独行的于谦们似乎只有死路一条了。此诗更深刻的含义在于：通过岳飞与于谦相互对比的描写，不仅有令人扼腕叹息的沉重心情，更加重了于谦的悲剧性寓意，也使人们能够更深刻地认识官场的险恶、人心的可怕。抱恨而逝的两位英杰，若在地下有知，在天有灵，若有来世，是否还会走上这条忠贞为国之道？作者看来是否定的："地下两公应叹息，后来薪胆恐无人。"这也许就是此类忠贞义士而不得善终留给后人最值得思考的问题之一吧！自然此类悲剧的发生也在一定程度上极大戕害了忠义士气，对于忠义人士的心灵打击是极其巨大的，它的影响也是极其恶劣而难以一时消解的。

清代女诗人在这一问题上也曾有过深入的思考，即透过岳飞与于谦的相似性悲剧来思考历史深层问题。土木堡之变和靖康之难几乎处于相同的历史场境，而有功于社稷的于谦在明英宗复辟之后，竟被冤而死。季兰韵在《阅明史纪事作四首》中的《南宫复辟》一诗写道："国家不幸变故生，社稷为重君为轻。项王挟翁作奇货，沛公谲辞分杯羹。九哥称臣甘曲膝，转使徽钦沦异域。上皇北狩得归来，知否凭谁再造力。叔武欢迎尚难保，郕王让位苦不早。易储伐树计空劳，隔殿闻种惊道好。贪功曹石幸功成，夜半观星笑有贞。昔日首开南渡议，此时争赏夺门迎。多门功罪谈何易，小人行险如儿戏。万一仓皇事不成，更把上皇置何地。人事天心适偶然，英宗复辟愧英贤。仅知居守原非易，不忍删除景泰年。古来三字成冤狱，竟有同情称意欲。于谦不杀事无名，义士忠臣同一哭。手足终全骨肉恩，勋名徒付与奸人。鄂王灵爽知应悟，少保功成亦杀身。"[①] 与罗氏所咏颇有异曲同工之妙。再结合罗氏诗注来看，女诗人对于此一历史事件的认识大有"巾帼不让须眉"的豪气和精深独到之处。岳飞九泉之下如果有灵，也应觉悟，即使北伐功成，迎回徽、钦二帝，也难保于谦的悲剧不会发生在自己身上，真可谓成亦悲剧，败亦悲剧。但历史自有它公正的评判，一时的黑白颠倒，遭受的莫大冤屈，时间的溪流将会慢慢地洗清，还原真相。陈皖永《谒于忠肃公墓》曰："北狩蒙尘朝野惊，枢机重望依长城。千金轻试垂堂险，一木坚支大厦倾。社稷有灵新帝业，山河无恙旧神京。任教罪我还知我，青史千秋有定评。"[②] 在滔滔不绝的历史长河中，功罪千秋，自在人心，青史公论，天理昭鉴。罗惇衍与女士人们似乎"身无彩凤双飞翼，心有灵犀一点通"。通过一系列诗歌来表彰宋末一时湮没在历史尘埃中的忠臣节士。如"义不忘赵北

---

① 胡晓明主编：《江南女性别集三编》，黄山书社2012年版，第1059页。
② 黄秩模编辑，付琼校补：《国朝闺秀诗柳絮集》，人民文学出版社2011年版，第414页。

面"的郑所南，罗氏在《郑思肖》一诗中写道："《盟檄》经年九九参，孤臣有誓恨长含。避人深绝吴门迹，去国稀闻朔客谈。玉骨兰珍春已寂，金心菊铸水空涵。乾坤是处沧桑感，憔悴连江郑所南。"罗氏还吟咏了在《宋史》中没有传记，几被人们遗忘的义士谢翱、唐珏等忠臣义士。如《谢翱》一诗解题曰："字皋羽，浦城人。恭宗时，参文天祥军事。宋亡，不仕。自号'晞发子'，亦号'全归子'。卒，年四十七。"其诗为："竹如意碎泪纵横，片砚还携玉带生。燕市招魂余义慨，楚骚遗怨接歌声。白头军枉参帷幄，青史人谁著姓名。幸有景濂重立传，一腔忠愤写分明。"诗注："青史"：《宋史》无谢翱、唐珏名。"立传"：明宋濂始作《翱》及《唐珏传》。《唐珏》诗："一抔难保旧松楸，行到兰亭杜宇愁。玉玺已教归朔漠，石函谁与瘗荒邱。赤眉煽虐遗民痛，白骨衔冤义士收。当日鸥波书法擅，何曾立碣表千秋。"

作者在此刻意表彰曾被历史一时遗忘的忠臣义士，突出了作者的深远的历史观，"二十年来，兴到即思摹古人"，思考之深入，由此可见一斑。

由此也足可见罗氏平生的政治观念和学术取向。罗氏认为："闺阁列女则义之所不暇言也。"可见对于影响历史进程甚微的女性，诗人根本无暇言及。但是通过作者吟咏的相关诗歌分析，我们还是能窥见作者的女性观的。如《陈子昂》诗中对于武则天的评价。《陈子昂》："胡琴忽碎长安市，都下声名一日闻。六代扫除归雅正，三唐高蹈息纷纭。麟台橐笔廷陈事，雁塞参谋路谏军。笑论明堂兴太学，误将武曌比贤君。"高度赞扬陈子昂在文学革新中所发挥的重大作用。但是在对武则天的认识上，作者却给予极大的嘲讽："笑论明堂兴太学，误将武曌比贤君。"在武则天去世后的历史发展长河中，人们对她的评价是反反复复，变动不居，高低起伏，波澜迭起。唐代前期对她的评价相对比较积极、比较正面，陈子昂对武则天的用人之道评价说："欲收人心尤务拨起，弘委任之意，开汲引之门，进用不疑，求访无倦，非但人得荐士，亦得自举其才。所荐必行，所举则试。以至当代谓知人之明，累朝赖多士之用。"可以说代表了当时一种重要的观点。武则天的确任用了一大批精明能干的贤臣良吏，如狄仁杰、张柬之、姚崇、魏元忠、徐有功等不但在当时众望所归，也受到了后世的尊敬。武则天明察善断，政由己出，故当时英贤也多为之用。而从唐代中期开始，儒学逐步复兴，南宋程朱理学已经占据了统治思想中的主导地位，从南宋开始对武则天的评价就持续走低，明末清初著名思想家王夫之对武则天的评价则是："鬼神之所不容，臣民之所共怨。"发展到现代社会，人们对武则天的评价要客观公正得多。毛泽东认为："武则天确实是个治国之才，她既有容量，又有识人之智，还有用人之术。"郭沫若对武则天就更是情有独钟，创作了话剧《武则天》为其拨乱反正、歌功颂德，还亲自撰联并手书书法作品赠广元皇泽寺："政启开元治宏贞观，芳留剑阁光被利州。"这副对联公认是对武则天最正确的评价。宋庆龄在1963年给广元皇泽寺题词时写道："武则天是中国历史上唯一的女皇帝，封建时代杰出的女政治家。"题词几乎成为了近代史学对武则天评价的代表和对武则天一生功过是非最终认定。《全唐诗》中收武则天诗歌58首之多，足见武则天在"文治武功"上的重大作为，可谓上承"贞观之治"，下启"开元盛世"，史称有"贞观遗风"的历史功绩，自然昭昭于世。对于妇女腐朽陈旧的错误观念，自是罗氏内心深处根深蒂固的程朱理学思想观念的外在表现。同样处在那样的时代氛围中，罗氏也不可能超越时代而对历史上伟大女性的是非功过进行公正客观的评价。

再如《孙武》："美人一战斩吴宫，亡国先知是女戎。岂急子胥亲耻雪，遂过夫慨将才雄。令申骇虎惊台上，兵举长蛇入郢中。糟粕十三篇尚在，民劳能恤有儒风。"和《伍员》："东门悬目愤难平，犹为君王拒敌兵。乌喙三年雠返国，蛾眉一献骓倾城。屦廊踏破繁华梦，箫市歌余激烈声。莫向芦中问渔父，吴江潮落不胜情。"两首诗中都认为"亡国先知是女戎"，"蛾眉一献骓倾城"，女性成为亡国之祸无可逃脱的替罪羊，红颜祸水之论的陈词滥调，在罗氏身上依旧重复上演着。而在《吴起》一诗中写道："体痛便知亲唶指，孝衰始出妇蒸梨。师门立教终非鲁，弟子垂名太不齐。簦笈离乡心弃母，韬钤求将手歼妻。罪人已把纲常斁，兵法虽奇曷足稽。"从纲常伦理的角度，一举突破前人乐乐称道的吴起"杀妻求将"功名观，可谓新人之耳目，发前人所未发，在才德之辩中，罗氏更注重品德的高洁。这一点也正符合罗氏"去取一以义衡"的吟咏准则。在《屠黍》诗中曰："一朝记载贤人守，为鉴兴衰有定评。"也认为青史昭昭，历史兴衰、功过是非自有定评。

同时，罗氏作诗又恪守"善者可以感发人之善心，不善者可以惩创人之逸志"的准则，由于大奸大恶之流不适于教化人心，因此舍弃不写。诗集中虽也刻画了少数"权奸倾侧小人"，则是惩创逸志之需。

《集义轩咏史诗抄》在注释体例上最突出的特点即是笺注采用自注，形式上是注释词、短语，实质注出了相关的典故本事，为读者鉴赏、发掘诗歌的潜在旨意起到引导作用。因卷帙庞大笺注体例不尽相同，或每句皆详注，或有详有略，或颇简略。或一句注两处，或整首诗只注两三处。这充分体现出罗氏咏史诗集的文献价值和补史之功。罗氏咏史创作前后互现互注手法，较一般诗家尤为高明。一般诗注会是后注见前文某处，而罗氏诗注却是前诗注见于后诗之中。足见其在进行咏史创作时，二十四部史书史事全在脑间回环往复，萦绕于心，用事用典本文前后互现。如《文种》一诗："智计原来召祸机，况工图始世间稀。一书竟促良朋算，九术何能故主依。恩大莫酬夷虎踞，功高易震篡鸿飞。黥彭鼎镬从兹滥，几辈弓藏早识微。"咏春秋战国人物《儿说》一诗注曰："九曲：有人得九曲宝珠，而不能穿，圣人教以涂脂于线，使蚁穿之。见《苏轼》诗注。"

前后穿越千年的时间差异，在诗中不妨同时出现。再如咏春秋人物《赵仓唐》一诗云："黄台瓜语邺侯诵，调护宫闱旷代师。"诗注曰："黄台：见唐《李泌》'诗注'。"《李泌》诗注中"瓜摘"："先是建宁（宁）王已因谮被杀，广平王为太子。李辅国与张良娣又共谗之。泌进对因引武后时《黄台摘瓜辞》以谏其辞，曰：'种瓜黄台下，瓜熟子离离。一摘失瓜好，再摘使瓜稀。三摘犹为可，四摘抱蔓归。'"这样的注释既避免了重复，同时也使诗意豁然，作者前后对照，其义自现，前后也是相隔千年，不妨互现为注。

作者还在诗集中跨越时间隔阂，把不同时代的人物按类归纳，巧妙融铸于一诗，如咏西汉《纪信》诗，解题曰："蜀人。官将军，荥阳围急，伪为高祖降楚，项羽烧杀之。"诗云："未能骓马蹶乌江，黄屋先乘诳汉降。岂特殉刘心不二，应同蹙项士无双。太公终践刀环约，亚父空矜斗剑撞。异代韩成齐庙祀，鄱阳湖水倍淙淙。"诗注曰："黄屋：汉王困于荥阳，汉将纪信曰：'事已急矣，请以臣诳楚为王，王可以间出。'于是汉王夜出女子荥阳东门被甲二千人，楚兵四面击之。纪信乘黄屋车，傅左纛曰：'城中食尽，汉王降。'楚兵皆呼万岁。汉王与数十骑从城西门出，走成皋。"诗注曰："韩成：明太祖讨陈友谅，军败，帐下指挥韩成衣太祖龙袍冠冕以代之，后祀康郎山。见《明纪》。"① 纪信与韩成相隔一千多年，作者却能在吟咏汉代人物时，想到千年后的同类人物韩成，并且在诗注中加以显现，足见作者咏史时，熟悉史事，如数家珍，触类旁通，由此及彼的博览广识。再如《子家羁》："续然首列大夫评，羁靮从亡卫主诚。先识灾防鹦鸲应，后艰忠拒虎豺撄。倚齐难胙辞千社，返鲁潜踪诀一生。程济异时徒步去，昆明云水两无声。"诗注曰："程济：明建文四年，金川门失守，帝长吁，东西走，欲自杀。翰林院编修程济曰：'不如出亡。'从行。四十余年，备历险阻艰难。逮正统五年，适帝有南归之思，白其实于御史。御史密疏闻。验问果是，遂迎入西内。程济闻之，叹曰：'今日方终臣职矣。'往云南焚庵，散其徒，不知所终。见谷应泰《明朝纪事本末》。"同样是千余年的历史穿越，并不妨碍它们在同一首诗中同义互现互证。还有《颜率》诗中所述："一鼎迁须九万人，人虽九九挽无因。梁休寄径何言楚，齐为兴师但止秦。鲁仲连逃同耻帝，王孙满对又斯臣。平原家庙遥称祖，旷代忠贞继后尘。"诗中揭示出颜真卿家族与颜率的历史渊源。通过"平原：见鲁公《颜家庙碑》"的注释也就一目了然了。

而罗氏诗注一体，前后互注的方式偶尔也有出现差错的地方，如《柳公绰》和《柳仲郢》二诗中的互注。为了说明问题，在此不避烦琐列举二诗。

《柳公绰》

字宽，京兆华原人。德宗末，历官侍御史。宪、穆二宗时，历官鄂州刺史、户部尚书、山南东道节度使。敬宗初，就迁检校左仆射。文宗时，转河东节度使，征授兵部尚书。卒，年六十八，谥曰"成"。

关西家训守劳谦，规范森森肃具瞻。韩子二书千古诵，李公三

---

① （清）罗惇衍：《集义轩咏史诗抄》卷四十五，清光绪元年刻本，《续修四库全书》第1543册，上海古籍出版社2002年版，第359页。

牒一军严。围令斩马师知感，闻助丸熊学痛砭。几辈名卿清德在，但余卷轴富芸签。

家训：孙玭述家训以诫子孙曰："余幼闻先训，立己以孝弟为基，恭默为本，畏怯为务，勤俭为法。肥家以忍顺，保交以简恭，广记如不及，求名如傥来。直不近祸，廉不沽名，忧与祸不偕，洁与富不并。"其源皆起于公绰。二书：韩愈有《与鄂州柳中丞书》。未几，有《又与柳中丞书》。三牒：元和初，征御史中丞，坐与裴垍厚。李吉甫出为潭州刺史，乞便养母，改鄂州。王师讨蔡，诏发兵，隶安州刺史李听。公绰奏，愿自行由鄂济湘，听具军礼迎谒。公绰告曰："公所以属鞬负弩，正为兵事。若被公服，两郡守耳，何所统摄乎？藉公世将洞悉兵事，吾书生不足指麾。欲署职名，以兵法从事，何如？"听曰："唯命。"即授三牒，禀听节制。听感恩，誓尽死力。当时许以知权济变。斩马：斩所乘马，以祭蹀死之士。虽古名将，何以加兹。本韩文。丸熊：妻即韩皋女，生子仲郢，幼嗜学，母复善训。尝和熊胆丸夜资其勤。芸签：见《柳仲郢》诗注。

《柳仲郢》

字谕蒙，公绰子。始，宪宗时入官为校书郎，历仕至宣宗时，以检校尚书左仆射、东都留守徙为华州刺史。懿宗即位，迁太平节度使，卒于镇。

夜里熊丸曾苦学，庭前乌集每成群。书藏家库人惊羡，法警官曹吏悚闻。不度浮屠原肖父，偶延方士亦匡君。河南陕右殊威惠，善政都为一世勋。

熊丸：仲郢幼嗜学，母韩尝和熊胆丸使夜咀咽，以助勤。乌集：仲郢自为谏议大夫，后每迁，必乌集升平第，庭树戟架皆满，五日乃散。家库：仲郢家有书万卷，所藏必三本：上者入库，其副常所阅，下者幼学焉。官曹：仲郢为京兆尹，置权量于东西市，使贸易用之，禁私制者。北司吏入粟违约，仲郢杀而尸之，自是人无敢犯，政号严明。后为剑南东川节度使，大吏边章简挟势肆贪，前帅不能制，仲郢因事杀之，官下肃然。肖父：父公绰与仲郢更九镇，五为京兆，再为河南，皆不奏祥瑞，不度浮屠。急于摘贪吏，济单弱。匡君：武宗延方士筑望仙台，仲郢累谏谆切，帝遣中人愧谕。威惠：

其后仲郢为河南尹，以宽惠为政。或言不类京兆时，答曰："辇毂之下，先弹压；郡邑之治，本惠养。乌可类乎？"

而《柳仲郢》诗注中却没有"芸签"的任何相关信息，诗注中"熊丸"应该是对《柳公绰》中"熊丸"一词注释，相互对应，进而构成注释的互补关系。

而在《郑宏（弘）》一诗中："载薪风恤往来艰，暮北朝南白鹤山。已见啬夫回地势，还闻仆射犯天颜。取才勿限三河杰，熄虐宜诛四极奸。难得霜标逾铁石，燕然巨碣力微孱。"诗注则有补史之功。对于"犯颜""三河""四极"三处诗注："犯颜：稍迁尚书仆射。窦宪欲答乌孙使，宏（弘）以为不可，章帝不听，小单于遂攻金城，杀郡守。上谓宏（弘）曰：'朕前不从君议，果如此。'封曰：'窦宪，奸臣也。有少正卯之行，未被两观之诛。陛下前何用其议！'三河：上问宏（弘）：'欲三河、三辅选尚书、御史、孝廉、茂才，余郡不得选。'对曰：'虞舜生于姚墟，夏禹生于石纽，二圣岂复产于三辅乎？陛下但当明敕有司，使得人尔。'上善其言。四极：代邓彪为太尉四岁。上书言：'窦宪奸恶，贯天达地，毒流八荒，虐闻四极。海内疑惑，贤愚疾恶，宪何术以迷主上？流言噂，深可叹息。昔田氏篡齐，六卿分晋，汉事不远，炳然可见。陛下处天子之尊，自谓保万世之祚，无复累卵之危，信谗佞之臣，不计存亡之机。臣虽弱疾，死不忘忠。愿陛下为尧舜之君，诛四凶之罪，以素厌人鬼愤结之望。'章上，遣太医占宏（弘）疾。比至，已卒。以上三段皆出袁宏《后汉纪》，而《范史》不载。"对于作者所尊奉的《范史》能如此客观公正地指出缺失，也显示出作者审慎而客观的历史观。

罗□（原文缺，应为惇）衍序朱骏声撰《说文通训定声》曰："学博朱君，少从钱辛楣先生游。今官于新安之黟，余适以视学至新安，学博出所撰《说文通训定声》示余，盖取许君《说文》九千余字，类而区之，以声为经，以形为纬，而训诂则加详焉。学博于斯学，淘荟萃众说而得其精，且举转注之法，独创义例，根据确凿，实发前人所未发，其生平之心得在兹矣。"①

---

① （清）刘锦藻：《清续文献通考》卷二百六十《经籍考》，民国景十通本。

赵尔巽《清史稿》列传二百六十九胡秉虔传中写道："绩溪胡氏，自明诸生东峰以来，世传经学。培翚涵濡先泽，又学于歙凌廷堪，邃精三礼。初著《燕寝考》三卷，王引之见而喜之，既为《仪礼正义》上推周公、孔子、子夏垂教之旨，发明郑君、贾氏得失，旁逮鸿儒经生之所议，张皇幽渺，阐扬圣绪，二千余岁绝学也，其旨见与顺德罗惇衍书曰：'培翚撰正义约有四例：一曰疏经以补注，二曰通疏以申注，三曰汇各家之说以附注，四曰采他说以订注书。凡四十卷至贾氏公彦之疏或解经而违经旨，或申注而失注意不可无辨。'"①

罗惇衍煌煌六十卷巨著，"仿尤西堂先生《乐府》之例，自作自注"，采用诗注一体的方式。由此不难发现时代风气的影响。

第三节 罗惇衍的社会历史观探析

咏史诗是以历史人物和事件为吟咏对象的一种特殊诗歌类型，咏史诗人也多能够博古通今，鉴往知来，将自己之心声借古人古事传达，且往往因个人所处时代、立场、观点不同而对古人古事有新的认识和看法，从而对其是非功过作出耳目一新的评判。故而咏史诗人对古人古事材料的选择、认识和评判，无不渗透着诗人的独特的政治观、史学观和思想观。《集义轩咏史诗抄》作为一部卷帙庞大的通代咏史诗集，虽明确道出恪守《御批资治通鉴》所作，但仍处处折射出诗人之政治立场、独到史见和人性光芒。

一 以史为鉴、教化人心的史学观

清王朝的统治，自乾隆后期就明显开始衰落，各种社会矛盾加剧，政治腐败、民生凋敝、社会黑暗、军备废弛。到咸丰、同治间还不断爆发农民起义，加之西方列强的侵入，整个中国已是内忧外患、千疮百孔，社会矛盾和阶级斗争的加剧，使之处于崩溃的边缘。这就促使有志之士更加关注日益严峻的社会政治问题，而清前期大兴文字狱，法网愈密，文禁愈严，诗人们不敢以现实为题材，以免偶触文网，得罪当权。而咏

---

① 赵尔巽等：《清史稿》，中华书局1977年版，第13262页。

史诗创作,借古人之酒杯,浇自己心中的块垒,则可将自我抑郁激愤之情,刺世讥邪之感,从品评古人中曲折隐晦地表现出来。恰如沈德潜《说诗晬语》云:"咏史不必专咏一人、专咏一事,己有怀抱,借古人事以抒写之,斯为千秋绝唱。"① 同时又有以史为鉴的传统史学观的影响,咏史诗便成为他们表达政治主张、道德观念和社会认识的方便工具。

　　罗氏的咏史诗集明确体现出以史为鉴的传统史学观,将劝惩者托诸吟咏。罗氏在自序中明确交代:"善者可以感发人之善心,不善者可以惩创人之逸志。"他崇尚程朱理学,信奉儒家学派,忠君爱民是其行为准则。面对世风日下、人心不古的现实,"其所咏者褒贬不敢妄加,恪遵《御批资治通鉴》等书",以朱子的《通鉴纲目》为准。② 在魏蜀吴谁为正统的问题上,《资治通鉴》尊魏为正统,史书排列顺序是先魏后蜀;而朱子《通鉴纲目》则尊蜀为正统,书中排列顺序为先蜀后魏。正如罗氏门生李瀚章所序:"先贤朱子尝以能诗征,晚而手定《纲目》,萃三千余年史事,一依《春秋》之例,用寓华衮斧钺之征权。其语门人云,司马《通鉴》,卷帙浩博,学者艰于卒业,《纲目》较简矣,犹恐未能遍观。若将史事有关于劝惩之大者,编为韵语,以授童蒙,亦自有益。然则以诗咏史,朱子盖欲为之,特有志未就耳。……盖吾师之志,即朱子之志,吾师咏史之诗,即以拟朱子之《纲目》,亦奚不可。"③ 在罗氏门人看来,先师咏史无疑是在代朱子立言,完成朱子心愿,诗集自可与朱子《纲目》相提并论,传世而不朽。

　　罗氏所说:"史之读,苦难于经,不先撮其大要,总其生平,将恐泛滥无归,卒无以为身心之助。"罗氏认为对于历史人物的评论首先要纵观一生,通览大局,高瞻远瞩,分清主次,撮其大要,在国之正闰的问题上,事关体大,必须认真辨证。罗氏对待魏蜀吴三国人物的评价即是此种政治观念的集中体现。如评价一生"鞠躬尽瘁,死而后已",中国传统文化中忠臣与智慧的代表人物——诸葛亮,诗曰:"南阳龙见定三分,名

---

① (清)沈德潜:《说诗晬语》,上海古籍出版社1978年版,第550页。
② (清)罗惇衍:《集义轩咏史诗抄》卷首,清光绪元年刻本,《续修四库全书》第1542册,上海古籍出版社2002年版,第536页。
③ (清)罗惇衍:《集义轩咏史诗抄》卷首,清光绪元年刻本,《清代诗文汇编》第657册,上海古籍出版社2010年版,第4—5页。

士真推诸葛君。两表蜀天开日月,六师汉地起风云。史无礼乐书生惜,阵有威灵敌国闻。正统于今留正议,欧公辩论太断断。"高度赞扬了诸葛亮一生的丰功伟绩,并且能够前后贯穿,联想到欧阳修对诸葛先生的评价,认为"正统于今留正议,欧公辩论太断断",不能认可欧阳修以曹魏为正统。进而在《陈寿》诗中写道:"继汉续成《三国志》,蜀都记载不终湮。时人叙事尊良史,世主求书诏远臣。诸葛将才言竟短,曹瞒帝统奉何因。蜜蜂兼采殊萍实,注补松之尚雅驯。"极力批评陈寿所撰《三国志》以曹魏为正统的撰写体例,以及对诸葛亮的不实叙述,进而采用对"萍实"一词自注的方法来坐实陈寿《三国志》及裴松之集注之不足。"萍实"自注为刘知几《史通》曰:"裴松之集注《国志》,以广承祚所遗,而喜聚异同,不加刊定,恣其击难,坐长烦芜。观其书成表献,自比蜜蜂兼采,但甘苦不分,难以味同萍实者矣。"而在《习凿齿》一诗中写道:"直言篡逆魏曹瞒,一部《春秋》为正桓。鼎峙蜀应尊大统,纲提晋总继偏安。千秋遗疏匡时切,四海高名入世难。能识简文为相日,荥阳麞出笑无端。"通过这种评论的方式来体现自己的历史观,自是生动而鲜明。

  罗氏还善于总结历史经验教训,如《陈胜》诗曰:"丛祠篝火夜狐鸣,草泽功难首事成。蛇剑一挥终属汉,鱼书群奉竟亡嬴。暴秦岌岌竿旗起,伙涉沉沉帐殿惊。仁义不施刑法峻,绳枢瓮牖毁金城。""仁义不施刑法峻"正是强大的秦王朝瞬间土崩瓦解的重要原因。罗氏在《项羽》一诗中写道:"几人称帝复称皇,自以威名号霸王。汤、武吊民翻易暴,桓、文搂伐敢争强。舆图慷慨分新界,富贵踌躇念故乡。一事赤龙应骇服,不贪秦宝火阿房。"客观公正地评价了项羽一生的功过是非。

  由于时代的限制,罗氏的世界观中,封建迷信思想是摆脱不了的。如《白起》一诗曰:"君臣张吻肆豺狼,尺短焉能有寸长。八十万人坑略尽,五千众卒壁争强。魏穰荐将功俱没,王龁连围气不扬。从古杀降阴祸重,宝鸡秦祚自兹僵",自是对白起屠杀俘虏不人道事件的强烈谴责,但是"从古杀降阴祸重,宝鸡秦祚自兹僵",体现的封建迷信思想也是很明显的。同时,罗氏也很善于利用这种人人信奉的迷信观念来为政治服务。刘锦藻《清续文献通考》:"咸丰元年辛亥七月朔日、乙酉日,有食之,按七月日食,中国不见。二年壬子六月朔日,庚辰日,有食之,十一月朔日，丁未日，有食之，按六月日食，中国不见。是年谕：通政使罗惇衍奏，一月之中，日月并食，请严饬廷臣，实力修省，以回天变，并请停止冬至庆贺等语，日月薄蚀，度固有定数。然自古帝王皆因此而深戒惧，我朝列圣每因灾异特降谕旨，戒饬群臣共图修省。盖以上苍垂象，必当君臣交儆，克谨天戒，并非博侧身修行之名，载之史册也。见在盗贼未平，河决未堵，国用未足，民困未苏，总由朕用人行政多有缺失，谪见于天，敢不自省。所有本年冬至升殿受贺典礼，着即停止，至内外大小臣工，各有职守，近来因循推诿，积习颇深，迭经降旨申诫，其感奋有为者，固不乏人，而阳奉阴违甚至揣摩迎合者，亦复不少，是以朕于秋仲经筵以有言，逆于汝心，必求诸道，有言逊于汝志，必求诸非道命题，特宣谕论昭示臣工，朕兢业寸衷几康，自敕原不求中外共喻而诸臣事上之心，为实为名，亦难逃朕鉴，嗣后惟期共矢公忠，力除积习，洗心涤虑，以佐朕躬斯即应天，以实不以文之意也。将此通谕知之。"① 通过日食月食较少见的自然现象，来向皇帝陈述己见，修正不足。这可能也是封建迷信思想在古代所能发挥的一点积极作用吧！

罗氏以《御批资治通鉴》为选择史料素材和衡量历史人事的标准，其诗作蕴含着浓厚的伦理道德观念，更利于教化人心。所咏人物的言行举止皆是世人典范。罗氏以此为吟咏对象，期以古人感化今人，希望世人可从古代名贤的高风亮节中受到潜移默化的浸染和激励，得以正人心，兴教化。

因此，诗集中用力最深者莫过于像朱熹等言为世范，行为士则的大儒，像文天祥、狄仁杰等忠君爱国、碧血丹心的贤臣孝子。如《朱子》一诗云："正诚殿上规天子，作述闽中启后人。通鉴大纲明似圣，深衣危坐敬如神。采芝空结商山梦，起草还思秘阁春。手泽惠民周七郡，社仓遗法至今遵。"② 首联总写朱熹在思想教育方面所取得的伟大功绩，作为帝王之师，他勤勉规政，作为思想家和教育家，他一生从事学术研究和学院教育，恪守孔孟之道，集宋代理学之大成，著作等身，桃李遍天下，

---

① （清）刘锦藻：《清续文献通考》卷三百零一《象纬考》，民国景十通本。
② （清）罗惇衍：《集义轩咏史诗抄》卷四十七，清光绪元年刻本，《续修四库全书》第1543册，上海古籍出版社2002年版，第377页。

开启闽学,泽被后世。后面三联则截取几个片段具体赞美朱熹在治学、修养、为政等方面的建树,寥寥数笔就将朱熹上达天子、下及黎民的历史功绩和传世思想一一展现。读者在高山仰止的同时,能不景行行止吗?又如《文天祥》一诗云:"一片忠肝铁石磨,黄冠归去意如何。赣州慷慨勤王诏,燕市从容正气歌。武穆也同官少保,梦炎应愧厕高科。梅花匝岭香弥烈,霜雪千年不改柯。"南宋状元宰相文天祥曾以满腔爱国热忱谱写一曲"人生自古谁无死,留取丹心照汗青"的金声振玉之歌,不知激励和鼓舞了多少为国家抛头颅、洒热血的仁人志士。诗人将其放在历史的长河中,前比岳飞,后附史可法,纵向对比中,显示其忠肝义胆。七言八句,一个正气凛然虽死犹生的英雄形象显现在读者眼前。在读者的反复吟咏中,这些"富贵不能淫,贫贱不能移,威武不能屈"① 的大丈夫就足以引无数读者竞折腰。又如《狄仁杰》一诗云:"沧海珠遗荐剡公,画师也自识英雄。望云游子思亲泪,捧日文臣复嗣功。表赦五千人感泣,袍书十二字旌忠。淫祠毁尽生祠建,彭泽于今庙貌崇。"② 狄仁杰作为唐代杰出的政治家,辅国安邦,廉洁勤政,心系民生,政绩卓著,是一个极富传奇色彩的人物。诗人将特写镜头聚焦于至亲至孝、惠民遗爱的细节上,非常动人。此诗首联叙其当年被画师阎立本慧眼识英才,推荐入朝之事。颔联再现了狄公的至孝至忠,最后两联记述其平生功绩,以及后人对他的景仰。可以说,诗人用生花妙笔再现了一位令人无限敬仰的道德楷模和能臣良相,用榜样的力量感召着读者,真可谓桃李不言,下自成蹊。咏史有益,这些历史上被尊崇为理学大师、民族脊梁和道德标兵的前贤们在潜移默化之间就起到厚人伦、美教化的作用。

罗氏诗集中对各时期对经济、文化等有重大贡献的正面人物也作了较为细致的刻画,如老聃、扁鹊、范蠡、董仲舒、孔安国、司马迁、班固、李白、杜甫等,诗作善于剪裁所咏之人生平中最能体现其个人价值的片段,七言八句勾勒出其人一生经历,功过皆出,褒贬鲜明,从而借此向读者传达出一种正确的历史观和价值观。如《范蠡》一诗云:"扁舟

---

① 杨伯峻:《孟子译注》,中华书局1988年版,第141页。
② (清)罗惇衍:《集义轩咏史诗抄》卷三十四,清光绪元年刻本,《续修四库全书》第1543册,上海古籍出版社2002年版,第227页。

泛泛五湖春，千古知几第一人。分散再三轻货殖，雄猜强半忌功臣。浮云富贵黄金铸，落日烟波白发新。骇尽听闻矜犬吠，何如服桂晦仙身。"①历代诗人在评论范蠡功成身退、泛舟五湖之举时，多持赞赏态度，罗氏之作亦是如此。诗歌一开头即对范蠡泛舟五湖之事给予"千古第一人"的极高评价，接下来又写到其离开越王之后三致千金、越王为其铸造黄金像等事。短短几句诗囊括了范蠡颇具传奇性和戏剧化的一生，发出"浮云富贵"之感慨。这位忠义为国、智以保身、商以致富、德以服人的范蠡不正是读者心目中的偶像吗？又如《司马迁》一诗云："生年二十赋南游，万里归来逸气遒。史创鸿裁成纪传，编终麟止继春秋。六经绝学崇东鲁，千古奇才左邱明。奚用名山藏副本，石渠金柜早搜求。"② 全诗始终贯穿着一种昂扬的气势。此诗首联赞司马迁年少志大，读万卷书，行万里路，开拓了胸襟和眼界。颔联道出《史记》的地位，颈联将其与孔子、左丘明类比，肯定了司马迁成一家之言的不朽功绩。千百年来，太史公忍辱负重，倾尽毕生精力和心血以完成《史记》这部巨著的坚忍不拔的精神，一直深深地感动着、激励着无数读者。而诗人发掘和传达历史人物身上所蕴涵凝聚的文化价值和精神力量，正是为人类点燃一盏盏生生不息的生命之光。名垂青史的先贤就是读者学习仿效的楷模，诗人以史为鉴，通过对古人古事的吟咏，巧妙地传达出用儒家伦理道德教化人心的愿望。

二 以意逆志、知人论世的认识论

罗氏一生崇尚程朱理学，思想颇为保守，被"三纲五常"等封建伦理道德束缚。其众多奏议、上疏等都充斥着较为迂腐的封建意识。在诗集自序中也称自己创作是恪守《御批资治通鉴》等书，"不敢好为翻案""不敢恣为奇情""不敢流于艳而涉于腐"，缺乏创新。③ 可通读全集，可

---

① （清）罗惇衍：《集义轩咏史诗抄》卷二，清光绪元年刻本，《续修四库全书》第1542册，上海古籍出版社2002年版，第565页。

② （清）罗惇衍：《集义轩咏史诗抄》卷八，清光绪元年刻本，《续修四库全书》第1542册，上海古籍出版社2002年版，第638页。

③ （清）罗惇衍：《集义轩咏史诗抄》卷首，清光绪元年刻本，《续修四库全书》第1542册，上海古籍出版社2002年版，第537页。

以看出罗氏并不完全是一个迂腐呆滞之人。诗人在评价历史上一部分为正统史学和道德评价机制所批判过的历史人物时，往往持不同态度，语新意奇，出人意料。这与诗人以意逆志、知人论世的认识论密切相关。诗人在认识历史人物时，往往将其放在社会历史的广阔背景下，用一种联系的、全面的眼光去观察评价问题。如《王安石》一诗云："苍生误尽误儒生，钧轴人难在近情。创法后还忧绍述，读书从此困科名。辨奸论洞苏明允，助虐徒羞吕惠卿。窜逐诸贤寰宇病，靖康狄乱世谁萌。"① 诗人以王安石变法这一历史事件为原点，延及北宋靖康之乱，以联系发展的眼光严厉地批评王安石政治革新给赵宋社稷所带来的长远危害。首联"苍生误尽误儒生"就奠定了整首诗的贬抑基调，表达了诗人对王安石变革祖宗成法的反对和敌视之意。以下三联则结合当时的时代背景及政治变革所诱发的种种社会政治弊端，对王安石予以批判，而以"靖康狄乱世谁萌"一句的感情最为强烈，直接把王安石钉在祸国乱民、开启衰世的耻辱柱上。虽然在一定程度上扭曲了历史事实，忽略了新法的历史功绩，看法有些偏激，但也未尝没有一些道理。又如对被后人奉为金科玉律的《史记》《汉书》《后汉书》中的人物评价，罗氏大都基本赞同，但是对范晔《后汉书》中对董宣的评价却不认同，如《董宣》一诗云："棰杀何如自杀优，殿楹猛击血交流。直令天子嘉强项，肯对湖阳俯叩头。吏尚严明原类酷，人能廉洁已难侔。洛中寂不鸣枹鼓，卧虎声威政绩留。"诗注曰："政绩：宣入《酷吏传》，乃《范史》过当处。"② 诗人在首联和颔联赞美了"强项令"董宣不畏强权、秉公执法、据理力争、宁死不屈的可贵品质，颈联和尾联则联系当时历史背景赞美了董宣廉洁奉公，政声卓著无人能比。然而这样一位优秀的官员却被归入以酷刑峻法为统治工具，以凶狠残暴著称的酷吏群体之中，实在是有失公允。诗人拈出董宣，赞其事功，批评范晔不能实事求是，在修史归类方面颇有失当之处。这种较为正确的历史观正是建立在一种广阔历史背景下比较

---

① （清）罗惇衍：《集义轩咏史诗抄》卷四十四，清光绪元年刻本，《续修四库全书》第1543册，上海古籍出版社2002年版，第341页。
② （清）罗惇衍：《集义轩咏史诗抄》卷十五，清光绪元年刻本，《续修四库全书》第1543册，上海古籍出版社2002年版，第22页。

勘对基础之上的。

  罗氏咏史诗集中还描摹了众多"独行之士"。狂生如唐寅、徐渭等，多备受后世的史学家、理学家诟病，历史品评也争议颇大。难道是诗人特意为世人所树立的反面教材吗？好像也不至于此。如《唐寅》一诗云："纵酒诸生生世狂，奇文见赏有文康。亲藩露逆身清白，客座风流语激昂。牍引篁墩谁致狱，杯衔桃坞我还乡。晚年才思多颓放，郁郁胸怀论者伤。"① 此诗所咏是风流才子唐伯虎，一个"狂"字，一个"奇"字，便点出唐寅狂放不羁的个性和卓然不群的才华。这样一位风流倜傥、才华横溢的青年才俊，能在物欲横流的社会里甘于贫困，在权势威逼之下全身而退，的确难能可贵。一个"伤"字，又表达出诗人对唐寅一生怀才不遇，晚年生活落魄之极的无限同情。对狂士的同情与敬仰，无疑是对"正统"儒家价值观的怀疑，诗人虽常以封建正统思想的捍卫者自居，保守顽固。但我们从此诗中可见其宽广的历史视野和博大胸怀，将唐寅一生放在所处的具体时代环境中去重新定位阐释，故而能够以一种旷世知音的身份予以赞美同情。又如《徐渭》一诗云："雄才肮脏压侯门，操笔登坛浙幕尊。一表奇文夸白鹿，四声梦觉听青猿。兵机筹策成棋局，画意淋漓半酒痕。失路英流豪兴在，尚余章草壮鸿骞。"② 徐渭是明代名士，才名早扬，胸怀天下，却一生不得志，人生经历异常坎坷。诗人寥寥数句，便将徐渭诗、书、文、画、戏曲等各方面的成就囊括其中，精练而不失其真。尾联更是将徐渭怀抱利器却终生不遇的寂寥孤愤之情融入诗中，是一首品评人物的佳作。通读全诗，不难看出诗人在字里行间流露出对徐渭杰出才华的肯定与赞美，对其不幸遭遇的深切同情，这正是诗人以意逆志，知人论世后的真知灼见。将历史人物还原于特定的社会历史环境中，寓人物于"时世"之中，在具体的历史场景中来阐释人物，我们的评价才会更全面、更公允、更科学。从这一点看，诗人还是做得比较成功，值得我们深入学习。

---

  ① （清）罗惇衍：《集义轩咏史诗抄》卷五十六，清光绪元年刻本，《续修四库全书》第1543册，上海古籍出版社2002年版，第484页。
  ② （清）罗惇衍：《集义轩咏史诗抄》卷五十七，清光绪元年刻本，《续修四库全书》第1543册，上海古籍出版社2002年版，第498页。

三 表彰乡贤，以诗传人的文献观

清代岭南文化获得了极大发展，地域文化兴盛，编修地方志之风盛行。罗氏善于梳理家乡文化发展脉络，表彰先贤，树立楷模，增强自豪感。他极为关注家乡历代贤达，进而加以吟咏。

罗氏在自序中提及其诗集是仿曹振镛、谢启昆、鲍桂星、王廷绍的咏史七律而作。其中曹振镛《话云轩咏史诗》二卷，亦是不咏帝后，始于季札，终于史可法，共二百首；谢启昆《树经堂咏史诗》八卷，始于秦始皇，终于元顺帝，共五百一十五首；鲍桂星《觉生咏史诗抄》三卷，自周至明史可法，品评得失；王廷绍《澹香斋咏史诗》，起于庄周，终于倪瓒，共二百二十三首。罗氏或借鉴其体式，或学习其创作方式，但其吟咏范围更广，远在此四人之上。其所吟咏之人除去那些为后人所熟知的历代名贤之外，还有一些不为后人熟悉但也有一定历史价值之人，将其一生功过勾勒，栩栩如生。罗氏尤注重表彰乡贤，即便正史没有记载。作者通过发掘地方文献史志如黄佐《广州人物传》《广州先贤传》、潘楳元《广州乡贤传》、梁廷佐《广州贞烈传》、郭棐《粤大记》、欧大任《百越先贤志》等，选取典型人物，进而按朝代加以吟咏。罗氏诗歌描绘了地方乡贤们的形神风貌，叙述了他们的动人事迹，展现了他们的迷人风采；笺注则详述了地方乡贤们的诗酒风流，逸闻趣事，诗注一体，为我们保留了不同时期地方文化鲜活的片段和绵长的流风遗韵。

罗惇衍对黄佐《广州人物传》《广州先贤传》中所记人物，题咏的地方名贤就多达十八人，可谓吟咏备至，笺注详尽。如《高固》一诗云："远从南越向潇湘，故国河山怅渺茫。智略疆开休士马，画图郡应兆仙羊。奇才幸有威王用，微旨能令铎氏彰。霸业流风文教启，立贤自昔贵无方。"[①] 叙高固背井离乡，报效楚国之愁思；庆君明臣贤，如鱼得水之欢；赞君臣一心，共建不朽之文治武功。诗人娓娓而述，将高固这位湮没在历史瓦砾堆下的前贤向我们隆重推出，君臣际会，霸业风流，使高

---

① （清）罗惇衍：《集义轩咏史诗抄》卷四，清光绪元年刻本，《续修四库全书》第1542册，上海古籍出版社2002年版，第588页。

固由五羊衔谷的遥远神话传说中走来，惟妙惟肖，形神兼备。又如《王范》一诗云："莫将闻达动诸侯，避缴灵禽且暂休。五载与人同患难，一编服众在《春秋》。有谁才德真青眼，乐我琴书到白头。选举群推大中正，定评堪比汝南优。"① 王范的高风亮节和嘉言美行都因局于一地之隅而鲜有耳闻，诗人搜集遗编，披沙拣金，使这位品行高尚，学识出众，知人善评，堪为伯乐的地方乡贤得以重登历史舞台，大放光芒，可见诗人的推崇自是功不可没。

其他如先秦时期的公师隅，汉代的郑严、罗威，唐代的邓文进，南汉黄损，宋代的古成之、区仕衡、赵必瑑，直至明代的黄哲、陈琏、罗显韶、区大相、区大伦等，几乎每个朝代都有如此湮没之乡贤，罗氏都予以吟咏彰显，可谓以诗传人。罗氏诗集的补史之功、文献价值亦体现于此。加之其诗题下有小注，诗后有笺注，重要的文献学价值亦是他人诗集无法相提并论的。

综上所述，罗氏集二十余年功力，发愤著述一千六百余首咏史之作，是前无古人后无来者的旷世巨著。从整体上看，虽然也有一些诗歌在艺术表现上不尽如人意，一些诗作只是史事韵语而已，存在像咏史师祖班固《咏史》"质木无文"的通病，缺乏艺术形象和情感内蕴，但是瑕不掩瑜，无伤大雅。相比作者创作的用心和目的，创作数量的巨大而言，这也是不可避免的小小瑕疵。总之，罗氏《集义轩咏史诗抄》体现出清人咏史诗创作的集大成特色，也展示了清人咏史诗集创作的共同特点和不足，从一个侧面代表着清人咏史诗集写作所取得的最高艺术成就。窥一斑而见全豹，从中我们对清代数量庞大咏史诗集的体裁内容、思想旨趣及艺术特色也有了一个粗浅认识。

---

① （清）罗惇衍：《集义轩咏史诗抄》卷二十四，清光绪元年刻本，《续修四库全书》第1543册，上海古籍出版社2002年版，第118页。

总　　结

　　本书首先采用通论的方式论述清代咏史创作发展的概况，基本理清了清代咏史创作发展繁荣兴盛衰落线索，并分析了其中的原因。

　　其次主要选取了三个典型的文化群体进行专题研究，论述了明遗民咏史创作特色，通论历代皇帝咏史创作盛况，侧重分析清代皇室咏史创作特色及原因，最后通过个案分析了大臣罗惇衍体量庞大《集义轩咏史诗抄》思想内容和艺术特色，实现了宏观把握下的个案探究。

　　当然，相对于留存甚多的清代咏史诗作而言，这些分析研究还只能说是九牛一毛，距离全面和深刻还很遥远，仅仅是清代咏史诗集的整理工作就需要穷尽一生来搜集比勘点校整理，研究工作更应是以蠡测海，毕竟丰富的材料带给我们的是幸福的烦恼——可以窥见全豹却又难以一下吞咽消化。这就需要在不断地开拓中持续研究，才能完全完成使命。希冀在未来的岁月中，在这条艰辛的道路上继续前行，贡献自己的绵薄之力，推动清代诗文集研究更上一层楼，从而结出辉煌硕果。

参考文献

安平秋、章培恒主编：《中国禁书大观》，上海文化出版社1990年版。
（东汉）班固：《汉书》，中华书局1962年版。
（清）陈瑚：《确庵文稿》，清康熙毛氏汲古阁刻本。
陈建华：《唐代咏史怀古诗论稿》，华中科技大学出版社2008年版。
（西晋）陈寿：《三国志》，中华书局1959年版。
（明）陈子龙、（清）李雯、（清）宋征舆撰，陈立校点：《云间三子新诗合稿》，辽宁教育出版社2000年版。
（清）戴名世撰，王树明编校：《戴名世集》，中华书局1986年版。
（清）丁宿章：《湖北诗征传略》，清光绪七年孝感丁氏泾北草堂刻本。
杜珣编：《闺海吟》，华龄出版社2012年版。
（清）鄂尔泰、张廷玉等编纂，左步青校点：《国朝宫史》，北京古籍出版社1994年版。
（清）樊增祥著，涂晓马、陈宇俊校点：《樊山续集》，上海古籍出版社2004年版。
（南朝宋）范晔：《后汉书》，中华书局1965年版。
（元）方回编，李庆甲集评：《瀛奎律髓汇评》，上海古籍出版社1986年版。
（唐）房玄龄等：《晋书》，中华书局1974年版。
傅璇琮主编：《全宋诗》，北京大学出版社1998年版。
（清）葛震撰，曹荃注：《四言史征》，辽宁大学图书馆藏清雍正曹氏芷园刻本。
（清）龚自珍著，王佩诤校：《龚自珍全集》，上海古籍出版社1999年版。

（清）顾炎武著，王蘧常辑注，吴丕绩标校：《顾亭林诗集汇注》，上海古籍出版社2006年版。
（清）顾炎武著，张京华校释：《日知录校释》，岳麓书社2011年版。
郭绍虞：《中国文学批评史》，上海古籍出版社1979年版。
郭绍虞编选，富寿荪校点：《清诗话续编》，上海古籍出版社1983年版。
（清）归庄：《归庄集》，上海古籍出版社2010年版。
（清）何焯：《义门读书记》，中华书局1987年版。
胡寄光：《中国文祸史》，上海人民出版社1993年版。
胡文楷：《历代妇女著作考》，上海古籍出版社1985年版。
胡晓明、彭国忠主编：《江南女性别集初编》，黄山书社2008年版。
胡晓明、彭国忠主编：《江南女性别集二编》，黄山书社2010年版。
胡晓明、彭国忠主编：《江南女性别集三编》，黄山书社2012年版。
胡晓明、彭国忠主编：《江南女性别集四编》，黄山书社2014年版。
黄益庸：《历代咏史诗》，大众文艺出版2000年版。
黄秩模编辑，付琼校补：《国朝闺秀诗柳絮集》，人民文学出版社2011年版。
（清）康有为撰，姜义华、张荣华编：《康南海先生诗集》，中国人民大学出版社2007年版。
柯愈春：《清人诗文集总目提要》，北京古籍出版社2001年版。
（唐）李百药：《北齐书》，中华书局1972年版。
李翰：《汉魏盛唐咏史诗研究》，广西师范大学出版社2006年版。
李雷主编：《清代闺阁诗集萃编》，中华书局2015年版。
李灵年、杨忠：《清人别集总目》，安徽教育出版社2000年版。
李青山：《咏史诗闲话》，山西人民出版社2004年版。
（唐）李延寿：《南史》，中华书局1975年版。
（唐）李延寿：《北史》，中华书局1974年版。
（清）梁绍壬：《两般秋雨盦随笔》，清道光振绮堂刻本。
（唐）令狐德棻：《周书》，中华书局1971年版。
（清）刘锦藻：《清续文献通考》，民国景十通本。
（南朝梁）刘勰撰，范文澜注：《文心雕龙注》，人民文学出版社2006年版。
（后晋）刘昫：《旧唐书》，中华书局1997年版。

刘学锴：《唐诗鉴赏辞典》，上海古籍出版社1983年版。

马协弟主编：《爱新觉罗家族全书》，吉林人民出版社1997年版。

毛星主编：《中国少数民族文学》，湖南人民出版社1983年版。

（清）纳兰性德撰：《通志堂集》，上海古籍出版社1979年版。

（宋）欧阳修：《新五代史》，中华书局1973年版。

（宋）欧阳修、宋祁：《新唐书》，中华书局1973年版。

（清）潘德舆，朱德慈辑校：《养一斋诗话》，中华书局2010年版。

（清）彭定求等：《全唐诗》，中华书局1960年版。

（清）钱谦益著，（清）钱曾笺注，钱仲联标校：《钱牧斋全集》，上海古籍出版社2003年版。

钱仲联主编：《清诗纪事》，江苏古籍出版社1987年版。

《清代诗文集汇编》，上海古籍出版社2010年版。

（清）庆凤晖：《桐华阁诗草》，私人收藏。

（清）秋瑾著，刘玉来注释：《秋瑾诗词注释》，宁夏人民出版社1983年版。

（清）丘逢甲：《岭云海日楼诗抄》，上海古籍出版社1982年版。

丘良任：《历代宫词纪事》，暨南大学出版社1995年版。

（清）阮元：《淮海英灵集》，清嘉庆三年小琅嬛仙馆刻本。

（清）沈德潜编：《明诗别裁集》，上海古籍出版社1979年版。

（清）沈德潜编：《清诗别裁集》，上海古籍出版社1984年版。

（清）沈德潜著，孙之梅、周芳批注：《说诗晬语》，凤凰出版传媒集团2010年版。

（清）沈家本：《历代刑法考》，民国沈寄簃先生遗书本。

（南朝梁）沈约：《宋书》，中华书局1974年版。

（清）沈兆沄：《篷窗附录》，清咸丰刻本。

（清）史澄：《（光绪）广州府志》，清光绪五年刊本。

（清）史梦兰著，景红录、石向骞点校：《史梦兰集》，天津古籍出版社2015年版。

施蛰存：《唐诗百话》，上海古籍出版社1987年版。

（清）舒位著，曹光甫点校：《瓶水斋诗集》，上海古籍出版社2009年版。

《四库全书》，上海古籍出版社1987年版。

《四库未收书辑刊》，北京出版社2000年版。

（西汉）司马迁：《史记》，中华书局 1959 年版。

（明）宋濂等：《元史》，中华书局 1976 年版。

（清）孙福清：《国朝五家咏史诗抄》，清光绪四年嘉善孙氏望云仙馆刻本。

（清）孙枝蔚：《溉堂集》，上海古籍出版社 1979 年版。

孙静庵：《明遗民录》，浙江古籍出版社 1985 年版。

（清）谈迁撰，罗仲辉校点：《谈迁诗文集》，辽宁教育出版社 1998 年版。

（元）脱脱等：《宋史》，中华书局 1977 年版。

（清）王昶：《湖海诗传》，清嘉庆刻本。

（清）王夫之：《王船山诗文集》，中华书局 1962 年版。

（清）王夫之等撰：《清诗话》，上海古籍出版社 1963 年版。

王国维：《宋元戏曲史》，百花文艺出版社 2002 年版。

汪荣祖：《诗情史意》，江苏教育出版社 2006 年版。

（清）王先谦：《东华续录（同治朝）》，清刻本。

王英志主编：《清代闺秀诗话丛刊》，凤凰出版社 2010 年版。

王钟翰点校：《清史列传》，中华书局 1987 年版。

韦春喜：《宋前咏史诗史》，中国社会科学出版社 2010 年版。

（清）魏源：《魏源集》，中华书局 1976 年版。

（唐）魏征等：《隋书》，中华书局 1973 年版。

（清）吴士鉴等：《清宫词》，北京古籍出版社 1986 年版。

（清）吴伟业著，李学颖集评标校：《吴梅村全集》，上海古籍出版社 1999 年版。

（清）吴炎、潘柽章：《今乐府序》，清抄本。

（南朝梁）萧统：《文选》，人民文学出版社 2008 年版。

（南朝梁）萧子显：《南齐书》，中华书局 1972 年版。

（清）徐珂编：《清稗类抄》，中华书局 1984 年版。

徐世昌辑：《晚晴簃诗汇》，北京出版社 1995 年版。

《续修四库全书》，上海古籍出版社 2002 年版。

（宋）薛居正等：《旧五代史》，中华书局 1973 年版。

阎凤梧、康金声主编：《全辽金诗》，山西古籍出版社 1999 年版。

（唐）姚思廉：《梁书》，中华书局 1973 年版。

（唐）姚思廉：《陈书》，中华书局 1972 年版。

（清）易顺鼎著，王飚校点：《琴志楼诗集》，上海古籍出版社2004年版。
（清）永瑢等：《四库全书总目》，中华书局1997年版。
于海娣等：《唐诗鉴赏大全集》，中国华侨出版社2010年版。
（清）袁枚著，王英志批注：《随园诗话》，凤凰出版社2009年版。
袁行霈：《中国文学史》，高等教育出版社1999年版。
（清）曾国藩：《曾文正公家训》，清光绪五年传忠书局刻本。
（清）曾国藩：《曾文正公书札》，清光绪二年传忠书局刻增修本。
（清）曾国藩著，王澧华校点：《曾国藩诗文集》，上海古籍出版社2005年版。
（清）曾国荃：《（光绪）湖南通志》，清光绪十一年刻本。
张伯伟：《全唐五代诗格汇考》，江苏古籍出版社2002年版。
张宏生：《明清文学与性别研究》，江苏古籍出版社2002年版。
（清）张晋礼辑：《棣华馆诗课》，道光三十年武昌官署棣华馆刻本，中山大学图书馆藏。
（唐）张九龄撰，熊飞校注：《张九龄集校注》，中华书局2008年版。
张润静：《唐代咏史怀古诗研究》，上海三联书店2009年版。
（清）张廷玉：《明史》，中华书局1976年版。
张小丽：《宋代咏史诗研究》，光明日报出版社2009年版。
张政烺：《张政烺文史论集》，中华书局2004年版。
（清）张之洞著，庞坚校点：《张之洞诗文集》，上海古籍出版社2008年版。
（清）章学诚：《章氏遗书》，上海古籍出版社1986年版。
赵尔巽等：《清史稿》，中华书局1977年版。
赵望秦：《唐代咏史组诗考论》，三秦出版社2003年版。
赵望秦：《宋本周昙〈咏史诗〉研究》，中国社会科学出版社2005年版。
赵望秦：《胡曾〈咏史诗〉研究》，中国社会科学出版社2008年版。
赵望秦、张焕玲：《古代咏史诗通论》，中国社会科学出版社2010年版。
（清）朱彝尊选编：《明诗综》，中华书局2007年版。
（明）朱元璋撰，胡士萼点校：《明太祖集》，黄山书社2014年版。
（清）卓尔堪选辑：《明遗民诗》，中华书局1961年版。
蔡丹、张焕玲：《宋本方昕〈集事诗鉴〉考论》，《南京师范大学文学院学报》2012 年第 1 期。

尚永亮：《刘禹锡咏史怀古诗的类型和特点》，《东南大学学报》（哲学社会科学版）2000 年第 3 期。

陈桂娟：《纳兰性德咏史诗论浅探》，《承德民族师范高等专科学校学报》2006 年第 4 期。

陈文华：《论中晚唐咏史诗的三大体式》，《文学遗产》1989 年第 5 期。

邓乔彬、陈建穰：《唐诗的咏史与观政》，《中国文学研究》2011 年第 4 期。

方坚铭：《空间文化场域的转化与李商隐的咏史诗创作》，《求索》2008 年第 3 期。

方艳：《〈长门怨〉与中晚唐幕府文士的政治道德观》，《安庆师范学院学报》（社会科学版）2002 年第 6 期。

关四平、陈默：《三国历史的诗意化——唐代咏三国诗与士人心态》，《天津大学学报》（社会科学版）2002 年第 1 期。

郭延礼：《明清女性文学的繁荣及其主要特征》，《文学遗产》2002 年第 6 期。

黄筠：《中国咏史诗的发展与评价》，《中国文化研究》1994 年第 6 期。

纪倩倩、王栋梁：《"咏史"界说述论》，《齐鲁学刊》2009 年第 3 期。

姜朝晖：《杜甫与诸葛亮：历史歌咏中的现实意蕴》，《社科纵横》2006 年第 10 期。

江柈：《论刘禹锡咏史诗前后期内容上的差异及成因》，《兰州学刊》2004 年第 4 期。

降大任：《咏史诗与怀古诗有别》，《社会科学战线》1984 年第 4 期。

金昌庆：《论咏史诗在汉魏六朝的出现与发展》，《广西大学学报》（哲学社会科学版）2001 年第 2 期。

柯素莉：《试论怀古诗中山水审美的纵向拓展及其时空转换》，《江汉大学学报》（社会科学版）2001 年第 1 期。

朗菁：《四库禁毁书目中的三部清初陕西诗文集》，《图书馆杂志》2005 年第 10 期。

李翰：《试论咏史、怀古之关系及其诗学精神》，《上海大学学报》（社会科学版）2006 年第 6 期。

李捷鹏：《左思咏史诗创作年代考》，《邢台学院学报》2015 年第 3 期。

李健:《论朱彝尊的咏史诗》,《邯郸职业技术学院学报》2011年第4期。
李鹏:《赵翼的咏史诗》,《古典文学知识》2008年第3期。
李鹏:《论乾嘉时期的咏史组诗热——兼论清诗中的组诗现象》,《山西师大学报》(社会科学版)2011年第5期。
李士龙:《试论古代咏史诗》,《学习与探索》1996年第6期。
刘曙初:《论汉魏六朝咏史诗的演变》,《贵州社会科学》2002年第5期。
刘璇:《汪端咏史诗微探》,《佳木斯职业学院学报》2015年第3期。
罗家坤:《王安石的咏史怀古诗》,《晋阳学刊》2005年第3期。
罗时进:《晚唐咏史诗的修辞策略》,《山西大学学报》(哲学社会科学版)2007年第1期。
闵泽平:《王安石〈明妃曲〉辩正》,《天中学刊》2004年第1期。
莫砺锋:《论晚唐的咏史组诗》,《社会科学战线》2000年第4期。
马丽:《李东阳〈拟古乐府〉题材及内容分析》,《河西学院学报》2008年第4期。
潘江艳、王祖基:《略论左思〈咏史〉八首》,《社科纵横》2007年第4期。
潘晓玲:《胡曾〈咏史诗〉的通俗艺术》,《长安大学学报》(社会科学版)2009年第2期。
潘晓玲:《马致远〈汉宫秋〉与咏史诗》,《西北农林科技大学学报》(社会科学版)2010年第5期。
乔治忠、崔岩:《韵文述史 审视百代——论清高宗的咏史〈全韵诗〉》,《文史哲》2006年第6期。
邱睿:《别裁诗史补心史——论清代雍乾咏史诗集〈南宋杂事诗〉、〈明史杂咏〉》,《浙江学刊》2009年第4期。
珊丹:《清代女诗人沈善宝咏史诗探析》,《名作欣赏》2011年第23期。
史遇春:《略论杜甫晚年的"诸葛亮情结"》,《杜甫研究学刊》2005年第3期。
司马周:《若无新变,不能代雄——论李东阳〈拟古乐府〉诗的艺术创新》,《苏州大学学报》(哲学社会科学版)2004年第2期。
宋清秀:《清代女性文学群体及其地域性特征分析》,《文学评论》2013年第5期。

苏芸：《论历代妇女咏古抒怀诗》，《昌吉学院学报》2005 年第 1 期。

孙亚萍：《从元白咏四皓诗看其仕隐观》，《陕西师范大学继续教育学报》2007 年第 1 期。

谭淑娟、陈全明：《诗意与哲理的新境界——杜牧咏史诗解读》，《贵阳金筑大学学报》2003 年第 4 期。

田耕宇：《诗心·哲理·史论——论晚唐咏史诗的现实关怀及艺术表现》，《西南民族学院学报》2000 年第 12 期。

王春庭：《论李觏的咏史诗》，《江西社会科学》2003 年第 1 期。

王德保、杨晓斌：《以史为鉴与道德评判——论司马光的咏史诗》，《南昌大学学报》（人文社会科学版）2004 年第 5 期。

王飞燕：《李清照咏史诗的史学意义》，《安徽文学》2009 年第 8 期。

王辉斌：《论清代的咏史乐府诗》，《南都学坛》2011 年第 1 期。

王辉斌：《论清代的宫词创作》，《四川文理学院学报》2012 年第 1 期。

王拴紧：《解读刘禹锡的怀古咏史诗》，《广西社会科学》2006 年第 2 期。

王学泰：《论清代文学与政治》，《浙江社会科学》2005 年第 1 期。

汪艳菊：《论温庭筠的咏史乐府——兼论中晚唐诗人革新乐府诗的努力》，《唐都学刊》2007 年第 1 期。

韦春喜：《陶渊明咏史诗试论》，《乐山师范学院学报》2001 年第 5 期。

韦春喜：《南朝咏史诗试论》，《中南民族大学学报》（人文社会科学版）2002 年第 3 期。

韦春喜：《试论陶渊明〈咏贫士〉七首》，《楚雄师范学院学报》2004 年第 4 期。

韦春喜：《左思〈咏史〉诗创作时间新论》，《四川师范大学学报》（社会科学版）2004 年第 2 期。

韦春喜：《汉魏六朝咏史诗探论》，《中国韵文学刊》2004 年第 2 期。

韦春喜：《汉代乐府咏史诗探论》，《石油大学学报》（社会科学版）2004 年第 3 期。

韦春喜：《〈文选〉咏史诗的类型与选录标准探讨》，《宁夏大学学报》（人文社会科学版）2004 年第 2 期。

韦春喜：《乐府咏史诗的发展与演变——以〈乐府诗集〉为文本对象》，《山东师范大学学报》（人文社会科学版）2004 年第 3 期。

韦春喜：《咏史诗成熟的标志之作——左思的〈咏史〉诗》，《戏剧文学》 2006 年第 7 期。

韦春喜：《试论中晚唐咏史诗繁盛的历史文化原因》，《贵州社会科学》 2007 年第 5 期。

韦春喜、张影：《论李白的乐府咏史诗》，《北京工业大学学报》（社会科学版）2009 年第 1 期。

文明刚：《论李商隐咏史诗对杜甫咏史诗的突破创新》，《广州大学学报》（社会科学版）2003 年第 6 期。

吴承学、曹虹、蒋寅：《一个期待关注的学术领域——明清诗文研究三人谈》，《文学遗产》1999 年第 4 期。

晏天丽：《杜牧与李商隐的咏史诗比较》，《湖南广播电视大学学报》2005 年第 2 期。

杨晓霭：《唐代怀古诗之文化解读》，《西北师大学报》（社会科学版）2002 年第 6 期。

尹玲玲：《汪端咏史诗的内涵及其逆传统性》，《内江师范学院学报》2015 年第 3 期。

张兵、张毓洲：《清代文字狱研究述评》，《西北师大学报》（社会科学版）2010 年第 3 期。

张兵：《清初关中遗民诗人孙枝蔚的交游与创作》，《宁波大学学报》（人文科学版）2000 年第 3 期。

张海燕：《清代女作家咏史诗创作考论》，《云南社会科学》2013 年第 3 期。

张红花、张晓丽：《论刘克庄的咏史组诗》，《江西社会科学》2010 年第 2 期。

张焕玲：《〈全宋诗〉、〈全宋诗订补〉补遗辨正》，《南京师范大学文学院学报》2010 年第 4 期。

张焕玲：《以诗论史，史论独到——论刘克庄〈杂咏〉二百首》，《民办教育研究》2010 年第 6 期。

张焕玲：《新世纪十年咏史怀古诗研究综论》，《盐城师范学院学报》（人文社会科学版）2011 年第 1 期。

张梅：《杜牧、李商隐咏史诗比较浅谈》，《黑龙江教育学院学报》2004

年第 3 期。

张琼:《也说杨维桢的咏史诗》,《内蒙古社会科学》2002 年第 5 期。

张润静:《气俊思活 意足锋锐——杜牧咏史怀古诗中的议论》,《学术交流》2002 年第 6 期。

张绍华:《郁郁怀古心 浩歌寄惆怅——由袁枚咏史怀古及人际交游诗作看其诗意个性》,《北京工业大学学报》(社会科学版) 2012 年第 6 期。

张小丽:《论宋代女诗人的咏史诗》,《宜春学院学报》(社会科学版) 2007 年第 3 期。

张学君:《陶渊明怀古的二元性对其诗歌创作的影响》,《南京师范大学文学院学报》2004 年第 4 期。

张莹洁:《文学地理学视域下的左思〈咏史〉诗》,《广东第二师范学院学报》2015 年第 3 期。

张玉:《戴名世〈南山集〉案史料》,《历史档案》2001 年第 2 期。

张子刚、赵维森:《魏晋南北朝咏史诗简论》,《延安大学学报》(社会科学版) 2002 年第 2 期。

赵红:《古代文献对左思咏史诗的接受》,《哈尔滨师范大学学报》(社会科学版) 2015 年第 1 期。

赵望秦:《周昙〈咏史诗〉宋本发覆》,《中国典籍与文化》2003 年第 2 期。

赵望秦:《汪遵咏史诗考论》,《南京师范大学文学院学报》2003 年第 3 期。

赵望秦:《赵碬〈读史编年诗〉论》,《陕西师大学报》(哲学社会科学版) 2004 年第 4 期。

赵望秦、李艳梅:《中国古代咏史诗百年研究回顾》,《淮阴师范学院学报》(哲学社会科学版) 2007 年第 1 期。

赵望秦、潘晓玲:《唐代咏史怀古诗百年研究回顾》,《南京师范大学文学院学报》2007 年第 4 期。

赵望秦、张焕玲:《宋代咏史怀古诗百年研究综述》,《盐城师范学院学报》(人文社会科学版) 2008 年第 2 期。

赵望秦:《〈四库全书〉本胡曾〈咏史诗〉的文献价值》,《古籍整理研究学刊》2008 年第 6 期。

赵望秦、王彪:《论杨维桢乐府体咏史》,《商洛学院学报》2011 年第 2 期。

赵云长：《独出机杼 反说其事——试谈杜牧的三首咏史七绝及其哲学理念》，《黑龙江社会科学》2002 年第 4 期。
郑正平：《浅论唐代怀古诗不同时期的主题倾向》，《浙江师大学报》（社会科学版）2000 年第 4 期。
周明初：《走出冷落的明清诗文研究——近十年来明清诗文研究述评》，《文学遗产》2011 年第 6 期。
钟树梁：《一往情深，千秋论定——读杜甫咏诸葛亮的诗》，《杜甫研究学刊》2008 年第 3 期。
周淑舫：《现实与历史间冲撞的别样体味——女性咏史诗创作探索》，《社会科学战线》2012 年第 12 期。
周淑芳：《咏史诗：对被理性精神关怀领域的触探与拓展》，《社会科学辑刊》2002 年第 2 期。
朱赛虹：《清代御制诗文概析》，《国家图书馆学刊》1999 年第 2 期。
宗晓丽：《议罗隐的咏史怀古诗》，《社科纵横》2005 年第 6 期。
陈建华：《唐代咏史诗研究》，博士学位论文，华中师范大学，2000 年。
李翰：《汉魏盛唐咏史诗研究》，博士学位论文，复旦大学，2005 年。
潘晓玲：《咏史诗与历史小说关系论——以唐宋咏史诗与元明清历史小说为探讨中心》，博士学位论文，陕西师范大学，2010 年。
韦春喜：《宋前咏史诗史》，博士学位论文，山东大学，2005 年。
张焕玲：《宋代咏史组诗研究》，博士学位论文，陕西师范大学，2011 年。
张小丽：《宋代咏史诗研究》，博士学位论文，陕西师范大学，2006 年。
赵望秦：《唐代咏史组诗研究》，博士学位论文，南京师范大学，2002 年。
陈检英：《胡曾咏史诗研究》，硕士学位论文，华中师范大学，2008 年。
蔡文健：《胡曾咏史诗研究》，硕士学位论文，上海社会科学院，2010 年。
付晓剑：《辽金咏史怀古诗研究》，硕士学位论文，陕西师范大学，2008 年。
高荆梅：《〈南宋杂事诗〉研究》，硕士学位论文，陕西师范大学，2009 年。
黄懿：《许浑咏史怀古诗研究》，硕士学位论文，华中科技大学，2006 年。
霍海娇：《魏晋南北朝咏史诗研究》，硕士学位论文，山东大学，2011 年。
贾君：《袁枚咏史诗研究》，硕士学位论文，陕西师范大学，2012 年。
冷纪平：《论唐代咏史诗艺术新变》，硕士学位论文，青岛大学，2005 年。
李婵：《顾炎武咏史诗研究》，硕士学位论文，陕西师范大学，2012 年。

李培培:《李白咏史诗研究》,硕士学位论文,河北大学,2011年。
李伟:《晚唐咏史诗研究》,硕士学位论文,山东大学,2008年。
李霞:《评唐代咏史诗人的历史观》,硕士学位论文,陕西师范大学,2002年。
李艳梅:《赵翼咏史诗研究》,硕士学位论文,陕西师范大学,2007年。
刘玲玲:《杨维桢咏史诗研究》,硕士学位论文,辽宁大学,2011年。
刘小荣:《〈树经堂咏史诗〉研究》,硕士学位论文,陕西师范大学,2011年。
刘杰:《汉魏六朝咏史诗研究》,硕士学位论文,西南师范大学,2004年。
马丽:《李东阳拟古乐府研究》,硕士学位论文,陕西师范大学,2009年。
毛德胜:《论中晚唐咏史诗》,硕士学位论文,华中师范大学,2003年。
潘东晓:《唐代怀古诗研究》,硕士学位论文,漳州师范学院,2011年。
任艳丽:《左思〈咏史〉研究》,硕士学位论文,河北师范大学,2011年。
王娟:《李商隐咏史诗研究》,硕士学位论文,陕西师范大学,2003年。
王丽芳:《刘禹锡咏史诗的生成及影响》,硕士学位论文,东北师范大学,2006年。
王彪:《杨维桢咏史诗研究》,硕士学位论文,陕西师范大学,2011年。
王雪晴:《胡曾、周昙〈咏史诗〉比较研究》,硕士学位论文,扬州大学,2008年。
许慧君:《论晚唐背景下的许浑咏史怀古诗》,硕士学位论文,福建师范大学,2010年。
叶楚炎:《唐代咏史诗研究》,硕士学位论文,南京师范大学,2004年。
曾志东:《谢启昆〈树经堂咏史诗〉校注》,硕士学位论文,广西大学,2005年。
张焕玲:《宋代咏史组诗考论》,硕士学位论文,陕西师范大学,2008年。
张舒:《李白、杜牧、李商隐怀古诗之比较》,硕士学位论文,西北师范大学,2010年。
张宇:《论中晚唐咏史诗》,硕士学位论文,内蒙古大学,2006年。
张亚祥:《白居易与苏轼怀古诗比较研究》,硕士学位论文,西南大学,2009年。
张艳:《晚唐咏史诗》,硕士学位论文,河北大学,2000年。

张子清:《罗隐咏史诗研究》,硕士学位论文,湘潭大学,2005年。
朱亚兰:《王安石咏史诗与北宋中期政治》,硕士学位论文,江西师范大学,2010年。

后　　记

　　人生一世，草生一秋，弹指一挥，六年光阴已逝。随着毕业论文的完成，我在陕西师范大学奋战了六年的学术生涯即将告一段落，在迈出美丽的陕西师范大学校园之前，诸多往事，一起翻涌沸腾在脑海间，诸多感慨随之倾泻，发诸笔端。即兴写上这些言语，留下这人生中极为光彩的一页。

　　遥想当初，为了改变命运，而背水一搏，我在跨出大学校门六年后，再次回到大学校园，何等欣喜！六年的轮回，世间的辛酸百态，我已经略有体验，对于大学之含义，有了更深一层的体悟。这是由大师级的人物建构起的学术大厦，而不仅仅是高楼与参天大树。六年前，蒙赵望秦先生垂怜，作为一名大龄学生而有幸忝列赵师门下，与一群青春靓丽的学弟学妹开始了研究生学习生涯。当初复试的情形至今仍然清晰如画。那是一个多雨的春天，虽说春雨贵如油，但是对我而言，却是感到诸多的不便，尤生几多忧愁。陌生的城市，陌生的人群，陌生的校园，在陕西师范大学新校区和老校区之间奔波，还没有适应公交车的节奏，在恍惚间，就等候在了面试的八号楼教室外。当一位资深的师大学生告诉我说，这就是赫赫有名黄永年先生高足赵望秦老师，他待人特别和蔼可亲时，遂注目凝视：一袭黄色长大风衣，着实让人眼前一亮，高大魁梧，英俊帅气，走起路来，虎虎生风，颇具学者风范，敬仰之情油然而生。但是我深知自己没有任何优势，就连文献学中最基本的版本知识都说得一塌糊涂，很是窘迫。老师中有人问到我："这个岁数来读研，有何打算？"说真的，自己当时很茫然，来自偏远县城的中学老师，所能想到的就是改变一下生活处境，因为当时七百多元的工资仅仅够自己生活费，孝养父母，根本是顾不上的。至于考上研究生后自己会做什么，自己又能做什么，再次回到大学校园里究竟想要什么等等问题都是之前未曾想过的，更别说规划以后的人生了！但是我记得赵老师的一句话：底子薄并不害怕，导师就是帮助学生走出低洼之地的。就这样，赵老师以一颗博大包容的胸怀，收下我这棵漂泊不定的无根浮萍，一路走来，获益良多。查找资料、修改论文、参撰著作、参与项目，都离不开老师的谆谆教诲，提点引导。每与同学聊起导师，文学院的学生总是投以艳羡的目光，数科院的学生竟说命运不公，为什么当初没有选择文献学呢？导师平易近人的作风，对学生无微不至的关怀，在师大，可谓声名远播。

与师母赵安群女士相见也在刚入学的金秋九月，在师姐的带领之下，赵师门下弟子欢聚于老师家的客厅。让人震撼的是赵老师漂亮书架上一排排的精美图书。在我眼中，这就是一座小型图书馆。老师介绍说：这些都是你们师母的功劳，她是学美术的，亲自设计，亲自装修，双排层阁，实用大方！不然我的这些老古董怎能安享如此待遇！师母莞尔一笑，自得之情，溢于言表。随后的日子中，师母嘘寒问暖的关怀，伴随了整整六年时光，在找工作的困惑时期，也有师母解疑答难的高明之见，而听我说签到山西师范大学时，更是连连表示祝贺，亲如一家人的暖意，时时萦绕心头！

当然，我还非常羡慕老师和师母之间相互体谅、相互关心的至真至纯之情。师母会在冬天的寒夜打电话询问老师是否辅导完学生，开车从学校出发了，声声嘱托天黑了，开车一定要注意安全，会在家等候老师一起吃晚饭。老师也会遗憾地说，今天早晨七点就到学校了，竟然没有享受到你们师母的美味早餐。生活中的这些点点滴滴都是我们处事为人的楷模，潜移默化地改变着我们生活的方方面面。

与张新科老师的相识还是在研究生复试的时候，张老师一板一眼念着复试章程，一代学术人的谨严作风体现得淋漓尽致，而更多的则是学习中与张老师的亲密接触，尤其是与《史记》相关的学术研究，多次拜读了张老师的大作，才领悟了大师就是这样艰难困苦玉汝于成而铸就的。更有幸参与张老师主持的国家社科基金重大项目——《中外〈史记〉文学研究资料整理与研究》，深感荣幸。与党怀兴老师结识，是在十三经导读课上，党老师推算卦理前净手的虔诚，令人十分敬佩，正是抱着这样的虔诚之心来作学问，才走向了学术高峰，此后六年，时时拜习，获益匪浅。而与高益荣老师相处更是亲密如朋友，畅享无所不谈之乐了。还有受人尊敬的尤西林老师、冯文楼老师，只要有他们上课，我是几乎都到的。还有李西建老师、魏耕原老师、霍有明老师、刘锋焘老师、周淑萍老师等都以他们高深的学术造诣，让我钦佩。

还要感谢贾三强老师——我硕士论文的答辩主席，其风趣幽默的言谈举止，往往令满座嘉宾欢笑不已。而贾老师所主持的陕西省十二五重大项目——陕西古代文献集成，更是给予了我这个文献学专业学生一次真枪实弹演练的大好机会，承蒙贾老师厚赐，有幸参与了其中的三项，让我真正在实践中成长。还有西北大学的张文利老师，指点查找资料的迷津，恰如醍醐灌顶，豁然开悟。

感谢我的家人，在这段时间中，给予我的支持与理解。这是我学习的动力与支柱。尤其是我的妻子裴玉，六年间，默默无闻，任劳任怨艰辛付出，一边工作，一边带孩子的辛劳，让我今生今世永远铭记在心，感恩一辈子。感谢我的朋友和我的同学们，尤其感激我的同门师兄师弟师姐师妹，周喜存、王培峰、张焕玲、蔡丹、赵金丹、王璐、刘璇、李炳鑫、管允等，还有好友兼学友的张永哲、张锦辉、刘晓光等，六年间，谈笑风生，风雨同舟，欢乐与共，留下人生中一段快乐记忆。这些年中，你们给予我的关怀与爱护，我将永远铭记于心。

最后，感谢师大为我创造了如此美好的学习环境。离开师大，最不舍的就是那藏书丰富、整洁舒适的图书馆。我想，以后回想起来，在图书馆读书的时光将是我最珍惜的时光。

上面所述是博士毕业所记，四年已过，不变的是真情，更多的是感动。不管是恩师益友还是家人亲朋，在这四年中又增添了友谊和深情，更有了许多新领导同事和师生朋友，在这里一并感谢您们的帮助支持。

在此特别感谢山西师范大学文学院赵变亲院长、栗永清副院长在山西师范大学六十年校庆之际，大力支持促成此书的修改出版，还有山西师范大学文学院古代文学研究中心的支持资助，促使此事更加顺畅。

另外由于学识水平有限，书中难免出现错漏舛误之处，还请各位师长朋友不吝赐教，唯有如此，才能更好向前迈进。

最后，还要感谢中国社会科学出版社刘艳主编的辛苦付出，促成此书早日面世。

欣喜至极，感恩之余，在此恭祝所有人自在安康，幸福如意！

张海燕谨记
二〇一八年三月于古尧之都